戏剧影视文学专业基础教材

影视编剧

范志忠 许涵之 著

CUCP 中国传媒大学出版社
·北京·

目录 CONTENTS

第一章 引 论

导 语

日本导演黑泽明曾经说过:“弱苗是绝对得不到丰收的,不好的剧本绝对拍不出好的影片来。”苏联的杜甫仁科说:“艺术电影是以文学,即电影剧本为基础的,因此,影片的高质量首先要以具有创作上真正的优秀的剧本为前提。”他又把电影剧本的作者称为“在纸上设计影片的总设计师”①。

可以说,影视剧剧本是“一剧之本”,在影视剧创作中有着“奠基”的重要作用。剧本对于电影来说,绝对不是一个简单的故事讲述或者电影草图那么简单,恰恰相反的是,影视剧剧本创作是一种十分严谨和细致的工作,它不仅要求编剧必须具有对生活的洞察力和想象力,而且还必须拥有良好的影像造型能力。在这个意义上,我们有必要在本章中学习和探讨一下影视的视听话语体系。

第一节 综合艺术

影视剧是一门综合艺术。说影视是综合的,这似乎不难理解。首先,影视剧的综合性体现为影视制作的科技综合性。影视的特性就是画面与声音的运动性,而影视运动的最基本的条件,是摄影机的运动。没有摄影机的推、拉、摇、移、跟、升、降,也就没有影视剧多变的景致和角度、多变的空间和层次。而这一切,都必须以现代工业

① 汪流. 电影编剧学[M].北京:北京广播学院出版社,2000:6.

上的光、电、声、化等方面的科技进步为先决条件。其次，影视的信息传播是多维的综合体。音乐、文学的形象信息传播是在一定时间流程中展开和完成的，绘画、雕塑、建筑等形象信息则是以静止凝固的空间片段诉诸人们的感官。因此，以上这些形象的信息传播都因为分别只诉诸时间或空间而呈现为单维状态。影视的信息传播则由于其画面和声音的运动性，既存在于时间之维又拓展了空间之维，它融合了多种形象信息的传播方式，如文学的结构、语汇，戏剧的冲突、表演，音乐的节奏、韵律，以及绘画、雕塑和建筑的造型等，这就使得影视的信息传播呈现为在同一时空内大量形象信息汹涌而来的“喷射”状态。

“影视剧是一门综合的艺术”，其中难在“艺术”这两个字，而造成影视剧艺术性的难度的直接原因恰恰是由于它的综合性。影视剧的综合性，使得影视剧不再像文学、音乐和绘画等只是艺术家个人灵感的即兴创作，而往往是规模庞大的工程。工程耗资巨大，使影视制作者不得不考虑其经济效益，这就使制作过程客观上具有商品生产的性质。在好莱坞，工业化大生产方式被运用于电影的创作，从提出意图，确定创作计划，到编制人物、情节，增加场面、对话，补充噱头、效果，都有相应的专业人员各司其职，彼此形成集体的创作关系。在这种集体中起沟通作用的主要是导演，导演有主要导演和专门负责各种类型场面的助理导演，如战争场面导演、歌舞场面导演、打斗场面导演等，摄影、录音、服装、化妆、布景、道具等，一般也都由专门人员负责。为了使这种集体的创作关系和谐，影视的制作过程就容易出现程式化倾向。这种创作过程的程式化倾向造成剧情内容的一定模式化，使得剧中人物乃至演员的服装、表演都有一定的类型。如启斯东影片常有一群服装整齐的警察，即所谓“启斯东警察”。后来为了迎合战争中的士兵的胃口，制片商又设计出了一群穿着泳衣或睡衣，富有诱惑力的海水浴女郎。此外，诸如炸弹不停地爆炸，手枪不断射击，狂欢的婚礼等，都是影片中经常出现的场面。与此同时，在电影制作过程中，演员一般也是固定的，每个演员都有他固定的角色，如罗斯各·阿波克尔专演一团和气的胖子、莽汉和笨蛋，麦克·斯温专演凶狠恶毒、为非作歹的花花公子，玛蓓尔·瑙曼专演美丽任性、容易激动而又爱无理取闹的女模特。影片

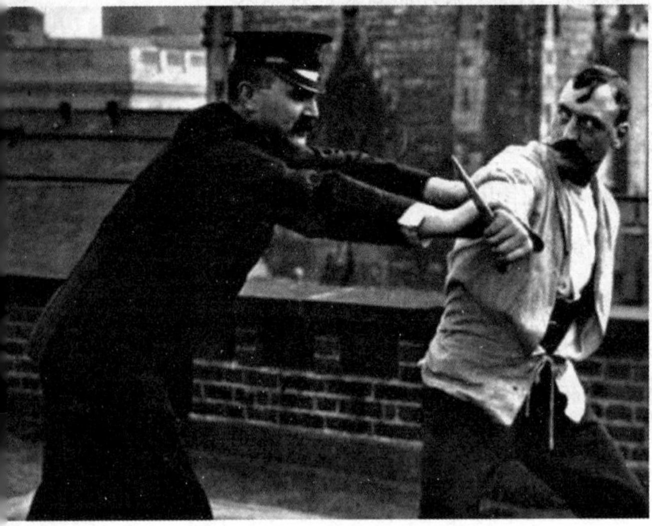

“启斯东警察”

的制作公司由此也形成了自己特定的风格类型，如米高梅的华丽、热烈，好写市民题材；派拉蒙的欧洲情调，环球的恐怖片，华纳的朴素真实……

必须指出的是，在影视剧创作中，人们常常强调电影与电视剧二者之间存在的差异。首先，从影像摄制上看，电影影像是感光胶片拍摄的静止画面，电影的视听影像更多呈现为考究的"造型"，有时甚至通过音响、对白的有意缺失突出画面的镜头感，并以此形成电影银幕独有的造型魅力。而电视剧的主要媒介材料是摄像机和磁带，它的画面和声音是由电子信号来记录、转换的，即使是目前最为先进的数字摄像技术，也不能完全实现胶片的层次感和明暗对比。电影画面的大量明暗对比会在电视机暗淡、闪烁不定的屏幕上消失，色素还原失真，透视感被抹平或者变形，那种宏大场景和特写镜头所具有的效果，会在电视屏幕中被削弱甚至彻底丢失。为了弥补电视这种视觉上的先天不足，在电视剧中语言往往被视为一种跟画面并驾齐驱的审美元素。电视剧从某种意义上甚至可以说是一种由对白来推动情节发展的艺术形式，很多电视剧精品的支撑点所在就是其中极具表现力的对白，在美国系列剧《成长的烦恼》和国内的系列剧《编辑部的故事》等许多家庭肥皂剧中，对白甚至成为最为关键的表现内容。

其次，从传播接受角度上看，电影在封闭的电影院里是一种仪式化的大集体观看，电影意味着能使人暂时脱离日常生活，电影的艺术传达过程是在观众的"有意注意"下完成的，电影媒介更倾向于为人们提供非日常性的东西，艺术鉴赏的氛围更加强烈。电视剧则只能在作为家用电器设备的电视机上收看，因此从诞生开始，就注定要走进千家万户而更接近于生活原生态，小群体的传播方式带来了较大的随意性，并因此流露出明显的纪实性、通俗性、信息性和家庭文化的特征。

但是，我们在强调电影和电视剧之间差异性的同时，还必须注意二者之间存在的共同性。与电影作为综合艺术相似，电视剧也是以运动变化的视听形象来再现与表现生活的，也要借助各种矛盾组成的故事情节来刻画典型人物，也要运用各种蒙太奇技巧来塑造总体形象，创造出不同于现实生活的艺术空间。正是在这个意义上，人们在创作上开始越来越注意挖掘电影和电视剧之间可以相互借鉴的共性，国内诸如中影、上影和长影等各大电影制片厂近年来纷纷涉足电视剧创作，陈凯歌、李少红、吴子牛等电影导演也一度转型执导电视剧等，客观上也表明影视合流正成为一种趋势。与此同时，电影的巨大库存，其实已经成为电视节目的一大来源，电影也越来越努力地跻身于电视的节目单中，中央电视台电影频道"打开电视看电影"的频道宣传口号表明，"看电影"对于有些人来说，甚至成了看电视的最好理由。

然而，随着互联网与流媒体的快速发展，无论是电影还是电视剧，其艺术特性也发生了巨大的变化。自人类社会进入互联网时代，既有的社会生活样式和文化生产形态都开始加速颠覆性发展，全景式、直达个体终端、持续性覆盖的内容传播成为新的趋势和潮流，传统的文艺批评系统和文化理论遭受到前所未有的冲击。在互联网+的时代，任何一种内容生产都不可避免产生倾斜，影像艺术作为大众文化娱乐最主流的方式之一，首当其冲会发生内容与形式的迭代置换。2018年戛纳电影节在影片准入标准上和Netflix产生的巨大争议再一次挑明了新旧两套电影系统的概念碰撞与权力拉锯。4月，电影节组委会公布了一条新规：只有在法国院线公映过的影片才能在主竞赛单元参赛，仅在流媒体平台上播放过的电影没有这个资格。电影节总监蒂耶里·福茂对媒体表示："Netflix选择这样（让电影在Netflix上首映）的商业模式无可厚非，我也尊重他们。但我们的重心是电影，我们希望只有在院线公映的电影才可以参赛，这是电影爱好者的模式，Netflix也必须尊重。"Netflix则以撤下五部原计划参赛的影片强势回应。限制Netflix，不仅仅是对其发行上正面与传统院线对抗的做法和越来越强势的电影资源掌控力感到担忧，更是对流媒体环境下电影能否保持其一贯性和纯粹性的忧虑。事实上，随着多屏化、分众式、流媒体、交互状网络大环境的形成，电影从生产系统到观影仪式都不可避免产生了质变。电视也一样，在网剧大行其道，衡量一部优秀作品从收视率更多偏向点击量的今天，网络与移动媒体已经成为内容投放的主战场。

很显然，影视制作的综合性特点，为影视的美学功能提供了一个极大的可能和极大的挑战。一方面，制作过程模式化、类型化的倾向，无疑不利于影视美学的个性传达；另一方面，影视剧的综合性融合了无数具有个性的生命，因此便潜含着前所未有的美学表现潜力。杰出的影视大师们，恰恰就在此寻找到具有工业、后工业时代特色的新的美学空间。

第二节　视听话语

要充分地了解和进一步研究影视艺术是如何构思、生产并进一步发挥其巨大的艺术魅力的，就需要我们对影视艺术的叙述特征和艺术表现形式进行仔细探索。每一种艺术都有其独特的表达载体和叙述特征，如音乐是通过各种声音和旋律的组合构成来表现创作情绪和艺术情感、绘画是通过线条和色块的节奏来展现艺术家丰富敏感的内心世界一般，影视艺术作为艺术的一种，也有着自己别具特色的表现手法和叙述语言。

索绪尔认为，语言符号的特性可以根据符号的“概念”和“音响/形象”这两方面的关系来确定，用索绪尔的话来说，就是“所指”和“能指”。比如“树”的“概念”（所指）和由“树”形成的“音响/形象”（能指）之间的结构关系，构成了人类的语言符号。如果把影视作为语言来分析，同样可以区分为具有能指功能的形式部分和具有所指功能的意蕴部分。正如对语言意义的把握，是由能指达到所指，因此对影视剧语言的理解，同样也必须从具有能指功能的语言机制说起。

在影视剧的视听语言机制中，影像是其最基本的单位。所谓影像，是指借助于感光胶片或磁带等物质材料，利用摄影和播放等技术手段，最终在银幕或荧屏上生成的视觉形象。影像是由光的投影而组成的画面，就某个固定机位所拍摄的影像画面而言，画面事实上是一个被人为限定或者是可以构造的有限世界，画框是视觉空间的起点和终点，大多数情况下，一幅画面中某个元素的意义，是通过它与画框的相对关系予以确定的。画面的品质与效果取决于画幅、景别、角度、摄像机的运动方式和镜头长度等因素。每幅影视画面一般包括主体、陪体、环境三要素，这三个结构要素的含义单从字面上就可以理解。需要一提的是环境的概念，在画面中它可分为前景和后景。前景位于主体之前，靠近镜头里的人或景物，这是偏向于艺术的一种镜头构图。对于影视剧而言，此种表现方式不宜过于频繁，否则容易消解观众的注意力。毕竟，在影视剧中观众更多关注的是剧中人物和情节的演进，影视画面需要在总体上给观众清晰感，让人物的言行清晰地展现在眼前。后景主要指背景，其功能主要是描绘故事发生的年代和地点，组成故事的时空环境。前景与后景所形成的范围叫景深，扩大景深就意味着扩大表现空间，从而增加画面纵深感，丰富画面内容，增强画面真实性和艺术感。值得注意的是，为了避免景物在画框中一览无余，越来越多的影视拍摄采取了开放性构图，即在表现画框外的景物时不是采用常规的场面调度的方法，而是摄像机保持不动，让被摄主体采取出画入画的运动方式来调动观众去想象画框之外的内容，以达到一种“此时无声胜有声”的艺术效果。

在画面构图中，光线和色彩是另外一个重要的有机元素。一般而言，光线照明按影视剧拍摄的场景分为外景照明和内景照明两种。外景照明即自然光的照明，根据剧情要求选择适当的光线条件。外景照明中最普遍的方式是直射光照明，即利用阳光直接照射地面的条件进行拍摄，其中很常用的是日出和日落时分的光照。而太阳不能直接照射地面时候的照明，则叫作散射光照明，如烟、雨、雪、雾天气时的光线状态，这种照明可以制造特殊的艺术效果。另外，还有雨景照明和夜景照明，等等。内景照明指的是在室内或摄影棚内，利用灯光组合、模拟和再现生活中的真实光效，对场景和人物进行光线效果造型。与外景照明受限于自然条件不同，内景照明不受自然天气和时间变化的直接影响，能够按照剧情需要创造出特定的空间环境。内景照明包括主光、辅助光、轮廓光、背景光和装饰光，主光是塑造拍摄对象外貌和形态的主要光线，有比较明确的光源投射方向。辅助光则帮助主光造型，平衡场景亮度，弥补主光表现的不足，能够创造清晰的层次，增加表现深度和立体感。轮廓光来自拍摄主体背后，用于突出拍摄主体的轮廓特征，在影视剧中使用很普遍。背景光是营造拍摄对象周围环境和背景的光线，是主光照明的一种延续，它的作用主要是对背景影调进行调整。装饰光对以上四种光线在整体上和细节上进行修饰和补充，以达到最理想的照明效果。

总之，照明在影视剧创作中通过明暗产生的影调对比可以拓展画面空间，表现出被摄物的立体感、表面质感以及整个画面的空间透视感，体现出整个片子总体光线布局的气氛和基调。《甄嬛传》的照明是戏剧化的，灯光造型稍有夸张，强逆光的大量使用，有力地烘托了人物之间的倾轧和争斗；《军事联盟》的灯光处理则自然而低调，偏向清冷，有大量的暗区。在《父母爱情》中，为了同亲情的主题和剧中的时代特征相配合，使用的是温和、偏淡、朴素的光照，没有过于繁杂的色彩，始终采用同一色系。《水浒传》中的江湖景观、山川气象自不必说，内景也绝无含糊。如鲁智深闯出五台山庙宇的幽暗、林冲上梁山前血光笼罩的暗夜厮杀，都是对自然光、人工光的精到运用，以达到一种意境深远的艺术效果。

在影视作品中，除了具有特殊历史年代的作品，在色彩基调的选择上，诸如肥皂剧、室内剧这样的现实题材作品，一般以还原真实物质世界的色彩作为环境基调，这种情况可以称为客观色彩造型。但有时为了表现特定的主题或者时代特征，编导在摄制时适当降低色彩的饱和度，或者改造环境色调，在彩色中增加灰色调以增添一种历史的厚重。例如《激情燃烧的岁月》采用柔和的、令人联想到发黄的老照片的暗黄色调，体现过往的一个特殊时代和温暖的亲情、友情和爱情。《大宅门》色彩纷繁明快，加上舞台剧风格的明亮用光，体现了剧中大家族的殷盛、喧嚣和复杂微妙的人际关系。《水浒传》中的色彩倾向则是青冷、青灰，渲染了全剧的悲剧气氛。

《水浒传》

当然，影像色彩除了基于各种色彩约定俗成的含义而携带特定的表意修辞功能之外，编导还可以根据作品主题或角色的内心感受，用脱离实际的色彩创造一种非现实的色彩基调，这被称为主观色彩的运用。在影片《红高粱》中，张艺谋通过红盖头、红轿子、红高粱酒以及结尾时神秘的日全食等红色基调的渲染，几乎完全剥夺了人们对戏剧情节的关注，使人进入一种充满红色张力的特定造型空间的纯粹性情绪体验之中。此外，色彩的布局还可以成为意义结构的主要依托，通过彩色黑白的转换交代出影片所叙述的时空的嬗变。如犹太裔导演斯蒂芬·斯皮尔伯格为纪念六百多万被屠杀的犹太人而创作的《辛特勒名单》，影片将彩色和黑白两种胶片相互混杂，以当代影片代码中已经陌生的黑白胶片，对应着历史上的大屠杀，有意暴露出影片中话语和历史的合谋关系及其支配着历史话语的诗学修辞策略，提出了"大屠杀提供了一种反省，而这种反省至今仍未被人们所接受"这一令人振聋发聩的命题。[①]

影视剧的声音是由对白、音响、音乐组成的全方位、多层次的听觉元素。"声音总能使人想到一个画面，而画面从不召唤出一种声音"，这种说法并非意味着声音比画面更具有表现力，但它非常形象地说明了声音这一要素所具有的独特召唤性。与电影相比，电视剧更注重"听"的因素。小屏幕的影像特点，表现空间的局限性，迫使电视剧必须更大限度地借助语言来提供丰富的信息量。此外，电视剧接受的家庭性和随意性使得电视剧艺术感染力容易被与欣赏无关的活动抵消或减弱，这客观上也要求电视剧必须以声音来吸引观众的更多注意，为其提供更多的剧情信息。在影视剧声音的构成元素中，包括人物对话、旁白、独白和解说等在内的对白占据着核心位置，一般情况下，对白应该是口语化和情境化的，但在高度风格化的影视创作中，对白可以非口语化甚至非情境化，如《大明宫词》中华美铺陈的对白成了剧作最引人瞩目的叙述风格，工整的句式意味深长，瑰丽的辞藻亦梦亦幻。编剧郑重曾这样解释作品的语言特点："意在重新建设有气质、有美质的民族语言"。于是上至皇帝大臣，下至百姓奴婢，都摇身成了舌灿莲花的诗人。太平公主与男宠张易之之间关于情感的辩论——"长相守还是此时快乐"进行了三天三夜，毫不逊于哈姆雷特关于生与死的大段独白。语言的流畅性、音乐性和张力在这里得到了完整的展现。

从技术角度说，声音有三要素：音量、音调、音色。音量是听觉的基础，可以通过提高或降低声音的电频来完成；音调是基音，由演员自身条件决定。音色即声音的音质，或者说是声音的色彩，对于这一因素，录音师可以通过调音台输入通道的均衡器，对音色进行调频处理，补充、修饰和美化人声，进而提高音色的表现力。此外，景别不同，对白的音色和音质也会因此产生变化，人声在街道、旷野、教堂、公寓和山谷

① 斯蒂芬•斯皮尔伯格谈影片《辛特勒名单》[J]. 电影艺术，1994: 5.

等这些不同的场地中会有很大区别。不过这种区别一般都可在后期合成时通过技术手段加以处理和完善，从而准确把握各种声音的质感、节奏和情绪。

音响包括动作效果音响、环境背景音响、过渡音响和主观音响等。有时因为技术原因或现场原因，同期声无法使用，这时就需要用模拟声来代替或补充。在一些动作片、战争片或者恐怖片中，这种效果声的处理至关重要。动作效果音响是人物在表演环境中的动作和物体发出的，如脚步声。它具有造型感，是情绪的直观表达和概括。因此，在处理动作效果音响时，要根据人物情绪及画面适当突出或者减弱某些音量，增加造型感和表现力。《敦刻尔克》中的音乐和音响的表意作用就特别突出。划破空气的子弹声和远处此起彼伏的海浪响起在不敢发出一点声音的士兵耳边，牢牢扼住观众的心弦。环境背景音响则侧重于营造画面氛围，增加画面的真实感、立体感和可信度，使观众有身临其境之感。过渡音响主要起承上启下的作用，特别是在时空跳跃较大的剧中使用，交代影片时空叙述转折、倒退或者递进的关系。主观音响是根据剧情的特殊需要，使用自然音响或者经过加工的艺术化音响，用来比喻、暗示某种含义或制造悬念、闪回，等等。

影视剧中的音乐与对白在音量上有主次关系的变化，因而需要一种艺术性的处理。在有对白的情况下，应以对白为主，音乐音量应该控制在对白音量的一半以下；若是一段较长的音乐，则应有起伏，可以在对白所表现的情绪到达激昂处时或者是在对白的大间隙时放大音乐音量，用以延伸和强化所要体现的情绪。一般认为，影视剧音乐包括主题歌曲、情绪音乐及插曲。歌曲是语言与音乐节奏旋律相结合的产物，因此它比一般的音乐在表意上显得更明确直接。主题歌曲具有强烈的时代感和高度的概括性，它能补充整部剧作的叙事风格和情感基调。如《爱乐之城》的多首爵士背景音乐，浑然融入了作品的整体氛围。《四世同堂》中的大鼓曲调，使人想起老北京的胡同。由主题歌曲派生出来的主题曲及插曲等，也是影视剧音乐的重要组成部分。它们可以渲染气氛，深化主题，具有强烈的表现性。在连续剧《武松》中，器乐曲中的佳作——唢呐乐曲“一枝花”——被用作主题音乐，旋律细致独特，感情低沉悲伤，如泣如诉。

《橘子红了》

在《橘子红了》中，音乐甚至成为统摄全剧的灵魂。优雅和谐的钢琴与洞箫和鸣，大提琴如诉如泣，急促的锣鼓声和无伴奏女声无词吟叹，无不营造出一种诡异的氛围。每次橘园出现时，同样的音乐又把剧情引起的情绪推到极致。

自从20世纪初英国布莱顿学派的领袖人物A·G·斯密士尝试把卢米埃尔、梅里爱那种固定的摄影机移动起来后，依据叙事的需要，在同一场面里交错使用远景和特写镜头，通过焦距、运动角度和视点创造出不同景别的影像，就成为影视剧视听语言的核心组成部分。一般而言，影视剧镜头景别主要有下面几类：

1. 远景：主要用于交代故事发生的地理环境，表现与环境有关的剧情内容。有的远景没有人物，称为“空镜头”。有的远景画面中有人物，但由于人物与环境在面积上比例悬殊，时常被用于再现人与环境的某种关系。布努埃尔1954年执导的影片《鲁宾孙漂流记》中，当鲁滨孙置身于荒无人烟的海岛时，导演就运用了远景的镜头，人在浩渺的大海中变成了一个极小的轮廓，从而传达出一种孤独绝望的情绪。

2. 全景：指能够摄入人像全身的镜头。全景镜头的视野相对较小，观众既可看清人物，又可看清环境。在这种情况下，全景一般总是把观众的吸引力引向人物的行为动作。此外，许多影片也往往运用全景镜头，来渲染抒情甚至是史诗般的氛围。但是，对于以叙事为中心的影视剧来说，一般情况下，不宜有过多的远景或全景镜头，否则容易造成内容的空洞。一般来说，全景（或远景）是影视剧中一场戏的总角度，它制约全部分切镜头中的人物和方向、位置，以及光线、影调、色彩的衔接等。如果把握不好这个总角度镜头，其他镜头无论怎样剪辑，其人物的方向、位置等方面都容易出现问题，最终导致镜头组接不够自然流畅。

3. 中近景：指人物超过半身（膝盖以上）的镜头。这是影视剧使用频率最高的景别，有人甚至认为，中景处理得好还是坏，决定着该影视剧造型的成败与否。随着人像占据了大部分画面，观众可以看清人物的面目表情，环境变得零碎、模糊了，这促使观众更深地介入人物的情感活动。中近景镜头的目的，就是为了展开故事情节，使观众感受到剧中人物的行为动作和表情。此外，影视剧在人物对话的时候，也常常喜欢采用中近景镜头。经典手法是采用正反打镜头，包括外反拍和内反拍。外反拍即一对过肩镜头的正反打，内反拍则在感情化上显得更为主观。在中景无力营造气氛的情况下，应多用近景或中近景，如果仍用中景，在表现矛盾冲突或情绪时就会显得过于冷静、理智。值得一提的是，在对话情节中，要尽量避免中景和近景的重复运用可能造成的单调感。在这样的情况下，就需要在构图和场面调度上进行一些必要的艺术处理和补充，例如通过变换角度，采用新颖的视角；或在保持同一角度的情况下，改变构图，等等。

4. 特写：指人物的脸部，或人物、物体的某个局部占据了整个银幕。特写镜头强调细节，具有强烈的视觉冲击力，它能将人细微的表情和某一瞬间的心灵活动传达给

《人民的名义》

观众，或者至少以其视觉上的震撼引起观众的思考。特写也是所有景别中结构功能最强的镜头，一般而言，特写可以与其他任何景别的镜头组接而不至于引起视觉上的不舒服。相对电影来说，特写在电视剧中的作用较为平淡些，但这并不意味着特写镜头是电影的专利，电视剧同样可以借助特写有效地提高其镜头表现力。如《人民的名义》这部电视剧作品，在特写镜头的运用上是值得观众去回味的。检察官侯亮平上门搜查有重大贪腐嫌疑的某部委项目处处长赵德汉，面对检察官在家中搜检，赵德汉端坐桌前安然不动，继续吃着一碗朴素的炸酱面。导演通过大量的特写镜头展示赵德汉看似平静和坦然的面部肌肉表情，以及他流畅的进食动作，随着侯亮平不断以犀利的言语问讯，导演一再地以镜头强调赵德汉憨厚朴实的脸，记录下他面对各种问题的各种反应。一个胸有成算、毫无破绽的官场老油条通过一连串特写被赋予了灵魂。约·劳逊在《电影的创作过程》中指出："单独拍摄的镜头就像是语言学中的名词，它是视觉语言的基础。"约·劳逊认为，任何电影的陈述的第一步都是单张的照片（即在一秒钟拍下的二十四幅照片之一），这种单张的照片定下了影像的基调和场面。当一张张的照片往前移动时，电影的陈述就有了生命，形成了具有自己的形式和方向的语流。因此，电影影像结构不同于任何绘画，一个单独的镜头只是一个起点，即使摄影机的位置不变，画格内各种人物之间的关系总是在运动的，运动的速度是每秒二十四次。这种运动使影片的影像结构具有能动性，既使得画格没有固定的界限，还使得动作可以且必须超越画格的界限。画格里的场面、周围环境与画格外的世界是连在一起的。马尔丹在《电影作为语言》中指出，"银幕确定了一个特殊的空间，它的边框纯粹是虚拟的，它应该是对现实的一种开放而不是一个封闭的牢狱：观众永远不应该忘记其余的现实在别处仍然存在，并且随时进入摄影机的范围"。[①]在电影中，促使画面这一电影语言"名词"所蕴藏的运动潜能得以实现的条件，是基于作为电影语言"动词"的电影蒙太奇和长镜头。

"蒙太奇"这个词的本义是从法国建筑学上借用来的，原意是指构成、装配，应用在电影方面就是剪辑和组合。蒙太奇倡导者爱森斯坦曾经指出："蒙太奇不仅是制造效果的手段。而且首先是表述手段，是通过特殊的电影语言形态和特殊的电影言语形式表达思想的手段。" 蒙太奇作为影视作品的结构手段和叙述方式，包括镜头的

① 马尔丹. 电影作为语言［M］.北京：中国社会科学出版社，1988：46.

分切与组接，场面、段落之间的组接与转换，画面之间、声音之间、声画之间的组合关系以及剪辑等的具体技巧技法。一般认为，蒙太奇具有以下两种功能：

其一是叙事功能。叙事功能是蒙太奇的基本功能。它的特征是以交代情节、展示事件为主，按照情节发展的时间流程、因果关系来分切组合镜头、场面和段落，以构成叙事的完整性和时空的连续性。叙事蒙太奇又可分为顺叙、倒叙、插叙、分叙等几种。在《一个国家的诞生》《党同伐异》一系列影片中，美国电影大师格里菲斯创造了后来被视为影视剧基本语法的拍摄和剪接方法：用"主镜头"或"交代镜头"来建立一个故事的发生地点，当动作发展时切至人或物的中景，在戏剧性高峰时用特写来吸引观众的注意力。

其二是修辞功能。这种蒙太奇以镜头对列为基础，通过相连镜头在形式或内容上相互对照、冲击，从而产生单个镜头本身所不具有的丰富内涵，以表达某种情绪或思想。苏联电影学派代表人物库里肖夫的"实验工作室"里有过这样一个著名的实验，即从一部旧俄影片中特意选出某演员一个毫无表情的脸部特写镜头，把这一镜头分别与一只汤碗、一口棺材和一个孩子的镜头相衔接，该演员的表情分别具有了饥饿、悲痛和父爱的情感内涵。库里肖夫于是得出了他的著名论断：两个不同镜头的并列和对撞会产生新的质，新的思想含义，因此，只要把镜头和段落重新安排，就能产生不同的情绪感染和心理效应。

长镜头则是指时值较长的镜头画面，它与传统的蒙太奇剪接相对立。蒙太奇主要靠短镜头间的外部组接来表达意义，而长镜头则是在一个镜头内通过演员调度和摄影机推、拉、摇、移等视角和视距变化的运动，在画面上形成各种不同景别的构图。值得注意的是，长镜头与蒙太奇的对立，不仅表现为形式上的不同，而且也体现为美学上的差异。爱森斯坦在《电影感》中强调指出："蒙太奇的力量在于，它把观众的感情和思想都包括在创作过程之中，观众被迫沿着作者在创作形象时所走的那段同样的创作道路发展。"[①]而长镜头理论倡导者巴赞则认为："一切艺术都是以人的参与为基础的；唯独在摄影中，我们有了不让人介入的特权。"[②]"蒙太奇，人们经常说这是电影的实质，实际上是非常突出的反电影过程：纯粹的电影的独特的性质，取决于尊重空间统一的简单照相。"[③]在这个意义上，长镜头无疑较蒙太奇更能体现电影的本性，因为较之蒙太奇，长镜头能展示更宽阔、更深远的视域，这种视域包含着现实的无限多义性，从而能更为有效地调动观众参与理解的积极性。

---

① 张红军. 电影与新方法［M］. 北京：中国广播电视出版社，1992：46.

② 巴赞. 电影是什么？［M］. 北京：中国电影出版社，1987：11.

③ 张红军. 电影与新方法［M］. 北京：中国广播电视出版社，1992：47.

在电影发展史上，长镜头和蒙太奇虽然处于对立的两极，但是，无论是蒙太奇还是长镜头，都激活了电影每一个影像的运动潜能，使得电影真正“运动”起来。从这个意义上讲，蒙太奇和长镜头都具有电影语言学上动词的功能。根据蒙太奇动词功能实现于镜头之外和长镜头的动词功能实现于镜头之内这一区别，约·劳逊认为，可以“把内部蒙太奇比作文法上的不及物动词，把从一个镜头切入另一个镜头（甚至同一景中从一个角度切入另一个角度）叫作及物动词”。①通常说来，节奏快的电视剧中，场景转换也相对较快；反之亦然。此外，淡入、淡出、叠化等一系列的数字特技也为镜头转换提供了多种途径。影视剧在叙述时常以淡入开始，以淡出结束，或者以叠化的方式将前一个镜头的渐隐过程延续到下一个镜头的出现过程中，从而创造出一种时间流逝的动感。

法国电影符号学家克里斯丁·麦茨在《电影符号学中的几个问题》中指出，这种经过蒙太奇和长镜头处理的镜头，“不可相比于字汇中的词，而是类似于（由一个或多个句子组成的）完全的陈述，因为它已是一个基本上自由的组合的结果”。②当影视剧试图以这些组合的语句叙述一个故事的时候，客观上就遇到一个如何叙述的问题，即对时间和空间的选择和安排。因此，叙述一个故事意味着叙述者在叙事策略上的变化，这种变化首先体现为叙事结构的变化。

格雷马斯在《叙事语法》中提出了叙事结构的行动素模型，该模型包含6种行动素：

1. 施动者：发布行动的命令。
2. 接受者：接受施动者的命令或行动的结果。
3. 主体：执行行动（英雄）。
4. 客体：行动的对象（宝物）。
5. 帮助者：帮助完成行动。
6. 敌手：阻挠完成行动。

格雷马斯这一行动素模型暗示着一个有古老文化底蕴的叙事规范：一个发送者派一个主体去寻找或夺回一个客体，客体遇到一个助手而接近一个敌手，在敌人之先或从敌人手中获得了那个客体，战胜敌手，最后把客体交给受惠者（有时发送者也就是受惠者，或主体本人就是受惠者）。

① 约劳逊. 电影语言四讲［M］. 齐宙，译. 1980: 3.
② 麦茨. 电影符号学中的几个问题［M］//李幼蒸. 结构主义和符号学、北京：生活·读书·新知三联书店，1987: 220, 221.

格雷马斯这一行动模型，提供了叙事的纵聚合关系，或者说，代表了叙事中的一种潜能。克洛德·布雷蒙则从横组合方面发展了叙事逻辑结构的研究。布雷蒙在1973年出版的《叙事逻辑》一书中认为，任何叙事都遵循一个具有双重可能性的基本模式：

行动的可能性（A1）—行动开始实施（A2a）—行动终于完成（A3a）

行动的可能性（A1）—行动没有实施（A2b）—行动没有完成（A3b）

基本的叙事序列能够产生若干复杂的组合类型，假设一个叙事者选择了连续体A1——A2——A3，这是一种最简单的叙事结构框架。叙事者如果扩展这一叙事框架，则有三种基本的可能性或序列组合类型可供选择：

1. 连续。一个基本序列的末尾，同时又是另一个基本序列的开头，即一个故事情节恰恰又是另一个故事情节的开端。

2. 嵌入。这是指一个基本序列结束之前，另一个序列就插入进来。

3. 并列。即同时展开两种平行的序列。

美国电影理论家布·汉德森曾在1977年指出："迄今为止，在电影的本文分析中发现了些什么？我们转向电影时首先遇到的事实就是，麦茨的大组合段绝对地支配着迄今为止几乎一切的本文分析。"将叙事学的研究成果成功地运用到电影理论上来的，是被誉为电影理论史上第三块里程碑的麦茨。他依据影片的叙事结构，认为电影叙事作为独立的语义段，可以分为独立镜头和组合段两个层面。其中独立镜头主要指镜头段落和插入镜头，而叙事的组合方式则可以分为非时序组合和顺时序组合两种方式。非时序组合主要有平行组合和插入组合两种，顺时序组合则可以分为描述组合和叙事组合两类。在叙事组合中，一般运用交替叙事和线性叙事两种方式，线性叙事则主要包括场景和段落两种。以上每一类，构成了电影叙事与意义的分切单位。

在影视剧叙事学研究上，艾米尔·本佛尼斯特在1966年《普通语言学问题》一书可谓影响深远。在该书中，艾米尔·本佛尼斯特对"历史"和"话语"进行区分，认为如果说在"历史"中"没有讲述者，仿佛事件自身在陈述"，那么"话语"则相反，它是一种"陈述的方式，必须以讲述者和聆听者的存在作为前提"。[①]在这个意义上，电影作为话语，就必须关注叙述角度的问题，即关心"谁在叙述""谁在看"。"因为影像

① 若斯特.电影话语与叙事：两种考察陈述问题的方式［M］//张红军. 电影与新方法. 北京：中国广播电视出版社，1992：433.

永远不可能说出来，只能展示出来”，[1]所以影视剧的叙事视角远较文学来得复杂。比如小说可以这样描写，“这个男人看见小孩向他跑来”，这是“这个男人”的视点。但是，影视剧是通过画面来传达意义的。第一个镜头也许是一位男子看着他的前方，第二个镜头是一个孩子向镜头跑来。这后一个镜头就是“这个男人”的视点，但它本身并没有体现这种叙述角度，而只能通过与前一个镜头的剪接才被定义。

影视剧影像的画面性，使得影视剧的叙事和视角之间充满了矛盾。在小说中，叙述视角允许对产生于语境中的人物加以描述，叙事行为与叙事视角可以保持一致。但是，在影视剧中，这种叙事行为与叙事视角却可能产生错位。法国电影叙事学家若斯特指出，在电影中“第三人称的画外音在讲述某个人物（比如一个行人）的故事，而这时影像所展示的却是旅行主体所看到的道路边缘。在这种情况下，叙述的角度和观看的视点显然不属于同一个人”。[2]在世界电影史上这种叙事行为和叙事视角错位表现得最为典型的，是黑泽明的代表作品《罗生门》。影片表现的是一个强盗杀死一个武士的故事。这个故事依次由强盗、武士的妻子、武士的灵魂和见证人樵夫讲述，但是，这些以不同说法表述犯罪事实的人们，又出现在自己所描绘的视觉影像之中，以“第一人称”展示的故事，竟出自于全知全能的主体的视点，影片的叙事和视角之间由此形成了一种悖谬的关系。若斯特认为，造成这一现象的根本原因，在于摄影机在影视剧叙事中占有举足轻重的位置，“因为每个镜头都表示摄影机的一个位置，所以我们可以认为镜头本身就是一个视点。而二者必居其一：摄影机或者使人联想到某个人的眼睛，或像是置于所有人物之外”。[3]若斯特据此提出影视剧叙事视角可以分为零度聚焦和内部聚焦两种。所谓零度聚焦，主要是指一种客观的视角，或者说，仅仅是一种摄影机的角度。内部聚焦则主要是指一种主观视角，即与影片中某角色认同的视角。内部聚

《罗生门》

① 参见若斯特.电影话语与叙事：两种考察陈述问题的方式［M］//张红军.电影与新方法.北京：中国广播电视出版社，1992：441.

② 同上，442.

③ 同上，429.

焦又可分为原生内部聚焦和次生内部聚焦两种。原生内部聚焦，是指镜头本身体现出的主观镜头。次生内部聚焦，则是指通过镜头间的剪辑、衔接或通过语言等上下文，来表明某一镜头是主观镜头。如在影片《爱诺克·阿登》中，当安妮·里在海滩等待丈夫归来时，她突然面露惧色；伸开双臂。在下一个镜头里，可以看到爱诺克失事船的残骸。很显然，第二个镜头是安妮·里的主观镜头。

与视觉角度镜头相似，听觉角度镜头也可以分为零听觉角度镜头和内听觉角度镜头两种。所谓零听觉角度，主要是指与画面相应的客观音响，这种音响本身没有被角色所特别注意。所谓内听觉角度，则是指带有角色主观色彩的听觉角度。内听觉角度又分为原生内听觉角度和次生内听觉角度两种。原生内听觉角度是指观众完全认同角色的听觉，如在阿贝尔·冈斯《不朽的情侣》中，当贝多芬发生耳聋时，银幕上的一切声音都消失了。次生内听觉角度是指不管影片中影像离观众远近如何，影片中的声音只以影片中的人物所能接受到为准。如两人坐在一辆小汽车内谈话，尽管第一个镜头是汽车逐渐离摄影机远去，但谈话音量是以两人相距的实际距离为准。

在影视剧中，所知角度处理的一般是观众的所见所闻与影片中人物的所见所闻之间的关系。主要可以分为三个方面：外知角度、观众所知角度和内知角度。外知角度是指影片未暴露人物如何行动，影片中人物的所见所闻与观众的所见所闻有差异，因此前者比后者知道得更早或知道得更多。例如在某个镜头里，一位妇人望着画外，突然发出一声尖叫。此时，这位妇人已经知道而观众并不知道发生的事，这个镜头所采取的就是外知镜头。观众所知角度，是指观众的所见所闻与影片中人物的所见所闻有差异，观众比影片中的人物知道得早或知道得更多。例如在某个景深镜头里，观众看到了人物背后发生的事。内知角度则意味着观众既看到影片中人物所经历的事，又知道影片中人物头脑中的思想，一般而言，影片中人物行动的画面配上人物内心的独白就可以做到这一点。

总之，影视剧叙事学的产生和发展，不仅吸收运用了语言学的基本概念和范畴，而且第一次开始将电影的技术因素作为叙事因素来考虑，改变了传统那种只把主题和人物性格的变化过程作为叙事因素来研究的做法，从而不仅推动了影视剧叙事技巧的发展，同时也极大地影响了诸如场面调度摄影、机位、景深、景别、灯光、音响等的运用，因此，影视剧叙事学研究虽然从根本上讲是理论的问题，但它对创作所起到的作用也是十分明显的。

西方电影理论一般认为，电影第一符号学的模式是语言学模式，而电影第二符号学的模式是精神分析学模式。1975年，《电影的精神分析》一书在巴黎出版，宣告了电影第二符号学的诞生。[1]精神分析的引入关键在于银幕自身概念的变化。爱森斯坦认为银幕旨在建立含义和效果的画格，可以说，随着电影第二符号学的出现，当代电影理论与经典电影理论的最后分野终于毫无保留地表现出来，影视剧理论的研究对象，也由原先对影视本文的关注，转移到对影视本文与观众关系的关注上来。

精神分析学的奠基人是奥地利人弗洛伊德。“梦有意义吗？”这一前无古人的追问，构成了弗洛伊德理论的出发点。弗洛伊德认为，人格可以分为“本我”“自我”和“超我”三个层面。所谓“本我”，就是指人的原欲力量，它强烈要求“自我”实践快乐原则。所谓“超我”，则是社会文化规范的内化，它督促“自我”遵循现实原则。由于“本我”和“超我”的尖锐对立，“疲于听命”的“一仆二主”的自我，便容易陷入“焦虑”的状态。正是在这个意义上，弗洛伊德论述了梦的功能作用。弗洛伊德认为，当本我以梦的虚幻形式发泄自己的愿望时，就可以避免与超我的冲突而缓解自我的焦虑状态，从而实现人格的自我平衡。

对弗洛伊德的精神分析学进行语言学上的改造和发展的，是法国学者拉康。拉康把人类现实分为三个层次，其中第一个层次是自然，第三个层次是文化，中间一个层次则是自然在其中转化为文化的层次。这个特殊的层次把其结构赋予了人类现实，这就是象征的层次。象征层或象征界既包括语言也包括产生意义的其他系统，但它基本上是由语言加以结构组织的。因此，象征界是一个关系网，任何“自我”可按照其在这个网中的位置来规定。当“自我”纳入文化之后，它与“他人”之间的基本关系将由这个关系网来决定。这样，象征界的法则往往是通过指定一些强制性路线来塑造本来是生理性的冲动，而后者只能顺从这些强制性路线来使本身获得满足。据此，拉康提出了其著名的镜像阶段与主体结构“二次同化”理论。拉康根据幼儿心理学的研究指出，婴儿来到世界上时原本是一个“无分化的”“非主体的”存在物，没有物我意识。从他6个月至18个月期间才达到了生存史上的第一个重要转折点——“镜像阶段”。这一期间，婴儿首次在镜中看见了自己的形象，认出自己，发现自己的肢体原来是一个整体。婴儿在镜前的这种自我识别，也就意味着“我”的初次出现。拉康把这个过程称为“一次同化”，即婴儿与镜像的“合一”。与“一次同化”相比，“二次同化”则显得复杂艰难得多。拉康依据弗洛伊德的俄狄浦斯恋母情结，认为只有当孩子与父亲同化，牺牲了欲望的真实时，孩子才能接受父亲的权威而在家庭的坐标系上获得名字与位置，这时孩子便获得了父亲的命名，进入象征界，完成第二次同化。

从精神分析的角度上看，影视剧的观看同样存在着类似的“二次同化”。电影作为语言，客观上需要作为语言的“存在”与观者“自我”的一次同化。拉康指出，语言是

---

① 李恒基，杨远婴. 外国电影理论文选·外国电影理论演进的轨迹［M］. 上海：上海文艺出版社，1995.

一种区分系统，一个陈述句是否定地产生的，即必须通过排除该系统在形式上容许存在的其他可能性来产生。观者的看，使得主体的世界与语言的世界相遇了。主体读着、理解着他所看的东西，把否定的意义转化为肯定的意义，大陈述句组织成一个整体并给予其限制。因此，观众实质上自己将电影语言组织进一个统一而连续的系统中，赋予其幻觉的同一性，影视剧也就因此具有了构成主体“镜子”同化的效果。

与观者和影视剧的“一次同化”相比，观者和影视剧的“二次同化”同样显得十分复杂。博德里在《基本电影机器的意识形态效果》一文中认为，“二次同化”是对摄影机的同化，“因为摄影机构造并规定了这个世界中的客体。因此，观者与其说是与再现之物（即景观本身）认同，不如说是与安排景观使其可见的那个东西认同，正是那个东西迫使观者看到它所看到的东西。这就是摄影机作为一种转播器所承担的功能”。[①]摄影机安排了观众的视点和景观，它具有类似于父亲的权威，“摄影机，这个由光学和机械构件装配起来的设备，在影片的制作过程中居于中心地位”。[②]但是，拉康指出，现实的二次同化，具有一种为了将来长大成人而被迫接受阉割的痛苦。电影文化的消费特性，客观上使得观众有权拒绝这种痛苦，这就是一旦观众发现了画框的存在，就会立刻意识到他并不是画面的真正占有者。一幅被画框所框定的画面显然是有所取舍的，即有所遮蔽的。随之而来的问题是：“谁在看？”“谁安排了这幅画面？”“为什么作如是观？”影视剧要避免观众的这种质询，就需要一套特定的“缝合体系”。

委拉斯凯兹的“逆镜头”

缝合体系的研究，首先建立在对古典绘画的符号学分析和解构之上。美国电影理论家丹尼尔·达扬在《古典电影的引导代码》一文中，详细分析了欧达尔在阐释古典绘画时提出的著名的“双重舞台”与“主体圈套”的概念。欧达尔认为，古典绘画中被再现、记录、复制的客体只是画面的“前本文”而已，而任何一幅画面本文都是“双重舞台”（double-stage）的叠加。在一个舞台上，人物在进行着表演，在与它相对的另一

① 博德里. 基本电影机器的意识形态效果［M］//张红军.电影与新方法，北京：中国广播电视出版社，1992：322.

② 同上，311.

个舞台上，观者在注视着表演。委拉斯凯兹的《宫娥》在此成了揭秘之作。在这幅名画上，宫廷中的人物和画家本人都面对画外，似乎在注视着观众。但是，画布中间一面镜子折射出的国王与王后，却暴露了画家所真正注视的对象——画家正在为国王和王后绘肖像。用电影的术语来说，镜子代表着绘画的逆镜头。用戏剧舞台的语言来说，绘画再现舞台，而镜子再现观众。镜子揭示了画家作为观者所观看的真正目的，并且先在地规定并固置了其他观者的观看与解读方式。"'梅尼纳斯'的矛盾证明，主体的存在必定被意指着，但它是空的，被规定着，却无拘无束。观众占据着主体的位置，理解主体存在的能指。他自己的主观性填充由绘画预先规定的空位。"[①]绘画不仅呈现自身，它还提供了对自己的读解。观众的想象必须服从绘画者的主观意志所设定的框架。观众的接受自由因而被降至最低限度，他不得不接受或拒绝整幅绘画作品。但是，画面形象性的重要特征在于它的"自然性"，在于它期待观众的"一次同化"，它因此成功地遮蔽了画面本文对观者规范的再现系统，在这个意义上，观者也就落入了"主体圈套"之中，误以为自己仍是一个"无拘无束"的主体。

影视剧影像的运动性，对支配静态绘画或照相的再现系统有所威胁，它会中断甚至暴露再现系统，使其解体。因为按照该系统，连续的镜头也就相当于连续的观点，观者与绘画或摄影所包含的主观机能的同化作用在观看影片时不断被截断。因此，影视剧的缝合系统就有其特殊性。欧达尔认为："一般电影术的话语是由一个镜头和一个逆镜头组成。在前一个镜头中，不在的领域以不在者的形式把自己强加于我们的意识，这个不在者也注视着我们所注视的东西。在第二个镜头——即第一个镜头的逆镜头之中，不在的领域被占据着某人或某物的出现所消除，逆镜头代表着与第一个镜头对应的目光的虚构的所有者。"[②]因此，当镜头2取代镜头1时，不在者就从话语陈述的水平转移到虚构故事的水平上了。因为不在者的目光不是任何人的目光，但是在逆镜头中，它却成为出现在银幕上的某个角色的目光。逆镜头由于遮蔽了不在者而成功地营造出类似于古典绘画的"主体圈套"，"缝合"了观者与影视剧世界关系中的裂缝，便由此构成了缝合系统的意义动力学。在此系统中，一个镜头的意义取决于下一个镜头。在能指的水平上，不在者不断地破坏一个电影陈述句的平衡，使其成为一个尚待实现的整体的不完全部分。反之，在所指水平上，缝合系统的效果是回溯性的。镜头2中的角色并不取代对应着镜头2的不在者，而是取代对应着镜头1的不在者。缝合永远在时序上落后于对应的镜头。这就是说，当我们最终知道另一个领域是什么

---

① 达扬. 古典电影的引导代码［M］//李幼蒸. 结构主义和符号学，北京：生活·读书·新知三联书店，1987：216.

② 同上，221.

以后，影视场已不在银幕或荧屏上了。一个镜头的意义是回溯式地被给予的。它并不与银幕上的镜头相遇，而只出现在观众的记忆中。

因而，读解影视剧的过程是回溯性的，在其中现在修饰着过去。缝合系统通过解释、甚至改造观众的记忆而系统地侵犯观众的自由。观众被扯得四分五裂，在对应的方向上被拉扯着。一方面，回溯的过程组织着能指；另一方面，预期的过程组织着能指。观众在影视剧系统的控制之下失去了通过现在之路。当不在者指向现在时，意指作用属于未来。当缝合系统实现着它时，意指作用又属于过去。意指作用就是如此粗暴而专断地把自己强加于观众，"穿过"观众。

但是，问题的关键却在于，观者何以心甘情愿地接受这种不在者的凌驾？这一点，恰恰就是理解影视剧缝合系统的关键所在。如前所述，拉康认为，"二次同化"是痛苦的，孩子为了得到未来能扮演父亲的许诺被迫牺牲自己的欲望，被迫在现实社会中接受父亲的权威。缝合系统则抹去不在者的陈述痕迹，观者在观看影视剧时将导致一种误读，误以为自己拥有影视剧话语的绝对阐释权，不以阉割为代价而当下地享受着父亲的权威，尽情地宣泄现实社会受压抑的情结。现实社会之所以允许乃至鼓励观者的这种误读，其原因在于影视剧毕竟只是一种虚幻的存在，观者的误读只存在于影视剧语言这一虚幻的空间，它犹如弗洛伊德所理解的虚幻的梦，可以避免与现实发生直接的冲突；另一方面则在于，观者对父亲地位的认同，只是一种误读，父亲的地位不但没有被动摇，反而在误读的逻辑中被强化。梦中人人都渴望父亲的权威的时候，就必然意味着现实中人人都将遵守父亲的权威。

因此，从精神分析学的角度上看，成功的影视剧是观者与现实社会的皆大欢喜。现实社会满足于既定秩序，并通过影视剧而获得了强化，观者则陶醉于父亲权威的想象性占有。

存在哲学家萨特认为，美对于逃避或超越自身的真实存在条件所作的心理学上的努力的人来说是不可缺少的，人生活在其中的物质是不属于人的，物质世界最终甚至会把人及其意义彻底摧垮，直至死亡。于是，人便使用我们称之为"美"的感性生命的想象的自由来超越命定论，超越任何事物都无法逃避的物化而凸现人的特性。那么，影视剧又是如何来拓展工业、后工业文明时代人类的审美可能的呢？

人是社会关系的总和，语言作为社会文化的象征，既存在于说话者，也存在于听话者，虽然它自己从不露面。影视剧的语言特性意味着，任何影视剧的表现手段都不可能仅仅是自然的照搬或模拟，而必然负荷文化的意义。恰如文化本身具有进化性和保守性两极内容，语言也同样具有惰性和新奇性两种趋向。语言的惰性表现为，任何语言的使用者一旦完全超越语言的基本规范，其信息就无法被破译而被拒之于语言之外。在此，语言呈现为强制性的稳定状态，并通过这种强制性保证语言的畅通无阻。语言的新奇性则表现为，语言的规范毕竟是有限度的，它客观上存在着语言使用者的创造空间。乔姆斯基在《句法结构》中指出，任何语言使用者在语言向言语的转换过程中，都是一种创造。语言的魅力，也恰恰由于语言有极大的可塑性而呈现出生动活泼的发展潜能。因此，语言的新奇性，为感性生命的个性自由的美学表达提供了丰富的可能。当影视剧语言赋予文本以美学空间的时候，它必然呼唤着观者审美个性的参与。诚然，如拉康的精神分析学所指出的，观者历经了与电影的“二次同化”，往往容易落入“主体圈套”而丧失审美个性，影视剧成为一种具有想象性补偿功能的梦幻机制。影视剧放映大厅的光芒在黑暗中闪烁的魅力，以及影视剧封闭而安全的世界，又容易孕育出美妙而幼稚的氛围，从而强化观者向催眠般的梦幻状态倒退。马尔丹因此强调，观者“在迷惑感觉的画面面前，他不应该听任自己陷入完全的被动……即在置身其中时自由得到保障的条件下，画面才确实会被看成一种美好的现实，电影才是艺术而不是鸦片”。[①]在这个意义上，观者的审美可能意味着，在影视剧面前，观者被“判”为有选择对事物进行解释的自由。一旦观者从“二次同化”中惊醒过来而恢复其自身的主体尊严时，观者的个性主体必然与影视作者的个性主体相互碰撞。双方犹如柏拉图笔下的两个主人公，带着各自的生命视野而进入对话，在对话的问答逻辑的推动下，克服彼此的生命视野的局限而达到一种新的生命视野的建构。

但是，正如作者的审美自由是在语言中实现的，观者的审美自由同样不可能回避电影的语言空间。影视语言的特性宿命般地注定了任何影视剧语言的审美都只是一种“熟悉的陌生人”，任何个体在鲜明地表达自己的生命个性的同时，又不可避免地将重复叙述一个古老的文明智慧。由于影视的解读是集体性的，因此，当人们不约而同地聚集在黑黝黝的大厅，接受影视剧的洗礼时，人们就将发现这样一个事实：在影视剧中，人们看到了昔日文明中宗教和虔诚的人道主义的代用品。

影视剧在说话，但一切都在重复，一切又都在开始。影视剧语言由此呈现出悲怆的诗意风格，它是一种人类幸与不幸的工业、后工业社会时代的象征。

第三节　一剧之本

在影视剧创作中，剧本的独特性在于，它是一种未完成的作品。众所周知，小说是一种文字的艺术，作家一旦定稿，小说从创作的意义上来说应该就完成了其使命。

---

① 马尔丹. 电影语言［M］. 何振淦，译. 北京：中国电影出版社，2006：10.

戏剧虽然从严格意义上说是一种舞台的艺术，但仍然以文字的方式存在，或者说，文字作为一种先在的存在规范着戏剧舞台的演出模式。清代剧作家孔尚任在《桃花扇·凡例》中曾一再提醒：

> 每出脉络连贯，不可更移，不可减少。
>
> ……旧本说白，止作三分，优人登场，自增七分；俗态恶谑，往往点金成铁，为文笔之累。今说白详备，不容再添一字。

由于在表演过程中，演员必须严格按照文字剧本的流程进行演出，“不可更移”“不可减少”，所以人们可以通过阅读剧本的方式而感知戏剧的本身魅力。例如大多数人对莎士比亚的戏剧的了解，主要都是通过阅读剧本而实现的。在戏剧发展史上，剧本的出现，大致在戏剧正式形成并成熟之际。古希腊悲剧从原始的酒神祭礼发展为一种完整的表演艺术，就是以一批悲剧剧本的出现为根本标志的；中国的宋元戏文和杂剧剧本，是中国戏剧成熟的最确实的证据；印度和日本古典戏剧的成熟，也是以一批传世的剧本来标明的。但是，也有一些比较成熟的戏剧形态是没有剧本的，例如古代希腊、罗马的某些滑稽剧，意大利的早期即兴喜剧，日本歌舞伎中的一些口头剧目，中国唐代的歌舞小戏和滑稽短剧，以及现代的哑剧，等等。剧本的出现，是戏剧正式成型并且成熟的一个重要标志。

影视剧因为延续了戏剧的故事叙述特征，在创作中同样延续了剧本创作这一具体创作方式。一个剧本创作的真正完成，并不是在案头文稿上，而是在舞台和银幕上。剧本的创作和设计，最主要的目的并不是以文字的形式给读者阅读，而是通过演员的表演和导演的统筹被完整地以视觉造型的形式展现出来，呈现出视听艺术的魅力。如果一个剧本被创作出来之后，不能被展现在造型艺术中，或者不能被很好地转化为视听形象，那么无论剧本的文笔多么精致、内容多么充满意义，这个剧本也是失败的。就此而言，一个剧本最重要的衡量标准，在于它是否能够被搬上银幕，能否具备良好的视听表现价值。

因此，与戏剧剧本不同，影视剧本除剧作家外，还要经过导演、剪辑师和摄影师的再度创作。这种二度创作虽然是以剧本为基础的，但它并不像戏剧那样必须严格遵循剧本的规范，而往往体现着导演等人自己的理解和感受。因此，小说和戏剧的作者，是完成文字的作家或编剧；而影视剧的作者，则是导演。

著名小说家、剧作家、导演阿仑·罗伯-格里叶对影视剧本创作的这一特性感触尤深。他认为，与小说创作作为完成的作品不同，在影视剧剧本创作中，当作者想描写两个人物的对话时，即使他写出了他们要说的话，写出了周遭的环境，甚至写出了他们的细微动作和脸部表情，但是，“这个场面怎么拍，是从远处拍，还是让这两个人物的脸占据银幕，摄影机如何移动，拍出的场景怎样剪辑等，最后还得由导演来决定。由于这两个人物可以从正面拍摄，也可以远距离拍摄，或是两个人的面部镜头可以迅速交替出现，因而在观众看这场戏时，也就可以作出不同的解释，甚至可以产生相反的含义”。[①]

当然，强调影视剧本的未完成性，并不意味着剧本在影视创作中可有可无。恰恰相反，由于导演、摄像和剪辑等的再创作只能在影视剧本的基础上进行，所以，影视剧本质量的好坏，在相当大的程度上直接决定了影视剧质量本身的好坏，这也正是人们常说的“剧本剧本，一剧之本”的含义所在。

影视剧本的最重要的写作特点，是叙事和造型的结合。影视剧和小说、戏剧一样，都要在一定的篇幅内叙述一个故事。一个在书本里叙述，一个在舞台上叙述，而影视是在银幕上和屏幕上叙述。因此，它们都属于叙事艺术，或者叫作时间的艺术。可是它们的表现方式却很不一样：小说是用文字描写，戏剧是用对话，而影视则是用具有视觉造型性的画面。所以，写影视剧本，首先要考虑到影视的视觉造型性，所谓的视觉造型性，如普多夫金所说，指的是电影剧作者所写的东西必须是看得见的，是能够被表现在银幕上的。“必须经常记住这一事实，即他们所写的每一句话将来都要以某种视觉造型的形式出现在银幕上。因此，他们所写的字句并不重要，重要的是他们的这些描写必须能在外形上表现出来，成为造型的形象。”[②]在很多的文学作品中，作者往往能够通过丰富细腻的描写来创造一个如梦似幻的仙境或者将故事发生的地点设计在外太空或者深海海底等只能依靠人类的想象来完成的场景，然而在剧本中，编剧却为了能够完成剧本内容的影视造型表达而必须对剧本故事的各种组成元素有所选择、有所考量，对于一些不适宜影视表演的内容进行艺术处理甚至放弃。虽然随着影视技术的不断发展，受到诸多限制的影视题材范围也随之扩大，一些之前难以被表现在镜头前的内容借助特技制作可以很好地完成，但是，仍然存在着一些当前并没有突破的局限。在传统的文学作品中，人物的情感和心理描写往往是非常重要的一环，在很多流传百年的经典名著中，都有着深入内心、饱含深意的人物心理刻画和情感描写来打动观众、构筑起作品充满光辉的精神内容。然而，在影视艺术中，人物的精神和影片的情感内涵往往不能用直截了当的方式向观众传达，而是需要经过精心设计的一系列动作、语言及其发生的场景来调动观众的主体思维，使观众主动体会其

① 转引自波布克. 电影的元素［M］. 伍函卿，译. 北京：中国电影出版社，1992：5.
② 汪流. 电影编剧学［M］. 北京：北京广播学院出版社，2000：14.

内在意义。在这种情况下，影视作品对于人物的刻画和描摹往往带有一种不确定性和多义性，总是需要经过观众的自我解读来完成人物内心世界的展示，和一锤定音、意义明确的文学作品相比，它带给观众更大的自我发挥空间，也给编剧和导演提出了更高的创作要求。

就影视艺术剧本语言而言，最为关键的是能够掌握个性化的语言描述。正如普多夫金所说，戏剧家塑造人物形象的主要手段是性格语言，即通过富有性格特征的语言（对话）去塑造人物。影视中的人物语言当然也要求性格化．但它更要求运用造型动作和人物造型去刻画人物。而戏剧与影视最大的不同之处则表现在时空上。戏剧因受三堵墙的限制，它在时空转换上是很不自由的。所谓”三幕六场”，人物只能在很少的场景中活动，这就必然限制了空间的丰富多样，削弱了表现人物的环境手段。而影视的视觉造型，恰恰需要在空间转换上享有自由。它要求突破舞台的有限空间，把人物外延到广阔的空间中去，这就丰富和扩大了影视的生活画面。因此，影视艺术往往能够将空间和个性化的语言造型艺术结合起来，更加逼真地向观众展示一个人物、一段历史、一种生活。在影视剧作品中，一种环境，一段语言，往往就能向观众展示一个多面而立体的人物，并通过这个人物展示出作者所想要表达的中心思想和内在生活。如在美国影片《乱世佳人》最后一个片段中，主人公斯嘉丽面对着一片广袤而泛着迷人红光的土地，发出感叹，“明天又是新的一天”，在这个结尾中，主人公站在长期依赖的、深爱的、承载了一代代人情感和生命记忆的土地面前，抛却了她面前的种种忧虑和无助，重新燃起了对于生活、对于自我的希望和勇气。这种典型化的语言和环境让观众看到了一个历经磨难和动乱却始终坚强执着、独立自我的主人公，将人物的形象烘托得更加立体鲜明、栩栩如生。这个事例向我们展示，个性化的语言、充满性格特征的动作和具有强烈情感的环境塑造，对影视剧本的成功有着非常重要的作用，也是一部影视剧作品能够打动人心、发人深省的必要因素。

《乱世佳人》

在影视剧剧本的创作中，相当一部分的编剧着力于剧本内容的钻研和创作，写出了内容流畅、画面考究、人物真实的故事，然而当这些内容被搬上了银幕之后，却未能引起观众的强烈反响。虽然观众们看懂了故事，理解了剧情，获得了强烈的娱乐效果，但随着时间的流逝，这部影视剧就和风吹过湖面一般了无痕迹，并不能在观众的心目中留下印象。究其原因，就是因为这部影视剧徒有艺术的表现形式，缺少了一个丰满的艺术灵魂。在影视剧的剧本创作中，编剧不仅要想着怎样叙述这个故事才好看，还要弄明白为什么想要告诉观众这个故事，观众能够从这部影视作品中获得什么样的情感折射和心理体验。相对于前者的一时愉快来说，后者的精神影响才是更重要的，这也是影视艺术之所以能够被称为艺术、让人们为之深受感染的重要原因。纵观影视发展史上留下了重大影响的影片，无一不是在情节铺排和主旨立意上双双达到较高成就的充满人文内涵和人性关怀的作品，也只有通过直接而有价值的情感交流，观众才能从一个简单的故事中得到更有意义、更具有良好影响的收获。因此，编剧在创作一个剧本时，必须就作品的内容主旨和情感倾向进行仔细的考量，确认其是否能够给观众带来正确的情绪影响和意识引导，是否能够给观众的心灵成长和灵魂健康带来正面的富有价值的力量。只有做到了这一点，影视剧本才能说是真正有价值的艺术作品，而不仅仅是一个具有较高的经济价值的文化商品。

一般来说，影视剧本的写作没有固定的格式，但是通行的往往有文学剧本和镜头剧本两种。文学剧本顾名思义主要是剧作家所创作的底本，它主要包括可以进行视觉化表现的场景、人物关系、对白、故事情节，等等，恰如李·波·R布克所说的："作家必须'看见'整个剧本——包括它的结构，可以听见的部分，而最重要的则是构成完成作品的视觉形象。"[①]如英格玛·伯格曼的代表作《第七封印》，其文学剧本的写作格式如下：

> 夜晚使炎热稍稍得到缓和，黎明的时候，一阵热浪掠过了灰暗的海面。
>
> 骑士安东尼俄斯·布洛克俯卧在铺在一片沙滩上的云杉树枝上。他的眼睛圆睁着，由于缺少睡眠而布满血丝。
>
> 近旁，他的侍从延斯正鼾声大作。他卧倒在那片饱经风霜、枝节错落的云杉树边呼呼大睡。他张开的嘴迎着晨曦，喉咙里发出可怕的声响。
>
> 一阵突然刮来的风惊动了马匹，它们向大海伸出干渴的口鼻。它们像自己的主人一样形容枯槁，瘦骨嶙峋。
>
> 骑士爬起身来，步履蹒跚地走到浅水的地方，洗洗他的被晒焦了的脸和起泡的嘴唇。

① 波布克. 电影的元素［M］. 伍函卿，译. 北京：中国电影出版社，1992：15.

延斯翻了个身，脸对着树林和黑暗。他在睡梦中发出呻吟，使劲地搔着他头上的短发茬，一条疤痕斜着横过他的头皮，白得发亮，就像闪电穿过烟尘一样。

骑士回到沙滩，跪下来。他闭上眼睛，紧锁双眉，开始早祷。他紧握双手，嘴唇无声地吐出祷文。他神情忧郁而悲痛。他睁开眼睛直视着东升的旭日，它像鼓胀的、将死的鱼从晨曦弥漫的海面上一跃而起。天空灰暗，沉滞不动，像一座坟墓的穹顶。一块乌云纹丝不动地挂在西方的地平线上。乌云上边，隐约可见一只海鸥，翅膀一动不动地张着，在飘来飘去。它发出古怪的、觳觫不安的鸣声。

骑士的高大的灰马抬起头来嘶鸣。安东尼俄斯打量着四周。

一个穿黑衣服的人站在他身后。他脸色异常苍白，双手藏在他的宽大的合拢的斗篷里。

骑士：你是谁？

死神：我是死亡。

骑士：你是来找我的吗？

死神：我已同你走了很长一段时间了。

骑士：那我知道。

死神：你准备好了吗？

骑士：我的身体很害怕，我倒无所谓。

死神：噢，那并不可耻。

骑士站起身来，浑身颤抖。死亡张开他的斗篷，覆盖在骑士的肩膀上。

骑士：等一会儿。

死神：他们总是这么说。我不同意缓期。

骑士：你喜欢下棋，不是吗？

死神的眼睛闪射出一丝欣喜的光芒。

死神：你怎么知道的呢？

骑士：我在绘画里看到过，在民歌里听到过。

死神：对啦，我其实是一个相当不错的棋手。

骑士：但你不可能比我高明。

骑士在他随身带着的一个大黑袋子里翻找，拿出一个小棋盘。他把棋盘小心翼翼地放在地上，然后开始摆棋子。

死神：你为什么要和我下棋？

骑士：我自有道理。

死神：那是你的权利。

骑士：条件是只要我仍在同你对阵，我就活着。如果我赢了，你就放我，同意吗？

骑士向死神伸出两个拳头，死神突然对着他笑起来。死神指指骑士的一只手，手里是一个黑卒。

骑士：你下黑的。

死神：非常合适。你不这样认为吗？

《第七封印》

很显然，在《第七封印》中，伯格曼通过“天空灰暗，沉滞不动，像一座坟墓的穹顶。一块乌云纹丝不动地挂在西方的地平线上。乌云上边，隐约可见一只海鸥，翅膀一动不动地张着，在飘来飘去。它发出古怪的、觳觫不安的鸣声”的叙述，交代了剧情所发生的场景发生于沉寂得令人不安的大海边。骑士选择与死神下棋一赌生死，则成为剧情的矛盾冲突所在。在拍片过程中伯格曼在文学剧本的基础上增添了以下元素：

1. 富于神秘色彩的黑白摄影强调出一种几乎是永恒的忧郁；
2. 整个场面都可以听到海和鸟的声音；
3. 突然的切割使死神的出现几乎像变魔术一样；
4. 演员的风格化表演表明了影片的寓言（耶稣受难剧）性质。

与文学剧本主要展现视觉化的故事情节不同，镜头剧本除了具备文学剧本的所有元素之外，还详细规定了每一镜头的机位、景别、音响等拍摄过程中必须规定的内容。因此，镜头剧本实质上就已经是导演等后期二度创作的脚本，如张艺谋执导的电影《红高粱》的镜头剧本：

（5）（特）全黑的画面

（渐显）

一个姑娘脸部轮廓显露出来。

我奶奶的脸。年轻漂亮，灵气逼人。

画外“我”：我给你说说我爷爷我奶奶的这段事。在我老家至今还有人提起，日子久了，有人信，也有人不信。

画外“我”：那年的七月初九，是我奶奶出嫁的日子，娶我奶奶的是十八里坡烧酒作坊的掌柜李大头，五十多岁才娶上这门亲，因为人们都知道，他有麻风病。

(6) (特) 银簪子叉住发髻，一朵红绒花插上。

(7) (特) 丝绒在脸上滑动，绞去汗毛。

(8) (特) 一只银镯子缓缓套在手腕。

(9) (特) 领扣被扣好。

(10) (特) 耳环轻轻晃动。

(11) 我奶奶的脸。不悲不喜，平平淡淡。红盖头缓缓落下，遮住了我奶奶的脸。

画外一个中年妇女高声唱诵：“坐轿不能哭，哭轿吐轿，没有好报。盖头不能掀，盖头一掀，必生事端。”

画外一男生吆喝：“上轿”。

(12) (特) 轿内。我奶奶一把扯下盖头。

(13) (全-全) 轿子在旷野中悠悠行进。

(14) (全) (稍俯) 小小乐队吹吹打打。

(15) (大全) 轿子行走，尘土飞扬。

画外“我”：照那会儿的老规矩，半道儿要折磨新娘子。那天抬轿子的吹喇叭的全是李大头家里的长工。只雇了一个轿把式，他是方圆百里的轿夫，后来就成了我爷爷。

(16) (近) 我奶奶打量轿内。

(17) (近-近) (摇) 正面的轿帘上，刺绣着龙凤图案，(摇) 轿帘一晃一掀，一道道亮光夹着尘土钻进来。

(18) (近) 我奶奶随着轿子的起伏一起一落。

(19) (近-近) (摇) 轿夫们的腿有节奏地移动。

(20) (近) 我奶奶穿着红绣花鞋的脚缓缓伸出，把轿帘顶出了一条宽缝。

(21) (近) 我奶奶透过轿缝看见：

(22) (中-中) (跟移) 我爷爷肌肉强劲的脊背。

(23) (近-近) (摇) 我爷爷上身赤裸，潇洒地抬轿走着。

(24) (近) 我奶奶睁大眼睛。

(25) (中-中) (跟移) 宽缝中: 肌肉跳跃, 青白头皮一晃一晃。突然, 我爷爷开口说话了, 像脑后长着眼睛: “轿上的小娘子, 别偷着看哪, 跟哥哥们说几句话, 这长长的路, 你也不嫌闷得慌? ”

画外二狗子接茬儿说: “是啊, 说话解闷, 唱戏解乏呀。”

画外大兄弟: “唱个调调听听。”

画外二狗子: “你偷着看也不管用啦。”

顶着轿帘的脚悄悄收回, 轿里暗了下来。

(26) (近-近) (摇) 我爷爷: “小娘子, 哥哥们抬你一回不容易呀! ”

(27) (全-全) (摇) 二狗子: “谁家的闺女, 毁啦。” 大兄弟: “当爹妈的心太狠啦。” 二狗子: “当爹妈的见钱眼开呀。”

(28) (近) 轿内我奶奶平平静静。

(29) (全-近) (摇) 我爷爷边走边说: “李大头流白脓淌黄水, 那可不中用啦。”

二狗子跟着说: “你可不能让李大头沾身, 沾了身你就烂啦。”

(30) (近) 我奶奶一声不吭。

画外我爷爷: “要是后悔还来得及, 哥哥们再把你抬回去。”

(31) (全-全) (摇) 轿子起伏。

画外我爷爷: “亲哥哥我就等着你这句话啦。”

(32) (全-中) (摇) 我爷爷: “小娘子, 给哥哥唱个曲吧。哥哥们抬着你呢” 我爷爷猛地颠了下轿。

(33) (近) 我奶奶一颤, 急忙抓住两边坐板, 依旧一声不吭。

(34) (近近) (摇) 我爷爷: “不说话? 颠! 颠不出话来还颠不出尿来! 大号! ”

(35) (全-中) (摇) 刘大号答应一声, 长喇叭一举, 一声高昂的长音送上青天。霎时, 锣鼓家伙变了曲调。乐队的伙计随着曲调扭了起来。

(36) (全-全) (摇) 四个轿夫齐刷刷变了步骤, 八条健腿扭秧歌般地左扭右拐, 前进后退, 左右呼应, 煞是好看。

七八条吭吭哇哇的粗嗓亮开了声:

“客没走, 席没散。

四下新郎寻不见哪……”

(37) (近) 我奶奶被颠得七摇八晃, 她死死抓住坐板。

(38) (全-全) (摇) 我爷爷他们将轿颠得像浪中的小船。

“急猴猴，新郎官，

钻进洞房把盖头掀……”

(39) (半-半) (摇) 乐队吹吹打打，扬扬得意。

“盖头掀——”……

(40) (近) (摇) 二狗子、我爷爷得意地将轿杠从右肩甩到左肩，又从左肩甩到右肩。

“哎呀呀呀呀呀，我的个小乖蛋，

嘿，我的个小乖蛋。”

(41) (近) 我奶奶被颠得脸色苍白，肠胃翻腾。

(42) (半-半) (摇) 轿夫们扭得越发起劲：

“定神看，大麻点，

塌鼻豁嘴翻翻眼，翻呀么翻翻眼，哎，翻呀么翻翻眼哪……”

(43) (半-半) (摇) 唢呐重、大壮围着轿子又吹又敲。

(44) (全-全) (摇) 十几只大脚踏得路上尘土飞扬。

(45) (近) 我奶奶的眼泪流下来。

“鸡脖子，五花脸，

头上虱子接半碗，接半碗……“

(46) (特) 一把剪刀落在轿板上。我奶奶赶紧用脚紧紧踩住，又伸手去拾剪刀。

(47) (特-特) (摇) 我奶奶将剪刀按在胸前，泪流满面，

画外我爷爷：“还是不说话？再给我颠！”

(48) (半-半) (摇) 我爷爷他们又唱又跳：

“丑新娘，我的天，

龇牙往我怀里钻，怀呀么怀里钻，挨，怀呀么怀里钻哪……”

(49) (特-特) (摇) 我奶奶将剪刀塞入怀里，哭了起来。

“扭身跑，不敢看，

二旦今晚睡猪圈，睡猪圈……”

(50) (近-近) (摇) 大壮敲鼓蹦跳。我爷爷他们兴奋得满面红光。

“哎呀呀呀呀……”

(51) (半-半) (摇) 大兄弟、豁牙李娴熟地将轿杠换到右肩。

“我的小乖蛋哪。”

(52) (半-半) (摇) 二狗子和我爷爷娴熟地将轿杠换到左肩。

“我的小乖蛋哪。”

(53)（全-大）（摇）我奶奶的哭声大了起来。大壮急急敲了几个轿杠，告诉我爷爷，我爷爷一摆手，轿子平稳下来，锣鼓家伙也停了。

（全）我奶奶的哭声愈来愈大。

我爷爷说了声：“走！走！”①

剧本详细规定了镜头的机位、取景方式乃至运动方式，每一个有编号的部分都是一个镜头，其中镜头 (5) — (12) 构成一个场面，叙述的是十八岁的我奶奶，将被迫嫁给五十多岁麻风病患者李大头，我奶奶在轿内“一把扯下红盖头”，客观上就具有了一种反抗的意味。与此同时，画外音司仪中年妇女所说“坐轿不能哭，哭轿吐轿，没有好报。盖头不能掀，盖头一掀，必生事端”，内在地预示着这场戏冲突的张力所在。镜头 (13) — (53) 包括轿夫调侃新娘以及颠轿等戏，着力刻画了我奶奶的刚烈性格以及她与我爷爷一种意志的碰撞与较量。最后在颠轿折磨下，联想到自己悲剧命运的我奶奶不由失声痛哭，女司仪的“不许哭”戒律终于被我奶奶打破，而这一戒律预言的“必生事端”究竟是否会发生，我奶奶的命运何去何从，也就强烈地吸引了人们的关注。

因此，《红高粱》镜头剧本以一种可供拍摄、一目了然、富于戏剧冲突的分镜头结构，为张艺谋创作《红高粱》的影像世界打下了坚实的基础。

《红高粱》

必须指出的是，不论是文学剧本，还是镜头剧本，它们都是影视剧创作的基础，尽管在影视编剧手里的银幕形象，尚处在用文字表现的阶段，但它却能独立地描绘出鲜明的生活图画。影视剧本决定了未来影视剧反映生活的深刻程度和艺术造诣的高下。影视剧本的地位和作用，可以从“没有好剧本就拍不出好影视”这个角度来得到论证。苏联的杜甫仁科说：“艺术电影是以文学，即电影剧作为基础的，因此，影片的高质量首先要以具有创作上真正的优秀的剧本为前提。”他又把电影剧本的作者称之为“在纸上设计影片的总设计师”。②编剧在影视作品开始具体的拍摄之前作出的种种努力，基本上确立了一部影视作品包括时间、地点、人物、剧本矛盾、结构、主要情感等所有能够决定一部影视剧作品故事质量和情感

① 张艺谋. 红高粱 [J]. 当代电影，1988 (2).

② 汪流. 电影编剧学 [M]. 北京：北京广播学院出版社，2000：6.

层次的重要内容，可以说，在创作的蓝本阶段，剧本直接决定了影视剧的价值和造诣。一个成熟的影视剧剧本，对于导演来说是一个良好的二度创作的基础，也是进行具体拍摄的关键内容。一个充满了创意和情感的影视剧剧本，是一部作品能够获得成功的关键。

日本导演黑泽明在谈到剧本问题时曾经说过：“弱苗是绝对得不到丰收的，不好的剧本绝对拍不出好的影片来。剧本的弱点要在剧本完成阶段加以克服，否则，将给电影留下无法挽救的祸根，这是绝对的。无论拥有多么优秀的导演力量，也无论在导演时做了多大的努力，结果也无济于事。当然，导演对剧本要尽一番努力，那是另一个问题，正因为有人把这种努力和导演混为一谈，所以才认为导演能掩饰剧本的缺陷，那完全是一种错觉。总之，一部影片的命运几乎要由剧本来决定，我甚至认为，抓住一个好的剧本是导演艺术的第一步。”这番话至今听来仍然对我们具有强烈的启示意义，在中国电影工业稳步发展的今日，要更好地推出一些具有代表性和艺术性的作品，推动中国电影艺术的持续性发展，无疑需要更多的影视艺术工作者来关注和重视编剧工作，加强编剧能力的培养和业务素质的提高，使中国的剧本质量和数量都能够跟随蓬勃前进的电影艺术一起，获得巨大的进步。

这也对从事编剧事业的艺术工作者们提出了很高的要求，赋予他们强大的使命和责任。影视剧本的地位和作用只有在有才能的编剧手中才能体现出来，只有加强对编剧艺术的研究和先进理论的学习，才能更有把握创作出成熟优秀的剧本，切实配合中国电影加速前进的步伐，创作出具有强烈时代感和永恒人文价值的经典作品。

限于篇幅，本书将主要探讨文学剧本的写作，旨在通过对影视剧创作历史过程中形成的技巧和形式的归纳总结，深入浅出，全面阐释影视编剧中关于创意、题材、主题、人物塑造、情节、结构、语言等主要问题，为影视剧创作和研究人员提供参考。

推荐阅读：

1. 贾内梯. 认识电影［M］. 北京：世界图书出版公司，2007.

2. 巴赞. 电影是什么［M］.崔君衍，译. 北京：文化艺术出版社，2008.

3. 王书亚. 我有平安如江河：影视中的救赎与盼望［M］. 南昌：江西人民出版社，2009.

4. 汤普森，波德维尔. 世界电影史［M］. 北京：北京大学出版社，2004.

5. 王宜文. 世界电影艺术发展史教程［M］. 北京：北京师范大学出版社，2004.

6. 肯沃斯. 大师镜头［M］. 北京：电子工业出版社，2010.

7. 张福起，房伟. 影视作品分析［M］. 济南：山东人民出版社，2010.

8. 李少白. 影心探赜［M］. 北京：中国电影出版社，2000.

9. 韩小磊. 电影导演艺术［M］. 北京：中国电影出版社，2004.

10. 宋健君. 青年电影手册［M］. 北京：新星出版社，2011.

11. 巴波林. 故事技巧：如何创作出引人入胜的剧本［M］. 北京：人民邮电出版社，2016.

12. 刘永泗，刘莘莘. 影视光线创作［M］. 北京：北京联合出版公司，2015.

13. 奥斯廷. 看不见的剪辑［M］. 北京：北京联合出版公司，2016.

14. 彭小莲. 不要给我讲故事，我需要的是人物［M］. 北京：北京联合出版公司，2015.

15. 普林斯. 电影的秘密：形式与意义［M］. 北京：文化发展出版社，2018.

第二章 创 意

导 语

罗伯特·麦基在《故事》一书中说道:"'好故事'就是值得讲而世人也愿意听的东西,发现这些东西是你孤独的任务。这事儿得从天才开始,你必须拥有天赋的创造力,能以别人做梦都想不到的方式把材料组织起来。然后,你必须将一种由对社会和人性鲜活洞察所驱动的视觉印象注入你的作品之中,辅之以对自己作品人物和世界的深入了解。"在其中,排在第一位的,是天赋的创造力,即一种他人所没有的新鲜的创意能力。因此,在影视编剧的学习中,创意、想象和移情是十分重要的一环,只有能够充分地深入生活、深入充满人性本身的精神世界,不断从既有的意象中汲取营养、引发想象、激活灵感,产生别具一格的创意,才能够创作出真正打动人心、引起共鸣的影视作品。

第一节 概念

所谓创意,是指源于个人创造力而孕育出的技巧与成果。一般认为,创意具有广义和狭义两种,广义上的创意泛指一切领域里的个人创造性活动。1986年,著名经济学家罗默曾撰文指出,新创意会衍生出无穷的新产品、新市场和财富创造的新机会,所以新创意才是推动一国经济成长的原动力。另一位经济学家霍金斯在《创意经济》

一书中，把创意产业界定为其产品都在知识产权法的保护范围内的经济部门，知识产权有四大类：专利、版权、商标和设计。知识产权法的每一形式都有庞大的工业与之相应，这四种工业加在一起就组成了创造性产业和创造性经济。[①]1997年5月，英国首相布莱尔为振兴英国经济，提议并推动成立了创意产业特别工作组。1998年，英国创意产业特别工作组首次对创意产业进行了定义，将创意产业界定为“源自个人创意、技巧及才华，通过知识产权的开发和运用，具有创造财富和就业潜力的行业”。根据这个定义，英国将广告、建筑、艺术和文物交易、工艺品、时装设计、电影、互动休闲软件、音乐、表演艺术、出版、电视广播等行业确认为创意产业。

狭义的创意则是专指艺术领域里的个人原创性活动，我们甚至可以发现，一部影片能否成为经典，能否在浩如烟海的电影中出类拔萃的关键,就在于这个立意——影片创作的最初形态是不是具有创造性。简单地说，好影片首先需要好的立意。创意过程，实质就是剧作者对于社会生活从自发状态到自觉状态认识理解的过程，也是剧作家对自己生活积累、艺术积累甚至是对于商业市场敏感性的多层次多角度的把握与顿悟，是剧作家对生活内容的艺术的想象与升华。

影片的立意常常在很大程度上决定了一部电影的优秀程度。一部充满创意、立意高远但是制作略有瑕疵的电影，无论在观众感受或影片质量上甚至有可能超过一部立意平庸、题材普遍但是制作精良的影片。[②]在这个意义上，影片的立意就相当于一部影片的灵魂。科幻电影历史上的划时代之作——《星球大战》系列，可谓是影片立意中的翘楚。这一系列创作时间从1977年至2016年跨越几十年、由八部影片组成的庞大的系列电影史诗，以超凡脱俗的想象力和前所未有的故事架构征服了一代又一代的观众。如果不是具有跨时代意义的立意，拥有永恒的精神主题，随着社会经济的发展和社会的变迁，一个平凡的科幻故事并不能产生如此历久不衰的艺术魅力。值得一提的是，“星战”的故事仍在延续和开拓，不断随着时代的变迁加入更多新鲜元素，保持着创意的先锋性。

《星球大战》最初的电影剧本是由导演乔治·卢卡斯在1973年夏天亲自完成的，此前的整个70年代，最成功的科幻电影是创下了2400万票房纪录的《2001太空漫游》。通常情况下，诸如《人猿星球》等成功的科幻片，票房一般也只在1600万左右。市场决定资金方向，在这样一个总体趋势下，好莱坞的各大电影公司对于投资拍摄一部太空科幻电影并不是很感兴趣。针对当时显得平庸的科幻电影市场，为了区别当时仍维持着由梅里爱开创的太空探索、人类与外星生命对峙故事的科幻电影主流情节，

① 金元浦. 文化创意产业：面向未来的重大战略转移［N］. 光明日报，2006-01-20.

② 周斌. 故事创意乃动画片之基础［J］. 艺术百家，2006（2）.

卢卡斯笔下的剧本显得充满了冒险精神，野心勃勃。剧本总共有两百多页，整个故事聚拢成一个庞大而漫长的时间线。故事的人物角色有邪恶而残暴的银河帝国，有聚集在自由旗帜下的义士，有密室中策划的阴谋，有精通武功的武士，有勇敢而美丽的公主。故事的情节则包括父子决裂、师徒对战、公主和船长的浪漫爱情，以及举止滑稽的机器仆人。故事的场景空间则设置在寒冷的雪原、无边的沙漠、浩瀚的太空、神秘的海洋、幽暗的丛林中。因此，卢卡斯将箭在弦上、一触即发的剧情与天马行空的空间想象连接一起，构成了非凡的视觉奇景。正是这个伟大的创意，打动了20世纪福克斯公司，电影制片厂的老板决定进行一次赌博，也正是这一次成功的赌博，成就了我们现在所能够看到的电影经典。

《星球大战》的创意不仅仅停留在电影剧本上，更是蔓延到了影片的制作领域。在电影《星球大战》出现以前的世界，是一个根本没有手机和个人电脑的世界，也没有人听说过“国际互联网”这个名词。与如今电脑和电脑技术平民化、普及化的趋势相比，当时的人们仍然处于“纸媒时代”，手和打字机是最普遍的书写工具。当时的科幻电影还是主要依靠传统的蒙太奇手法和基础性电影技术效果，大量的奇幻场景通过美工和道具来进行实景搭建，因此拥有大场面的影片常常需要高昂的置景费用，很多处于电影艺术家幻想中的画面也无法通过影像进行具象的呈现。1975年，乔治·卢卡斯拿到电影公司的第一笔资金后，他做的第一件事情，不是开始影片的拍摄，而是召集了一帮志同道合的年轻人，成立了工业光魔电影特效公司。当时的电影制作行业还没有电脑特效这样的技术，他们为了完成《星球大战》的拍摄，从无到有一步步开创了整个电影特效行业。从此，电影行业的传奇——“工业光魔”电影特效公司正式拉开了整个好莱坞电影特效行业的序幕，并从此改变了整个世界电影的制作观念。正是这家电影特效公司的成立，让《星球大战》的电影画面充满了未来感和神秘感。闪烁的激光剑，具有强大杀伤力的激光枪，能够存储在机器人中过世母亲的三维图像，这些我们现在已经十分熟悉的科技现象，在当时掀起了巨大的社会反响。人们第一次见到科技为人类

《星球大战》

生活的细枝末节带来的影响，虽然这一切只存在于电影这一造梦的艺术之中，但其所显示出来的科技发展的潜力和人类生活进化的希望，真切地推进了人们对科技力量的关注与信心。与此同时，电影的成功同样大大推进了电影工业的发展，一个全新的工业经济增长点就此形成。在这之后，电脑特技成为许多电影不可缺少的支柱，这一项技术的发展和成熟大大拓宽了电影艺术的题材范围和表现能力，通过将人们意识中固有的那些不可能一一地转化为可能，牢固地树立了电脑特效在电影工作体系中举足轻重的地位。至今，电影特效的不断进步仍然是电影业向前推进的一个重要的动力。

《星球大战》系列的出现，不仅深刻影响了后来拍摄的一系列科幻电影，而且对整个美国和世界流行文化都产生了极其巨大的影响。它的出现标志着好莱坞改变了20世纪70年代以来以拍摄表现复杂的精神状态和政治上愤世嫉俗的影片为主的倾向，转而拍摄更脱离现实、更讲究特技效果的影片，而且这已成为支配80年代以来世界主流商业电影的一种趋势。纵观近年来在国际票房市场取得不俗成绩，不停进行续集翻拍的电影，科幻商业大片占据了相当重要的位置，《变形金刚》《阿凡达》，包括由漫画改编而成的《蜘蛛侠》《蝙蝠侠》和风靡全球的哈利·波特魔幻系列，都十分贴合这一规律。依托日渐发展的电影特效技术，更多和现实世界形成疏离与对照的幻想空间被搬上大银幕，更多前所未见的影像奇观被制造出来，吸引着成千上万的观众涌入影院观看。

因此，在电影创作中，一个好的创意能够化腐朽为神奇，极大地提升电影的艺术品质与魅力。

那么，我们如何来分辨创意是否恰当，是否成功呢?

好的创意必须具备开拓性。所谓开拓性，就是在某一个领域中从未出现过，或者从未想到过的，呈现出来的事物是新鲜的、调动人的各种感官注意力和联想发散能力的。好的创意能够赋予人们以启迪，帮助某一种范围内的艺术种类或者具体事物打开一个全新的运作方向，提供一种别样的思考模式。

法国著名电影艺术先驱者梅里爱是第一个把科幻类型故事搬上银幕的人。在电影艺术尚未完全成熟的年代，他在偶尔的一次机会中领悟了技巧的妙用，从此为自己丰富的想象力插上了现实的翅膀。有一次，当他正在放映从巴黎歌剧院广场拍摄来的影片时，发现画面上的一辆马车在行进中突然变成了灵车。经过查找原因，他发现在拍摄这段场景时，因为机械故障，胶片曾经有过一段时间的停顿。而就在这短短的停顿期间，马车从镜头前驶开了，跟在后面的灵车取而代之。“停机拍摄”的画面特技，因为这么一桩小小的意外就此诞生了。机敏的电影艺术大师果断抓住了这一瞬的灵感给他带来的机会，20世纪初，他首先创作出科学幻想片，在摄影棚内创作出了《月球旅行记》《海底两万里》《北极征服记》等一系列具有划时代意义的影片。

《月球旅行记》

特别是《月球旅行记》一片影响巨大，它不仅确立了科幻片这一样式，而且确定了电影排演在电影制作中的地位。在对两部科幻小说《从地球到月球》《月球上的第一批人》的改编过程中，这位天才的导演添加进许多吸引人的幽默、让人惊叹的险情和一些幻想因素，重新编撰出了一个美妙动人的故事：身穿占星师服饰的科学家们决定乘炮弹去月球，一群衣着轻柔的歌舞女伶操纵大炮，将炮弹发射到火山口的平原上。科学家们在月亮上渐入梦乡，星星姑娘们由手执星形东西的美貌女郎扮演，好奇地注视他们。入夜，科学家们钻入洞穴避寒，看到月亮神、貌似昆虫的生物，并于激战之后返回地球。精巧别致的特技、悠悠漫长的空间旅行、海底的奇花异草、外星的火山洞穴、利己的科学家和迷人的姑娘都成为今天科幻片的必备元素。科幻片这一至今仍在世界影坛上活跃的电影类型便是在这样原始却充满创意的浪漫中确立，直到今天，对外星人故事的刻画和描写已经衍生出丰富的不同题材，好莱坞在电脑特技上的不断投入和开发令科幻片的制作攀升到了一个全新的高峰，但是纵观《变形金刚》《阿凡达》等热门影片，我们还是能从中窥见梅里爱《月球旅行记》的影子，这就是创意的力量。

创意的开拓性的第一个特点在于它的新颖性。新颖性就代表了创意的精髓在于前人未曾设想和发掘，是能够让人耳目一新的。创意之“创”就在此处，“创”字代表了“创意”这一独特的意象并非随意可得，也不是天马行空的臆想，它是一条未曾开发的路径，是一种还没显露的特性，也是一个充满希望的起点。它来之不易，是人们通过长时间的尝试、探索、思考所得出来的具有高度实践性和传播力的观点、方式，对每个人来说都是认知系统中一个潜伏而未被发现的潜藏意识，等待有心人将其发掘出来并得到大众的认可。第一个将花比喻成姑娘的人才能称作天才，我们经常用类似的事例说明创意的珍贵，它最难得之处是在于想到人所想不到，看到人所看不到，走在大多数人前面，或者另辟蹊径，走到一条大多数人没有走到的路去。魔幻电影《哈利·波特》的成功不得不说在很大程度上得益于创意的成功。相较于大部分的人而言，英国传统的巫师文化似乎只出现在中世纪的女巫传说和教会的迫害故事中，置身其中，除了严肃的历史记忆和文化批判，似乎很难产生更多的艺术联想。而《哈利·波特》作者的妙想就在于，把传统的巫师文化进行时空上的转移，嫁接入现代社会，并且巧妙地设置巫师世界与现实世界的衔接口，运用丰富的想象能力将其塑造得几近真实，并且逻辑通顺。于是，在这样一个充满了各种冲突和悬念的大创意之下，各种相互关联的小创意便蜂拥而来，累加在一起，形成了《哈利·波特》所独有的魔法世界。与传统魔幻名著《魔戒》的气势恢宏相比，《哈利·波特》无论在魔法世界的塑造、人物种族的设置还是故事线索的推进上，都显得单一明晰，并没有形成多线并进的宏大故事脉络，也没有栩栩如生的庞大人物群体，但是就创意而言，《哈利·波特》无疑更加取巧，也更加具有趣味性。与真实相背离的魔法世界和平淡无趣的现实生活一旦碰撞融合，所产生的艺术火花远比单纯的魔幻大陆冒险故事来得戏剧化，天然的冲突性甚至不需要依靠精心布局的情节来体现。更为重要的是，人们习惯了太多从很久以前讲起的魔法故事，一个能够用上个礼拜或几年前作为时间点开头的魔法童话具有明显的优势，能够吊起观众的胃口，一下子吸引人们的眼球。更加值得注意的是，《哈利·波特》作为一个根植在现实世界中的魔幻故事，很多情节元素并不需要如传统的魔法故事一般需要重新想象和塑造，而是自然而然从现实中取材而用，对于创作者来说，减少了一些因情节的编造而产生逻辑冲突的风险，让整个故事在结构构造上更加具有可信度，可谓是一举多得。而这一切的核心，便是作者那前所未有的新颖创意。正是这一创意的新鲜感，让这部作品无论在出版还是电影上都获得了巨大的成功。

《哈利·波特》

创意的开拓性的第二个特点便是它所具备的启示性。好的创意不仅新颖，是人们从来未曾想到过的，它还能给人以启迪和激发，让人们的自我思想从中延续出更加丰富的内容。自梅里爱第一次将幻想中的外太空用电影艺术的形式表现出来之后，科幻电影这一形式便正式登上历史舞台，丰富了电影类型的宝库。《星球大战》时期的外星人和地球人的生存状态几近一致，有着各种各样的美丑善恶、纷争和解，也一样举起手中的激光剑为了家园和生存与邪恶势力做斗争。到了《异形》时期他们则成为了星际恶魔一般的寄生怪物，通过寄生人体这一种前所未有的方式出现，诞生和毁灭，两种截然相反的动作糅合在一起，使其形象呈现更复杂的伦理层次。在《变形金刚》里他们一反传统的血肉之躯形象，成了拥有金属结构外皮的变形生物，隐藏在地球各个角落，对人类世界虎视眈眈。在《阿凡达》中他们则褪去了高科技生物的光环，成为拥有原始信仰的兽性人，固守传统的信仰生活着，仿佛人类的童年时期。纵观这些取得了巨大成功的科幻电影，无论地球和外太空生物的立场怎么转变，故事如何走向，我们都能找到他们最初在剧本创意上的相同点，而这个相同点恰恰就是梅里爱在电影艺术诞生之初所发现并第一个大胆实践的。

因此，好的创意具有强大的衍生功能和启发性，它既能在当下以全新的姿态吸引大众，更能以非凡的魅力穿越时空的阻隔，引发更多优秀的后续创意，生生不息，绵延不绝。

创意除了具有开拓性之外，还应当具有客观性。创意的客观性首先应该是创意实现过程中的客观性。任何创意都应该最后能够被实现为具体的事物，否则，就只能称其为空想，而不能叫作创意。创意的出现，必须是能够具有现实操作意义，并能够为人们所接受的。创意的客观性还会随着时间的转变而转变。在电影艺术诞生初始，很多魔幻题材虽然具有很好的创意，但在实际操作层面来讲却是不现实的。当时的电影技术只能停留在镜头的布置和胶片的剪辑层面上，想要惟妙惟肖地表现出有很多飞翔或者漂浮的魔法题材几乎是不可能的，即使做到了也显得非常的粗糙，并不能使观众信服。因此，就算创意再好，也必须考虑到当时人力、物力、具体条件和社会环境，否则就不能收到预期的良好效果，甚至无法付诸实施。其次，创意的客观性还在于必须和当下的社会具体状况、主流社会文化相吻合。在产生创意的时候，创意人不仅要考虑到创意能不能实现，也要考虑到创意的提出能不能被人接受。创意的展开,在通常的情况下都要受到当时主流的社会文化趋向、大众的审美趣味所影响。如果一个创意产生出来，大多数人并不能产生认同感，或者大多数人并不能认同创意本身所体现的内容，那么尽管这个创意具有相当好的新颖性和启发性，也不能为人们所接受。德国女导演莱妮·里芬斯塔尔是一位才华横溢的电影艺术家，她在希特勒的授意下拍摄了描写1936年柏林奥运会的《奥林匹亚》，这部影片因其电影技术上的创新始终被认为是电影史上最重要的影片之一，但却是服务于纳粹政府的法西斯美学的代表作品。1938年4月20日该片首映，恰好是希特勒的49岁生日。莱妮·里芬斯塔尔的这部电影在电影史上得过四个大奖，但同时也永远地成了她的污点，因为在当时和现在的众多影评人看来，她把“奥运会转化成了法西斯仪式，旁白中不断出现的‘战斗’‘胜利’字眼，都透露了创作者的法西斯信念”。奥运会本应该是和平的象征，影片在集体场景的取景、平移镜头的运用甚至是海下摄影等方面，都做出了成功的创新尝试，但其对于阳刚、军队法西斯美学的着力展现和特殊的纳粹背景，使得这种创意不但没有成为一种优秀的立意和启示，而是充满了对奥运会本质精神的误读和歪曲，让人们难以接受和信服。《奥林匹亚》充满创意感的镜头所展现出来的法西斯世界所倡导的体育的、雄健的、铁血的美感和现实世界中纳粹所犯下的累累罪行交织在一起，令观众在观看影片的时候并不能体会导演所想要表达的主题，反而因其与社会主流文化背离产生一种反感与厌恶。这就说明，再好的创意，也必须和社会主流价值观念相吻合，与人类的基本精神相一致；否则，即使创意再出类拔萃，也将无法产生其想达到的审美效果。

影视剧本的创意，很大程度上决定了影视剧本的立意，而一个优秀的影视编剧在立意上对社会责任感的把握尤其关键。关于这个问题，美国电影理论家罗伯特·麦基是这样阐释的："我们有必要探讨一下艺术家的社会责任问题。我相信，我们并没有责任疗救社会的弊端，恢复对人性的信心，振奋社会的精神，甚或表达我们的本质。我们只有一个责任：讲真话或揭示真理。因此，你必须研究你的故事高潮，并从中提取你的主控思想。但是，在你采取下一步行动之前，你不妨自问：这是不是真理？我是否相信自己故事的意义？如果答案是否定的，把它扔掉，然后从头开始。如果答案是肯定的，则要尽一切可能让世人看到你的作品。因为，尽管一个艺术家在私人生活中也许会对人撒谎，甚至自欺，但当他创作时，他却会讲真话；而在一个充满谎言和谎言家的世界内，创作一部真诚的艺术作品永远是一个富有社会责任感的行为。"①影视剧作品是大众文化传播的重要组成部分，艺术作品对人们的影响往往是潜移默化、润物无声的，它们在不知不觉中将作者想要表达的情绪、思想、情感包括欢乐、痛苦、幸福、愤怒等传达给观众。基于此，每一个影视剧编剧都要在作品的一开始，也就是创意——立意的时候，率先树立起自己的社会责任感和公民意识，因为立意是一部影视剧作品的关键，而作者自身的社会责任意识则是立意时发挥重要作用的重中之重。只有影视剧编剧对待生活、对待人生、对待社会的心是真诚的、坦率的、积极的，他的作品才能同样具有真诚、坦率、积极的品格，他的作品的接受者才能从中真正得到美的陶冶。值得注意的是，大部分影视剧观众都是青少年群体，他们正处在身心成长最容易受到影响的阶段，并且因年轻、社会经验等因素影响，他们尚不能自主分辨外界给予的信号并自主抉择，一旦有不利于他们身心成长的信息进入，也不能适当地做出回应。基于此，编剧在进行面对青少年群体作品的艺术创作时应该更加谨慎、细致和专注。

---

① 麦基. 故事——材质、结构、风格和银幕剧作的原理［M］. 周铁东，译. 天津：天津人民出版社，2001：143.

在作品中传达真、善、美，抵制暴力、颓废、阴暗、抑郁等负面情绪和不良行为，宣扬真实、质朴、熨帖人心的生活真理，避免浮华、虚伪、空洞的情节堆砌，让作品具有价值和意义，应该是每一个影视剧创作者的目标和责任，也应该是每一个有志于从事影视剧创作事业的人所必须牢记的准则。

第二节 想象

作为动画帝国的缔造者，迪斯尼曾有一句名言："每个孩子都与生俱来地被赐予生动的想象。但是就像肌肉长久不用会变得松弛那样，孩子聪明的想象力如果不经常锻炼，就会随着岁月的流逝变得黯然失色。"想象是人类与生俱来的功能，它是指人在脑子中凭借记忆所提供的材料进行加工，从而产生新的形象的心理过程。它是人类特有的对客观世界的一种反映形式。它能突破时间和空间的束缚，达到"思接千载""神通万里"的境域。以真人动画影片为例来说，"影视艺术其实是一种想象与真实辩证统一的艺术，而真人与动画结合电影的魅力正在于它以现实的'真人'为中介，在现实与想象中间架起了一座桥梁，不仅使神奇的3D动画意象带来了巨大的震撼力，同时又使得想象世界的'真实感'得以进一步增强，使幻想成为了现实。"[①]

一般来说，想象具有几个特性。第一，想象具有虚幻性，但凡想象，都是指在存在于人的意识世界中、和现实生活不能画上等号的东西。想象中的树木，在人的主观意识里无论打造得如何巧妙，细节如何真实，但仍然是人的主观意识的产物，而不可能存在于现实生活之中。第二，想象往往具有个体性，即使对于同一种概念的想象或是使用同样的方式去想象，每个人脑海中浮现的意象都是各不相同的，也就是说，尽管给所有人提供的都是一样的描摹和形状，但是在不同人的想象中其形态仍然是千姿百态的。因此，人们常说："一千个读者有一千个哈姆雷特"。莎士比亚戏剧《哈姆雷特》虽然对哈姆雷特的音容笑貌和性格行为做了准确的描述，但是文字所塑造的意象投射到每个人的想象中，因不同人的审美趣味、个体经验和事物认知的不同，仍然会产生出千变万化的差异。电影欣赏固然是一种集体的观影行为，但是在观影完毕之后，不同的观众对于主人公的行为模式、情感理念往往具有不同的体验与感悟，甚至会出现完全不一样的解读。第三，想象具有客观依赖性。我们总说，插上想象的翅膀，但是想象本身却不是完全没有凭据、天马行空而来的，而是要依靠人们在现实生活中的所知、所闻、所见进行不断的加工提取。就如中国传统文化中的伏羲、女娲等

---

① 李崴，严晓亚. 当幻想成就现实——论真人与动画结合电影的魅力［J］. 电影评介，2011（6）.

创世之神的具体形象，中国古代先民们创造性地塑造了人身蛇尾的一种特殊图腾，这在现实世界里面当然是不存在的，但是我们从其具体形象上进行研究，就会发现，他们也不全然脱离了现实，人和蛇就是在现实中常见的事物，而伏羲、女娲的形象就是将这两种现实中的事物糅合在一起，形成了全新的虚幻中的形象。由此可以看出，完全虚幻的想象可以说不存在，我们在进行想象的时候，总是以切身的环境、自我的知识储备、现存的文化背景为依托，来构建超越现实的理想与梦想的。因此，想象的翅膀虽然强劲有力，但也需要借助现实的依托，才能直上九天。

从心理学定义上看，想象一般可分为再造性想象和创造性想象。再造性想象表现为在个体记忆的基础上再现客观事物，创造性想象则能于客观想象之上展开天马行空的二次创造。创造性想象犹如女娲造人一般，在思维世界开辟出现实之外的虚构世界。

很显然，影视编剧的艺术想象属于创造性想象，即编剧根据一定的理想与价值判断，调动自己积累的生活经验，创造性地孕育与催化出新的完整的影视艺术形象。不过，编剧的创造性想象同样可以分为两种：一种是基于现实生活题材的创造性想象。虽然编剧在剧本中虚构了故事的时间、地点、人物、情节，但是其中所包含的内容是具有相当大程度的现实基础的，甚至有一些内容是来源于真实生活的，这类型影视作品给予观众极其逼真的真实感和代入感，看着银幕上发生的故事，就宛如他们生活在其中一般亲切自然。像一些社会反腐题材、家庭伦理题材、都市情感题材的影视剧作品，都具备这方面的特点。以电视剧《人民的名义》为例，该剧讲述最高人民检察院反贪总局侦查处处长侯亮平接到举报，来到汉东省京州市调查一桩国家部委领导与地方干部勾结贪腐的大案，不料关键证人连夜出逃，办案过程屡屡受阻。案件线索最终定位于由京州光明湖项目引发的一家汉东省国企大风服装厂的股权争夺，牵连其中的各派政治势力盘根错节，扑朔迷离。与此同时，汉东省政坛也因新的省委书记的到来引发巨震，旧有的两股政治势力相互角力，善恶难辨，每一个人都带着“清廉刚正”的面具，每一个人背后似乎又都有着不可告人的秘密。随着汉东省检察院反贪局局长陈海在调查行动中遭遇离奇车祸重伤，形势越发严峻凶险。侯亮平能否在一众正义无私的伙伴的支持下，将案件背后主导一切的神秘黑手揪出来，完成党和国家交代的艰巨任务，成为悬在观众心头的一个问号。该剧由最高人民检察院影视中心与中央军委后勤保障部金盾影视中心等多家单位联合出品，虽然剧中地名与人物都是虚构的，但其中所反映的社会内容和人物矛盾却来自真实的检察官生活、真实的检察院侦办案件，作品将检察官在日常工作中与贪腐分子之间斗智斗勇、针锋相对的大无畏精神展示得淋漓尽致。也正是这种内容上扎扎实实的“真”，削弱了电视剧虚构环境带来的“虚虚实实”的假，让观众感受到了剧情中强烈的现实意义。

在影视剧的审美历程中，这种基于生活的创造性想象往往能够调动观众运用生活常识、生活经验对艺术形象进行相应的理解与感悟，尽未完之意，显难明之言。比如，一组融雪化水汇流成溪的镜头，就能够形象地说明影视作品中天气或者气候的变化，如果再加上枝头嫩芽悄然绽放、桃花开满村口的老树等一系列流动画面，那么，不需要任何对白、字幕或者解说，观众们就能够清楚地接收到编剧给予的信息：冬天过去了，春天来了。有时候，再造想象还能帮助特殊的电影类型加强气氛的烘托和紧张感的塑造，它能极大地扩展银幕上的信息含量和画面空间，营造出步步紧逼的紧张感和悬疑感。著名的惊悚悬疑类电影《沉默的羔羊》中，在影片的最后时刻，女探员克拉丽丝闯入凶手的住宅和凶手展开了对峙，而就在此时，房内的电源被拉断了，画面顿时陷入了一片漆黑。观众们只能听到克拉丽丝紧张的喘息和擂鼓般的心跳，看不到任何的具体画面，但就是这样一片漆黑，却让观众们的心几乎被吊了起来，比之前任何的镜头都来得扣人心弦。这就是编导的巧妙之处，他利用了黑暗这一什么信息都无法传达的元素，引导观众和主人公一起对于未知的环境进行想象，仿佛正有这样一个凶残的杀人犯躲在这片漆黑的某一个角落，举着血淋淋的屠刀等待着主人公的靠近，令人窒息。

《沉默的羔羊》

在艺术创作中还有一种想象方式，便是基于虚构题材和虚构环境的创造性想象，具有代表性的作品如我国四大名著的《西游记》。《西游记》中唐僧师徒四人，除了唐僧在历史上有相应的塑造原型之外，其余都是完全由作者主观创造而来。不仅主人公属于作者主观创造的产物，其中故事发生的环境也是具有极强的神秘感和神话色彩，如大火熊熊燃烧终年不灭的火焰山，以女为尊、只有女人的女儿国，住满了蜘蛛精的盘丝洞，还有西去取经路程的重点——如来佛的所在地西天，等等，都是创造性想象创作出来的，在现实生活中根本不存在，观众也从来没有看见或者接触过。这样的创作形式一般在神话魔幻题材、古典题材影视剧中较为常见，这类影视作品大多充满了各种奇思妙想，它们通过丰富的想象和曲折的情节设置吸引观众的眼球，通过紧张刺激、一波三折的探险故事带领观众不断深入剧情，产生共鸣。值得注意的，虽然这类电视剧的故事、人物、环境都是虚构的，但是主人公无一例外都保留了人的特征，充满了人性的闪光点和缺点，如孙悟空的傲慢自大，唐僧的迂腐懦弱，八戒的贪吃好色，等等，这些特征都是作者从人的身上采集提炼出来，赋予这些神仙的。可以说，虽然换了一个身份，但是他们仍然是人，或是人的代言者。除了人物具有人的特性之外，虚构的环境往往也充满了人类社会的色彩。妖怪的社会中也如封建社会一般分成了三六九等，大王作威作福，小妖怪们则扛着战旗在各个山头上巡逻，而西域各国昏庸的统治者们也经常被一些不怀好意的妖怪操控，为了追求传说中的长生不老和各种欲望，给普通老百姓带来数不尽的痛苦和灾祸。从这个意义上来看，《西游记》中的神话世界仍然是一个人的世界，带有人类世界的种种复杂和纠葛，这固然有作者借古讽今、借此喻彼的良苦用心，不过也从另一个方面印证了想象永远建立在现实世界的知识储备、生活经验和情感认知的基础上这一个基本规律。

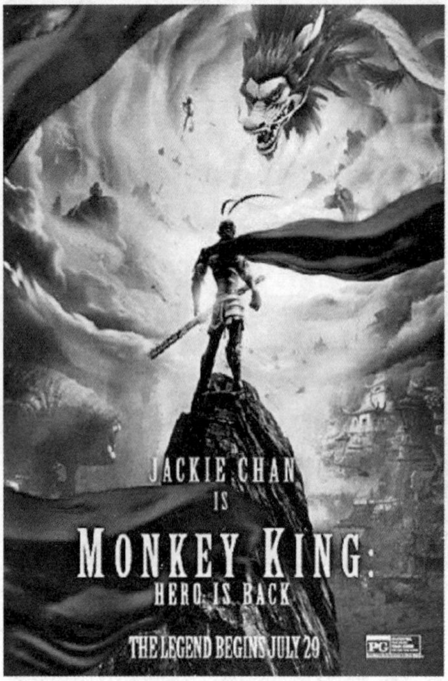

《西游记·大圣归来》

值得注意的是，在影视编剧中，想象力有时以一种逆向思维的方式而实现对常识和成规的挑战。比如在常识中，怀孕是女性的专属，男性不具备这样的功能，而在电影《西游记·女儿国》中，作品根据《西游记》原著特地设置了一个唐僧师徒误饮子母河水而怀孕的桥段，眼看着唐僧和猪八戒捧着一个大肚子，像孕妇一般步履蹒跚，需要依靠女儿国众人的帮忙才能进行日常行动，使作品产生一种因与日常经验反差所带来的强烈喜剧效果。这种性别错置的戏剧效果在一些喜剧中经常能带来意想不到的火花。这种逆传统而行的故事设置，极大地吸引了观众的观赏兴趣，也完全脱离了常规桎梏之下的情节发展窠臼，让故事的未来充满了各种各样的可能，显得生动有趣，不落俗套。因此，编剧不仅仅是在现实基础上根据题材和主题的需要进行合理的故事创作，更要运用充满创意的想象让故事在人物、情节和结构上与固有的陈旧模式区隔开来，形成全新的故事架构和情节特性，充分吸引观众的好奇心和注意力，调动他们的观影积极性。类似的逆向思维的优秀影片，还有香港电影《无间道》。警察和黑帮向来站在正邪两端，如光明与黑暗一般不可调和。在一般大众的印象中，警察代表了正义与安定，是维护社会治安、公民人身财产安全的最牢固防线，而黑帮则代表了野蛮和残暴，是扰乱正常社会生活的不稳定机制，是社会必须根除的毒瘤。在香港的传统警匪片中，一般都会出现充满了正义感的警察为了大局着想，忍痛放弃阳光下正直的身份和光明的生活潜入黑帮内部成为卧底，甘愿接受大众的误解和背离，为了重大案情深入敌巢、九死一生，最终获得重要情报，捣毁不法分子据点，凯旋而归。这个从A到B的一般公式在电影《无间道》中被导演巧妙地转换成A、B互换，不仅警察向黑帮派去了卧底，黑帮同样指使人进入警校作为反卧底。于是，一个优秀的警察和一个狡诈的黑帮分子在不经意间宿命般地被互换了人生轨迹，在警察顶着小混混的身份向警察局传递重要情报的同时，黑帮派去的卧底同样以精英的外表暗中和黑帮老大继续进行着交易，这一场彼此身在曹营心在汉的斗智斗勇碰撞出了极为精彩的火花，交替推动着剧情走向高潮。故事逐渐展开之后，警察希望能够摆脱黑帮身份给他带来的种种痛苦，不断地提出身份的重新回归，却屡屡受挫，而黑帮分子因黑帮老大的步步紧逼和胁迫对已有的身份产生怀疑和困惑，不知何去何从，两人的命运又戏剧性地交织到了一起，形成对照。无论是警察还是混混，都在这一场漫长的正义与邪恶的较量中竭尽全力，又都是为了能够摆脱所面对的身份困境，为自己换取未来的生存空间。此时的两位主人公，突破了原有的身份壁垒，成为彼此最能感同身受的人。影片突破了警匪片一贯黑白分明、正邪不两立的固有逻辑，将其主题意义提升到了一个深刻的层次。故事的结尾，黑帮分子趁着警察上司猝死的时机，删除了他在警务系统中所有的档案记录，也随之彻底消灭了他原来的属于光明和正道的身份，将他彻底推上了另一条人生道路。与传统的

《无间道》

警匪片中正义势力获得最终胜利的套路不同，《无间道》并没有延续一贯的好人有好报的大团圆模式，而是留下一个更加耐人寻味、发人深省的结局。这也使这部影片脱离了传统香港警匪片的范畴，具有更加广泛的社会意义和影响。它借助于警匪片的类型，以卧底故事为外皮探讨了现代社会中普遍存在的身份认同和身份困惑问题，借警察陈永仁的死提出这样一个疑问：如果验证我们身份的社会证据被消除，我们依靠什么在社会环境中寻回自己的身份，还是社会身份这一概念本身就是不确定的和游离的？《无间道》的成功可以说是一次逆传统的想象的成功，它之所以成为香港电影史上的里程碑之作，很大一个原因就是它在传统题材上的意义革新，它帮助警匪片从单纯的警察与黑帮的正邪交战模式中解脱出来，填充了更加贴近生活、贴近人心的内容，一改该类型电影枪战、暴力、悬疑、情色等几大固有程式，让它增添了更多复杂而多元的人文意义。从《无间道》的成功来看，影视剧创作的想象应该在保证合理性的前提下力求新颖和多元，摆脱各种固有的局限，大胆做出一些逆传统或者逆常识的尝试，才能真正取得突破。正如业界人士所说的，“在新的历史条件下，我国影视人才能力的培养应该着眼在三个方面：一是数字技术运用能力，二是丰沛的艺术想象力，三是市场运作能力”[①]，可见想象能力的培养和开发对于中国影视产业发展的重要意义。

然而，在进行大胆的发挥和创造时，影视编剧还应注意到逆常识创作下的剧情合理性和逻辑性，一切想象都应当在符合这两条原则的前提下进行生发，否则就很容易产生情节不合理、故事逻辑不通顺等硬伤。这样一来，剧作不仅不能达到对于原有模式的突破，连故事本身都无法具有说服力，更别提搬上银幕面对观众了。近年来，大量神话剧、魔幻剧、古装剧充斥银幕和荧屏，其中许多影视作品在剧本创意和立意上虽然十分新颖，但是因其制作过程匆促、故事线索单薄、人物设置粗糙，出现了许许多多剧本上不合逻辑、引发诟病的硬伤。包括许多由知名导演执导的投资上亿的商业大片，也存在着剧情阐释不清楚，转折设置不合理以及人物心理把握不符合情理等问题，引起了许多观众的批评。如在一些古装武侠剧中，主人公明明身负重伤，奄奄一息，却因为情节推进的需要，在需要转折的这一刻突然苏醒，并发起致命一击，杀死对手，使得另一主人公转危为安。这样的情节设置在观众看来显得漏洞百出，令人难以置信。再如在时下热门的古装奇幻穿越剧中，编剧抓住古今交汇这一充满戏剧性的元素，将许多现代概念和手段不加选择地带入古装环境，让后宫中的妃嫔在皇帝面前踩着旱冰鞋大跳旱冰舞，让皇子如现代社会的“富二代”一般在后宫中横行霸道，虽然借用了历史上的真实朝代和真实人物，却都进行了组装和混搭，让人恍然觉得故事中满是一些穿着古代戏服的现代人，观众纷纷在网上表示不能接受。这都是因为

① 刘如文. 新时期我国影视人才培养的着力点的思考［J］. 甘肃社会科学，2007（2）.

在影视剧作的创造过程中想象不合常理、不合常情所导致的。虽然，反常规和反传统能够给观众带来耳目一新的感觉，但是也必须取之有道，用之有度。否则，就会与观众心目中的基本观念相背离，引起混乱。值得注意的是，在涉及基本道德和社会价值的部分，反常规并不能引起观众的注意，反而有可能招致大部分观众的反感。因此，在进行想象和再创造时，影视剧本的创作者必须严格把握创作的中心思想，切忌在根本的问题上犯下原则性的错误。特别是以严肃历史题材作为创作内容的影视剧，更应该合理地处理史实和想象在编剧内容中的比重，尽最大的努力让想象向历史本真靠拢，尽力创造出能够令观众信服、认可、赞叹的人物和故事。

第三节 移情

所谓移情，运用美学的观点来解释，它是指一种作用在人的心理上的“移情作用”，亦称“感情移人”。根据百度百科的词条解释：“它是以对象的审美特性同人的思想、情感相互契合为客观前提，以主体情感的外扩散和想象力、创造力为主观条件，是对象的拟人化与主体情感的客体化的统一。是审美认同、共鸣和美感的心理基础之一。”[①]换句话说，移情就是审美主体在进行美学体验的过程中将自己的主观情感赋予外物，使被移植情感的对象仿佛有了与审美主体一样的情感和心理。这个过程实际上就是审美主体将自己的感情转移到审美对象之上，仿佛审美对象跟随着自己的喜怒哀乐一起欢笑流泪一般。审美活动是在观照中将对象人格化的过程，也就是客观化的自我享受过程。艺术情趣表征的是在审美活动中形成和蕴含的主体与对象之间的相互映现、相互浸染、相互包含的关系。移情作为艺术情趣的生发过程，意味着“自我”从“小我”向“人我”的衍化和变换。[②]这种现象经常出现在我们的日常生活中，甚至有时候是不知不觉产生和形成的。当我们自己感到悲伤时，观察周围的天气和树木，能够感觉到这些自然环境同样也在表达着悲伤与黯淡的情绪，仿佛太阳也显得灰暗低沉，草木也十分阴郁孤独。然而，当我们自己觉得心情舒畅的时候，连带着看着自然界中的景色，也觉得天高气爽，一派盎然起来。

移情现象不仅仅出现在影视艺术中，自古以来，它就是各种艺术形式普遍采用的修辞手法。在中国传统的文学艺术中，移情的手法可谓被运用得淋漓尽致，大量的著名诗词作者将自然景观、客观事物赋予自己充满个性化的心理感受和情感体验，极大

① 百度百科词条“移情作用”： http://baike.baidu.com/view/880317.htm

② 朱寿兴. 论审美移情与艺术情趣的生发［J］. 广西师范大学学报（哲学社会科学版），2010（6）.

地丰富了文学艺术的感染力和表现力。如唐代著名诗人杜甫在《春望》一诗中这样写道：“感时花溅泪，恨别鸟惊心。”在现实生活中，花是不可能流泪的，鸟也不见得会因为离别而感到悲伤，这些花鸟身上所体现出来的情感是作者自己的，然而当作者将这些主题思想赋予到我们日常生活中所见到的景物时，读者从中就能够深刻地感受到他所希望表达的沉痛得连周遭环境都被感染到的惆怅悲痛的心情。这种表达方式显得含蓄又有力量，远比不厌其烦地陈述自己的心情或者不幸遭遇来得更加能为人所接受，达到的艺术效果也就更加强烈。与此相似的还有唐代的另一位著名诗人李白在《独坐敬亭山》一诗中所写的“两看相不厌，唯有敬亭山”。山当然不可能产生出和人一样的情绪，对在自己身边的诗人“看厌”，诗人在这里赋予山和人一样的感情和思维，将它当作一个老朋友一样地看待，这便是一种十分巧妙自然的移情作用，作者将自己寄情自然淡泊的山水文化，厌倦充满争名逐利、尔虞我诈的现实尘世的情绪蕴含其中，表达出一种超脱尘世、于大自然中觅知音的高洁情怀，而将山当作一位老朋友，又显得活泼有趣，倍加亲切。普通的两句诗，正是由于移情作用的巧妙作用，承载了相当丰富的情感内涵，故能流传千古，传诵不息。

影视艺术中的移情作用可以分为两种：一种和其他艺术形式的移情作用一样，就是将身边的客观事物赋予主题情感进行表现，独具匠心地布置剧中环境和陈设，让其与剧中人物的处境、情感、心理活动相互映衬，加强对于整体情节的气氛渲染和氛围营造，更好地将创作者想要表达给观众的主要思想和情感价值传达出来。在影视剧中，这种移情作用通常都体现在自然环境的描写中，让自然环境和主角的际遇、情感、心理活动融为一体，具有浑然一体的感染力，从而使观众在观看影片时全方位地感受到编剧所希望表达出来的主角的形象。在美国影片《布达佩斯大饭店》中，场景运用的转变，可以说是体现故事中人物情感变迁和时代变化的烘托背景。在影片一开场，故事的讲述者无名作家来到布达佩斯大饭店时，这座空旷而陈旧的饭店呈现出一种萧索和凋敝，无论是褪色灰暗的外墙，棕黄色摆设过时的大厅，还是瓷砖出现坑坑洼洼缺损的浴室，都在环境上呈现出强烈的时光流逝带来无可挽回的清冷与苍老。

《布达佩斯大饭店》

正是在此时，故事的主人公之一、饭店的神秘所有人穆斯塔法先生出现了，皱纹嶙峋的面容，稀疏的灰发，显而易见的孤独与悲伤，一种人物与环境之间息息相关的命运感由此产生。这也引起了观众的好奇心，这个人烟稀少、破败沉默的饭店与它苍老寂寞的主人曾经有过怎样的辉煌，又共同经历了什么神秘的故事呢？随着穆斯塔法先生讲述的展开，回忆中的布达佩斯大饭店乍然出现在观众面前，华丽的浅粉色外墙，浓艳的红色地毯，悬挂在大厅中层层叠叠的装饰水晶灯，底下行走着穿了一身深紫色制服、优雅而矫揉造作的古斯塔夫先生，观众的情绪随之一变，一种生机和焕发充满了整个银幕，而年轻的穆斯塔法，当年的小门童——紧张而局促地获得了古斯塔夫先生的肯定，正式成为实习生，开始学习饭店工作的各项技能，一种面临新生活的欢快和憧憬也和华丽的饭店融合在了一起。两个场景的交接，两个不同时空的强烈对比，青春和苍老、华丽与陈旧、憧憬与孤绝，鲜明无比地摆在观众的面前。它直观地展示了一种特殊的情绪，对于过往欢乐时光的眷恋，以及那些美好已经无可挽回地逝去的无奈。如果说布达佩斯大饭店的灯光基调始终是明亮、梦幻、鲜艳的，那么卢茨城堡则笼罩在一片黑色和昏黄中，一方面是因为老夫人的死亡，此时正在举行一场葬礼；另一方面这是一切曲折奇遇和阴谋追杀的源头，正是在这阴暗的城堡中，古斯塔夫先生和零悄悄拿走了那幅《苹果与少年》，也无意捎走了藏在这幅画中真实的遗嘱，也正是这一行为，将古斯塔夫先生从日常精致、淫靡的工作环境中拉了出来，他被指控犯了谋杀罪而被投入监狱。这一切命运的变化在卢茨就已经注定，虽然天真的古斯塔夫先生在火车上还和同样不知世事的零畅谈着卖掉画后美好的生活安排，观众早已看穿一切都不会如此顺利，卢茨那浓重的阴影和黑暗正在尾随着他们，随时准备着将二人吞噬，悬念萦绕在观众的心头。这种观众随着影片的环境描述受到情绪或者心理影响的现象，就是移情作用的一种，因为在实际上，颜色或者这影片中的客观环境是没有任何情绪作用的，它在影视作品中的外在身份就是时空信息性的交代，也就是我们日常所说的时间、地点的展示，然而，经过下意识的移情作用和编导有意识的引导和安排，观众的心情受到这些客观景物的影响，并且通过这些事物从中感受到了强烈的情绪引导性和倾向性，更有甚者，观众看着这些客观事物能够联想到主人公的遭遇、处境和性格，对于影片的情感投入和情感共鸣就会更加紧密和深刻，对剧中人物的命运发展和性格成长也有了更多的共同体验，仿佛与剧中人物息息相关一般，因此对创作者最后体现出来的作品的意义能够更迅速和直观地进行体会，这些都是移情的力量。

影视作品中的移情，除了和其他艺术形式一样借由向客观事物转移主体情感之外，更为重要的是它往往能够让观众在作品欣赏过程中将自己的感情倾注在剧中人物的身上，将主人公的情感命运当作自己的情感，来领会其中所蕴含的酸甜苦辣，感受剧中所展现出来的人生道路的坎坷心酸，和主人公同呼吸共命运，甚至将自己等同于剧中主人公，从而从自我体验的角度感受到主人公的历程，理解编导通过情节塑造所要表达出来的价值取向和生活感悟。应该说，好的影视作品并不是让观众作为旁观者而始终处于剧情之外，而是通过必要的情节和故事逻辑，诱使观众不知不觉走进故事之中，从心理层面真正接受这个故事，相信这个故事，把自己想象成故事中的主人公，并不断地设身处地为主人公的命运做出分析和思考，最后让观众随着主人公的悲伤而悲伤，快乐而快乐，跟随故事完成一次别样的虚拟的人生体验，让观众在自我体验中自我领悟到故事所要展现的精髓，而不是依靠剧中人物的陈述和语言表现来实现。这样的人物情感分享和带入可以说正是移情作用在影视剧审美中最为重要的作用。很多热爱影视剧的观众发现，最能令他（她）印象深刻的一部影视作品往往总是能够打动人心，令他（她）落泪的。之所以观众会随着剧中人物的情绪发展而落泪，正是因为观众产生了这种移情作用，将剧中人物的情感视为自己的情感，将剧中人物的命运视为自己的命运，真切感受到人物身上所体现出来的种种矛盾和纠葛，并为之困惑、悲伤、苦恼和不甘，从而诱发自己心底的感情并且宣泄出来。这个时候，观众不仅仅是把影视作品中的人物当成是实实在在的、有血有肉的人，更是把他当成了和自己休戚相关、荣辱与共的人。一旦达到了这一点，一部影视作品才真正抓住了观众，征服了观众，才能称得上是一部优秀的影视作品。2011年，电视剧《甄嬛传》获得了极大的观众反响，这部讲述清朝雍正年间后宫权力倾轧和情感争斗的古装剧在电视和网络平台都创下了当年市场之最，一众演员也因角色获封了相应雅号，饰演雍正的陈建斌、饰演甄嬛的孙俪、饰演皇后的蔡少芬等，无论在内地还是在港台进行宣传时，都被大批观众和媒体称呼为“皇上”“娘娘”，而饰演反派的演员在现实社交媒体上还收获了大量观众的非理性评论，甚至是攻击性的言辞。电视剧虽然结束了，但观众对故事与人物投射的情绪和情感并未及时消散，甚至从电视剧延伸到了现实生活中。由此可见，一部优秀的电视剧能够将观众身上的审美移情发挥到极致，让这种移情甚至在电视剧结束之后仍然产生作用，继续影响着观众的情感和心灵。要做到这一点，影视剧创作者必须运用自己关于生活的积累和长时间的作品素材收集，让自

《甄嬛传》

己创作出来的故事和人物真实可信，让自己关于情节和故事的想象符合逻辑和现实规律，让故事反映出来的人生状态、社会价值和俗世伦理能符合现时的社会主流价值观念。可以说，只有编剧对于生活的想象是真实可信的，才能让观众对其创作出来的作品投入真实的情感。

编剧究竟要如何构思才能使自己的想象显得可信呢？我们认为，这首先取决于必须构思一个具有说服力的故事，赋予角色以真挚的情感。这种情感也只有打动作者自己，才有可能最终打动观众。因为每一件艺术品的完成无疑都凝结了创作者的感情，所以如果编剧自己的创意不能打动自己，那么更不要指望能打动观众了。只有用心地想象，用真情实感去想象、去创意，这样的作品才能给观众留下华彩的篇章。一个影视剧创作者在创作故事时，最重要的一点是必须对自己的作品投入感情，不管是作品中的所有人物，包括主角、配角，甚至一个不甚起眼的小角色，还是故事本身，作者必须打从心眼里相信他们是真实的，是存在于这个世界上的，他才能投入自己的精力去赋予他们更多的内容。如果连作者都不相信自己的故事是能够真实发生的，或者连作者都不能理解自己笔下的人物为什么会在一个极端的情况下做出这样的反应和生活选择，那么观众肯定就很难产生理解与共鸣。很多影视剧创作不能让观众产生强烈的代入感，正是因为戏剧性太过于强烈，而导致观众产生一种“看戏”心理。一旦这种看戏的心理形成，观众对于影视剧主人公的命运走向至多抱有一种好奇心，但是在情感上就显得非常疏离，因为他们知道这个是假的，是扮演出来的，没有必要进行情感的投入。而要使剧情真实，就要使剧情和生活一般，张弛有度，节奏自然，剧中人物也必须和现实中的人物一样，优缺点共存，身上带有各种各样时代的烙印和局限，甚至是自我心理的阴影，而不是非此即彼的脸谱化，或者主题意义太过于鲜明的“高大全”。在近年来的影视作品中，创作者们越来越注意对于想象可信度和真实性的把握，注意人物在不同的环境中成长式的情感表达，渐渐脱离早期程式化的故事走向和人物塑造，从而让故事更具有人情味儿。如2017年创造了电影票房纪录的《战狼2》，主人公冷锋在故事一开场就遭遇了人生的滑铁卢，在送牺牲战友的骨灰回乡时，正遇上地方恶霸强拆牺牲战友家的房子，面对来势汹汹的一众

《战狼2》

持械流氓，再看到战友一家的妇孺老幼，面对气焰嚣张、语出威胁的领头恶霸，冷锋按捺不住脾气，不顾现场警察的目光，将其踢成重伤，最后被开除军籍，无奈离开了部队。作为一个被清理出队伍的失意军人，冷锋来到非洲，意外卷入一场非洲国家武装叛乱，本可以安然全身而退的他为了挽救更多人的生命，毅然与穷凶极恶的武装分子展开了斗争。与传统的军事题材电影相比，《战狼2》塑造了一个更真实、自然、充满血性的主人公，他重义气、讲感情，既敢于为了心中的正义与是非挑战刻板的纪律，也能够为了弱势生命置个人生死于不顾，桀骜不驯兼之铁汉柔情，令人耳目一新的中国特种兵形象征服了大量观众。观众之所以那么喜爱这个人物，正是因其饱满的人物塑造降低了他与观众之间互动交流的门槛，使观众能在相信他的基础上理解他、支持他，以强烈的情感认同于他。所以，真实可信的想象和感情是让观众产生移情作用最重要的先决条件。

一般而言，观众进入电影院观看影片，预先总会有一个大概的心理定位。如看喜剧片那么他们是准备放松心情，看恐怖片他们是准备接受刺激，看侦探片他们是准备考验智慧，看爱情片是准备回味幸福……总而言之，观众对于自己在观影过程中即将接收到的讯息会产生一个心理预期，并且为这个预期做好了准备。如果在接收过程中没有达到预期或者正好相反，那么他们就会产生一些不适应的情绪。这种预期的重要作用在电影的欣赏过程中体现得更加明显，因为电影采用的是购票观赏的形式，观众提前为自己在未来一两个小时内的欣赏过程买单，所以，这种消费过程是完全不可逆的，观众在决定观看某一部影片时必然会产生一个大致的评估，以衡量内容是否值得自己进行这个消费选择。在这样的情况下，如果进入放映之后，观众发现消费的影片和自己原先预期获得的信息并不相符，那么他们不可避免地会产生负面情绪，在这样的负面情绪积累之下，其引发的移情作用必然会打折扣。从另一个层面上来说，电影消费选择的成本远远大于电视剧，当观众对某一个类型的电视剧产生兴趣时，他只需要坐在家里等待这部电视剧开始的时间，如果他觉得这部电视剧的内容不符合他的心理预期，他有充分的自由随时换台，及时中止。而观众在繁忙的社会生活中走进电影院去看电影，他们所付出的精力成本和心理预期是远远大于电视剧的，观众对于电影的回报期待度也远远大于电视剧，因此，电影的创作更应该注重内容的指向性和一致性，创作过程中必须时刻注意电影故事的合理性和真实性，其想象方向必须和影片基调相符合，这样才可能产生较为成功的综合效果。但是，这并不是说电视剧作品保持作品内容的一贯性就不重要，相反，电视剧因其时长上的原因，所能承载的故事容量远远大于电影，这就产生了一个故事立意连续性的问题，很多电视剧有着一个非常吸引人注意的开头，开始的时候获得了极高的收视率，而随着剧情的拉长，剧情方向渐渐偏离了原定的主题，使观众在观看过程中感觉到剧本逻辑的断层，从而放弃这部电视剧，造成收视率的后继乏力，这也是电视剧制作中经常产生的现象。

为了解决影视作品出现前后脱节的问题，作者在构思故事和角色的时候，有必要为剧本的总体感情定下一个基调，要意识到自己所写的是一部什么类型的影视作品，并注意将这个基调和宗旨贯彻始终。影视剧本是一种面向受众的艺术作品，它在展现创作者自身的情感和理念的同时，在很大程度上需要考虑到影视观众的审美取向和价值理念，只有兼顾了这两部分的内容，作品才有可能获得群众的喜爱。因此，在影视剧本创作过程中，在保证自我灵感的同时，更要积极地进行生活素材的采集和社会现实的观察，正因为影视欣赏的另一半过程需要通过观众来完成，所以就需要编剧们在创作时心中有观众，想观众之所想，思观众之所思，让自己的作品真正成为适合大众的精神食粮。

总之，编剧创作是一件艰苦的、富有挑战性的劳动。它不仅需要编剧有良好的创作天赋，同时还需要编剧进行持之以恒的训练。另外，还必须时时刻刻保持着谦虚谨慎的态度，不断地自我审视和自我检查，用不断进步的原则要求和激励自己。日本著名编剧、导演、日本独立电影先驱者之一的新藤兼人就曾经这样说："首先要有良好的匠人气质，必须发挥匠人磨炼出来的技巧。电影剧本的艺术性，可以说就在于技巧精湛的匠人想什么，选定什么样的主题。电影剧本不是冥思苦想而哼哼出来的，也不是巧遇良机，突然一下子生下来的金蛋。这是经过周密计划之后，奋笔不停地写出来的。……要写电影剧本，必须有相好的朋友。请他阅读写出来的剧本，请他们评论一番，这是必不可少的。自己写的电影剧本绝对不能自以为是，而且，它必须有健全的常识来支持。一定要不断把自己的想法和思想摊在社会性的实验台上来观察。"①因此，要写出优秀的剧本，编剧就得不断地锻炼自己，磨炼自己的想象力，不停地想，不停地写，只有这样才能让充满灵性的创意在写作过程中如泉涌般喷薄而出。

推荐阅读：

1. 张会军，陈浥，王鸿海. 影片分析透视手册［M］. 北京：中国电影出版社，2003.

2. 郑亚玲，胡滨. 外国电影史［M］. 北京：中国广播电视出版社，1995.

3. 克里斯提亚诺. 分镜头脚本设计［M］. 北京：中国青年出版社，2007.

4. 黄会林. 电影艺术导论［M］. 北京：中国计划出版社，2003.

5. 科里根. 如何写影评［M］. 北京：世界图书出版公司，2009.

6. 卡茨. 电影镜头设计［M］. 北京：世界图书出版公司，2010.

---

① 新藤兼人. 电影剧本的结构［M］. 钱瑞义，吴代尧，译. 北京：中国电影出版社，1984: 45.

7. 邵牧君. 西方电影史概论 [M]. 北京: 中国电影出版社, 2000.

8. 斯坦尼斯拉夫斯基. 演员自我修养 [M]. 北京: 中国电影出版社, 2006.

9. 李恒基, 杨远婴. 外国电影理论文选 [M]. 北京: 生活·读书·新知三联书店, 2006.

10. 李舰. 不一样的白日梦: 中西电影艺术比较 [M]. 上海:上海古籍出版社, 2005.

11. 威尔斯. 与奥逊·威尔斯共进午餐 [M]. 北京: 北京联合出版公司, 2017.

12. 麦基. 对白 [M]. 天津: 天津人民出版社, 2018.

第三章 题 材

导 语

罗伯特·麦基曾说:“迈向好故事的第一步就是创造一个小小的、可知的世界。”在剧本创作过程中,题材的选择和确定是剧本创作基础和初始的工作,它是剧本创作这一大厦的基石。因为“故事必须遵循其自身内在的或然性法则。因此,作家的事件选择局限于他所创造的世界内的可能性和或然性”。题材是创意化为具体构想的第一步,它为剧本内容的逐渐丰满打下坚实的基础,也是一部影视剧作品成功与否的重要因素。对于题材的选择和甄别,麦基这样说:“打赢这场仗的关键就是研究,花时间和精力去获取知识,记忆研究、想象研究、事实研究,一个故事对此三样缺一不可。”

第一节 概 念

在影视创作中,创意是整个创作过程的最初形态。它最初或许只是一种不成熟的但却富有意味的思想火花,或许是某时某地的一种情绪、情感,或许已经具备了初步的故事梗概……但是要把这种创意转化为艺术形态,则必须选择恰当的题材。一般认为,题材的含义主要有广义和狭义两种。广义的题材是指艺术作品表现的生活所属的范围或性质,如历史题材、现实生活题材、科幻题材等。狭义的题材主要是指艺术作品从大量素材中提炼出来的并在作品中具体描写的事件或生活现象，它是作者根据整体的艺术构思对素材进行选择、加工、剪裁而形成的作品基本内容，是作品中的人物、事件和环境的总和。

从广义的题材上区分影视作品，不同的题材往往决定了一部影视作品的总体基调或者故事风格，甚至有时能够影响其内在意义的表达和价值的阐释。一部乡村题材的影视作品所表达的内容主旨，与一部都市题材影视作品或者科幻题材的影视作品相比，无论是人物塑造还是情节设计上，都会存在明显的差异。广义题材的确定，还必然会影响到狭义题材的选择范围，一部影视剧在广义和狭义两个题材类型上必然是相统一的，如果出现不一致的情况，就会使影视作品出现逻辑不通顺或者故事类型与内容冲突的情况。这是因为不同的题材所关注的社会群体和故事性质都是不同的，当一个广义的题材被确定后，随之作者能够挑选的主人公、故事环境、情节线索等主要要素的范围就会相应地缩小，特别是在以区域特色为题材的影视作品中，这一局限性显得更加明显。近几年，青春校园题材电视剧广获关注，一系列聚焦青少年成长故事和人生奋斗轨迹的作品在各大平台上屡获好评，如《最好的我们》《致我们单纯的小美好》《你好旧时光》《春风十里不如你》，等等。“青春剧”以鲜明的时代特征、轻松向上的情感基调、励志高昂的精神主旨获得了年轻观众群体的喜爱。在题材元素上，我们发现“青春”与“校园”天然地形成一个组合，它不仅仅体现在反映当代年轻人生活的作品中，《恰同学少年》《我的青春在延安》等一系列反映革命历史人物在大时代洪流下奋勇抗争的革命青春故事也往往将主场景设置在校园。因为校园是青春故事发生最合理也最容易引起观众情感共鸣的场所，是年轻群体社交和行动的“主战场”。将题材设定在校园，既符合正常的叙事逻辑，也能够通过细致入微的情感和情节刻画使观众产生经验召唤的感同身受。如果贸然为了追求反差感、独特性，将年轻主人公的生活主阵地放置在俱乐部、银行，甚至地下帮派等其他社会场景下，不仅需要花费大量篇幅自圆其说，人物的性格原动力设计和合理性也将受到挑战，影视作品的想象创造的真实感就会出现或多或少的折扣。而真实感的流失，容易使观众“出戏”，引发观众的观影疑惑，从而对影片产生不信任、不接受的抵触情绪。因此，题材对作品的想象和创意是有所限制的，创作者不能完全凭借自己的思维随意地延展，而应最大限度地保证想象针对题材本身的现实感和真实性。

《水浒传》

除了带有丰富的地域信息的题材之外，其他的影视作品也必须保证广义题材下的题材单一性，从这个意义上说，电影比电视剧更需要有明确或准确的类型定位，在题材内构成元素的选择上也必须更为谨慎。因为电影只有两个小时的时间来讲述故事，且由观众买票进入电影院观看，其观赏成本高出电视剧许多，如果不能有重点、有主次地选择题材并尽量在两个小时内将它表达出来，整部影片的感染力和故事性就会大打折扣。所以，电影特殊的创作类型使它比较难以在一部作品中拥有多个题材或多个主题，一般只能集中于一个题材的描写，如科幻、伦理、悬疑，等等。对一个题材的集中描写不能被武断地认为在影片中不能出现其他元素，在一部悬疑类影片中男女主角一样可以发生爱情故事，在一部科幻片中同样可以有描写伦理亲情的元素，但是必须严格控制好度，分清主次。比如一部科幻片，其故事主线和主要情节必须是围绕一个科幻题材的矛盾而展开的，其他元素比如悬疑、情感都只能作为副线依附主线进行，在情节关键点的进程中也必须是由主要矛盾生发的故事所推动的，而不能由副线掌控叙事的主要进程。如《侏罗纪公园》续作、于2015年上映的《侏罗纪世界》，讲述了在已成为大型恐龙主题游乐园的纳布拉尔岛上，游乐园管理层为了吸引和招揽更多游客，通过基因杂交人工制造出了暴虐成性的掠食者恐龙，它们冲破隔离带，造成游客大量伤亡。女主人公为了拯救自己陷入危境的侄子和侄女，与熟悉恐龙知识的男主人公深入险地，她既挽救了亲人的生命，也和男主人公从矛盾对立到相互理解，产生了真诚的感情。智斗恐龙的动作线和

《侏罗纪世界》

主人公的爱情线交织在一起，然而，编剧在构思影片的时候，严格把握了各种素材的使用比例和描绘尺度，牢牢把握住侏罗纪世界大逃亡这一主线，在各个激烈紧张的人龙交锋和险地求生场面中穿插主人公的情感故事，以此来调节影片节奏、刻画人物性格、丰富故事内容。

题材的单一和鲜明同时也保证了观众在选择上的主动性。不同的观众有不同的欣赏爱好，许多观众通过对于题材的了解来大概认知影片的主题内容。一般来说，院线会在影片的宣传中注明其题材，这种题材的说明往往体现为对电影类型的区分，如与爱情题材相关的电影被分类为爱情片，与破案和侦探题材相关的影片通常被分类为悬疑片，与战争类题材相关的影片则被分类为战争片……这样便于观众选择合乎自己的观赏趣味的影片。除了电影由于放映时间的限制和消费方式的特殊性必须保持作品题材的集中性之外，电视剧由于篇幅较长，虽然在某种程度上具有一定的灵活性，但大抵也必须遵循这个规律。如一部主要以家庭亲情为主要题材的电视剧，尽管在长达数十集的篇幅中会发生许多故事，甚至很多故事包含了其他的题材元素，比如说因为剧情需要加入了商战、犯罪、历史等多方面的内容，但是其故事的主要矛盾和核心内容还是围绕着家庭亲情这一题材而展开的，多元素内容的运用只是帮助这一核心内容在某种特殊的环境和情节中被更为有力地凸显和展现出来，它们可以成为创作者表达创作意图、传递作品思想的辅助手段，但是不能喧宾夺主。许多电视剧作品之所以没有取得预期中的成功，很大程度上是由主题不清晰、题材混乱造成的，过多的内容和片段充斥于作品，容易导致观众对作品主题的迷失。

虽然题材的单一性和连贯性对于影视创作来说非常重要，但是我们也可以看到，一般来说，这种单一性都体现在广义层面上，也就是总领全局的提纲性题材层面上。在创作过程中，这种对题材的一致性的要求和把握更多地集中于宏观层面，如电影、电视剧的题材类型选定、作品主题和内容主旨的提炼以及创作者对作品意义体现方式的设定，它更多被视为一个指标和方向。而在微观层面上，影视作品在狭义题材上的选择往往不是狭隘和拘束的，它需要创作者发挥积极的想象和努力，在一定的范围内选择尽可能丰富和多元的内容，让影视作品显得更加充实和自然。虽然电影作品在创作中常常受到作品时长的限制，但在电影剧本创作的过程中，电影编剧仍然可以运用各种方式和手段，打破各种题材的界限，在同一个故事中折射出不同的故事内涵和情节变化，在有限的叙事时间中集中展示现实生活的复杂性和多样性，让许多不同的题材点巧妙并有侧重地集合在一起，让故事具有一定的层次和深度。现实并不如艺术作品一般如此紧密和快节奏地围绕着同一个主题展开，总是充满了各种琐碎，甚至还会有一些猝不及防的意外。因此，不少好莱坞影片在剧情围绕主要矛盾展开时，仍然会穿插一些幽默、节奏轻松舒缓的片段，这些看起来似乎与情节无关的叙事片段，实际上不可或缺。一方面，它调剂了影片的节奏，让影片张弛有度、跌宕起伏，带动观众在高潮点到来之前保持期待情绪，加深戏剧感；另一方面，这些插科打诨或者温情脉脉的片段，也让影片充满了不一样的人文情愫，使观众在面对主人公时获得更多的心理共振和情感认同。

在保证题材单一性和侧重性的同时，我们也必须看到，很多时候，优秀的电影作品能够获得观众的青睐，往往得益于创作者对于丰富的题材和内容的综合把握，而不仅仅是挑选单一的、符合题材的素材内容，将它们有规律地组合起来。一些优秀的影视作品总是能够在保证广义题材的集中性的前提下将两种甚至多种题材元素自然地穿插在一起，让故事和情节显得更加具有吸引力。好莱坞爱情影片的经典之作《泰坦尼克号》就是两种题材融合的绝好范例。在这部影片上映时，电影院曾打出灾难爱情片的广告，它既生动地还原了那一场惨痛的灾难，又通过对于灾难的描绘歌颂了超越阶层樊篱的真挚爱情。这一悲剧性的沉船事件为男女主人公设置了一个非常特殊的环境，正是在这种极端环境下，影片通过主人公的行为和选择让爱情这一主题得到了前所未有的升华，当富家小姐露丝为了营救困在船舱中的杰克不顾安危冲到及腰深的水里，举起从未举过的斧头时，当飞扬不羁的穷小子在冰冷的水里费尽最后一丝力气将露丝推到木板上而任由自己浸在冰水中瑟瑟发抖时，观众深深感受到这对相识不久的恋人所怀抱的对彼此深沉而热烈的爱意，这种纯洁的感情不仅仅如影片前半部分所铺叙的那样超越了身份的界限，更是超越了生命。灾难烘托了爱情，而同样的，爱情也烘托了灾难。在庞大的游轮断为两截即将沉入海底时，各种各样的感情，爱情、亲情、友情，甚至连同自私、怯懦、背叛，等等，都在同一时间爆发出来，人性的光明和黑暗在一个时候混杂在一起，放射出无尽的光芒，而最终一对生死相依的恋人的天人永隔，也形象地反映出了灾难的冷酷无情。看着男主角僵硬的身体在冷冰的海水中渐渐远去，银幕下的观众和女主人公一起泪流满面。突如其来的海难所造成的巨大悲剧，通过一段

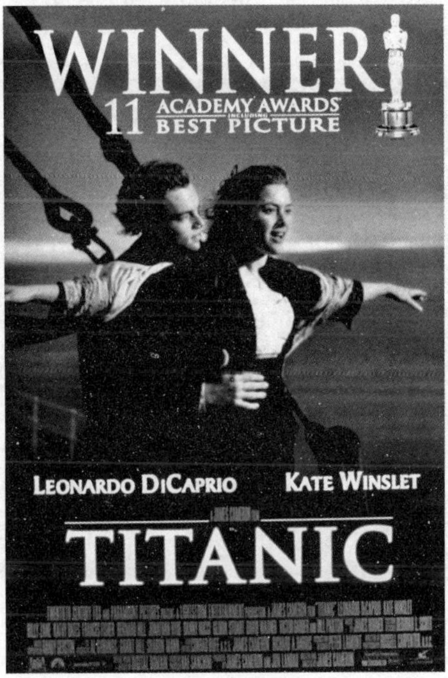

《泰坦尼克号》

美好爱情的夭亡传递给观众，使观众直接体会到灾难给人们带来的无助和恐怖。在这部影片中，爱情和灾难两个题材被有机地融合在一起，它可以是以灾难为背景的爱情影片，也可以是以爱情为主要线索的灾难影片，两者相辅相成，互为依托，而又相得益彰，互相烘托。虽然说在各类型影片中加入爱情成分是好莱坞电影的一贯手法，但是能够如此完美地将两部分题材糅合在一起，却不常见，这不得不说得益于编剧独具匠心的主题切入和别出心裁的巧思。

《鸡毛飞上天》

电视剧篇幅巨大，在题材的组织上具有更加广阔的空间，故事情节也因此更加丰满，更加贴近生活本身。在电视剧《鸡毛飞上天》中，故事的主线是陈家村小伙陈江河与心爱的姑娘骆玉珠在漫漫几十年的人生长路上，冲破了长辈的阻挠和命运的捉弄，不离不弃，经历风雨走到一起，站在制度变革的风口浪尖上共同创业，将一个小小的百货店发展成为从事跨国贸易的大型企业，成就一段商界传奇的故事。而在主线故事之外，该剧通过陈金水、邱英杰、巧姑、陈大光、杨雪等上一代人物的命运展示了20世纪80年代改革开放初期，一批充满魄力、敢想敢拼的义乌人打破固有观念、抓住时代机遇，遭受挫折而不封闭不放弃，打开了一条鸡毛飞上天、小商品博得大市场的成功之路；通过王旭、邱岩、陈路等下一代人物展示了新一代义乌人在上一代义乌精神的熏染下，或接过父辈的产业，或开创自己的天地，在全新的国际市场和资本海洋中与各方势力斗智斗勇，展现了中国新一代商人的风貌。两代义乌人的故事，合起来就是改革开放四十年来，中国商人白手起家，从地方耕耘做起，走向全国，走向世界，在国际商业舞台上大放异彩的风云传奇。时代的变迁令人感慨，中国商人自强、灵活、不屈不挠的意志令人感动，而故事文本背后折射出来的中国四十年快速崛起的力量令人自豪。

因此，题材在剧本创作中占据着举足轻重的地位，它不仅是创意的载体，而且在很大程度上决定着剧本以及未来影片的成功与否。对于编剧来说，题材一方面来源于自身生活的积累，来源于直接的生活体验；另一方面则是来源于间接生活，是编剧通过书籍、电影电视、新闻报道甚至道听途说等而获得的创作灵感。编剧一旦在适当的时机选择了一个适当的题材，将为整个创作带来良好的艺术效果。可以说，题材并不是通过简单的臆想得来的，它来自创作者对于现实生活直接或间接的体验。题材来自于生活是因为影视创作者在创作影视作品时必须对其内容具有一定的认知和常识，如果一个创作者对其所要描写的内容和题材十分陌生，很容易因为缺乏了解和认知而造成生硬的内容堆砌和闭门造车，那么必然会造成创作成果与现实内容的脱节和背离，而无法取信于观众。当然，对题材的熟悉并不意味着编剧只能着眼于自己周遭生活内容的题材，事实上，只要是编剧在生活中所涉及的种种信息渠道，都能给其提供相应的灵感和题材，无论是互联网、报章杂志还是口耳相传，都可以成为编剧的题材来源。但是，编剧在产生一个灵感的同时，必须对该题材进行大量的研究和材料收集，体验生活，从而了解与熟悉自己笔下的社会人生，最终创作出具有艺术真实的影视作品。

《捉妖记》

影视剧作为一种即时消费性产品，因其特殊的消费过程，更加凸显了题材和主题在引起观众兴趣和占领市场方面的重要性，所以，题材的选择也具有一定的时机性，在适当的时刻选择了适当的题材，往往会取得意想不到的效果。2015年的暑期档，电影《捉妖记》以超24亿人民币的票房大放异彩，成为当年票房冠军，也刷新了当时国产电影的票房纪录。《捉妖记》讲述妖界内乱，为躲避血妖追杀，身怀六甲的妖后无奈之下将尚未发育成熟的蛋托付给了善良的村中少年宋天荫。宋天荫在蹩脚天师霍小岚的保护下阴差阳错产下可爱的小妖王胡巴，逐渐和它产生如血缘亲人一般的感情，而胡巴的身份却使他们屡屡陷入险境。一个奇趣丛生的历险故事，一个由见钱眼开的天师、温柔善良的少年和天真懵懂的小妖组成的临时家庭，一段曲折却充满了默默温情的人妖关系，以及暑期档以低年龄层为主的观众群体形成恰到好处的审美契合。类型化的魔幻叙事打动了青少年群体对奇观特效的观影需求，童话般至美至真的故事内核使“合家欢”观众获得满足。能够精准辐射该档期最广泛的观众群体，是影片在商业回报上占有先机的关键。

福斯特在《小说面面观》中说过："一个人选择了一个有价值的题材，并将这个题材本身的以及与其有关的主要知识通通掌握起来，这个人便是出类拔萃了。到那时，他便可以随心所欲。"[①]小说创作是如此，影视创作自然也不例外。要回答什么样的题材算是有价值的题材，这就需要影视编剧对市场、对观众、对内容进行多方面的考虑。首先，一个有价值的题材必然是能够适合市场的题材，这就要求影视剧创作者在题材选择的过程中认真研究市场、分析市场，避开市场上已经出现的或者已经泛滥的题材，另辟蹊径，选择更具有卖点和新鲜感的影视题材种类。其次，一个有价值的题材必然是能够符合观众审美趣味的题材。虽然题材的种类十分多样，但是好的题材必然是符合当下观众审美趣味，暗合当下观众欣赏心理的。随着时代的变化和社会文化的变迁，观众群体逐渐庞大并开始分化，不同的观众具有了不同的审美趣味和观影心理，对影视剧作品的情感需求也有着较大的差异。在进行题材选择的时候，创作者必须清醒认识到当代观众的审美心理具有哪些差异性、趋同性和特殊性，并根据观众的审美心理对广泛的题材种类进行选择和甄别。最后，影视剧本题材选择还必须考虑其内容是否符合当下的社会主流价值观和文化伦理，是否和大部分中国人的道德准则相符合。近年来，虽然影视产品的商品性获得了极大的重视，但是我们也必须认识到，它同时也是带有强烈的价值导向和情感引导的意识形态产品，它所体现出来的价值观和道德准则总是能够潜移默化地影响人们的思想，特别是处于世界观、人生观、价值观正在形成阶段的青少年，更加容易受到影视剧内容所展现出来的思想情感的影响。

一个题材的选择并不是艺术创作的终结，而是创作的开始。在选择了一个有价值的题材之后，要充分挖掘这个题材所具有的艺术内涵与价值，影视编剧还需要将题材和"题材本身的以及与其有关的主要知识通通掌握起来"，对题材本身及其相关知识进行详尽、充分的研究与揣摩。值得注意的是，"中外影视作品在题材取向上存在着差异。从题材取向的角度比较中外影视，中国影视最明显不同于西方的就是那些题材与中国文化密切相关的作品。中国影视受中国几千年历史影响，多取材于皇帝生活、后宫争斗，还有匹夫救国等主要内容。而西方影视没有丰富复杂的后宫题材，西方由于宗教思想已渗透在每一个西方人的日常生活，在影视选材上，更注意宗教题材作品，并成为影视特色。除宗教题材外，科幻题材动画片、音乐片等也是西方的重要取材,并取得巨大成就，这是值得我们学习借鉴的"[②]。

① 福斯特. 小说面面观［M］. 冯涛，译. 北京：人民文学出版社，2009.
② 周引莉. 中外影视题材取向上的差异［J］. 电影文学，2008（4）.

第二节 可视性

影视作为视觉造型艺术，决定了其题材必须具有可视性。所谓可视性，即指影视编剧在选择题材时要充分考虑该题材是否符合影视造型的需要，尽量避免那些过于抽象的事件，避免那种过于内在化、心理化的内容，而注意选择有具体的人物和人物关系、具有明显的动作线和相对完整的故事情节的题材，为将来的影视造型打下坚实的基础。

虽然随着影视制作技术的不断提高，题材可供选择范围的不断扩大，影视艺术表达手法的逐渐完善，许多前人所无法表达的内容和场景被渐渐地以各种技术手段和表现方式搬上银幕，但是，影视艺术仍然具有造型艺术的基本特性，一些过于抽象的概念、理念、心理活动在视觉化表达上仍然具有非常大的缺陷和不足，这就要求编剧在进行文本创作时必须注意到影视剧本创作和文学创作之间的差异性，更为小心地选择可以在屏幕上表现出来的题材和内容，避免故事中出现重要情节内容的信息断层。如在文学作品中，为表现主人公性格和人物环境，经常会出现大段的心理活动和情绪描写，一些对于复杂的人物关系的介绍通常用文字描写来完成，观众以第三者的视角通过文字获取详尽而微妙的故事信息，从而把握故事的未来走向和主体精神。而在剧本创作中，除非以旁白形式出现，否则，一切心理性、抽象性的、不能依靠造型艺术展现的内容都无法依靠视觉形象传达给观众，就算表现出来，也往往无法精准传递，造成误解和歧义，有时这些误解和歧义会使观众无法理解和掌握后续内容，进而削弱了整部影视作品的艺术感染力和表现力。

虽然随着影视表现手法的不断进步，一些诗学电影、哲学电影相继出现，影视艺术也逐渐涉及精神和灵魂领域，探讨生与死、灵魂与身体等关于人的最基本精神世界的抽象问题，但是这些影片常常被大众冠以"艰涩难懂"的评价。人们借助视觉形象来表现严肃的灵魂和情感问题时，总是受阻于视觉造型世界意义表达方式中能指和所指的模糊。不同的个体对于情感的表达往往有着不同的方式，越是复杂的精神传递和情感表达越能体现它们作用在个体身上的差异性，演员基于个体的表演并不能将情绪完整地传达给不同的观众。而大多数时候，人们的情绪、情感并不那么泾渭分明，常常在同一个时刻混杂了多种内心感受和情感成分，如哀伤同时混杂了怅惘，喜悦携带着一丝无奈，这种细微的内心感受体现在视觉造型上往往难以清晰地呈现，高明的演员尽管可以掌握情绪表达的肢体方式，但是不一定所有的观众都能敏锐地觉察到演员的动作所体现出的内涵。如泰戈尔在其《新月集》的《赠品》一诗中这样写道:“我要送些东西给你,我的孩子,因为我们同是漂泊在世界的溪流中的。我们的生命将被分开,我们的爱也将被忘记。”短短两行字,道尽了老人在时光洪流中即将远行的无奈和从容,它将人们尘世的生活比喻做每一个人在溪流中漂泊,用这样的方式隐晦地说明生活中充满的不可抗力和难以预测,让人们瞬时体会到个体对于历史和时间来说是那么的渺小和不知所措,然后,作者又并非仅仅注目于生活给人们带来的分别和遗忘,溪流相较于大海、河流等意象充满了温柔的意味,送些东西又表达了人类在生命的此消彼长中仍然坚持了文明和智慧的传递和延续。平静的口吻虽然点破生活的不尽如人意却毫无怨怼,充满了长者的淡然和安宁。当读者在看到这短短两行文字时,能够从中体会到的感情是丰沛而复杂的,不仅仅局限于一种情调。而这恰恰是难以通过视觉造型来进行表达的。我们无法在脑海中想象人在世界的溪流中是如何漂泊的,因为这并不是指人们真正沉浸在一条形象化的溪流中,而是指代人们在时光和生活中无可抗拒地前行,视觉造型同样不能简单地通过几个场景、镜头来展现“我们的爱也将被忘记”,这需要一系列复杂的情节设计才能真正展现出一代代的生命是如何最终完全湮没在滚滚的历史河流中的,他们的情感和记忆是如何随着时间的打磨而逐渐消亡的。这种表达的不可兼容性直接导致了影视艺术这一造型艺术在题材选择过程中所遭遇的桎梏和局限。

虽然影视剧可视性特点在一定程度上限制了影视编剧的题材选择和创意开拓,但是,影视作品不可能不表现人物的内心世界。经过长期的努力,人们摸索出了如何将不可见的人物内心世界转换为可见的视觉形象的话语体系。这种话语体系首先表现在编导通过人物动作语言的设计和塑造,将人物内心活动外化上。如英国著名作家夏洛蒂·勃朗特的代表作品《简·爱》,充满了大量的心理活动和情感变化的描写与分析,女主人公常常处于内心挣扎的境地,在这样的境地中,女主人公的内心总是矛盾重重,往往有两个不同方向的念头在她的脑海中相互角力并拉扯着,而她在情感和道德之间的痛苦抉择和坚守,恰恰就是其人性最为光彩夺目的部分,如果这些关于生活的挣扎和反抗无法转换为视觉语言,那么主人公的性格魅力和曲折命运难免大打折扣。这就要求编创者在进行剧本改编时充分发挥想象力,运用多种方式和手法,将主人公的情感变化和心理挣扎通过视觉形式巧妙地展现出来,并感染观众。原著中,简·爱在婚礼礼堂得知罗切斯特先生原来已有妻室之后遭到了巨大的打击,在自己的房间内进行了漫长而痛苦的思索,汹涌的爱情让她希望能够留在罗切斯特先生的身边,而强烈的自尊和道德感让她理智地告诉自己,留在爱人身边的结果是她必将成为罗切斯特先生的情妇,而无法作为他合法的妻子。这对独立自尊的简·爱来说,恰恰是她无法忍受的。这两种心情之间的斗争和纠缠,一直持续了整整一天。小说这种纯粹的心理活动描写，自然难以转换为视觉形象，但是在2011年福克斯公司和英国BBC合作的最新版电影《简·爱》中，编剧巧妙设计女主人公的这一动作来表现她对成为爱人情妇的厌恶和对爱情的不舍：简·爱飞奔到自己的房间挣扎般脱下结婚礼服，却又拿着旧衣服迟迟不肯穿上。如果说飞快抛弃结婚礼服，表现了她急于摆脱尴尬身份的心理；那么迟迟不肯套上自己暗色的旧衣服，则表明她内心对曾经幻想过的幸福仍有无限的留恋。短短一分多钟的镜头，圆满地表达了小说原著中长达两页的心理内容，细腻地传达出了女主人公内心的煎熬和挣扎。在这个镜头的铺垫下，之后女主人公秉承内心的自尊以及道德的坚守，独自一人在清晨离开桑菲尔德的行为，让观众进一步感悟主人公这样一个贫穷的孤女在灵魂深处具有的崇高的品质和坚韧的个性。小说原著中人物身上的闪光点不但没有被削弱，反而被不动声色地烘托出来。

影视作品在表现人物的内心世界的时候，除了通过设计人物特殊的动作来展现人物性格之外，常见的方法还有借景寓情。同样在《简·爱》这部作品中，因电影的创作篇幅较短，创作者截取了故事线中几个重要的环节来进行重点塑造，而一些简单的人物情感发展镜头则被淡化或忽略，这种处理方式难免让已经熟悉了原著的观众感到男女主人公情感发展的处理过于快速和粗糙，然而，编剧通过风景镜头的巧妙穿插，暗喻了主人公情感过程的渐入佳境。在影片的最初，简·爱与罗切斯特先生仍然处于相互试探、彼此打量的时期，影片的主题色调以阴沉的蓝色为主，而等到双方互吐爱意、准备厮守终生之后，镜头转换成了大片的阳光和郁郁葱葱的原野，一切充满了生机的景象衬托了主人公短暂却美好的幸福。而当真相被揭穿，简·爱一个人在痛苦中远走他乡之时，她身边的风景又变成了阴沉的灰暗，所有树木都蒙上了一层灰色的阴影，仿佛女主人公前途未明的人生之路。这种将景物融汇于人物情感的描述方式同样能够起到渲染气氛、暗喻人物情绪心理的作用，甚至它还能直接作用于观众的情绪情感，让观众直接感受到主人公的心理情感，产生一种情感上的共鸣。

《简·爱》

第三节　创新性

题材是否具有可视性，决定的只是影视创作的造型是否能够顺利完成。因此，题材的可视性只是影视创作的一个前提和必要条件。影视剧要成为优秀的作品，在竞争激烈的影视市场中赢得不败之地，编剧还必须以一种创新意识对该题材本身所具备的价值和潜质进行深刻的挖掘。在英文中，“Innovation”起源于拉丁语，它主要有两层含义：其一是创造新的东西；其二是对原有的事物进行改变和革新。影视题材创新固然体现在编剧要善于独辟蹊径，发现和开掘那些前人所没有开掘的题材上，但是，由于影视艺术经过一百多年的发展，严格意义上来说，在题材上要寻找未经开垦的处女地应该说已经十分困难。因此，所谓题材的提炼和开掘，在更大意义上是指编剧在面对相同或相似的题材时，要善于运用创新思维，从中挖掘出属于自己的创作个性来。

首先，影视题材的创新表现在编剧对题材独具慧眼的发现与开掘上。《纸牌屋》是英国政治小说家迈克尔•多布斯的老牌经典作品，曾于1990年被英国BBC搬上荧屏，该剧入选了英国电影学院“100部英国最优秀的电视节目”名单。2013年2月1日，美国Netflix公司将第一季13集《纸牌屋》一次性在网上播出，博得一片叫好之声，《今日美国》也不吝溢美之词：“放下对网络剧的成见，这是一部艾美奖水准的电视剧。”同时，它的播放方式也震动了整个电视行业。《纸牌屋》第一季在网络上发行，13集一次性播出完毕，免去了观众每周的等待，同时保证了剧集的结构完整和核心明确，少去了有线电视上的渠道费用。尽管在广告收入上暂时受损，但本剧得到的狂热拥护证明了网络发行剧集方式的成功，接下来许多老牌网站、视频网络公司都跟进模拟这种播放模式，进一步挤压了传统的电视台。相较于传统媒体直线性的传播模式，互联网以其强劲的信息交互能力构建了如今空前灵活、畅达的虚拟

《纸牌屋》

传播空间。在此空间中，每一个人既是信息接收者，又是信息生产者，在具备同等物质条件的前提下，公平共享表达权力。话语权力的拉平使旧有的内容生产模式遭受冲击，按尼葛洛庞蒂的话说："数字化会改变大众传播媒体的本质，'推'(pushing) 送比特给人们的过程将一变而为允许大家(或他们的电脑)'拉'(pulling) 出想要的比特的过程。这是一个剧烈的变化，因为我们以往媒体的整个概念是，通过层层的过滤之后，把信息和娱乐简化为一套'要闻'或者'畅销书'，再抛给不同的'受众'。"而如今，受众开始拒绝这些制式内容，他们迫切需要独属于自己的个性化文娱产品。

"粉丝电影"与"IP题材"就是这种个性化娱乐定制的鲜明体现，越来越多的电影公司通过大数据来捕捉市场兴趣点，总结观众审美趋向，根据对受众数量的提前预估选择具有价值的文本和题材。这种从源头精准定位的产品定制服务，帮助互联网影视公司Netflix一举打破多年经济低迷，蜕变发展为文化生产领域的新巨头。《纸牌屋》的问世就是依靠大数据进行资源定位和整合的产物，Netflix公司通过对网络用户观影历史、题材爱好、演员偏向、情节关注等多项数据的收集与分析，确定了故事内容、制片人甚至演员。在评价Netflix的成功之道时，其首席内容官Ted Sarandos曾说，"相比于覆盖式的'全垒打'，Netflix采用的是点对点的'单打''双打'技巧"。与争取拉拢最广大观众群体的传统电影生产发行模式相比，对目标观众精准定位并专向打击，显然更符合"专注、极致、口碑、快"的互联网思维。用美国最有影响力的新闻博客网站"赫芬顿邮报"的话来说，Netflix拿出的两亿美元无异于一场"豪赌"。它的底气来自对"大数据时代"的精准判断。事实上，好莱坞早就开始运用调查公司，通过问卷统计的形式，调查搭配出公众最希望搭配的演员班底，只不过，Netflix运用的是更加海量和强大的数据库分析。这是影视内容创作前期调查的一次革命，可以想见以后它会成为一项前景更为广阔的产业。

近年来，随着互联网与社会生活融合度的进一步加深，观众内容选择的主动性进一步升级，众筹电影开始出现。"2014年，美国圣丹斯电影节上超过三分之一的展出影片是通过众筹模式融资的。"专业化的电影众筹平台建立起完善的商业运行模式，成为现代电影工业体系中颇具影响力的新锐力量。比如推出85届奥斯卡最佳真人短片《流浪逐梦人》的电影众筹平台Kickstarter，其商业模式是，"众筹项目必须在1个月内达到筹款项目金额，否则项目失败。当项目成功融资后，Kickstarter会从中抽取5%的融资佣金。Kickstarter网站还有个筛选机制，不但保证了影片有40%的成功筹款率，也让一些优质电影项目或者说符合Kickstarter'有趣'标准的项目能够突出重围。" 不仅小成本电影制作者能够通过专业众筹平台寻找到艺术知音，粉丝也能够通过电影众筹平台将自己心仪的影视项目"复活"。美剧《美眉校探》曾是CBS2004

年推出的大热剧集，该剧持续三季之后遗憾被砍，一众观众为男女主人公悬而未决的命运扼腕叹息。多年之后，制作方将该剧电影版项目放上众筹平台，最终，90000名粉丝共同筹集570万美元，使该片成功在2014年制作完成并上映，在粉丝的强烈要求之下，男女主人公的爱情故事也有了一个圆满的结局。这种反向定制的成功，再一次体现出互联网媒体环境下电影制作生产模式的巨大变化，电影观众逐渐在整个媒体系统中拥有了多重身份，他们既是内容生产者，又是观看者，还是评价者，这种多元的身份构成真正实现了“用户为王，体验至上”的网络服务特征。

获得1988年第一届欧洲影展首奖的《十诫之五：关于谋杀的短片》，之所以被认为是“当代伦理思想史上的一件大事”，[1]就是因为法籍波兰电影大师克日什托夫·基耶斯洛夫斯基在这部电影短片中，试图诊断与质疑人类文化暴力的合法性。《圣经·出埃及记》载，十诫是耶和华所授，并命摩西颁布施行。内容是：不许拜别神；不许制造和敬拜偶像；不许妄称耶和华名；须守安息日为圣日；须孝父母；不许杀人；不许奸淫；不许偷盗；不许作假见证；不许贪恋他人财物。20世纪80年代波兰实行军管后，基耶斯洛夫斯基创造性地将“十诫”演绎成十个以波兰为背景的现代题材故事。“不许杀人”是“十诫”中的一条道德律令，但是，即使在《旧约》中也写满了无数杀人的记录，甚至要求上帝出手杀人。在这个意义上，“不许杀人”的诫命，实质上是说“不可没理由杀人”。有理由的杀人是允许的，历史上和现实生活中从来没有间断。[2]而基耶斯洛夫斯基在《关于谋杀的短片》中所表现的，恰恰就是对历史上和现实生活中这种杀人理由的质疑：“这个故事在讲一个年轻男孩杀了一名计程车司机，然后法律杀了那位男孩。……我们知道整个社会杀那个男孩在法律上的理由，但我们并不知道真正的人道理由，我们也永远不可能知道。”

《关于谋杀的短片》

或许是有太多的感慨，基耶斯洛夫斯基对自己的这部影片做了不厌其烦的阐释：“该片是对暴力的一项控诉。置人于死地大概是我们能想象到暴力最高的极致。死刑同

① 刘小枫. 沉重的肉身［M］. 上海：上海人民出版社，1999：258.
② 刘小枫. 沉重的肉身［M］. 上海：上海人民出版社，1999：261.

样是在置人于死地。我们以这种方式把暴力与死刑连接在一起。那部影片反对死刑这种暴力形式。”基耶斯洛夫斯基甚至还谈到行刑一场的排演：“整件事真的就那么令人无法忍受。每样东西都是我们自己搭建的，可是电工的腿发软，特技人员的腿也发软，摄影师和我的腿全发软，每个人都一样！……即使只是假的执行死刑的场景，仍然令人无法忍受。”正是基于暴力的非人性以及对非人性暴力的深恶痛绝，被认为是当代欧洲最具独创性、最有才华和最无所顾忌的基耶斯洛夫斯基，对任何试图给予暴力以合法性外衣的行径进行了强烈的抨击：“我想我拍这部影片的原因，是因为这一切都以我的名义在进行，因为我是这个社会的一分子，是波兰这个国家的国民之一。如果在这个国家里，有人在另一个人的脖子上套上一个绳圈，然后把他脚下的凳子踢开，他是以我的名义在做这件事。而我并不希望它发生，我不愿意看他们做这件事。我想这部影片并不真的在讨论死刑，而在指涉一般的杀戮。无论你为了什么而杀人、杀的对象是谁，谁去动手，都是错的。”

毋庸置疑，题材的新颖性和主题的深刻性，是大师级作品的成功标志。不过，在现实的影视创作中，所谓题材的提炼和开掘，在更大意义上是指编剧在面对相同或相似的题材时，要善于运用创新思维，从中挖掘出属于自己的创作个性来。2018年，两部借用同一时代背景、相同历史人物身份戏剧化创作的清廷后宫剧在差不多时间登陆两大视频平台，形成了有趣的比较。一部是以乾隆时期令懿皇贵妃魏佳氏为故事主人公创作的《延禧攻略》，一部是以乾隆继后辉发那拉氏为主视角拍摄的《如懿传》，共同的男主人公乾隆帝，两位身份不同、命运不同、结局也不相同的后宫女子，类似的后宫爱情主题，两部作品孰高孰下，到底相类还是相异，引起了大众的好奇。事实上，两个不同主创团队，在把握同一后宫题材时，走向了两个截然相反但又殊途同归的主题。

《延禧攻略》

《延禧攻略》讲述了宫女魏璎珞为了调查身为宫女却殒命深宫的姐姐的真实死因进入紫禁城，面对几次三番的风波和阴谋，始终不卑不亢、机智应对，获得富察皇后赏识，成为皇后贴身侍女，彼此之间结下如姐妹般情谊。皇后宽容贤惠，却因后宫鬼蜮伎俩不幸崩逝，魏璎珞为查明真相替皇后报仇，运用手段成为乾隆帝的妃子，与乾隆从相互对立到逐渐理解，从单纯利用到情愫暗生，最终使恶人得到了应有的惩罚。魏璎珞也和乾隆帝相互扶持一生，成为后宫最终的胜利者。该剧突破了后宫宫廷剧传统叙事模式，将宫女魏璎珞从宫女到皇妃的人生历程设置为时下热门的“升级打怪”模式，该剧剧名中“攻略”一词本就意指游戏或者生活的方法指南。通过主人公特有技能——八面玲珑的后宫生存之道，魏璎珞过关斩将，获得了宫廷游戏最大的奖赏——皇帝的信任和宠爱。该剧描述的并不是一场传统意义上的爱情，甚至不是常识逻辑中的一种夫妻伦理关系，而是一场男女双方、权力上位者和下位者之间智谋与情感的角力。虽然看似主人公最后获得了权力和爱情，但代表了最真诚单纯感情的关键人物傅恒的死亡，则再次隐喻了后宫环境里洁白无瑕的无辜者和纯粹真挚的情感无法生存的主题。

《如懿传》

《如懿传》则以单纯善良的青樱追逐爱情进入宫廷度过的漫长人生为主题，讲述了她少年时代与乾隆青梅竹马互订终生，却因家族在权力斗争中落败而与其正妻身份失之交臂，成为普通妃嫔一员。危机四伏的后宫中，青樱更名如懿，以自己的正直、善良、聪慧度过一场场血雨腥风，克服重重磨难成为皇后，实现了年少时的爱情梦想。然而，天家无情，帝王的多疑善变、薄情自私不断消磨着如懿对乾隆的爱情和信任。一次次打击之后，如懿的爱情理想最终幻灭，她违背宫规民俗在皇帝面前削发明志，以断发祭奠曾经真心相许的青樱和弘历，主动放弃皇后之位，在落寞和凄清中离开人世。《如懿传》借“兰因絮果”为主题，描绘了曾经无限美好的姻缘随着岁月的磨蚀而最终陨灭。与《延禧攻略》中熟谙后宫斗争规则，并凭此踏上巅峰的魏璎珞不同，如懿厌恶后宫中的一切，无视争斗，始终保持了灵魂中的正义和纯净，最终也不为后宫所容。两位宫廷女性的命运，一胜一败，一入世一出世，一深沉一清高，看似在同一题材下走向了两个截然相反的极端，但事实上，二者又共同表现了在皇权至高无上的宫廷环境中，女性无法自主，必须依附于男性、权力掌握者的共同命运，叹惋纯粹而美好的情感必然破碎的悲剧。

古装题材可以说是中国影视剧题材中相当常见的一种，“从20世纪80年代的电影《垂帘听政》，到电视连续剧《大汉天子》《康熙王朝》《唐明皇》《大明宫词》《步步惊心》《武媚娘传奇》，再到最近热播的连续剧《延禧攻略》《如懿传》，真是好戏连台、连绵不断。”[1]这些影视剧无一例外以尊重历史的人物形象塑造、精致华美的场景设计、波澜壮阔的情节内容赢得了观众的一致好评，在珠玉在前的情况下，要在相同的题材上进行进一步的挖掘，成为一件相当困难的事情。然而，2015年由孔笙、李雪执导的电视剧《琅琊榜》成功做到了这一点。该剧由海晏同名网络小说改编，以南北朝时期南梁为背景，讲述了一个“基度山伯爵”式的复仇故事。神秘莫测的江湖人士、人称“得之可得天下”的“麒麟才子”梅长苏，借养病之机一身白衣进京，踏入权力斗争中心，凭一己之力掀起朝堂巨变。原来，梅长苏是十二年前因奸佞陷害与七万将士一同葬身梅岭的赤焰军元帅林燮之子林殊，历经亲人离世、袍泽冤死，死里逃生的他韬光养晦十二年，终于回到金陵，辅佐儿时好友、正直能干的靖王夺取王位，为赤焰军洗清冤屈，剪除奸党，还政局一个清明。最后，在东魏兴兵南下的紧要关头，再次以病弱之躯挑起家国重担，带领大梁将士平定边疆，为国捐躯。该剧一洗近年来盘旋在中国电视荧屏上的“脂粉气息”，在一众以女性视角为线索、着重刻画感情发展的宫廷爱情剧中独树一帜。独特的水墨画般的视觉风格，宏大的家国情怀主题，既有庙堂之高又有江湖之远，既有金戈铁马的豪情，又有步步为营的谋算，再现了中国传统文化中“士”的理想化形象。梅长苏虽然是虚构人物，但他所代表的心怀天下、义薄云天、赤胆忠心、报效家国的士大夫精神却扎根自真实的中华文明，其捐躯赴国难、开创清平世的远大抱负和气质风骨是中国传统士人形象的集中体现。这种虚中有实、立足传统的题材操作开创了古装影视一个新的方向。

《琅琊榜》

作为工业时代的产物，影视题材的创新往往与科学技术的发展密切相关。电影、电视产生的一百多年来，随着科学技术的不断进步和人类文明的进一步发展，影视作品可以表现的题材范围获得了进一步的扩大，一些全新的社会现象陆续走进艺术家的视野，成为影视作品新的表现题材；一些从前无法被搬上银幕或没有充分的技术手段得以表达的题材，也重新获得了表现的机会。影视电脑制作技术的成熟极大地推动

① 周引莉. 中外影视题材取向上的差异［J］. 电影文学，2008（4）.

了科幻以及魔幻题材影视作品的繁荣，一些难以实现的场景现在都能在电脑技术的辅助下栩栩如生地出现在观众眼前，而一些宏大的叙事场面也能够依靠特效技术轻松呈现，这无疑大大节省了影视剧制作的劳动力成本，进一步促进了影视产业的繁荣和发展。1990年中国电视剧制作中心在制作由古典名著改编的大型电视连续剧《三国演义》时，为了再现东汉末年诸侯混战、群雄割据的雄伟场面，剧组经历了四年的艰苦拍摄，共动用群众演员40余万人[①]，北京军区、南京军区、成都军区均有部队参与拍摄。可以说，一场千军万马的宏大场面常常需要无数演职人员聚合在一起实景实体地完成，在成功塑造了经典的同时，也带来了巨大的拍摄成本。而二十年之后，当新版《三国演义》拍摄之时，尽管仍然采用了大量的实景拍摄，群众演员由40余万降到了15万，[②]拍摄周期也从四年缩短为十个月，这个明显的数量对比鲜明地显现出了技术发展给影视产业生产过程带来的巨大改变。这固然有影视产业在经历二十年的蓬勃发展后更加成熟和完善的因素，但是技术的革新和特效的发展起到了更为关键性的作用。技术革新不仅改善了影视作品的生产环节，在某种程度上还促成了个别影视题材的繁荣。在此之前，科幻题材影视作品常常成为影视剧生产的软肋，因其有大量的幻想成分和难以表现的场景，观众通常靠蒙太奇想象和局限的镜头表达在脑海中自我补充完成剧情需要表现的壮丽场面，有时候粗糙的特效不仅不能够达到创造电影奇观的效果，反而因为生硬和不自然使观众难以将情感投入到作品所描述的故事中，造成一种疏离感，影视欣赏的整个过程也因此难以完成。然而，随着电脑特效技术的不断发展，更多不可思议的场景成为可能，《魔戒》《变形金刚》等魔幻题材系列电影的成功，更是将电脑特效技术的魔力推向了制高点。综观近年来在全球电影市场取得极高票房的电影，科幻与魔幻类影片占据了半壁江山，而同样名列前茅的灾难片等其他题材，也都离不开电脑后期制作的金手指。时至今日，电脑后期制作已经成为和影视剧前期拍摄同等重要的、不可缺少的影视剧制作环节，人们甚至感叹，如今的电影已经不能说是拍出来的，而是做出来的，演员们在大多数情况下不是对着具体的景物进行表演，而是对着电脑制作的绿色幕布来完成角色塑造的。

值得注意的是，现代社会的转型、时代生活的变迁、科学技术的进步，同样会给影视创作带来新的题材热点。2018年，年逾七十的斯皮尔伯格带来了将虚拟游戏与电影完美结合的全新力作《头号玩家》，电影背景设定在虚拟世界逐渐侵蚀凋敝的现实世界侵蚀的2045年，因为VR技术的高度成熟，人们沉溺在一个叫作“绿洲”的虚拟游

---

① 数据来源：百度百科词条：《三国演义》http://baike.baidu.com/view/2372.htm#sub5333174

② 数据来源：《三国杀青揭秘 参演群众演员15万人次》，新浪娱乐，2009年7月28日，http://ent.sina.com.cn/v/m/2009-07-28/14292628179.shtml

戏宇宙中，人类历史上不同阶段的娱乐形象和流行元素都汇聚其中，只要戴上游戏头盔，无论男女老少，贫穷还是富有，就能摇身一变成另一个虚拟角色，进入一场无限美好的幻梦。该系统创始人哈利迪去世前，宣布将巨额财产和“绿洲”的所有权留给第一个破解三道关卡、获得三把钥匙，并成功找到隐藏在游戏中的彩蛋的人，于是各方势力、不同人物都加入到这场竞争中来。贫民区少年韦德是哈利迪的狂热崇拜者，熟知哈利迪的一切，他和游戏中的几位伙伴一起，踏上了寻找钥匙的闯关之路。与此同时，野心勃勃、希望一统虚拟世界、达成垄断的科技巨头，IOI的管理者诺兰，运用资本的力量强迫大量游戏劳工为他卖命，他也对哈利迪留下的彩蛋志在必得。心怀理想和热情的少年，面对只想把游戏世界当作盈利手段的资本家，一场惊险的较量随之展开。与此前仅仅将游戏故事文本改编成电影剧情的《魔兽》《刺客信条》不同，《头号玩家》真正将诸多经典游戏类型结合在了影片叙事中，如第一关的赛车游戏、第二关的迷宫逃脱、第三关的原始电玩，每一个关键线索的推进都融合在游戏模式与电影表达的无缝衔接中，这使整部影片充满了强烈的二元性，它既是一个完整的电影作品，又像一个在线的大型游戏，产生暧昧莫名的意义交杂，使该片亦真亦幻、虚实交接的特质更加突出。

《头号玩家》

但是，剥离其杂烩流行文化既未来又复古的外在形式，我们依然能从中触摸到虚拟和现实如何平衡的经典主题。影片中“绿洲”的创始人哈利迪在虚拟世界里是一个无所不能的智者，形似《魔戒》中的甘道夫，是虚拟空间的精神领袖，而现实中，他是处处碰壁的失败者，既无法向心爱的女孩说出真实的想法，也因股份之争失去了朋友和伙伴，他将自己真实的人生奉献给了虚幻，却又对这种虚幻感到厌恶与迷茫，所以在故事的结尾，他留下一个毁灭一切的按钮，给予后人一个选择，到底是继续沉迷于虚假快乐，还是回头直面现实世界的痛楚。继承哈利迪一切的少年韦德做出了一个表面上的平衡，每周关闭系统两天，毕竟“即使现实再令我恐惧，再令我痛苦，也只有在现实中，我才能真正吃顿好饭”。《头号玩家》的诞生，切合了当下虚拟网络日渐覆盖生活、人类交流娱乐方式发生颠覆式革新的现实浪潮，虚拟世界到底是通向理想主义桃源的坦途，还是引导人类走向新的资本主义的竞技场，一切尚未定论，但人类已在这艘虚拟现实的大船上扬帆起航，越走越远。一部作品是否精准把握住了时代的脉络，不仅仅在于其是否拿捏妥当了未来主义的形式，而在其是否通过形式探讨了未来的伦理和价值观，只有拨开表层的设置，投射时代真正的意识形态底色，才能创造出具有长久价值的作品。

推荐阅读：

1. 萨杜尔. 西方电影史概论 [M]. 北京：中国电影出版社，2000.

2. 张菁，关玲. 影视视听语言 [M]. 北京：中国传媒大学，2008.

3. 傅正义. 影视剪辑编辑艺术 [M]. 北京：中国传媒大学出版社，2009.

4. 聂欣如. 纪录片研究 [M]. 上海：复旦大学出版社，2010.

5. 钟大丰，舒晓鸣. 中国电影史 [M]. 北京：中国广播电视出版社，2004.

6. 周月亮. 影视艺术哲学 [M]. 北京：中国广播电视出版社，2004.

7. 麦基. 故事 [M]. 北京：中国电影出版社，2001.

8. 郝禹. 影视艺术基础知识 [M]. 上海：上海大学出版社，2008.

9. 刘宏球. 影视艺术概论 [M]. 上海：上海文艺出版社，2004.

10. 张献民. 看不见的影像 [M]. 上海：上海三联书店，2005.

11. 格里洋森. 电影的艺术：顶级电影编剧大师访谈 [M]. 北京：人民邮电出版社，2014.

12. 斯奈德. 救猫咪：电影编剧宝典 [M]. 杭州：浙江大学出版社，2011.

13. 斯特拉斯伯格. 激昂的幻梦 从斯坦尼体系到方法派表演 [M]. 北京：台海出版社，2018.

14. 四方田犬彦. 亚洲背景下的日本电影 [M]. 南京：江苏教育出版社，2007.

15. 埃格里. 编剧的艺术 [M]. 北京：北京联合出版公司，2013.

第四章 主 题

导 语

主题是编剧通过对题材的挖掘、提炼而得出的人文内涵，是特定文本艺术形象所表达出来的中心思想，也是编剧的世界观、人生观和美学观的集中体现。

罗伯特·麦基提出，主题，也就是主控思想，“确立了作者的关键性选择”，悉德·菲尔德在《电影剧本写作基础》一书中说：“如果要开始一个剧本的创作，你需要的不仅仅是想法。你需要一个主题来戏剧化地表现这个想法。主题被定义为动作和人物。动作就是发生了什么事情，而人物就是遇到这件事情的人。每个电影剧本都有个主题，即故事是关于什么的”。

优秀的主题是什么样的？麦基在《故事》中写道：“一部伟大的作品是一个鲜活的比喻，告诉我们‘生活就像是这样’。有史以来，所有经典作品给予我们的并不是解决办法，而是一剂令我们清醒的良药，并不是答案，而是富有诗意的率真，它们把人类世世代代之所以为人而必须解决的问题不可避免地昭然于天下。”

第一节 主控思想

美国电影理论家李·R.波布克在《电影的元素》中说道：“任何一部影片首先需要

考虑的是主题”，“尽管在过去二十年内，影片的风格发生了巨大的变化，出现了各种运动，但是在这一时期内，艺术上有成就的影片都有一个共同的特点，那就是一个无论在思想上或哲学上都引人注目的鲜明的主题”。①

每一个艺术工作者在进行创作的时候，不仅是塑造出一个能够给人带来美感的艺术形象，而且是通过这种艺术表达来进行人与人之间关于生活、世界、人类自身和宇宙规律的对话与交流。“作品主题是从作者的经验中产生、由生活暗示给他的一种思想，可是它聚集在他的印象里还未形成，当它要求用形象来体现时，它会在作者心中唤起一种欲望——赋予它一个形式。”②主题就相当于作品内容的核心，也就是我们常说的中心思想，是作者最希望表达和创造出来的故事内容。主题在作家的心中逐渐明确和清晰起来以后，它就成为创作的目标，作家始终在这一灵魂的统率下进行着全部的创作活动。

在剧本创作中，必须要有一个明确的主控思想。但是，有一些最初开始从事剧本创作的人，他们发现想表达的东西太多，对现象又缺乏自己的认识和态度，思想开始变得飘忽不定，又或者觉得生活本来就杂乱无章，没有逻辑，不可理解，在这种状态的驱动下，他们把众多的思想一股脑儿地全部写进了剧本，一会儿是正义的伸张，一会儿是爱情的永恒，一会儿又是人性本善，等等，这样的大杂烩使整个故事面目全非，不知所云。其实，一部影片思想越单纯，作者越紧密地围绕主题进行精巧的故事建构，观众反而越能从中感悟这一主题之外的东西。

在早期“超级英雄”题材电影的创作中，因为故事文本大多取材自漫画，描写拥有不同超能力的英雄人物如何击败邪恶势力，拯救人类，维护世界和平，所以，其主控思想相对来说比较单一，呈现出一种振奋、积极、惩恶扬善、个人英雄主义的世界观和价值观。对于观众来说，无论是超人、美国队长、蜘蛛侠还是钢铁侠，他们的本质是相同的，是隐姓埋名在日常生活中的秩序守护者，是现代都市社会里的圣殿骑士，是社会安全的防守底线，无论故事内容和人物设置如何变化，他们的正义形象始终如一。所以，我们往往在“漫威”宇宙里感受到各个分支故事主控思想的一致性，《钢铁侠》告诉我们如何运用科技智慧掌握自己的命运，守护世界；《美国队长》讲述一个心怀壮志的瘦弱青年在获得超能力后担负起保家卫国的职责；《蜘蛛侠》证明了一个普普通通的男孩因突如其来的奇遇也能成为人民的英雄。无论形式如何变迁，英雄的职责和使命感是不可动摇的主题。

因此，在编剧确立作品的主控思想时，应该根据现有的社会文化规范和人类道

---

① 波布克. 电影的元素［M］.北京：中国电影出版社，1992：23.

② 汪流. 电影编剧学［M］.北京：北京广播学院出版社，2000：110.

德准则来进行严格和谨慎的甄别，同时要考虑该主控思想能够带给观众怎样的艺术感染和情绪影响。有时候，甚至还应该考虑创作者拟在影视文本中表达的主控思想会给社会带来怎样的影响，这种影响会是正面的还是负面的，是具有积极作用的还是消极作用的。因为主控思想是主宰影片情感和意蕴的重要因素，主控思想的成败，直接决定了影片的成败。不朽的主控思想，是一部伟大的影视作品所必须具备的条件；而如果主控思想存在重大的缺陷，那么，影视编剧作品在剧本情节构思、人物塑造等方面即使做出了再多努力和超越，也都不能弥补主控思想的缺憾给影片整体质量造成的伤害。如德国女导演莱妮·里芬斯塔尔创作出的一系列以表现纳粹思想为主题的影视作品，就是一种作品主控思想和影片制作水准形成巨大反差最典型的代表。影片《意志的胜利》展示了导演自身对希特勒法西斯政治的理解，以一种集艺术性与纪录性于一体的凌厉风格，记录了刚夺取政权不久、自命为德国救世主的气焰嚣张的纳粹召开党代会的全过程。这部出自1935年的影片把政治会议纪录片拍得极其讲究。在拍摄过程中，里芬斯塔尔严格把关画面质量，确保在最美的光线下、最美的角度下以正确的曝光与拍摄角度进行摄录。为了获得高质量的电影镜头，她不惜工本，经常动用几十台摄像机从不同角度同时拍摄，最后从整整5万多米长的胶片中剪辑出了电影成品。饱受诟病的纳粹主义思想在她精心设计的画面演绎下，构成了一个令人迷醉的视觉乐章。可以说，就电影制作来讲，整部影片制作精良、画面考究、结构得当，可以称得上是一部上乘之作，从中所体现出来的梦幻式的政治狂热，在某种程度上具有强烈的煽动性和情绪感染力。1936年，里芬斯塔尔延续《意志的胜利》的拍摄方式，带领庞大的团队开展了《奥林匹亚》这部以柏林奥运会为主题的电影拍摄工作。“里芬斯塔尔动用了大量的人力物力，带领庞大的拍摄队伍进驻赛场，为了获得表现动态的新颖角度，她甚至不惜冒着妨碍比赛的批评，在场地上开挖沟槽，把摄影机埋入地下，以仰视的角度拍摄运动员，甚至她还租赁飞机进行高空航拍。里芬斯塔尔的这种上天入地、大肆铺张的气势，完全使奥运会和她的这次拍摄关系颠倒了——不是她为奥运会拍摄《奥林匹亚》，而是为了她拍摄《奥林匹亚》才开了这个柏林奥运会。”①这部影片在当年同样被法西斯阴影所笼罩的威尼斯电影节上得了金奖，影片内容可以说是对纳粹德国重新崛起和其称霸世界的野心的一次强有力的宣传。在这部本应反映人类和平信念和自我超越追求的以奥林匹克运动会为题材的影片中，充斥着战斗、征服等词汇，战争气氛强烈，纳粹意志咄咄逼人。其中所着力展现的关于力与美、健康与强健的画面无一不让人联想到纳粹主义所一直宣扬的人种优势论。尽管在创作

① 信莲. 她将纳粹主义变成幻想曲 希特勒御用女导演辞世. (2003-09-10)[2019-10-10]. http://news.sina.com.cn/w/2003-09-10/1237725607S.shtml.

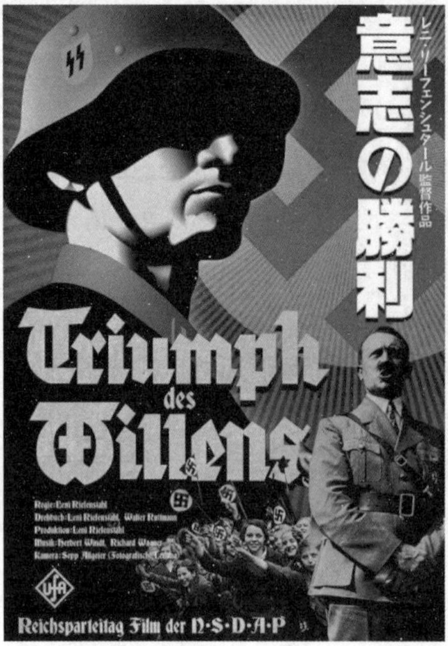

《意志的胜利》

手法上，这部影片开创了一种全新的纪录片表现形式和镜头语言，但是在影片主控思想上，却为全世界的观众所厌弃。莱妮·里芬斯塔尔的失败和关于她的争议充分体现了影视剧主控思想必须符合社会基本道德规范和伦理原则的重要性，里芬斯塔尔电影对于纳粹主义和纳粹政府的歌颂超出了对一般政治势力歌颂的范畴，它是对人类社会正常秩序和道德底线所做出的挑衅。纳粹主义作为一种宣扬种族优势论的暴力政治主义，它所体现出来的思想倾向和政治主张从根本上来说是反人类和反社会的，它积极鼓吹的社会达尔文主义，是对人人生而平等这一社会基础认知的颠覆与背叛。在德国纳粹政府所主导下展开的第二次世界大战，在全世界范围内给无数人们带来了巨大的伤痛和悲哀。可以说，在里芬斯塔尔的影片中所体现出来的主控思想完全背离了正常的社会道德底线和意识共识，是对人类是非观的一次冲击和背离，这给影片整体的艺术价值带来无可弥补的巨大的伤害。

不过，在对影片进行主控思想分析的时候我们必须辩证地认识到，影片的主控思想主要是指影视创作者通过影视内容所要表现出来的情感主旨、价值取向和哲学思考，因此，有一些影片虽然在故事内容中对于社会的阴暗面和人性的变异进行了大量的描绘，甚至主要内容就是展现生活中的种种愤怒和不公，然而，就其主控思想而言，却是对这些负面行为进行强烈质疑和批判的，作者希望通过对这些现实生活中存在的阴暗面的披露，能够引起观众的自我审视和普遍反思，起到警醒的意义与作用。如美国影片《美国X档案》讲述了一个崇拜新纳粹主义、心中充满了极端种族仇恨的青年德瑞克的故事，他因幼年时父亲被黑人射杀的心理阴影和长期以来父亲对他灌输的种族主义思想，对有色人种充满了敌意和愤怒，他组织白人团体、迫害有色人种商家、射杀两名黑人，最后锒铛入狱。为了表达种族之间难以弥合的裂痕和新纳粹主义给人性带来的质变和毁坏，影片中充满了令人不安的血腥镜头和暴力场面，其中最令人不寒而栗的是德瑞克杀死两名黑人的镜头：在他发现两名黑人偷车时，从床上跳下抓起枪将他们射杀，并把其中一位的头骨打烂，随后站在两具冰冷的尸体边微笑，向自己的弟弟展示他赤裸的上身和胸口巨大的纳粹标志。这种漠视生命、蔑视社会秩序和法规的行为，揭示出主人公灵魂中被强烈的种族矛盾所控制的邪恶与黑暗。于是乎，观众在这种色情和暴力所带来的强烈视觉刺激中所感受到的，不再是宣泄的快意，而是从内心深处蔓延而出的寒冷。在《美国X档案》中，有一句经典台词：“仇恨是一个包袱，生命太短暂，不能总是愤世嫉俗，那样不值得。”这句话道出了生活在这样一个充满了愤怒和悲伤的社会中，主人公努力自救的愿望和渴求。但是，正在他试图完成自我的转变和救赎时，难以摆脱的宿命给了他最沉重的一击。影片结尾，一个他曾经得罪的黑人，在厕所里射杀了他的弟弟……影片正是通过这种因果轮回的结局，揭示出了种族主义和种族矛盾给人的心理和生活造成的难以弥合的伤痛，并引起了观众的强烈共鸣。

《美国X档案》

值得注意的是，为了展示生活的复杂性，有的影视作品主题呈现了多义性。但是，主题的多义性绝不等同于主题的朦胧，也不意味着这些主题都以一种平等并列的姿态出现。因此，即使是多主题的剧本，剧作家的构思也必须有主有次，主控思想明确，使影片宛如具有主旋律的交响曲，构成深广且回味无穷的意蕴。讲述复制人和真实人类之间纠葛与冲突的《银翼杀手》诞生于1982年，影片在当年描绘了2019年的人类世界。故事中，人类制造了外形与人类相差无几且拥有同样智慧和情感的复制人来专门承担危险繁重的工作，复制人仅有四年的生命，而且不拥有与人类相同的权力地位，实质上是专供人类驱使和欺凌的奴隶。为了延续生命，一群复制人企图反抗，却遭到了警察的追捕。2017年，《银翼杀手2049》在银幕上延续了前作的故事，讲述30年后，一个目标更明晰、更年轻、更冷漠的K成为新一代银翼杀手，继续猎杀逃亡在外的旧型号复制人。在一次偶然的追捕中，K发现曾经有一位女复制人成功生下了一个孩子，这一事实颠覆了人类对复制人的既有认知，模糊了人类与复制人之间的伦理界限，威胁到人类与无数复制人奴隶之间岌岌可危的秩序。K并未像从前那样遵守人类上司的命令将一切证据销毁，他开始思考自己的生存价值与意义，并在虚拟女友的帮助下积极寻找自我和族群的真相。如果说，前作只是探讨了人造生命的权利与价值，局限于对人的定义、复制人是否可争取平等权利等基本道德和伦理性的探讨，那么《银翼杀手2049》则以多条线索将主题扩展到更多元的哲学外延。复制人在前作中具备生命短暂、不可生育的特点，使其在特性上与人类切割开来，但在《银翼杀手2049》中，这个边界变得模糊了，复制人身体机能突破了人类设置的防线，同样拥有了生殖的可能，这一奇迹般的进化使复制人的“人工”意义被消解。当复制人一样是神的子民，科学的伦理将重新书写。在复制人之外，影片探讨了虚拟生命是否拥有情感和价值的问题。主人公K因复制人的身份饱受歧视，长期孤独地生活，唯有虚拟女友Joi始终陪伴着他，两人之间产生了真挚的情感，但Joi无法拥有真实的血肉之躯，他们之间必须借助一个妓女来完成最亲密的碰触。在一次冲突中，Joi的载体被毁，永远消失，K在大街上再次看到了Joi的模样，但它只是一个虚拟女友的产品广告。Joi的所有情绪和情感是否是真实的，还是只是冰冷的数据设定，K与Joi之间是否拥有实质的感情，还是只是一段虚拟世界带来的精神麻醉，我们不得而知，这背后是复杂的主题：和虚拟人物之间的回忆和情感，是真实的吗？我们即将迎来人工智能时代，人类与人工智能之间的关系又该如何去定义？影片另一重探讨建立在前作“记忆真实性”的基础上，为了使复制人具有独立和完整的行为能力，创造者为他们植入了虚假记忆，他们通过记忆误以为自己拥有真实的人生，事实上这只是一段虚幻的过去。在2049年，复制人K同样因为被植入的记忆误以为自己就是被自然生下来拥有真实人生的孩子，他第一次感受到了自我的存在，他用手接住了雪。在影片的最后，他得知了一切真相，明白自己只不过是千千万万普通复制人中的一个，依然没有过去，依然孤独，但他依然用手接住了缓缓落下的雪花。人生的真实是否只能用个体记忆来定义，他和世界的感知与互动是真实的，他和他人的交流和情感是真实的，无论有没有过去，他都能接住洁白的飘雪。《银翼杀手》系列看似讲述的是复制人的故事，究其核心，依然在探讨人的基本定义以及人与这个越来越虚幻的世界之间的关系，它体现的是人追寻自我价值、追求个体意义，感知自己在世界上存在的终极渴望。

《银翼杀手2049》

第二节 情节主题

在影视剧创作中，主题（主控思想）实质上就是作者所表达和体验的一种人生态度和美学精神。但必须指出的是，诸如“爱情”“和平”“正义”等词类并不是主题，仅仅是一些含糊的抽象词，只有将主题表达为一个完整准确的句子，一个由故事变化及其成因构成的一个合乎逻辑的句子，一个可以演绎为具体故事情节的句子，主题才可以说得上真正地瓜熟蒂落。[①]为了与主控思想相区别，有人把主题的这一元素命名为情节主题。

清朝戏剧家兼戏剧理论家李渔在他的著名论著《闲情偶寄》中，把情节主题称之为“立主脑”：“一本戏中有无数人名，究竟俱属陪宾，原其初心，止为一人而设。即此一人之身，自始至终，离合悲欢，中具无限情由，无穷关目，究竟俱属衍文，原其初心，又止为一事而设。此一人一事，即作传奇之主脑也。”李渔强调了在编剧中主题的核心任务，就是确立“一人一事”。所谓“一人”，即剧作中的主要人物；所谓“一事”，即剧作中的主要事件。在这个意义上，情节主题在具体的艺术创作中就显得格外重要。悉德·菲尔德甚至认为，“当我们谈论电影剧本的主题时，我们实际谈的是剧本中的动作和人物”。[②]他认为在剧本创作中，主题的主要功能就体现在情节主题的演绎上，它的核心使命就是确立具体动作和人物。所谓动作就是发生了什么事情，所谓人物就是遇到这个事情的那个人。因此在创作剧本时，剧作家必须弄清楚剧本讲的是谁，以及他遇到了什么事情，只有这样，才能建立起一条适应内容衍生和情节生发的情节主题线，才能让接下去的故事都有一个基本落脚点和着力处，使故事的主控思想和情感内涵有了具体的承载和依托。总而言之，确定了主人公和其具体行为中体现出来的主要矛盾，也就建立起了对于影视剧本来说至关重要的情节主题。

因此，剧作的主题建构，实质就是确立剧本创作中的主要人物和主要事件。如果把主题表述为一个句子，那么主要人物就是这一句子的“名词主语”，而事件则是这一句子的“动词”谓语与名词“宾语”。影视剧作的主控思想，只有通过这种情节主题的阐释，才能最大限度地避免说教的痕迹而融入于作品之中。

影视剧创作的这个架子，本身就是由两部分内容组构完成的，一个是剧中的主要人物，一个就是他或她所执行的主要事件，我们在进行主题创作时，首先要确立的就是处于故事主要矛盾中心的人和事，以及他们所形成的主要矛盾。一部影视剧作品的情节主题就相当于一个故事的骨骼和血脉，也就是夏衍所说的“中心线”。中心线的确立对于一部影视剧作品来说是至关重要的，因为只有树立了这一个主要的情节线索，编剧才能在其基础上相应地填充进去各种段落、情节和元素，如组装模型一般，只有将最主要的架子搭起来了，才能够在这个架子上进行具体的内容填充，最后组合成为一个完整的物品形态。

影视剧本作为一种叙事文体，其情节主题的基本要素与人们常说的新闻六要素是一致的，有人把它们概括为“6W”，即：谁（Who）、何时（When）、何地（Where）、

① 麦基. 故事——材质、结构、风格和银幕剧作的原理［M］. 周铁东，译. 天津：天津人民出版社，2001：143.
② 菲尔德. 电影剧本写作基础［M］. 钟大丰，鲍玉珩，译. 中国电影出版社，2002：19.

何事（What）、为何（Why）、结果如何（How），换一种说法就是人物、时间、地点、经过、原因、结果。如果把这六要素串起来，概括成一句话，就是一句通俗易懂的句子：某人某时在某地做了某事，出现了某种结果。

如1948年费穆执导的《小城之春》，影片中女主人公周玉纹虽然青春年少，但却身陷于一个缺乏爱情滋润的家庭，分床数年的夫妻生活，使正值妙龄的周玉纹感慨万千："我没有勇气死去，他没有勇气活着。"周玉纹只能无助地听任自己的青春年华被近乎停滞的时间一点点地凌迟。于是乎初恋情人章志忱之闯入，自然也就在周玉纹一潭死水的内心深处掀起了巨大的波澜。周玉纹去章志忱的房间，虽然着装一次比一次艳丽，但情感冲突也一次比一次激烈，即使在影片重点营构的"夜挑""醉媚"等段落，周玉纹那种蓬勃于旗袍下的情欲，终究没有冲破理性的羁绊。在影片中费穆巧妙地运用了中国画的视觉语言，以浮云遮月和月光下兰花疏影横斜的镜头，隐喻风月无边、寂寞佳人的意境。此外，影片中大量运用了长镜头来隐喻徘徊在城墙上的周玉纹的压抑心情，城墙也因此而成为"小城"的某种符号。正如许多批评者所认为的，《小城之春》中的小城，没有街道，没有店铺，没有医院，甚至连邻居都没有。费穆正是通过对这种氛围的渲染，使小城抽象于现实生活而成为一个类似于卡夫卡小说的"城堡"。接受过新文化教育的小妹戴秀，无意中说出了围绕着小城之"城墙"的象征意义："沿着城墙走，有走不完的路!在城头使劲往外望，就知道天地不是那么小。"不过在影片中，城外的章志忱，冲进来之后又逃离了；居于城中的主人公，却从来没有越出过城墙半步。影片的情节主题可以表述为：以颓败的江南小城为背景，叙述一夫、一妻、一妹、一客在几天中的情感波澜以及灵与肉的矛盾冲突，展现出"在一起的男女，不一定会相爱；相爱的男女，未必在一起"的生命状态。

《小城之春》

2016年张大磊导演的《八月》讲述了20世纪90年代初期，一户生活在呼和浩特市国有制片厂家属院里的普通人家，面临国有单位转型的时代巨变，生活轨迹发生变化的故事。影片从少年小雷的视角出发，观察到在特殊阶段，每一个普通人于平静如流水的生活表象下听到的那一声惊雷。"下岗潮"来临，作为电影厂剪辑师的父亲铁饭碗被打破，虽然父亲坚持认为在新形势下依然可以"凭本事吃饭"，但气氛沉闷的聚

《八月》

餐、再也没办法免费混进去的电影院、深夜在客厅中对着空气徒劳的挥拳，都展示了他心中无处发泄的苦闷与迷茫。身为教师的母亲成为家里的经济支柱，一方面要照顾重病在床的太姥姥，另一方面为了小雷能够上一所好点的学校而日日奔走。主人公小雷则在无所事事的暑假里尽情打量着周遭的世界，飞扬跋扈的三哥，对面楼里身体刚刚发育的女孩，都吸引着他的视线。随着夏天的逝去，太姥姥在一个炎热的夏日安静过世，父亲不得不“低下高贵的头颅”，放弃自己钟爱的剪辑工作，跟着剧组前往草原做场记，小雷也披上了三中的校服。影片的结尾，小雷在一个清晨送别了父亲，也告别了自己曾无忧无虑的童年。整个影片的主题可以归纳为：20世纪90年代的内蒙古小城里，结束了小升初考试的小雷迎来了自己的暑假，这个夏天他的家庭跟随时代迎来巨变，他也在这一变化中逐渐成长。

很显然，在影视剧中，情节主题要能够起到统领剧情的功能，这不仅要求情节主题必须要有人物、时间、地点、事件、原因、结果等6个要素，更重要的是，这些要素之间的组合,必须充满一种戏剧性的张力。只有彼此之间的戏剧张力愈强烈，情节主题才有可能波澜丛生，产生强大的艺术吸引力。情节主题的戏剧张力一般表现在哪几个方面呢？

首先，情节主题的张力可以表现在人物和事件的反差上。这种反差，主要指在影视剧中主人公所承担的核心事件，注定不会是轻而易举可以完成的。任何轻而易举可以完成的事件，都不能成为影视剧的核心事件，影视剧中主人公所面对的，必须是不可能完成的任务。电影《达拉斯买家俱乐部》就是这种人物与事件之间存在巨大反差的典型案例。该片讲述20世纪80年代美国西部一个日常沉溺于毒品、酒精与性的底层电工罗恩，终日浑浑噩噩、寻欢作乐，不幸染上了艾滋病，发现时被医生判定只剩下30天生命。在当时“恐同”以及艾滋病被“同性病”污名化的大环境下，罗恩不仅遭受病痛的折磨，面临死亡的恐惧，也失去了工作、朋友，被居住的社区所驱逐。在确诊的第28天，医生劝他留在医院，能够死得不那么痛苦，但他毅然离开，宁愿昂着头死在路上也不愿屈服于被他人安排的命运。生命倒计时的最后一刻，他驱车来到墨西哥，找到一个地下诊所，接触到了尚不被美国医疗管理体系批准接纳的鸡尾酒疗法，成功突破30天的诅咒，活了下来。罗恩从自己的经历中嗅到了商机，开始偷运药品回国，与跨性别者雷蒙搭档，开设达拉斯买家俱乐部，走上致富之路。与当时市面上唯一被允许

《达拉斯买家俱乐部》

销售的天价药品AZT相比，罗恩的混合药品物美价廉，一举攻占了市场。好景不长，随着俱乐部规模越来越大，引起了美国食品与药品管理局的注意，他辛苦从日本搞来的药品被没收，并被国税局审计、罚款，相关机构修改管理条例判定他非法，实验室被查封，资金链断裂。面对重重危机，罗恩没有一次退缩或者放弃，始终凭借智慧与毅力寻找转机。在获得被官方机构封锁的AZT毒性过大的权威性证据后，为了千千万万在不合理医药制度下受苦的病友，罗恩拖着病体将FDA告上法庭。影片根据真实人物、真实故事改编，主人公罗恩一次次冲破生命的极限，一次次克服巨大的困难，从被判定只有30天生命，到最终顽强生存了2200多天，其身上迸发出来的强大精神力量感染了每一个人。

《肖申克的救赎》

电影《肖申克的救赎》讲述20世纪40年代末在美国一个叫肖申克的监狱里发生的故事，其情节主题由下列这些充满巨大反差的小情节组合而成。情节之一，无辜的银行家安迪，在人生春风得意的时候却被错判无期徒刑而关进了肖申克监狱。情节之二：对犯人们来说，在监狱的第一个晚上最难熬，老犯人们一边对新来的犯人品头论足，一边用香烟打赌他们中哪一个晚上会哭。在监狱待了20年的瑞德，阅人无数，他认定长相斯文的安迪无法忍受监狱这种残酷的环境，于是把赌注压在安迪身上，结果这次他看走眼了。整个晚上，安迪一声不吭。倒是一个大胖子，因为哭嚎而被狱警活活打死。情节之三：狱中生活异常恐怖，安迪不但要忍受狱警肉体和精神上的折磨，还要面对监狱中其他囚犯的虐待。安迪经常伤痕累累，最后一次他抱着拼个你死我活、做个了断的决心，结果两败俱伤。但是，安迪这种刚烈的性格也因此震慑了其他囚犯。从此之后，其他人再也没有骚扰过安迪。情节之四：一个月后，他找到瑞德，因为他知道瑞德可以替犯人们买到各种东西。安迪找瑞德帮忙买槌子，瑞德问你是想挖个洞逃走吗，安迪说你看到槌子就知道了。瑞德看到槌子忍不住笑了，用它来挖洞逃出去，得要600年吧！过了一阵子，安迪又让瑞德帮他弄到了一张美女图贴到自己房间的墙上，因为他能将《圣经》熟记于心，这张美女图没被典狱长没收。情节之五：安迪开始着手实施他那在瑞德看来永远不可能完成的越狱任务。凭借银行家的天赋，安迪成功地帮助一名继承遗产的狱警合理避税，这引起了典狱长的注意，于是典狱长要求安迪帮助他洗黑钱。安迪以专业的手法，将黑钱洗得一尘不染。情节之六：在意外获悉可以洗清自己罪名的证人出现之后，典狱长为了让安迪永远为自己效力，结果不但不帮忙安迪积极申诉，反而将唯一的证人偷偷地处决。安迪知道自己彻底失去了合法出狱的可能。情节之七：一天早上，所有犯人都出来报到，除了安迪。恼羞成怒的典狱长吃惊地发现，在安迪囚室墙上挂的美女图后面居然是一条地道。安迪用了20年的时间，挖好了这条越狱的地道，而不是瑞德所说的600年！情节之八：越狱后的安迪揭发了典狱长贪污和谋杀的罪行，然后奔向那向往的墨西哥小岛……这些小情节累计起来，恰好构成了一个极富张力的情节主题：在20世纪40年代末，被错判入狱的银行家安迪在肖申克监狱运用自己的惊人意志力和出众专业知识，不仅震慑感化了狱中的其他囚犯，而且用了20年挖通了一条常人看来需要600年才能挖出的地道，成功越狱，并将真正的罪犯绳之以法。

必须指出的是，虽然在大多数的影视剧中，情节主题的艺术张力表现在主人公完成了不可能完成的任务上。但是，也有不少电影致力于展现主人公在征服挑战的历程中悲剧性的失败命运。2015年的电影《丹麦女孩》讲述丹麦画家艾纳在一次偶然的机会中，认识到了自身对于性别身份的困惑和错位，灵魂中一个女性人格莉莉被唤醒，他也逐渐厌恶自己的男性身躯。在多次与妻子痛苦地交流和沟通后，他认识到莉莉才是真实的自我，于是决意抛弃曾经的身份、声名与地位，接受危险的变性手术，成为一个真正的女人。故事的结局，莉莉因手术带来的严重并发症死去，憧憬的新生活没有到来，但在生命的最后时光，他面对曾经的妻子和挚友来访平静又安详，至少有那么一刻他成了理想中完整的自己。艾纳冲破一切束缚试图蜕变成女性莉莉的努力最终失败了，人物的不懈抗争无可奈何地走向破灭。影视剧情节主题还存在着另外一种冲突模式，即主人公所面对的，主要是来自时间的挑战。如电影《本杰明·巴顿奇事》，编导别出心裁地叙述了遭遇生命困境的爱情故事。主人公本杰明并没有遵循婴儿、童年、少年、青年、中年、老年直至死亡这一常态的人生旅程，他一出生就是一个白发苍苍、满脸皱纹的小老头，被父母遗弃后被养老院（不是孤儿院）收养。女主人公黛西这时还是一个热爱舞蹈、活泼可爱的小姑娘，她和本杰明成为了最好的“忘年交”。颇为奇特的是，在黛西每年增长一岁而逐步走向青春岁月的时候，本杰明却每年减去一岁而愈来愈显得年轻。原来对本杰明而言，生命旅程是一个逆行的轨迹。30年过去了，正常成长的黛西业已亭亭玉立而成为大姑娘；逆行成长的本杰明也步入了壮年时代。两人的生命轨迹各异，犹如在两条轨道错开行驶的两列火车，终于迎来了相聚的一刻。在各自生命中最好的时刻，这对相识已久的朋友终于变成了情人。但是，春宵苦短，岁月的流逝对于两人的爱情来说之所以成为一个挑战，就在于他们并不是守着岁月一起慢慢地变老，而是在黛西越来越步入老年的时候，本杰明却从壮年蜕变为青年，从青年无可奈何地蜕变为儿童……无法接受让黛西抚养两个孩子，其中一个孩子是另外一个孩子的父亲的本杰明，在这种亘古未有的时间的困境面前只好选择了逃避，他离开了爱人和孩子，试图独自一人面对时间的折磨。孰料最终他却在孤儿院被黛西发现，此时的他尽管表面上看去是一副婴儿的面容，但实际已经衰老不堪。在影片结束之际，悲天悯人的导演让两个处于前所未有的时间困境的恋人团圆了：婴儿的本杰明，依偎在白发苍苍的黛西的怀中，死去。

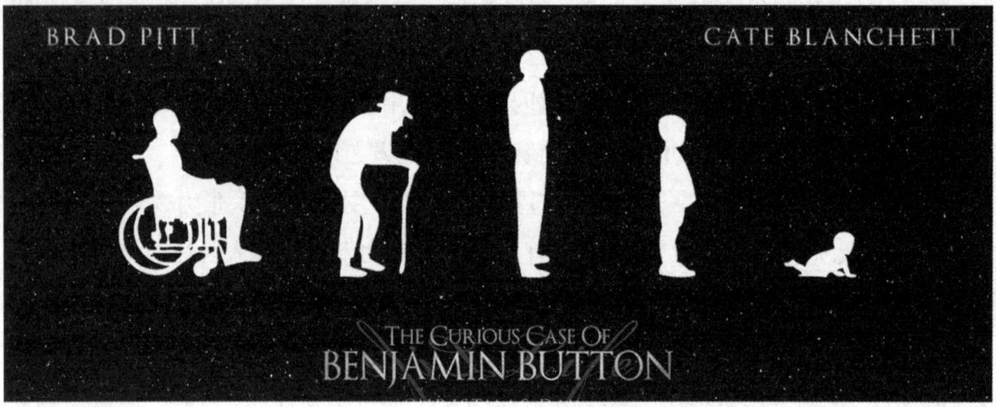

《本杰明·巴顿奇事》

在这个看似简单的故事中，作者创造出了一个充满创意和新颖性的主要矛盾，就是主人公本杰明身上外表和实际年龄背道而驰所产生出来的强烈冲突感。这对观众来说，显得是那么的不可思议，这就引起了观众对于主人公命运的高度好奇，他为什么会变成这样？他如何克服这样的反差继续自己的生活？他生命的最终会转化成什么样子？这些问题都强烈吸引着观众去电影中寻找他们需要的答案。这部电影也因其令人叫绝的剧本创作获得了观众和影评人一致的好评。

总之，影视剧的情节主题往往就是故事的中心叙事与主要内容，简而言之，就是指该部影视剧讲述了一个什么样的故事。在观众走入电影院或者打开电视观看一部影视作品之前，他们往往会问身边熟悉该部作品的人，这部作品讲的是什么？在这里观众所急于掌握的信息，就是影视作品的情节主题。“对电影主题的要求便是明确。这不仅是对电影主题的要求，也是对电影制作整个过程的要求。因为电影是‘一次过’的艺术；它不像小说，读不明白时，还可以翻回去再读，读到弄明白为止。电影中的每一个问题都必须绝对明确，尤其是电影的主题，如果作为基础的主题思想是模糊不清的，那么就必然要失败。”①

因此，主题其实质就是影视作品的主控思想，主控思想可以由观众自己把握的，就尽量不要说出来，如果非要用台词来表现，那么就需要进行仔细的构思，分寸感要拿捏好，要说得精妙，说得惜墨如金，把一分显七分藏做得巧，做足功夫。海明威在纪实性作品《午后之死》中，曾经把创作比作漂浮在大洋上的冰山，他说：“冰山运动之雄伟壮观，是因为它只有八分之一在水面上。文学作品中，文字和形象是所谓的‘八分之一’，而情感和思想是所谓的‘八分之七’。前两者是具体可见的，后两者是寓于前两者之中的。而后两者恰恰是冰山的基础。”海明威这个观点虽然针对的是文学作品，但是同样适用于影视艺术。在影视创作中，主题犹如一座运动着的冰山，其思想情感不可能也不应该赤裸裸地呈现出来，而必须巧妙地潜浮于具体的情节之中。这是因为，影视艺术是一种以视觉造型为主要表达形式的行为艺术，它通过人物的各种行为来还原和映射真实，从中体现出作者想要表达和传递的主控思想。这种主控思想的表达往往是隐匿的、暗示性的，观众需要通过对于人物和内容的感知进行审美过程中的接受和领悟，并在事后的探讨和回味中进行思考。这样的艺术审美形式，能够保证观众在整个过程中充分地参与，让观众站在影片的角度进行影片内容的深度研究解读作品。

第三节　情感主题

波布克认为：“一部电影的主题不必非是某种‘教义’，甚至可以不是某种观点，对于一个剧本来说，它非常可能仅仅提示某种情调；后来这种情调变成了主题。”②因此，主题具有思想主题、情感主题和情节主题三种元素，是创作者通过设置主要的故事情节而表达出来的核心思想和核心感情，并以此体现出创作者对所表达的题材的新的见解。在具体创作中，虽然剧作家或许会有所侧重，但是任何一部优秀的影视作品，主题的这三方面的元素都应该是相辅相成，互为依托的，从而达到影片的可

① 汪流. 电影编剧学［M］. 北京：北京广播学院出版社，2000：120.
② 波布克. 电影的元素［M］. 伍函卿，译. 北京：中国电影出版社，1992：23.

看、可感和可信。古人常说："感物而动，情即生焉"。很显然，由于创作者的审美情感和审美判断不同，主题的审美形态自然也就不同。一般而言，情感主题主要有三类：正剧的情感主题、悲剧的情感主题、喜剧的情感主题、反讽的情感主题。

一般认为，在影视剧创作中正剧是情感主题的一种常态，观众看正剧时所体验的更多是经历了喜怒哀乐后作为一个理智旁观者的清醒。因此，正剧在演绎故事时，首先在叙事态度上是以理性的目光看待事件，保持一种反思的叙述基调。美国电视剧《兄弟连》通过当年参加二战的老兵的叙述来展开故事，作品在叙述态度上没有沉迷在英雄自恋的情结上，而是注意把战争中人性的弱点和优点、脆弱和坚毅、迷茫和坚定展示出来：作品没有回避源自美军内部的矛盾混乱，比如E连罢免连长索贝尔时所暴露出来的军官们对前线领导权的争夺与冲突；作品也没有回避源自士兵自身的迷茫，比如罗恩在营救战友的途中对自己的生存价值产生怀疑，对战争的残酷丧失信心；作品甚至没有回避美军同德军俘虏之间的矛盾冲突，比如F连在未经批准的条件下擅自枪杀德军俘虏……《兄弟连》正是通过这种叙述故事的理性姿态，避免观众轻易陷入感觉的误区，使故事保持了一种严肃思考的品格。

《兄弟连》

其次，正剧在叙述时一般遵循逼肖生活的写实主义原则。目前我们所看到的正剧绝大多数涉及家族剧、历史剧、当代现实题材剧等较为严肃的题材，像电视剧《雍正王朝》《康熙帝国》《太平天国》《大宅门》《香港的故事》《澳门的故事》，等等，而人们对正剧的批评也基本上是以生活真实作为一种评判的尺度。如对于《雍正王朝》《康熙帝国》《太平天国》等的指责，主要集中在认为这三部电视剧在剧情安排上和历史真实有着许多背离之处，从而误导了观众对历史的理解和认识。

黑格尔指出："动作情节作为实际内心和外在世界的整体，可以有两种简直相反的掌握方式，即悲剧的方式和喜剧的方式。"[①]因此，人类审美体验的多样性，客观上决定了人类审美形态的多样性，作为工业、后工业时代的影视艺术，其情感主题在正剧这一常态的基础上，又衍生出悲剧、喜剧和反讽等多种叙述变奏，并呈现出各具特

① 黑格尔. 美学：第3卷下册［M］. 朱光潜，译. 北京：商务印书馆，1981：241.

色的美学内涵。

亚里士多德认为，悲剧的矛盾冲突，集中地表现在与我们相识的人“遭受不应遭受的厄运”[①]上，悲剧因展现了个体生命的毁灭而具有异常深刻的意义。但是，问题的关键是，人类何以能承受悲剧这种展示死亡的沉重？对此，古往今来的美学家各执己见，而最根本的对立，便是所谓的悲剧同情快感说和悲剧恶意快感说。

悲剧同情快感说的奠基者是亚里士多德。亚氏认为，生命中恐惧或怜悯的情感，都不宜过弱或过强，悲剧的功能，就在于“借引起怜悯与恐惧来使这种情感得到陶冶”。[②]英国经验派美学家博克则试图从心理学的角度阐释这种悲剧快感产生的根源。博克认为，日常生活中，人们很难体验到恐怖情绪，然而人的心理机能如果长期闲置，就容易生病，因此，悲剧就成为生命个体为了身心健康而体验恐怖情绪的重要手段，悲剧所体验的“这类情绪既然能把粗细器官中危险的、制造麻烦的一些累赘物加以清除，所以就能产生快感”。[③]德国心理学派的里普斯从移情说的角度对此做了发挥，他认为，当我们在同情受苦的人时，我们就超越了自我，并通过自我的扩展而真切地体验到他人的不幸。因此，悲剧所肩负的使命，就是“教导我们正当的恐惧和正当的同情，教导我们为值得恐惧或忧虑的事物恐惧或忧虑，教导我们真正的人的同情”。[④]与悲剧同情快感说对人性持乐观的态度相反，悲剧恶意快感说所依据的却是人性中恶的一面。桑塔耶纳认为，在观看悲剧时，“我们可能感到这是灾难，但是同时我们也知道，这灾难虽然很大，但毕竟不能触及我们，这一念头就格外刺激我们的安全感”。[⑤]法国学者法拉格则进一步指出，悲剧的快感表明，人可以在他人的不幸中寻求一种残忍的快乐，人性中具有一种根深蒂固的残酷与恶意，人是“野蛮的大猩猩”的后代。

悲剧同情快感说与悲剧恶意快感说，表面看来似乎水火不相容，但是，这两种理论的分歧只是在于对悲剧快感的解释，而对于悲剧精神的理解却可谓殊途同归。二者都认为悲剧所体验的是一种恐惧或怜悯的情感，这种恐惧或怜悯的情感来自悲剧所展示的是个体遭受厄运后的死亡。于是，在这两种观点中，悲剧只是一种对死亡恐惧的展览，而悲剧所满足的也就只是人性中肤浅的善意或恶意。

很显然，要洞悉悲剧的真正意义，就不能仅仅局限于对传统悲剧理论的推演。在这个意义上，剑桥学派的弗雷泽对原始部落祭谷神牺牲仪式的考察，无疑具有相

---

① 亚里斯多德. 诗学［M］. 罗念生，译. 北京：人民文学出版社，1962：38.

② 亚里斯多德. 诗学［M］. 罗念生，译. 北京：人民文学出版社，1962：19.

③ 博克. 论崇高与美［M］//朱光潜，译. 西方美学史：上，北京：商务印书馆，2011：241.

④ 里普斯. 空间美学和几何学视觉的错觉［M］//古典文艺理论译丛：第8册. 北京：人民出版社，1961.

⑤ 桑塔耶纳. 美感［M］. 杨向荣，译. 北京：中国社会科学出版社，1985：160.

当的启发性。弗雷泽在《金枝》一书中指出："有证据表明，在地中海东部的农业民族中，谷物精灵，不论人们叫他什么名字，总是年复一年地被杀死在田地中的人类牺牲者来代表……因为这些牺牲者的灵会被想象的能在他们的血所浇灌的土地上重获生命。"[①]在这种近乎野蛮的牺牲仪式中，重要的不是作为牺牲者的个体生命的毁灭，而是毁灭的个体生命在走向牺牲的历程时被想象能够"重获生命"。弗雷泽进而认为："他们为了这一目的所进行的仪式大体上是对自然进程的戏剧性表演，他们希望借表演能使自然进行得更为顺利。"[②]仪式活动于是获得了戏剧表演的意味；而仪式活动的牺牲行为，无疑也就有了一种悲剧的意味。值得注意的是，由于牺牲活动中个体的"死"，其目的不在于毁灭生命，而在于使生命复活，因此，在相信生命可以复活这一信念的支持下，死的恐怖就不那么阴森可怕，人类甚至可以有意识地把个体生命的解体，视为对死而复生这一永恒信念的牺牲。的确，人类的生命，一方面由于生理的遗传而流淌着祖先的血液；另一方面又由于文化的继承而汲取先贤的精神，这使得人类有理由相信生命的不朽。同时，一年四季的周而复始，大地草木的衰而复荣，又无不昭示着人类相信这样一个奇迹：生命是可以复活的，复活的生命是永生的。死，在永生的光芒照耀下，成为人类悲壮但又不乏积极意义的祭坛。人类的悲剧，也就不再只是一种对死亡恐惧的展览，而是获得了一种对复活与不朽向往的"建构"意味。在上帝的祭坛面前牺牲而又复活的基督教创始人基督的命运，则成为人类悲剧建构精神的最高象征。

在中国古代，尽管悲剧的表现形态有其独特之处，但悲剧意识依然可谓渊远而流长，晚清文人刘鹗在其小说《老残游记·自序》中曾对此作了相当准确的概括："《离骚》为屈大夫之哭泣，《庄子》为蒙叟之哭泣，《史记》为太史公之哭泣，《草堂诗集》为杜工部之哭泣，李后主以词哭，八大山人以画哭，王实甫寄哭泣于《西厢》，曹雪芹寄哭泣于《红楼梦》。"两千多年的中国文化，其最璀璨辉煌的一章，依然是长歌当哭的悲剧精神。不过，与西方悲剧着重展示主人公在面对苦难的同时所显示出来的与命运抗争的崇高精神不同，中国人对于悲剧的理解大凡来自传统戏曲当中的苦情情结，诸如秦香莲、杜十娘这样苦命女子的生活遭遇，让观众为之唏嘘不已。正是在这种传统文化背景下，诸如《橘子红了》《雷雨》《菊豆》等影视剧作，爱情苦难通常都因为无力抗拒来自外在伦理道德的阻力，悲剧的重心放在对悲剧主人公纠缠于人伦世故中的苦情的编织上。

2017年的电视剧《那年花开月正圆》以陕西省泾阳县安吴堡吴氏家族的真实历史

---

① 弗雷泽. 金枝：巫术与宗教之研究［M］. 徐育新，等，译. 北京：大众文艺出版社，1998：131.

② 弗雷泽. 金枝：巫术与宗教之研究［M］. 徐育新，等，译. 北京：大众文艺出版社，1998：122.

为背景，讲述了清末出身民间的陕西女首富周莹跌宕起伏的人生故事。少女周莹本是跟着养父周老四走街串巷的江湖卖艺人，阴差阳错进入当地望族吴家成为丫鬟，吴家少爷吴聘重伤昏迷，秉持报恩之心周莹嫁给吴聘冲喜。短暂的恩爱时光之后，吴聘意外身亡，吴家因仇敌陷害，当家过世陷入困窘，周莹怀着遗腹子挑起振兴吴家的重担，纵横商海，历经沉浮，终于使吴家家业恢复往日光景。

《那年花开月正圆》

在该剧后半段，周莹和吴家死对头沈家的大少爷沈星移之间纠葛半生的情感联系成为主要线索之一，这一段“罗密欧与朱丽叶”式的人物关系带有宿命般的悲剧性，无论是两大家族之间牵连数条性命的血海深仇、商场间你死我活的利益较量，还是封建社会下周莹尴尬的寡妇身份，都注定二人情路坎坷。故事末尾，遭遇牢狱灾祸、家族起落、时事变迁的两人终于冲破一些阻碍，秘密结为夫妻，沈星移兴中会革命党的身份又给他们带来了新的危机。最后，为保护周莹和吴家，沈星移自愿献出生命，这个久经甘苦的爱情故事最终还是因为大时代不可阻挠的浪潮而无奈破灭。

亚里士多德指出：“喜剧所模仿的性格较我们自己稍有低下，但所谓低下，并非全指凶恶，可笑性只是一种丑。”①主体之所以笑，是由于对象相比较显得低下，由于对象的这种低下并非凶恶且难以构成对主体的威胁，因此，主体处于较对象优越的位置，这是主体“笑”的根本原因所在。霍布士对亚里士多德的喜剧理论作了进一步的发挥：“笑的情感只是在见到旁人的弱点或是自己的过去时，突然念到自己某优点所引起的‘突然的荣耀’感觉。”②法国柏格森在《笑的研究》中则认为，喜剧是“把有生气的和机械的嵌合在一起”。③基于生命在于变化的哲学观，柏格森认为生命一要紧张，二要有弹性，才能灵活地适应瞬息万变的社会环境。假如生命中缺少这两种要素，那么它在变化的环境中则处于“生气的机械化”状态，显得笨拙、呆板，在旁人看来，自然也就显得格外滑稽可笑。

由于将喜剧中的人物置于“较我们稍有低下”的位置，喜剧人物只是一个笨拙滑

① 亚里斯多德. 诗学［M］. 北京：人民文学出版社，1962：19.
② 转引自朱光潜. 朱光潜美学文集：第1卷［M］. 上海：上海文艺出版社，1982：265.
③ 转引自杨成寅. 美学范畴概论［M］. 杭州：浙江美术学院出版社，1991：211.

稽的小丑，喜剧的笑也就只是一种嘲笑，观众在居高临下地嘲笑小丑的种种荒谬的同时，将自我想象为更完善、更和谐的主体，从而实现对自我的确证和慰藉。因此，如果说喜剧的笑仅仅表现为对滑稽人物的嘲笑，那么这时喜剧的笑固然可以说是观众自我优越感的满足，但也可以说是观众对喜剧人物的作践，观众自我的升格基于喜剧人物的降格。戏剧沦落为媚俗邀宠的玩艺。富有批判精神的康德显然不满意主体荣耀说的喜剧理论。康德明确指出，笑的真正原因“并不是认为我们自己比这个无知的人更聪明些”。[①]康德承认，喜剧人物常常表现为无知，但他如具备相应的教养，就可以摆脱其无知的处境，所以喜剧人物的无知，并非笨拙，他只是缺少相应的知识而表现为一种“无垢的天真”。这种无垢的天真在与具有相应素养的主体碰撞时，往往能消解主体的紧张期待，使之转化为无意义的虚无，这就导致了主体的笑的体验。“笑是一种从紧张的期待突然转化为虚无的感情。”[②]这时，“当悟性在这个表现历程里没有见到它所期待的东西，突然停歇了活动，于是他就在肉体内通过诸脏器的振动感觉到这停歇的效果，从而促使了它们的平衡的恢复而对健康具有一种良好的影响”。[③]喜剧的内在冲突，在于期待向虚无的转换，意义的虚无使得悟性的期待被解构，这时，人所体验的就不再是一种悟性活动，而是紧张与弛缓来回动荡的“不受意志控制”的一种生命体验。

喜剧和悲剧虽然都作为人类生与死的生命体验而相互对照，但是，从历史上看，“喜剧作为起点正是悲剧的终点”。[④]自然生命的历程是由生而死，人类的精神性使人类的生命体验超越了自然生命的限制而表现为由悲剧至喜剧，死而复生。人类生命体验的这一历程，固然使人生多了一种苍凉的悲剧建构性情怀，但也使人类生命具有了挣脱一切社会束缚与烦恼之后的喜剧解构性。喜剧起源于古希腊酒神死而复生的庆典。在山花烂漫、五彩缤纷的山野上，人们抛弃了种种人为的禁忌，载歌载舞，狂饮滥醉，尽情享受着生命的乐趣。在中世纪，为了表现对官方宗教令人苦恼的严肃性的反抗，人们通过一年一度的狂欢节，使郁积的情感得以酣畅淋漓的宣泄。在这个意义上，人类在喜剧中，通过对社会种种清规戒律的解构，释下精神的重负，实现生命的自由游戏。喜剧的笑，表现的也就是人类生命在摆脱文化束缚之后的欢欣与庆贺。人间的一切苦难，在意义解构之后，可以变得如此之轻，由紧张的期待而转化为虚无的一瞬间所爆发的笑，竟能如此之开怀。

---

① 康德. 判断力批判：上［M］. 邓晓芒，译. 北京：人民出版社，2002：180.
② 康德. 判断力批判：上［M］. 邓晓芒，译. 北京：人民出版社，2002：180.
③ 康德. 判断力批判：上［M］. 邓晓芒，译. 北京：人民出版社，2002：179.
④ 黑格尔. 美学：第3卷：下册［M］. 朱光潜，译. 北京：商务印书馆，1981：315.

值得注意的是，虽然在美学层面上，喜剧的文化内涵应表现为一种挣脱世俗羁绊的生存智慧，但是，在现实创作中，人们喜剧的偏好主要是来自看到他人的愚蠢行径而禁不住暗自发笑。美国人评价电视剧《成长的烦恼》里面都是stupid people，但是正是这些stupid people给我们带来了无尽的欢乐。

因此，喜剧中往往包含了由人物与人物之间的误会关系促成的尴尬，故事的结局同主人公所预料的大相径庭。比如美剧《摩登家庭》中，儿子曼尼的学校组织义卖包装纸，曼尼没有信心卖出去，于是想让继父杰买下他的包装纸。杰以一个成功商人的身份现身说法，鼓励他要学会推销技巧，体验生活的艰辛。结果曼尼忙碌了一整天，一张包装纸也没有卖出去。为给曼尼做一个良好示范，信心满满的杰决定亲自上阵，带着曼尼挨家挨户推销，最终也还是一张也没卖出去。察言观色的曼尼抓住机会恭维杰，成功将杰哄得晕头转向，买下了他所有的包装纸，达成了自己最初的目的。故事在人物的身份和欲望上做文章，而喜剧因素正是来源于身份的尴尬，试想一下，如果剧中人物换成一个教师或者工人等身份，恐怕这种尴尬就显示不出来了，因为作品在设计现实与欲望的时候，不能让人见识到二者之间的巨大反差。

《摩登家庭》

“反讽”一词来源于古希腊，其定义是一个不断发展的过程。在古典时期反讽有三种含义：(1) 佯装无知。在阿里斯托芬的喜剧里，总有一个这样的角色，他在自以为高明的对手面前说傻话，但最后证明这些傻话是真理，从而使对手认输。(2) 苏格拉底式的反讽（对方在他的请教和追问下不自觉露出破绽）。(3) 罗马式反讽（字面意义与实指意义不符或相反）。人们称俄狄浦斯王是“万全的人主，聪慧的神明”，然而却不知他身在何处，他是怎样降生的。19世纪上半叶德国浪漫主义文学理论对反讽的概念进行了改造，使其从修辞学概念扩展为一种艺术创作原则。德国文论家弗·施莱格里就宣称，作为一种创作，反讽是“认识到一个事实：世界本质上是诡论式的，一种模棱两可的态度才能抓住世界的矛盾整体性”。布鲁克斯把反讽定义为“语境对一个陈述语的明显的歪曲”。因此，从审美的角度看，反讽是指事物的表象与真实之间的矛盾而产生的一种意义。从其嬉笑怒骂的调侃方式来看，反讽更接近于喜剧的审美形态；但是从其对本不合情理却又是大多数人熟视无睹的事情的批判性来看，反讽显然具有比喜剧更为深刻的现实批判精神。

为了保持影视作品对现实生活表现的深度开掘，近年来创作者们开始偏爱反讽的审美形态。如2011年姜文导演的电影《让子弹飞》，讲述悍匪张麻子抢劫得到一纸上任文书，趁机化身清官“马邦德”上任鹅城县长，与鹅城地方一霸黄四郎展开激烈斗争的故事。张麻子一介土匪，原只想借着县长身份捞点好处，不料刚进城就获师爷告知“不好，我们来晚了，前任县长已经把税预征到90年后了，都到2010年了，百姓都成穷鬼了，没油水可榨了”，张麻子却不以为意，“老子从来就没有想着刮穷鬼的钱”，他将目标对准了地方豪绅。师爷老汤原是买官上任的鹅城县长，为的是到任之后与地方豪绅合作骗取百姓杂税捐款，再与对方利益分成，张麻子一介草莽悍匪，却将这个伪父母官当得兴致勃勃，一心要斗败盘踞在鹅城的黄四郎及其乡党，官不成官，匪不成匪，当官的明目张胆干着土匪的勾当，做匪的大大方方履行为官的职责，这种身份及其行动间的错位构成了充满趣味的反讽效果，世道混乱，黑白颠倒，可见一斑。张麻子为斗败黄四郎，博取百姓支持，在获得本城两大家族献金后，让手下麻匪乘夜把钱发给穷人，与此同时，黄四郎为了扰乱民心，指派手下假扮麻匪夜闯民户，欺男霸女，于是当夜鹅城迎来荒谬的一幕，前一波麻匪来给钱，下一波麻匪来捣乱，老百姓被两波麻匪诡异的行径搞得苦不堪言。真匪徒置个人得失于事外，重情重义，劫富济贫；满口仁义道德的地方乡绅却是为了自我利益手段毒辣，祸及无辜，再次在人物设置上出现了奇妙的反讽意象。真麻匪假麻匪都带着标志身份的面具，做出完全不一样的行为，到底谁是好人谁是匪徒，又通过什么来判断，影片呈现出强烈的现实批判性。

《让子弹飞》

《让子弹飞》这种反讽思想的表达策略，表明了反讽主控思想力图通过不同语境中人物悖论式的行为性格，展现出生活的复杂性和多义性。与此相似，2014年美国电影《鸟人》，通过故事情节一步步展开，呈现了反讽性的叙事。鸟人讲述一个过气好莱坞超级英雄明星瑞根，为了重拾往日荣耀，维护身为演员的理想和尊严，计划在百老汇上演一场舞台剧来挽回日薄西山的事业。但过程却极其不顺利，演技蹩脚的男二号因剧场事故受伤，临时找来救场的戏剧新星傲慢任性，不仅在舞台上抢走他全部的风采，还给演出的正常进行埋下一颗不定时炸弹，刚从戒疗所出来的女儿屡屡与父亲发生矛盾。瑞根找来媒体宣传，媒体对新作品毫无兴趣，只关注他曾经演过超级英雄的履历；权威影评人对他好莱坞明星的身份抱有苛刻的偏见，在戏尚未公演前就筹划好了刻薄的评论，他压上了一切的这一场豪赌，正走向无可挽回的失败。遭遇了演出中场抽烟被意外关出门，半裸跑过纽约街头回到舞台的风波，他万念俱灰，将剧中的道具枪替换成真枪，在最后一幕演出时对着自己脑袋扣下了扳机，实现了与剧中人物相同的命运归属。讽刺的是，他并没有死去，只是轰掉了自己的鼻子，并成功一夜翻红，500美元的门票迅速被抢光，《纽约时报》挑剔的影评人也赞美该剧拥有无知的意外美德，人们怀念起他的经典形象和经典角色，聚集在医院楼下为他祈福，女儿与前妻也与他和解。主人公曾经耗尽力气求之不得的一切在戏剧性的一枪后纷至沓来……他看似获得了尊严和成功，但这并不是他想要的方式，观众只对猎奇的娱乐新闻和名人讣告感兴趣，根本不关心他们呕心沥血呈现的艺术作品，瑞根最后毫无眷恋地甩下了他曾渴求的一切，踏出了医院的窗台。

如果说《鸟人》用直白而鲜明的讽刺撕下了艺术这一面大旗，梅峰导演的《不成问题的问题》则将其讥诮和反讽缝合在不动声色的叙事中，更加内敛深刻。《不成问题的问题》改编自老舍先生1934年发表的同名小说，讲述许老爷和佟老板合伙投资开发了树华农场，丁务源担任树华农场的主任。由于树华农场物产丰富却一直在赔钱，于是佟老板任命英国留学归来的博士尤大兴为新主任。然而，这一任命激起了借宿在树华农场、自称全能艺术家的秦妙斋的反感，习惯了丁主任睁一只眼闭一只眼管理风格的工人们也接受不了一板一眼的尤大兴，最终尤大兴被赶走，八面玲珑、一团和气的丁主任回到了树华农场，农场也回到了之前半死不活、一潭死水的状态中。丁主任和尤大兴，两个截然相反的人物，在故事中收获了截然不同的结局。丁主

《鸟人》

任表面上人畜无害，实则左右逢源，八面玲珑。对农场股东许老爷和佟老板，他从许三太太和佟老板女儿Miss佟入手，着力奉承，小心伺候。对农场工人，一方面克扣工资，另一方面却默许工人侵占农场财产。日常管理散漫松弛，他表态“这里没有等级，只有朋友；这里没有主任，只有兄弟”，对于来农场蹭住的秦妙斋，一开始希望借其讨好Miss佟，之后又暗不作声让宪兵队将人带走，解除隐患。反观他的对手留英博士尤主任，大公无私、雷厉风行，初来乍到就提出办公室只能办公，停电了就立马去修，赶走不交房租的秦妙斋，即便在被人诬陷的紧急时刻他还不忘工作。这种直截了当的极端性格，使他在工作上丝毫不讲情面，对老员工说开除就开除，见到工人偷鸡蛋立马抓起来，还对工人的作息时间约法三章，引得大家怨声载道、群情激愤。两相对比，善于搞关系的丁主任受到了上上下下的欢迎，实干家尤主任则里外不讨好，迅速失了业。尽管树华农场依然不赚钱，但是在一团和气中还是波澜不惊地维持了下去。影片多采用固定景深镜头，将人物框定在一个难以挣脱的场景中，讲述了一个永不过时的黑色寓言。树华农村看似是大后方一个远离战火的世外桃源，但生活在其中的人们根深蒂固的劣根性、麻木不仁的行事方式、封建落后的思想准则，无一不展示出这其实是一个充满讽刺意味的反桃源，它凝缩了时代的悲剧性。

《不成问题的问题》

一般来说，“经过数次感受过的事物，人们便开始用认知来接受：事物摆在我们面前，我们知道它，但对它却视而不见”。[①]每个人的情感体验都存在一个规律特点，当越来越多地面对或经历同一性质的事物时，他的感觉会越来越迟钝。因此，在艺术创作中，一部彻头彻尾的悲剧作品企图用泪水一哭到底来征服观众时，刚开始还会感觉难过的观众到后来就会越来越麻木，他们的视觉神经和精神状态都产生了疲劳，自然也就无法再对下足了功夫的高潮和结局动用起全部的感情。在这个意义上，主题情节的表达要十分注意情感点的确立。所谓情感点，即影视作品所要表达的情绪的临界点。没有合适的情感点，观众情感的依托就会失去方向。一般而言，在把握主题情感点的方式上，堆积和节奏往往是交叉运用的，如果仅仅一味地进行情感积累而不铺垫带有转折性的细节，观众对于到来的情感点就会感觉到突兀，无所适从；反之，如果仅仅一味地刻画正负节奏而没有渐进式情感力量的储备，观众的情感也会疲劳和

① 什克洛夫斯基. 俄国形式主义文论选［M］. 北京：生活·读书·新知三联书店，1989：7.

平淡。因此，在具体的创作中，编剧一方面要注意两方面的合理搭配，另一方面又必须控制情感点出现的时间、交替场景出现的频率，以及每次情感点所占用篇幅的时间。一般而言，正负场景之间的比例并不需要均衡，例如，上扬局面占用了七分钟，接下来的低落局面可能只需要三分钟的交待就可一笔带过，这个控制的尺度我们将会在结构场景中进行详细的叙述。与此同时，每个场景必须设计一个小的情感点，彼此相互呼应，以确保连续性地给观众以情感的渗透，创造出新的情感动力，在情节的高潮前处把戏做足，把煽情做充分，让观众充满期待，将主题情感点设计在高潮处，使观众在高潮时的情感得到全面的爆发和宣泄。影片《当幸福来敲门》讲述了一位濒临破产、老婆离家的落魄业务员，如何刻苦耐劳的善尽单亲责任，奋发向上成为股市交易员，最后成为知名的金融投资家的励志故事，影片中主人公积极乐观、努力向上的人生信念和深沉细腻的父爱打动了无数的观众。影片合理地运用了正负两种情绪镜头的穿插和排列，既生动展现了主人公克里斯所面临的人生困境，又让整部电影充满了达观和奋发的明亮色彩。比如，在克里斯的生活因妻子的离家出走而陷入困境时，他偶然间发现做证券经纪人并不需要大学文凭，只需要相应的数字敏感和人际关系之后，他的人生就有了另一个奋斗的目标。当他对这个行业不得其门而入，生活再次进入低谷之时，他偶然间认识的证券公司经理给他提供了一个难得的实习机会，但随之而来的是他因为长期拖欠罚款单而被警察逮捕，差点再次与这个宝贵的实习名额失之交臂。在影片中，这种持续的正面和负面情绪的交替调动了观众的好奇心，也帮助观众积累强烈的情感储备，当最后克里斯战胜一切困难获得了梦寐以求的幸福生活时，观众的情感也随着人物的命运一下迸发出来，与之产生强烈的情感共鸣，让影片的高潮具有了振奋人心的情感协同效果。如果不是前文中不断地对克里斯灰暗人生的穿插和渲染，那么最后高潮所体现出来的情绪力量将会大打折扣。因此，在编剧进行剧本创作的过程中，合理的情绪安排是剧本情感打动人心的制胜关键。

《当幸福来敲门》

有时候，同一部影视作品所展现的情感主题并不只包含了一种单一情感，而是多种复杂情感线索的归纳和集合。美国影片《完美风暴》讲述了一个富有经验的渔船船长带领一队船出海，却撞上了一次前所未有的巨大风暴，他们为了生存和风暴顽强斗争的故事。影片主人公比利是格鲁西斯特港拥有一艘名为安德里亚-盖尔的渔船的一个捕鱼能手，为了能够一扫连日来收获甚微的阴霾，他准备冒险去渔业资源丰富却离港较远的海域试试运气。与他同行的还有刚刚和妻子离婚、需要相当一笔钱来支付律师费用和营造与新女友美好生活的博比、需要钞票来安抚日渐疏远的妻儿的戴尔，喜欢追逐女人的勇敢的艾尔弗莱德，想要一笔钱来讨个老婆的巴格斯和与比利有过节的苏莉。当安德里亚号在海上航行时，船长比利敏锐地感觉到前面将会有一场风暴，但他坚信在自己的带领下，他和船员们能够战胜风暴、满载而归。不幸的是，船上的天线受损，比利无法收到最新的气象信息，撞上了一场前所未有的巨大的风暴。虽然空军和海岸警卫队出动直升机和快艇进行了紧张的救援，但是在故事的最后，安德里亚号上的一众人还是被汹涌的海浪吞噬，葬身大洋。在这部影片中，编导真实地再现了人们在面对难以预料的大自然灾难时，如何克服自身的恐惧，激发出人类强烈的求生欲望和巨大的勇气的场面，虽然最后勇敢的海员们并没有在这场以生命为赌注的决斗中取得最终的胜利，然而，他们在这中间所体现出来的对于生命的超然和镇定则鼓舞了所有观众。这部影片的情感主题就其故事内容而言，充满了对于自然的敬畏和命运的悲伤，对于每一个船员而言，身后都站着信赖以及深爱着他的家人朋友，这一场灾难让这些殷切的等待和美好的期望全部随着生命沉入了阴冷的水底。在看过了太多人类克服自然灾难、最终取得胜利的电影之后，《完美风暴》让观众看到了一种艺术的真实。它揭开了"人定胜天"这个英雄塑造模式的面纱，让观众真切地感受到了大自然难以抗拒的强大破坏力和人类自身能力的局限。然而，在悲伤的情感之外，影片同样表达了人类在面对重重生活磨难时永不放弃的乐观和豁达，体现了创作者对于生命在有限的能力内爆发出最大的潜能和力量的崇高敬意。对于安德里亚号的各位船员来说，这场风暴不过是艰难人生的一个部分而已，每个人在现实生活中都有着形态各异的不如意。然而，他们并没有屈服于生活的压力和现状，而是纷纷走上了充满风险的渔船，期待着通过自己的努力来和残酷的生活压力进行搏斗。这种生活压力是各种形式的，可能是破碎婚姻带来的昂贵的律师费，也可能是日渐疏远、冰冷的家庭氛围，更可能是一场前所未有的给生命带来灾难的风暴，就其本质而言，它们并没有不同。但是这

《完美风暴》

些平凡的人们却在恐惧和疑惑中找回了自己的力量，重新拾回了面对生活的勇气和信念，这种永不放弃、永不言败的精神让他们在灵魂层面已然成为悲壮的英雄。在影片的最后，博比挣扎着浮出水面，看着席卷而来的滔天巨浪喃喃说出了他对克里斯蒂娜的爱意；船长比利随着渔船下沉时脸上露出了微笑，在生命的最后一刻，他们也未曾被这强大的心理压力所征服，而是保持了生命的尊严，这让影片的情感在浓重的悲伤中显示出了一种令人振奋的激昂。悲伤、达观、激昂等不同的情感线交织在一起，共同构成了整部电影的情感主题。这说明，在影视作品中，其情感主题往往是对于情节主题所折射出来的多种创作情感和故事情绪的交织和融合，越是具有启发性和思考性的影视作品，往往越具有复杂和人性化的情感主题。

苏联导演普多夫金认为："主题是一个为各种艺术所共有的概念。人类的每种想法都可以成为作品的主题，电影像其他的艺术一样，对主题的选择是没有限制的。唯一的问题是它对于观众是否有价值。"①主题对观众要有价值，除了包含主控思想外，还应该包括情节和情感等元素。国内不少影视作品之所以给人说教味浓的感觉，就在于过于简单地把主题理解为思想的灌输，把主题理解为思想的传声筒。其实，一部优秀的影视作品，其主题应该是思想主题、情感主题和情节主题三者的综合。只有三者之间相互协调，形成合力，主题才能在创作中真正发挥其统帅的作用，达到思想与艺术高度统一的美学效果。

推荐阅读

1. 格罗斯. 拍电影 [M]. 北京: 世界图书出版公司, 2007.
2. 的灰. 香港电影 [M]. 上海: 上海书店出版社, 2007.
3. 梁明, 李力. 镜头在说话 [M]. 北京: 世界图书出版公司, 2010.
4. 菲尔德. 电影剧本 [M]. 北京: 中国电影出版社, 2002.
5. 尹鸿, 何建平. 百年电影经典 [M]. 北京: 东方出版社, 2001.
6. 杨远婴. 电影概论 [M]. 北京: 中国电影出版社, 2010.
7. 王志敏. 电影批评 [M]. 北京: 中国电影出版社, 2010.
8. 朱红. 本质好莱坞 [M]. 北京: 东方出版社, 2003.
9. 范茜秋. 电影化叙事 [M]. 桂林: 广西师范大学出版社, 2009.
10. 袁玉琴, 谢柏梁. 影视艺术概论 [M]. 北京: 中国电影出版社, 2005.

① 普多希金. 论电影的导演、编剧和演员 [M]. 何力, 译. 北京: 中国电影出版社, 1980: 17.

11. 埃克斯. 你的剧本逊毙了［M］. 北京：北京联合出版公司，2011.

12. 艾伦，道格拉斯，戈梅里. 电影史：理论与实践［M］. 北京：北京联合出版公司，2016.

13. 顾仲彝，杨健. 拉片子　电影电视编剧讲义［M］. 武汉：华中科技大学出版社，2015.

14. 沃尔特. 剧本［M］. 天津：天津人民出版社，2017.

15. 弗洛斯特. 导演的摄影课［M］. 北京：北京联合出版公司，2016.

第五章 人 物

导 语

马克思说，人是“社会关系的总和”。这就是说，社会生活中的各种关系，各种矛盾和斗争，都是从人和人的关系中体现出来的。所以艺术要反映社会生活，就要写人；叙事艺术是以人的活动为内容的。甚至，包括那些写动物和写自然环境的作品，实际上也还是在写人。[①]这里的人，不是抽象的人，指的是社会的人，艺术家正是通过对人的研究和描画，去研究和反映社会的。为什么人物的塑造对于影视艺术创造如此重要？布莱克·斯奈德在《救猫咪》一书中说：“‘主角’是我们进入的通道，不管是史诗电影还是泰德洗涤剂的商业宣传片，我们观众只关心、针对主角。‘主角’是我们可以认可的人物——这个主角甚至可不是人。……我们必须创造出能引起目标观众共鸣的观众替身，并且满足故事的需求和目标。一切始于故事线开端，以某人吸引住观众并让观众认同某事。”

第一节 人物关系与叙事功能

高尔基曾经说过：“文学即人学”。其实，文学是如此，戏剧、影视也不例外。古今中外的叙事艺术客观上都把人作为创造的对象和重点。悉德·菲尔德认为：“人物是

① 汪流. 电影编剧学［M］. 北京：北京广播学院出版社，2000：127.

你电影剧本的基础，它是你故事的心脏、灵魂和神经系统，在你动笔之前，你必须了解你的人物。”[①]因此，塑造鲜明生动的人物形象，可以说是影视作品创作的根本任务，也是剧本构思的核心任务所在。

影视艺术作为一种由人类文明和文化所诞育出来的艺术作品，其本身必然承载着人类的思想、情感、体悟和感受，可以说，影视艺术和其他艺术种类一样，是人们传承文明之火，延续种族记忆，寄托关于生命的美好向往和积极追求的审美活动。对于影视作品来说，只有有了仿佛从生活中走出来的带有真实感和饱满度的人物，一部作品才算有了生命，才能称之为一部完整的影视作品。可以说，人类几乎永远都是影视艺术当仁不让的主角。在大部分具有情节和矛盾的影视作品中，无一例外地以人作为作品的主要人物，根据人的情感需求和心灵需要来安排情节走向和故事进展，通过对人类生活命运的描绘来体现创作者所要表达和寄托的哲学理念和情感方向。随着影视艺术题材的不断扩大，很多新奇的想象和全新的故事内容被创造出来，更多的社会科技元素渐渐被融入艺术创作之中，但是我们可以发现，无论这些有着独特瑰奇创造力的编导将环境转移到什么地方，甚至是外星球或者外太空，人类始终是故事的主要人物。2009年，著名导演卡梅隆又一部在全球范围内引发巨大观影热情的电影《阿凡达》在世界各地上映，这位导演在这一创造性的故事中将目光投向了未来的2154年的外星球，让人类在科幻世界中难得地成了侵略者，携带着对于资源和矿藏的无尽欲求和贪婪来到那威人所居住的覆盖着丰富植被并蕴含了大量能量的潘多拉星球，并与当地过着一种原始神灵崇拜生活、远离现代科技文明的原住民那威人爆发了巨大的冲突。与其他科幻题材热衷于让人类带有捍卫家园和保障种族自由的使命与远道而来的外星人部队作战不同，这一次正义的立场落到了外星人的一方，外星人成为作品主要意义和正面价值的承担者、创造者。但是，这并不意味着这部电影放弃了以人作为主角的一贯手法，因为虽然影片的主角是外星人，但是他们同样具有人类的思维和情感，以及和人类基本相同的外形和生活习性，甚至连社会道德和伦理谱系都与人类基本相似，在影视作品中，外星人基本上被赋予了和人类相同的属性，只不过在外表上进行了和人类形体相区隔的塑造。从内心世界来说，他们完全和现实生活中的正常人类无异。此外，如《变形金刚》中的擎天柱等外星生物角色，在角色的内容塑造上和人类一样具有鲜明的喜怒哀乐，也有着和人相同的对故土、家乡的眷恋之情，对朋友、战友的忠诚和友爱，对敌人、恶势力的愤怒和斗志，在面临重大危机的时候，甚至具备了人类社会的情理概念和价值观，代表了一种在人类社会中最为推崇的强烈的正义感和道德感。而在一些魔幻题材影片中，一些被赋予重任的魔幻角色也具

① 菲尔德. 电影剧本写作基础［J］. 电影艺术，2002（3）.

有强烈的人的特性，在《哈利·波特》系列中出现的家养小精灵托比作为一种虚拟的魔幻生物受到了全球“哈利·波特”迷的热烈追捧，它在影片中所表现出来的对于强大的恶势力的不屈和坚韧，对于朋友的感恩和热情，对于自由的向往和追求，都生动地体现出人类社会中所推崇的优良品质和道德，它的理想和追求也代表了人类所渴望的生活理想和情感追求，因此，从广泛意义上来说，这些影片中的非人类生物角色，与人类并没有什么不同；或者说，它们虽然在外形上不同于人类，但是却有着人类的思想、感情与道德品质。

《疯狂动物城》

还有一类影视作品如动画电影通常以动物作为故事的主要人物，如《疯狂动物城》《猫狗大战》《欢乐好声音》等都是拥有广泛影响力的代表作品。虽然这些故事都借鉴了一些动物世界的逻辑和伦理，如兔子胆小，容易一惊一乍的个性，树懒慢吞吞的动作。但是从故事的发展和人物的塑造来看，还是脱离不了以人类为主要情感思想蓝本的固有套路。在《疯狂动物城》的故事中，兔子朱迪从小就梦想能成为动物城市的警察，尽管身边的所有人都觉得兔子不可能当上警察，但她还是通过自己的努力，跻身全是大块头的动物城警察局。在侦破一个神秘案件的过程中，朱迪迫使在动物城里以坑蒙拐骗为生的狐狸尼克帮助自己，二人携手找寻真相，最终揭开一个惊天阴谋，拯救了动物城。影片中，胆小正直、试图证明自己价值的警察局新人朱迪，看起来玩世不恭，却在关键时刻机智可靠的狐狸尼克，体现的都是属于人类的性格特征与道德品质，其人物关系设计和情感线索铺展与传统好莱坞爱情喜剧完全契合。而《麦兜的故事》《喜羊羊与灰太狼》等更像是一个由穿着动物外衣的人所组成的人类世界，没有一处不是根据人的爱好和视野来创造和设计的。当然，在影视作品中也会有一些科普类作品，像一些纪录片、科教片，等等，是完全以动物为主要角色并且真实再现动物的生活场景的，但是这些影视作品的目的和意义比较单一和纯粹，主要目的在于普及科学知识，提倡环境保护，号召人们珍惜自然资源，动物基本不需要有经过精心安排的动作线和特殊场景，在剧本创作上也不必对其行为和语言有所设计，因此这类作品并不在剧本人物塑造的考虑范围之内，也不具备真正具有承担主题意义的人物价值。因此，我们可以发现，在塑造人物的时候，无论人物身处什么样的环境，具有什么样的身份，居于什么样的背景设定，他都是承载了人类社会的基本伦理观念和道德素养的，都是具备了相应的人类性格和思想情感，都是能够恰当地为情节的推动和起伏而做出动作的，都是带有人类的深刻烙印的。因此，无论需要创造什么样子的笔下人物，编剧都应该清醒地认识到，人物所具备的基本概念就是，他们都是骨肉丰满、性格鲜明的人。

在塑造人物上，影视剧本创作与小说、戏剧等其他叙事艺术相比，有其特殊性。在小说中，我们可以用细腻敏感的笔触深入人物的内心世界，展现丰富的内在冲突和思想感情。在戏剧的舞台上，我们可以让演员诉说台词来抒发人物的情感，但是在影视作品中，编剧必须学会通过视听元素来演绎人物内心复杂的感情。例如，我们可以在小说中写道："这件事情使他非常地痛苦，似乎有无数只蚂蚁在吞噬着他的心脏，他想哭却哭不出来，所有的一切都只能往自己肚子里咽……"但是，在影视作品中，我们则必须这样表述："他静静地站在窗口，长久地凝视着窗外，刚下过雨的地面湿漉漉的，雨水顺着屋檐一滴一滴地落下来，砸在屋檐下的空心花盆里，'咚——咚——咚'地响……"

这就说明，在表达和描述人物的时候，我们必须注意视觉造型的运用和创造，尽力扬长避短，取长补短，这样才能够真正让影视人物显得鲜活、立体、生动。塑造一个成功的人物，往往并不在于他说了什么，做了什么，而在于由他的一言一行所表现出来的人物真正的性格和品质，并通过这些观众能够间接了解和领会的性格和品质，映射出人生价值和理念信仰。然而，只能依靠造型艺术来表现人物情感和心理变化的影视艺术，在展示人物内心时，相较于其他的艺术形式有着明显的缺陷，因为人类心理是千变万化和复杂细腻的，单单依靠人物在具体环境下的言谈举止，有时候并不能准确地向观众反映他的思想变化和情感状态，甚至在一些作品中，为了逼真地还原人物性格，人物的行为言谈恰恰被设计成是和他具体心理相悖的，这就对观众的理解能力和领悟能力提出了考验，甚至有时候会让观众对接下去的情节设计感到不能理解。作为视听艺术的影视作品，其长处是具象的形象和声音，但这同时也成为它的短处。相对于小说来说，它在表现人物内心世界上受到很大的局限，通常需要把人物的内心情感外化为可见的行动，并通过对主观镜头和客观镜头的巧妙利用来表现人物的内心世界,塑造人物形象,从而达到影视创作的最高境界。[①]在一部影视作品中,主人公思想和情感的变化是十分重要的人物塑造内容,如果失去了这部分人物内心的描述,而仅仅流于动作、台词这些表面的展现,不仅容易造成人物形象流于表面、失于平面的毛病,更有可能让人物形象背离编创者原有的设定,给观众造成性格不定和行为模糊的错觉。所以,优秀的编剧总是能够通过精巧的动作设计和场景衬托来反映出主人公的真实情感和人物性格,以无声胜有声,达到一言未尽、其意自现的良好效果。在古装题材电视剧《大军师司马懿之军师联盟》中有这样一个情节段落,为拒绝曹操的征辟,远离权谋纷争,司马懿狠心让载满辎重的马车轧过双腿,逃过一劫,但多疑的曹操并没有就此罢休,安排了校事府的密探伪装成司马府的家丁时时监视着司马懿的动向。校事府主管郭嘉深知司马懿才干过人,非池中之物,在临终前告诉曹操万不能让其为汉室、孙刘所用,若不能收服,则杀之。消息传来,司马懿心知此时再违抗曹操,只会引来杀身之祸,于是诚惶诚恐前往丞相府参拜。为表现两位枭雄人物暗潮汹涌的心理角力,编剧在这一段落并未设计大段台词,而是依靠动作展现人物情绪及心理。司马懿上前拜见时,曹操正在把玩手中的棋子,掌控生杀大权的上位者的成竹在胸和迫人气势通过这一小的动作设计传达出来。面对主动来投的司马懿,曹操先饶有兴趣地询问“听说你有鹰视狼顾之相”,让他站起身来,转一圈,再貌似不经意地说“你腿好啦”,待司马懿再次诚惶诚恐拜伏于地,曹操才下令征辟其为丞相府马夫,令其后院养马。在这一段对手戏中,司马懿唯唯诺诺、小心翼翼的神情姿态与曹操猫戏老鼠一般的浑不在意、游刃有余形成了鲜明的对比。最后,当司马懿转过身去,告退出门时,曹操突然间将手中棋子往身后一抛,循着棋子落地的声音,司马懿猝然转头,传说中的鹰视狼顾之相尽显,多疑的曹操稍一惊异,随即哈哈大笑。一代人杰的多疑多谋、豪迈自负在这一抛和一笑之间尽得彰显,一抛是对司马懿心性才干的防备与芥蒂,一笑则是天下异人尽掌于手的轻慢和骄傲。与曹操相比,年轻的司马懿则心事重重,从

《军师联盟》

① 唐芸. 人物内心世界的影视表现手法——主客观镜头的巧妙利用[J]. 电影评介, 2009(5).

丞相府出门，路过卖铜镜的小摊，他不自觉地对着镜子打量自己，试图从自己脸上寻找到鹰视狼顾的痕迹，魂不守舍下花高价将这面铜镜买回了家，种种动作表达了司马懿从曹操的行为中参透了对方的心思，也明白其对自己防备猜疑之意，从而对未来产生了深重的茫然与忧虑。从这个例子中我们就能看到，只要能够合理地安排和设计人物的动作，人物的内心世界和思想情感一样可以通过视觉造型艺术得到表达，甚至可以传达出更加深刻的内容，带来意想不到的效果。同样，通过一些细腻的情节刻画和动作设计，人物深藏在内心的情感也能通过外在的视觉表象传达给观众，这些动作设计甚至不需要多么夸张，只是几个简单的表情和行为就能在无形中揭示人物心理，并通过这种氛围感染观众。在《军事联盟之虎啸龙吟》中，司马懿之子司马师因背上杀妻嫌疑被魏将军曹爽带走下狱，其妻子张春华大受打击，吐血昏迷，大夫断言命不久矣。为了让老妻在最后时刻能看到儿子安全归来，司马懿前去曹爽府交出兵权并忍辱叩首，直至头破血流，带着儿子回到府中时张春华已届弥留，说不出话来，人生将尽，夫妻相视而笑，彼此双手交握大拇指环绕摩挲，这是他们年轻时常做的小动作，手指相绕间是一生的风雨共度。突然，张春华手上动作停止，溘然长逝，司马懿瞪大双眼死死看着妻子的面容，不敢置信地握住妻子的拇指继续与自己轻轻摩挲，又拉着妻子的手扯住自己耳垂，就像她生前做过无数次的那样。不敢相信、不忍放弃、自欺欺人的人物心理就通过这样的一连串行为表达出来，最终，当他停下徒劳的举动，悲伤就从这种动作停滞中慢慢流淌出来。这段临终告别并未设一句台词，只有相视、点头、轻笑与轻抚，甚至在张春华死后司马懿也没有大放悲声，而是浑身轻颤，脸上似笑似哭，表情扭曲。后景中门外众人纷纷涌入，痛哭于榻前，而前景中的老年司马懿头发蓬乱，额头带血，珍重地在死去妻子额头上一吻，俯下身紧紧搂住妻子的尸体。与大开大阖的外放性演绎相比，该剧中司马懿内化、无声的表达方式一样传递出了丰沛的情感力量，体现出这一对夫妻从年轻时相知相守、老年时相扶相持的深厚情义。流畅的动作细节、精准的表情控制，形成一种无声胜有声、可意会而不可言传的强烈悲恸感。剧中司马懿已然须发皆白，身体虚弱，无论司马家还是魏国，此时都强敌在侧，内忧外患，对于人物而言，这种细节堆砌的、沉默压抑的痛苦表达也更符合老年司马懿深沉的性格和身份。这样的情感虽然看似复杂，但是却能够通过编剧灵巧的安排和设计由主人公的行动、表情细腻地流露出来。虽然人的情感和思想往往被封闭于内心，不为人知，但这并不说明它永远无法被造型艺术所表达，只有正确地表达了人的思想情感和心理活动，影视作品中的人物形象才能饱满和立体起来，影视作品才能具有强烈的生活气息。

很显然，影视剧本自有其独特的创作体系和语言。从影视创作实践来看，固然有不少艺术探索片在确立人物的作用时把重点放在主题或人物的性格上，但是，正如美国影视批评家L·西格尔所说的，“这类影片通常只在艺术影院里上映并受到批评界的好评……主流电影的观众通常不欢迎主题先行的静态电影或从头至尾在人物性格上做文章的电影。这种电影也许有丰富多彩的形象和对人的生存状况的深刻洞察，但它们却缺乏运动和方向，观众的反应通常是认为它们节奏太慢和沉闷，哪怕它们的放映时间仅仅才九十分钟而已”。[①]因此，一般来说，人物的行为本身比他们从口中说出的话语更可信也更精彩。这些行为不仅仅是他们性格外化的重要表现和依据，同时也起着推动故事、渲染气氛的作用。

如果你的人物塑造不是爱嚼舌头的形象，那么行为往往更具有说服力，在一般情况下，能够用行动表现的也尽可能地用行动而非语言来表现。我们有些创作者并不明白其中的关联，总喜欢让人物不停地说话，让角色直白地把自己的想法告诉观众，其实这恰恰是最不足取的办法。在现实生活中，当我们遇到一些极力阐述和不停宣扬自己的主张和观点的人，在长时间地聆听他们的想法之时，难免产生一些出神和厌倦的现象，更有甚者会对叙述者极力表达的内容产生反感和怀疑，这就是所谓“过犹不及”。同样的，影视作品中的人物总是把需要表现的内容诉之于口，就会让观众产生厌倦感，观众在观看影视作品时常常通过下意识的主体自居来感受主人公的曲折命运和离奇经历，通过和主人公的共同冒险来获得独特的观赏感受，这种跟随主人公的共同探索往往都是通过观看主人公的行为动作来实现的，如果主人公并没有明显而具有戏剧性的行为动作，仅仅是以大量的对话来讲述故事，难免会让观众产生一种游离在作品之外听故事的感觉，造成这种独特的观赏感受消失。另一点值得注意的是，单纯依靠旁白和对话来取信观众显然不比行为动作有那么大的说服力，这也是为什么影视作品中当一个人物向另一个人物阐释一个事件时，编剧往往会采用场景还原的方式让事件以视觉形象的方式重新出现，而并不会安排大段的表述和对白，这固然是为了避免长时间的对话消耗掉观众的观看热情，更重要的一点是观众们似乎更愿意相信自己所看到的东西，而下意识忽略自己所听到的信息，当回忆情节通过画面来进行表达时，观众对其印象也就更深刻，对其内容也更信服。通过视听方式来对重要的叙述性片段进行再现，往往比讲述更能让观众集中注意力，听到其中的关键信息，也让故事情节显得更加的有趣和精彩。在影视作品中，造型艺术的直观性和可视性一向都是其他的艺术形式所难以比拟的巨大优势，所以，编剧应该在剧本的撰写过程中将这个优势更充分地凸显出来，尽可能多地将一些平淡的叙述性内容转化为清晰可见的视觉性内容，加强作品的观赏性和趣味性。在《公民凯恩》一片中，为了弄清凯恩在

① 西格尔. 影视改编教程［J］. 世界电影，1996（5）.

弥留之时所遗留的“玫瑰花蕾”一词的真正含义，记者走访了许多在凯恩生前与其密切相关的人物，整部影片都是由不同人物的回忆和片段叙述来组成，这些回忆变成了具体可视的故事，组成了整部电影，观众从那些回忆中观看到了凯恩相关人生的各个片段并且通过它们认识了这位复杂多变的报业大亨。可以想见，如果这些回忆的片段不是演化为一个个小的镜头片段，而是大段的对白，那么这部影片的艺术成就和魅力将会大打折扣。这也说明，虽然语言和动作一样都可以阐述故事，但是在影视艺术中，动作永远是第一位的人物塑造方式，只有有意义的动作，才能最直观地创造人物和展现人物。

在这个意义上，作为视觉叙事艺术，影视作品“人物的实质是动作”，“剧作家的责任就是选择一个视觉形象或画面，用电影化的方式使他的人物戏剧化”。[①]影视叙事的核心，是戏剧化的矛盾冲突；影视角色创作的关键，也就在于他（她）是否被“戏剧化”。所谓戏剧化，是指影视角色在影视作品的叙事中不应该游离于事件之外做一个静态的旁观者，而必须卷入事件之中，作为重要事件的发起者或参与者；而角色在影视作品中的位置和作用，也主要是依据其在叙事中的功能和作用来确定。“要想塑造好人物性格，必须写好人和人的关系，即将人物放到矛盾冲突中去表现他们的性格。人物关系实际上就是我们通常所说的环境。艺术创作主要反映的是以人为中心的社会环境。”[②]

一般认为，角色的叙事功能主要有以下几种：

其一：施动者与接受者。所谓施动者（power），是指事件“肇事者”或执行者，在影视作品中，施事者不仅使事件得以发生，而且还由于他的行为而直接推动事件向前发展。所谓接受者（receiver），是指施动者在行为中所欲达到的目的或得到的对象，他可以是人，也可以是某种物。在影视作品中，接受者的出现意味着整个事件的运动有了明确的目标和方向，施动者能否最终将信息传达给接受者，往往也就成为影视作品最大的叙述动力和悬念。以《西游记》为例，全书讲述的是唐僧师徒四人前往西天取经的故事。在这个故事中，唐僧是叙事事件中的施动者，也就是执行者，整个故事的发端便是唐僧为了宣扬佛理，发愿要到西天求取真经。这个故事是由唐僧发起的，没有他的取经宏愿，整个故事便不复发生，同时他也是这个事件的执行者，因为取经这个行为也由他来完成，正是他在整个故事中始终坚决地执行着这个事件，使得故事可以推进。在这个故事中，取经便成为了事件的接受者。它是唐僧所有行为所欲达到的目的和需要完成的对象，它的出现等于为唐僧的行为指出了非常明确的行动目标，

---

① 菲尔德. 电影剧本写作基础［J］. 电影艺术，2002 (3).
② 汪流. 电影编剧学［M］. 北京：北京广播学院出版社，2000：131.

为了达到这个目标才得以使之后的故事能够发生和发展。在不同的影视作品中，接受者有着不同的形象，它有时候是人，也有时候是物。在魔幻系列电影《哈利·波特》中，整个故事的主角是代表了正义力量的哈利·波特，他为了拯救魔法世界，通过一系列努力力图打败黑暗势力的首领伏地魔，剧情由此而展开。在这个故事中，哈利·波特是施动者，他肩负了与生俱来的使命，成为预言中的救世主，催动了故事的发生和发展，而伏地魔则是受动者，他是主人公需要打败的对象，也就是说是一个目的性的人物。正是有了施动者和接受者，一个完整的故事线就此组成。一个良好的电影剧本通常会有这样一个清晰的叙事线，它保证了作品有明确的主题、鲜明的脉络和主要的人物，这就是一个故事能够丰富和生发的基础。

其二：帮助者与对抗者。虽然影视作品中施动者与接受者的人物关系是最基本的关系，但是如果影视作品描述的仅仅只是这两种关系，主体希望得到某人或某物，或者得到，或者没有成功，那么故事显然就会波澜不惊，十分简单，缺乏足够的吸引力。因此，在影视作品创作中，任何目标的确立乍看起来都应该是难以企及的，这样不仅意味着必须顺延故事叙述的长度，而且还意味着必须增加影视作品的角色。这些角色或者作为帮助者，帮助施动者实现其目标；或者作为对抗者，千方百计地阻碍乃至反对施动者的行为。在《西游记》中，唐僧为了能够顺利走完艰难困苦的路程，安全到达西天取经，收了三个徒弟，这三个徒弟一路上保护唐僧不被伤害，斩妖除魔，最后顺利到达西天，取到真经，因此这三个人物就是事件的帮助者。唐僧有了帮助者之后，他们的取经道路也并不是一帆风顺的，为了考验他们的诚意和品质，菩萨特地为他们设置了九九八十一难，让一些厉害的妖怪在不同的关卡阻碍他们前进的脚步，这些妖怪就是事件的对抗者。正是有了三个性格迥异、个性鲜明的帮助者，有了众多形态各异、花样繁多的对抗者，唐僧取经这个看似简单的故事才显得特别的生动有趣，精彩异常。在电影《哈利·波特》系列中同样存在着帮助者和对抗者，

《西游记》

帮助哈利·波特与邪恶的伏地魔势力做抗争的人们，如赫敏、罗恩等，就是叙事中的帮助者，而围绕在伏地魔身边的食死徒们，不断地希望杀掉哈利·波特来消除伏地魔的最大威胁，他们就是事件的对抗者。正邪两股势力围绕着主人公杀掉魔王、拯救魔

法世界这一主要情节线展开了激烈的斗争，在这过程中，不断有新的角色、新的故事被创作、挖掘出来，故事的情节也随之显得更加曲折起伏，扣人心弦。

值得注意的是，在设计帮助者或对抗者时，不少影视作品常常喜欢以搭配或者团队的组合面貌出现。在角色搭配上，虽然这些剧作在具体写作时有所不同，但是，在设计角色关系时，编导都不约而同地赋予角色们或庄或谐、或方或圆的鲜明个性差异。它们在内部往往存在着分歧和矛盾，有时甚至为实现目标平添了一种阻力。不过一旦面对外部的险境，它们又能团结起来，齐心协力抵抗外敌。在影视作品的具体创作中，为了增加故事的复杂性，角色的功能不仅仅局限于一种，而可以有多种动机，这些动机甚至可以相互转换。《西游记》之所以好看，常常就是因为帮助者团队中孙悟空和猪八戒反差极大的人物性格和个性色彩，心高气傲、侠肝义胆同时又有点鲁莽急躁的孙悟空，遇到对抗者策划的突发事件时总是成为行为团体的领导者和主心骨，而大大咧咧、好吃懒做、心思单纯的猪八戒则在团队中扮演了贪生怕死、出丑搞笑的角色，这两种截然相反的性格集中在同一个行为团队里面，经常能够擦出激烈的火花，这也是故事之所以别具特色、充满魅力的原因。而且在唐僧取经的过程中，除了孙悟空从一开始就是该行为的帮助者之外，猪八戒和沙僧都曾经是唐僧取经这一行为的对抗者，在被孙悟空收服之后，他们拜在唐僧门下，进行了动机和身份的转变，成为故事的帮助者。这就说明，在具体的故事发生、发展中，各种人物的身份并不是始终如一的，也有可能产生转变和对换，这种灵活和自由在某种程度上加深了故事的复杂性，让故事的情节线更加充满冲突和对抗，从而使故事的精彩程度有了相应的提高。《哈利·波特》系列中同样存在着这种戏剧性的角色转换，在哈利·波特打败黑魔王的故事进程中，大部分人物的角色设定都是固定的，特别是主要人物所处的正邪阵营是相对稳固的，只有故事中经常和哈利作对、不讨人喜欢的魔药学教授斯内普因其特殊的间谍身份，充满了悬念和神秘感。在故事进展到第六部之前，斯内普教授都是以正义阵容安插在黑暗势力中的的间谍身份出现的，他帮助哈利·波特多次躲过了食死徒的追杀，是事件的帮助者，而在第六部中，他杀死了哈利的帮助者阵营中最具有力量和智慧的邓布利多校长，开始正式倒向食死徒一方，于是他一下子从帮助者转化为了对抗者。然而当故事进展到最后，一切真相被揭开，斯内普是按照老校长的命令来假意杀死即将不久于人世的他，从而达到迷惑伏地魔的目的。在哈利·波特寻找

《哈利·波特》

魂器，消灭伏地魔的过程中，斯内普教授多次暗中相助，并在最后关键性地迷惑了伏地魔使用老魔杖，从而使哈利一举消灭了这个邪恶势力的首领，他又重新成为事件的帮助者。在这个过程中，斯内普的身份问题曾经引起了所有哈利·波特读者的巨大争议，当最后的结局揭开时，很多人为这个忠实的双面间谍流下了热泪。从上述范例我们可以总结出，在进行人物设置时应尽量灵活机动，避免程式化和固定化，在合理范围内充分发挥想象力和创造力，让剧本在内容深度和情节起伏上呈现出更多的戏剧性和冲突感。

第二节 内在生活与外在生活

悉德·菲尔德认为，影视作品中人物角色的“生活内容可以分为两个基本的范畴：内在的生活与外在的生活”。[①]其中人物角色的内在生活是该人物角色从出生到剧中出场前的生活，它包括该人物角色在故事开始时年纪有多大？住在城市还是农村？在哪里出生，是否有兄弟姐妹？经历过一个什么样的童年？是否结婚？如果已经结了婚，那么结婚多久？结婚的对象是青梅竹马的恋人，还是萍水相逢的情人？是历经过漫长的恋爱时间，还是并没有恋爱过？总之，人物角色的内在生活是人物角色形成性格的过程，它决定了人物角色开场后究竟是一个开朗、外向、乐观的性格，抑或是一个抑郁、孤独、内向的性格。内在的生活就是人物的身份、背景和性格，这是在人物出场之前就已经被赋予的，是没有发生在观众的眼前，需要他们通过一些细枝末节来进行还原和揣测的，也是该人物之所以能成为叙事事件中的一部分的内在原因。

人物要显得真实可信，编剧必须要为笔下的人物设计一个内在的生活，因为活生生的具体的社会个体都是具有来龙去脉的，他们不可能凭空出现在事件的中心，总是会有一个相应的生长和生活背景，性格形成和变化的过程，以及之所以能够推动他们在事件中做出相应的选择和行为的内在原因，这也决定了一个人物的基调，决定了他是一个什么样的人。在很多时候，我们都会听说演员为了能够扮演好一个人物，为人物写小传，人物小传就是这个人物的来龙去脉和生活背景。要使一个虚拟人物显得真实可信并且有说服力地反映在影视作品中，我们就必须重视对人物的内在生活的塑造，不同的内在生活最终造就了不同的人物。在世界爱情名著《傲慢与偏见》中，作者通过大量的细节描述了两个具有不同的内在生活的人物形象，最为奇妙的是这两位人物的内在生活都造成了他们的自身品质和外部评价的反差，风度翩翩的民兵团军人

① 菲尔德. 电影剧本写作基础 [J]. 电影艺术，2002 (3).

威汉因其俊美的外表和讨人喜欢的言行获得了乡村小镇朗恩博上下人等的一致欢心，但是随着剧情的进一步展开，通过作者对于威汉内在生活的细碎片段的不断补充，我们最终发现这个善于社交、言辞甜蜜的男士是一个风流浪荡的伪君子，内心充满了对于财富的贪婪和渴望；与之相对的是，家财万贯但是态度高傲冷漠的达西先生因自己不假辞色的态度在追求爱情的道路上一再遭受挫折，然而，随着他内在生活的揭开，读者发现原来他是一个保守正直的绅士，他对老管家不成器的儿子威汉的态度完全是因为他看破了这个险恶人物的阴谋和诡计。他对妹妹充满温情的帮助、对陷入困境的爱人一家的无私的帮助让观众们发现他傲慢的外表下灵魂闪光的一面。作者通过这种外在生活和内在生活产生强烈矛盾的手法栩栩如生地将两个人物展现出来，并且为他们各自设计了一个合理的结局。通过这样的实例我们会发现，人物的内在生活和外在生活可以不一致，但是在设计这种不一致时必须对于人物的内在生活造成的人物性格、心理、习惯进行充分的考虑，并且让其与外在生活之间产生紧密的联系。作者在设计人物的外在生活时，必须注意其和内在生活一脉相承的逻辑，并努力使其自然合理。在《傲慢与偏见》中，虽然两个人物均受到了和其实际品质不相符合的对待，但是这种不合理表现在其外在行为和表象上是相对合理的，并且在故事的最后，两者都做出了与其内在生活相符合的行为，最终形成了两者的平衡。在故事的最后，出身于家教严谨的绅士之家，自幼受到严格教养和道德指导的达西先生在得知女主人公伊丽莎白的幼妹莉迪亚与威汉私奔之后，不仅没有因为丑闻而疏远她，而是凭借自己的能力尽量帮助他们寻找莉迪亚和威汉，甚至为了让丑闻的影响降到最低，他为威汉还清了所欠下的债务并帮助他谋到了一份赖以生活的工作。而从小放浪形骸、善于花言巧语的管家儿子威汉则是在欠下了一屁股赌债之后落荒而逃，同时引诱莉迪亚私奔，试图通过私奔的丑闻来要挟伊丽莎白一家帮助他支付巨额债务，最后虽然成功获得了达西先生的帮助，却被大家所唾弃。这种让人物性格逐渐在剧情的进展中被揭示出来，并且最后完成合理逆转的创作方式不仅能够给观众带来不断有新发现的观影新鲜感，也让整个故事的戏剧性和矛盾性更加地突出，增加了情节的趣味性和吸引力。人物的内在生活对于人物来说，解决了人物从哪里来这个问题，它是人物塑造的前

《傲慢与偏见》

因和基石。

人物角色的外在生活则是人物角色从影视作品开始到结局这一段时间内经历的生活，它可以分为人物角色的职业生活、个人生活两个部分。其中职业生活是指人物角色究竟是企业家、工人还是流浪汉？它着重解决的是人物角色的谋生手段；个人生活是指人物角色出场时究竟是已婚、丧偶，还是单身独居？如果是已婚，那么他的婚姻关系是否牢固？是否正在考虑或已经有了婚外情？人物的外在生活决定了影视作品中人物所承担的角色和所开展的行为动作，如果说人物的内在生活在影视作品中往往是模糊化的，那么人物的外在生活则是清晰可见的，它是人物构成的一个重要部分，也是人物行为的帮助因素或阻碍因素。①

电影《我不是药神》讲述了落魄潦倒的神油店老板程勇在生活的万般无奈之下，铤而走险，从印度走私治疗白血病的仿制药格列宁，一夕翻身，救人无数，但也使自己的生活陷入多方拉锯的危机中的故事。影片主人公程勇伴着热闹的印度风情音乐亮相，一出场就是彻头彻尾的生活失败者的形象，产品滞销，房租没有着落，前妻有了体面的结婚对象，筹划着移民出国，要将儿子也带走，面对满眼鄙视的前妻，他一个没忍住动手推倒对方，换来对方更加不屑的愤恨与还击："这些年来你打得还少吗？"被铐在派出所墙边的程勇面对气势汹汹要扑上来却被众人拉住的警察小舅子，满脸无措和畏缩，像一个干了坏事等待被惩罚的孩子。邋遢、潦倒、对妻子家暴，看上去像陷在一摊烂泥里动弹不得的程勇，反过来也有温暖的一面，他事父至孝，虽然无奈之下将父亲托付于一家条件普通的养老院，但也常去探望，给父亲喂饭；他心疼儿子，手头拮据依然给儿子零用钱买这买那，始终坚持不放弃儿子的抚养权，带着一点小得意一点小心思问儿子"你怎么不让你后爸给你买"，享受着被儿子依靠的父亲的小快乐。一点小奸小恶，一点小良小善，构成了底层小市民程勇的内在生活，父亲和儿子构成了他平淡生活的主轴。所以，在吕受益第一次上门请他走私格列宁时，他是坚决不肯干的，他油滑自私，不敢真正做出触犯法律的事。直到父亲在养老院晕倒，急需高额手术费进行手术，赖以维生的店面也因拖欠房租而被房东上锁，他才在绝境之中想到放手一搏。程勇的卖药团队中，吕受益是提供点子、主动找程勇合作的关键性人物，他常年戴着大大的口罩，身材高大却永远佝偻着背，腰仿佛已经被生活的重担和病痛的折磨压弯。吕受益脸上始终挂着讨好的笑容，见人就塞给对方一个橘子，他显而易见的卑微之后是强烈的求生欲望，是不愿意放弃的亲情和爱情。在故事的中段，大家的生活随着卖药的稳定逐渐好了起来，他请程勇到家里吃饭，才揭开了人物的内在生活。原来他有一个柔弱的妻子，一个新生的孩子，刚知道得病的时候，也想过放弃，"天天

① 菲尔德. 电影剧本写作基础［J］. 电影艺术，2002（3）.

想死”，但为了对家庭的责任，为了无助的妻儿，他顽强地挺了过来，想尽各种方法寻求治病的希望。吕受益上海小男人的懦弱和卑微之下，是家庭顶梁柱的刚强和担当。青年黄毛是不打不相识加入程勇团队的，满头稻草般乱蓬蓬的头发下，是一颗忠直单纯的心。他抢程勇的药，并没有一人独吞，而是无私地分给了住在一起的病友。他身患重病，远离家乡，在大城市阴暗角落如一只卑微的小蚂蚁般艰辛地活着，为的是不给家里人增添负担，甚至连只言片语也不曾捎回去，“他们肯定以为我已经死了”，倔强而凶狠的黄毛，实际上比谁都柔软。独自抚养白血病女儿的单亲妈妈思慧是酒吧的钢管舞女郎，病友群群主，有关系有能量，行事干脆利索、风风火火，直到后面观众才发现，她居住在一个破旧的小房子里，孩子爸爸知道女儿得病之后就跑了，将沉重的生活压力留给了她一个人。酒吧里，程勇为了替她出口气，砸下一大笔钱让平日里对她颐指气使的酒吧经理上台替她跳舞，满酒吧鼓噪声中，思慧是喊得最大声的，声嘶力竭，眼含热泪，使观众从中看到了电影中没有具体表现出来的思慧的愤怒和苦楚。会说英文的牧师老刘，平时讲话都不敢大声，面对卖真正假药的骗子，却敢于冒着危险上台揭穿他们的真面目。程勇的前妻弟曹斌，一个正直、正义的警察，面对假药案，他的内心被良心和公义两边拉扯，无法抉择。这些都从另一个层面折射出了他们的内在生活，影片人物设置的精彩之处，就是每一个人都不是生活在真空之中，在浮在水面上百分之一的内容之下，隐藏了百分之九十九暗潮汹涌的生活，而水面下的一切，才是决定他们的动作和选择的内在原始动力。

《我不是药神》

因此，如果说人物角色的内在生活是影视作品中人物角色性格的起点，那么人物的外在生活则是影视作品展示人物角色性格的舞台；人物角色的内在生活决定的是影视作品中人物角色的内在需求，人物角色的外在生活则决定了这种需求是否能够得到满足。而影视作品创作的最根本的叙述动力，就在于总是“针对人物角色的需求在人物角色的外在生活中设置出种种障碍和冲突。”①

首先，这种冲突表现为人物自身的内在情绪的矛盾冲突。在《我不是药神》中，程勇经历了多次的内在挣扎。第一次是决定走私。面对法律的高压线，以及完全不知道

① 菲尔德. 电影剧本写作基础［J］. 电影艺术，2002（3）.

是否会有市场的陌生的格列宁，程勇的第一反应是拒绝，吕受益留的电话被他毫不在意地扔到了店里的某个角落。但是，随着儿子即将被夺走，父亲在医院中等待着救命的手术费，程勇已经别无选择，这种面对高风险和未知结果的惧怕，和他对于金钱急需的渴望，形成了第一组内在矛盾。第二次的挣扎是在假药贩子张长林上门之后，虽然程勇满脸不耐烦地将张长林赶走，但走私这条法律红线成为悬挂在他头顶上的达摩克利斯之剑，是冒着极大的风险带领身边伙伴将卖药的生意继续做下去，还是抛弃他们，将印度仿制药的代理权转给张长林，拿一笔钱功成身退，这在他心中日夜煎熬，构成了第二组剧烈斗争的内在矛盾。其实这正是人物塑造关键性的伏笔，在人物的内心需求和外在生活中的障碍产生冲突时，由于生活本身的不可抗力和强大作用，最开始的挣扎和矛盾往往就出现在主人公的内心情绪和心理中，只有当主人公突破了自我心理上的重重障碍，才有足够的心理驱动来面对接下去真实的外在生活所设置出来的各种矛盾，故事和情节才能够进一步在现实中得到发展。电影《白日焰火》讲述了冰天雪地中一桩侦破过程跨越数年的重大碎尸案，及围绕这个案件的几名男女复杂的情感纠葛。保卫科科长张自力几年前在调查一桩离奇碎尸案的过程中意外撞上配枪匪徒，猝然交火，双方均造成重大伤亡，张自力因伤退出警察队伍，转调工厂保卫科，婚姻失败，事业失意，摩托被抢，张自力陷入终日酗酒、无所事事的虚无和苦闷中。某日，张自力街头偶遇曾经的同事蹲点监视，才发现类似的碎尸案再次出现，带着想让自己的人生输得慢一点儿的说不清道不明的目的，张自力主动靠近几桩碎尸案共同的关键人物——受害人的遗孀吴志贞，想借由她找寻真正的凶手。在跟踪尾随吴志贞的过程中，张自力逐渐为这个苍白、瘦削、沉默的女人所吸引，两人之间产生一种若有似无的情愫。随着案情的逐渐明晰，张自力老同事遭到杀害，凶手梁志军逐渐浮出水面。原来，梁志军杀人分尸后假借死亡摆脱调查，成为隐姓埋名没有身份的活死人，而所有接近妻子吴志贞的男性，都没有逃脱他的死亡魔掌。警方通过吴志贞将梁志军引出，在激烈的追捕过程中梁志军死亡，一切疑问看似尘埃落定。然而，张自力却通过一件曾经被洗坏了无人认领的大氅查明了第一个受害者的真实身份，对吴志贞关于事件的说法产生疑虑，他找到了受害者的妻子，在心中勾勒出事件的大致轮廓。寒冷的冬夜，张自力带吴志贞乘上老旧的摩天轮，指给她看与第一个死者有关联的关键性地点白日焰火夜总会，诱导她说出事件的真相。冰冷寒夜的摩天轮上，

《白日焰火》

二人发生了关系。第二天早晨，二人坐在一起吃早餐，吴志贞离开前询问是否晚上还见，张自力答应了，看着她离去的背影沉思。没有等到晚上，因张自力的举报，吴志贞被逮捕。在经典好莱坞黑色电影的框架中，影片展示张自力内心法与情的矛盾，旧日的警察身份，对于重获生活价值的向往，道德底线的束缚，都在提醒张自力必须举报案件真正的凶手吴志贞，但他又不可避免受到吴志贞的诱惑与吸引，在情感天平上有所动摇。在两人见最后一面的早餐店，微妙的肢体动作展示出两人不同的心理状态，张自力微妙的欲言又止与心虚，吴志贞自以为放下包袱的自我装扮和相约，形成幽暗的认知碰撞，这也为后文张自力的选择埋下伏笔。从这些实例中我们可以看出，在编剧描写人物因内在生活产生需求和外在生活产生冲突时，首先展开的冲突一般都集中在人物的情绪和心理层面。

其次，这种冲突还表现在人物与他人之间的相互冲突中。以《我不是药神》为例，药贩程勇在卖药事业逐渐起色的时候，遇上了难缠的竞争对手张长林，构成了影片前期带来剧情转折的一组人物矛盾。张长林是一个彻头彻尾唯利是图的假药贩子，高价贩售给病人生的希望，却无视真正的疗效，当他发现程勇手中掌握来自印度的“格列宁”渠道时，敏锐地发觉其中的商机，软硬兼施，想从程勇手中将该渠道盘过来。程勇对张长林毫无底线的牟利行为从内心感到不齿，但他心中对遭受法律制裁的隐忧又始终难以疏解，是继续提供廉价的复制药，造福广大白血病患者，还是及时抽身，回到正常的生活秩序中，这一矛盾不断撕扯着程勇心中情感的天平。终于，在遭张长林举报被警察上门查检之后，自保和自利的心态占了上风，程勇决定退出走私贩药的行列。然而，影视剧作品常常是一个又一个冲突和矛盾的叠加、累积，如果没有冲突，那么影视作品也就失去了戏剧性，失去了能够吸引观众的、引起观众持续观影兴趣的主要内容。在解决了和张长林的矛盾之后，随之而来的是第二组关键矛盾，因程勇的决意退出，围绕在他身边的卖药团队也随之无奈解散，大家不能原谅程勇在关键时刻的自私行为，纷纷与其决裂，这在程勇内心深处留下一道愧疚的阴影，也为后来程勇出于赎罪和救人的心理再次走私药品埋下了伏笔。优秀的人物构思就是利用人物设定中千丝万缕的联系让主人公和他人之间产生一次又一次合乎逻辑的冲突，在冲突的相互碰撞和克服中体现人物性格，推动剧情发展。几乎在每一部影视作品中我们都能看到主人公为了实现内心的需求和他人之间产生的强烈的冲突，有时候，这种冲突越强烈，就越能凝聚起一种戏剧张力，牢牢地掌握住观众的注意力和情绪点，将剧情带入高潮。都市情感题材电视剧《欢乐颂》讲述住在同一个小区同一幢楼同一层中五个年龄各异、背景不同的姑娘，各自携带着来自工作、爱情和家庭的不如意，因为邻里关系而相知相识，成为朋友，相互扶持着解决生活中种种困难，共同成长的故事。其中，大龄美女樊胜美的情感故事线因强烈的现实性、讽刺性常常引起争议，樊胜美出生于小城市，家境困难，父母重男轻女，一味压榨在大城市工作的女儿来补贴留在身边没什么能力的儿子，造成樊胜美过于看重物质和金钱的性格。沉重的家庭负担与强烈的虚荣心，迫使她一心想嫁给一个有钱人，屡屡参加相亲却也屡屡失败。樊胜美为在爱慕自己的大学同学王柏川面前维持光鲜体面的形象，不得不用一个又一个谎言去掩盖自己窘迫的居住环境和经济实力，王柏川的崇拜和爱慕成为她压抑生活中的英雄幻梦，是她需要死死捂住的生活的盖子。随着二人交往的逐渐加深，樊胜美偶然得知王柏川的宝马是租来的真相，对于理想伴侣的经济要求和眼前的情感现实使其陷入矛盾之中，而王柏川也获知樊胜美住在群租房的真实情况，对樊胜美的性格和价值观有了进一步认识。在王柏川想向樊胜美表白的前一刻，樊胜美因邻居曲筱绡的刺激揭穿了王柏川租车的真相，二人关系随之破裂。樊胜美和王柏川的矛盾，归根结底是樊胜美内心深处情感价值选择的矛盾，在处处充满诱惑的都市生活中，是接受一段平淡却真挚的爱情关系，携手进入风雨飘摇的生活，还是忽略情感需求，抓住一根扎扎实实的救命稻草，樊胜美最终选择了后者。与王柏川决裂后，樊胜美在一次酒会上偶遇曲筱绡的哥哥曲连杰，在不知对方身份的情况下误以为自己获得真诚的青睐，急不可待地接受了对方的追求。与此同时，她远在家乡的哥哥再次惹来麻烦，因为打架搞丢了她为其安排的工作，伤者借此对樊家实行敲诈，并不断上门威胁，面对不愿意拿出积蓄的嫂子、只顾毫无边界地向女儿提经济要求的母亲，樊胜美几乎无力承受，而好强虚荣的她也不愿意将重大的生活危机告诉身边的朋友，只能对曲连杰一步步妥协来获得经济支援。最终，付出了几乎一切的樊胜美没有办法再为哥哥不断沦陷的生活提供支援，哥哥则不负责任地将父母和儿子送往上海让樊胜美照顾，自己与妻子逃离家乡。数日的奔波使樊父突发脑出血，在巨额手术费的压力下，樊胜美向所有曾经认识的有钱人求援，没有人向她伸出援助之手，现实的重击使樊胜美终于清醒过来，她所一直追求的救命稻草，根本就不存在。关键时刻，王柏川从老家赶来，提出以卖掉樊家大哥房子的方式为樊父支付医药费，樊胜美抵抗住了来自父母的压力，接受了这个方案，也与真诚帮助她的王柏川冰释前嫌。在王柏川和朋友们的帮助下，樊胜美一家的危机终于得到暂时解决。樊胜美与父母的矛盾、兄嫂的矛盾归根结底是其与不断吸血的原生家庭之间的矛盾，父母对她的常年忽略和剥削，使她长期处于缺爱的状态而对自我价值难以认同，她对于家庭爱恨交杂、无奈担忧的情绪又使她难以挣脱家庭的束缚。她之所以汲汲于物质，本质上正是对应这种自我价值的缺位与不安全感，而当她第一次成功反抗家庭的无理要求，将物质根本和话语权掌握在自己手中时，她的情感观念和价值选择也随之发生改变。家庭发生变故之后，樊胜美看到了王柏川的真诚和担当，二人终于走到了一起。一般来说，在人物和他人诸多错综复杂的矛盾之中，为了突出主题，有所侧重，肯定会诞生一个具有代表性的主要矛盾，在樊胜美的故事中，她与王柏川、与原生家庭之间的矛盾就是主要矛盾，决定人物价值的扭转和人物弧光的展现，而她与安迪、曲筱绡等其他几位女孩之间的矛盾属于次要矛盾，它丰富了人物生活的面向与层次。主要矛盾和次要矛盾的不同点在于，次要矛盾提供了刻画人物性格、烘托故事环境的作用，而主要矛盾往往直接推动了情节的发展和前进。对于某些影视作品来说，我们应该看到，人物的需求和他人的冲突是在不断地变化和转移的，这种变化和转移不但会出现在叙事体的对抗者和帮助者之间，同样也会出现在叙事主题的施动者身上，当施动者是一个团体的时候，同样会在这个团体中产生个体之间的相互冲突，这种冲突的换位虽然增添了故事的复杂性和矛盾性，但是同样也扩大了作品的视野，挖掘出了主题更深层次的意义。《欢乐颂》中，樊胜美在一开始面临家庭变故时，好强爱面子的她根本不愿接受同住20楼的其他女孩的援助，宁可选择陪曲连杰应酬，从他身上“捞好处”。安迪不忍看到她被曲连杰玩弄，兼之受到王柏川私下的请托，主动找到樊胜美，想把准备好的一万块钱给她，不料被一心维护自己光鲜形象的樊胜美拒绝，樊胜美不仅没有理解安迪的用心，反而感觉受到了侮辱，尽管安迪在事后道歉也无济于事，二人关系降至冰点。樊胜美和安迪之间的冲突，在于二者价值观和人际交往理念的冲突，生长于普通家庭、拥有较强自尊心的樊胜美最在意的就是尊严和面子，既敏感又自卑的性格造成她在面对朋友的同情和帮助时如刺猬一般展开了防护罩，而从小生长在海外、性格理性的安迪对于人际交往中幽深阴暗的角落缺乏理解，直来直往的行事风格一不小心就冲撞到对方，两人的矛盾，是成长背景、家庭环境、价值理念和自身性格所带来的，是一种合理的必然性矛盾。当然，欢乐颂中五位女性作为一个整体性的主角，一个施动者团队，内部矛盾往往能在外部矛盾发生时得到解决，在帮助樊胜美对付上门敲诈的无赖时，五位女孩坚强地团结在一起，理性的安迪指出对方出示单据的不合理处，机智的小曲假装要给警察打电话，邱莹莹和关雎尔也默默准备好防身的武器，最终成功帮助樊胜美解决了危机。在该剧结尾，一直看不惯樊胜美的曲筱绡也彻底理解了她的苦衷，不再讽刺地将她定性为“捞女”，而是愿意施以援手，指导她如何更理智地与父母亲相处。同样的，樊胜美的故事也使其他的女孩认识到自己的家庭是多么的健全和富足，必须学

《欢乐颂》

会珍惜。表面上简单的矛盾，实质上往往是由双方的性格、家庭、成长经历等内在生活所造成的必然的分歧，它构成了人物之间难以协调的冲突。从这个意义上来说，最为激烈的人物冲突往往来自双方由内在生活所带来的需求的不同，这种由内在生活的相悖而造成的矛盾总是能够集中反映人物的性格差异和不同心理，也总是成为影视作品中最具有爆发性和戏剧张力的主要矛盾。

当然，人物内在的情绪冲突也罢，人物与他人之间的相互冲突也罢，编导最终的目的，仍是借此展现人物与社会文化的本质冲突，并以此展现作品对人类的一种终极关怀。

第三节　圆形人物与扁形人物

值得注意的是，影视作品中这种通过人物自身、人物与他人、人物与社会的冲突所揭示的性格，一般可以分为圆形人物和扁形人物两种类型。圆形人物和扁形人物这一概念，最初是英国作家福斯特提出的，“圆形人物基本特征是：圆形人物的塑造打破了好的全好、坏的全坏的简单分类方法，按照生活的本来面目去刻画人物形象，更真实、更深入地揭示人性的复杂、丰富，具有更高的审美价值。这种塑造人物的方法给读者一种多侧面、立体可感的印象，往往能够带来心灵的震动”。[①]很显然，圆形人物的塑造，客观上需要编导花费较大的篇幅来展现，因此他们在影视片中也就不仅担负着推动情节向前发展的任务，而且也成为影视片剧情所集中展示的主要对象。

圆形人物的构思和塑造往往需要编剧花费大量的心血和精力，调用各种影视表达手段来对一个虚拟的人物进行拟真化的性格塑造和动作设计，从多个角度和层面立体地展示人物内在和外在的生活，从而让人物以一种完全真实性的状态出现在观众的眼前。圆形人物的塑造，总是能够带给观众一种别样的观影体验，观众并不能脸谱化地将该人物标记为好人或者坏人，他的行为模式和情感走向更加地偏向于一个复杂的具有不可预测性的真实人物。这样的角色往往能够更加激发观众的好奇心，引起他们强烈的探秘心理和窥视欲望，因此编剧总是将承载着作品主题思想和主要意义的人物设计为圆形人物，力求让观众在关注人物命运和性格的同时，能够更加主动地对人物的性格和情感进行探索和分析，从中体悟到创作者所希望表达出来的理想、思想甚至是信仰。在《哈利·波特》系列电影中，身兼双面间谍重任的魔药学教授斯内普便是这样一个圆形人物。无论是在电影中还是在书中，斯内普和主人公哈利·波

① 百度百科词条：圆形人物。http://baike.baidu.com/view/3198299.htm#2

特的关系都显得极端恶劣，甚至到了水火不容的地步。只要一有机会，斯内普就会牢牢地抓住哈利·波特的弱点，对其进行肆意的讽刺和嘲笑。在很多时候，他甚至以逮住哈利·波特的错处为乐。故事的一开始，他就公开对哈利表现出了极大的恶意，也因此让自己成了哈利最厌恶的老师之一。随着故事的进展，我们可以看到，虽然斯内普和哈利之间的关系随着时间的增长不断地恶化，但是在与伏地魔战斗的关键时刻，斯内普总是能够及时出现，给哈利提供必要的帮助。直到故事的最终我们才知道，斯内普自始至终都深深爱着哈利的母亲，这种真诚的爱情贯穿了他的一生，他为自己无意间害死哈利母亲的行为感到后悔，并且为此准备保护她的孩子，让他远离危险，安全地成长。但是从另一个方面来说，哈利的父亲从学生时期开始就是斯内普的对手和敌人，曾经给斯内普带来极大的伤痛，又从他手中抢走了毕生的挚爱，他又打从心底里憎恨着他。于是面对混合了这两个人的血脉的哈利，斯内普的感情是复杂而纠葛的，正是这种爱恨交织的强烈冲撞，造成了人物在行为表现和语言陈述上的两面性。与扁平化的崇高人物不同，斯内普对于哈利的厌恶并不是一种混淆视听的掩饰，而是确实发自内心的关于爱与恨难以分辨的挣扎。他积极地搜捕和举报蒙冤遭到通缉的小天狼星，并不是他相信了魔法部对于小天狼星的诬陷，他在内心深处可能也有感觉小天狼星是无辜的，这么做纯粹是因为憎恨学生时代小天狼星加诸他身上的侮辱。与之相对的是，在哈利·波特与伏地魔的生死决战达到高潮的关键时刻，他却一次又一次冒着生命的危险为哈利·波特提供帮助和保护，甚至在生命的最后关头将自己宝贵的记忆交给哈利，传递出了重要的关于伏地魔魂器的情报。他不是圣人也不是恶人，善与恶、无私与自私、坦诚与虚伪像一张纸的两面那样自然地结合在这个人物的身上，让他产生出了一种独特的性格魅力。当哈利·波特系列电影完结之际，在美国MTV电视台制作的网上调查中，斯内普这个人物超越了哈利·波特中众多的人物角色，获得了最受观众喜爱的角色的称号。这个人物之所以能够在一众人物中脱颖而出，得到观众的喜爱，有很大一部分原因就是圆形人物的人物塑造方式。与哈利·波特系列中其他阵营鲜明、人物立场坚定的人物不同，斯内普的身上混杂了更多来自人性的情感和心理，他既有着少年时不完整家庭带来的自卑，同时又有着因自我能力而养成的高傲。他有着睚眦必报、极度偏心的心理，作为斯莱特林学院的院长他总是偏袒深受黑暗势力影响和侵蚀的斯莱特林学院，但他却能在大是大非面前坚定立场、至死不渝，默默无闻地背负着世人的曲解和谩骂，为最后的胜利立下了不朽的功勋，与一直和哈利并肩作战、与黑暗势力势不两立的韦斯莱先生、卢平教授、奥罗穆迪相比，曾经在年少时加入黑暗势力却因爱人的离去而幡然悔悟的斯内普更多了几分人性的矛盾和复杂。与那些从头到尾正气凛然、大义不屈、舍生忘死的英雄人物不一样，斯内普从恶到善、从迷茫到坚定的人生历程和我们的人生历程更具有相似点，我们总是会在年轻的时候犯下一些错误，当认识到错误之后也总是试图通过各种方式去弥补。我们同样有着各种各样的偏好和缺点，但是在社会价值和伦理道德层面我们也有自己不能放弃的原则和尊严。观众们从正义世界的英雄身上感受到了童话般积极的力量，但是从斯内普这个复杂的人物身上却感受到了真实的人生和真实的人性。这种真实就是圆形人物的力量，也是生活的本真赋予角色的力量。正是因为圆形人物这种独有的感染力和特征，编剧总是在圆形人物身上寄托了更多关于作品意义和主题的内容，希望观众通过对于主要人物的理解来加深其对于影视作品的体悟。

当然，一部剧作不可能做到每一个人物都是圆形人物，有时从剧情的需要出发，编导往往将配角设计成扁形人物。对编剧而言，扁形人物的塑造显然要比圆形人物的塑造简单得多，不需要更多地考虑人物性格的发展和逻辑真实性，只要抓住人物个性中的某一点，加以放大、夸张便行。值得注意的是，以娱乐性为主的影视片往往对扁形人物情有独钟，甚至在主要人物的性格设计上也大都以“扁形”为主，其主要原因在于：

①这样的人物性格特征有限并且鲜明，易于观众领会和把握。

②这样的人物容易创造，更容易编写。

③闹剧和情节剧看重的是情节的戏剧性，这样的剧本哪怕它缺乏人物的个性化，观众仍然对同样的故事百看不厌。

扁形人物与圆形人物的演变，从影视剧发展的历史中往往能够清晰看到。在早期的一些影视剧中，人物基本都是概念化的塑造，角色一般都是单一性格，成为善与美、丑与恶的直接载体。如《渴望》中的刘慧芳，集理想妻子与母亲的形象于一身，忍辱负重，温婉坚强。又如早期战争题材中的反派塑造，不存在更深入的人物描写，只取其恶的实质，而无视其恶的原因。但是，随着影视工业的逐渐成熟，观众对于影视剧中人物塑造的要求也越来越高，人物造型也随之呈现各具风格的特点，无论是重要或者次重要的角色，创作者都尽可能赋予其更立体更丰富的人物设计。如《大军师司马懿之军师联盟》中曹丕这一形象，作品通过其命运历程的重大变化折射出人物性格演变的层次性，使观众感受到人物内心的矛盾和挣扎。在该剧的开始，曹丕是不受父亲重视、屡屡遭受排挤和打压的儿子，他礼贤下士、韬光养晦、忍辱负重，终于在立储的斗争中获得成功。在感情上，当时的曹丕还有真诚直白的一面，面对一心想嫁给自己的郭照，他坦言自己娶她这一行动中包含着利害关系，直言费心生存已占据自己全部的精力，没有多余的真心可供交付。随着曹丕接过曹操留下的权力，登基称帝，其性格逐渐转为帝王的刚愎与多疑，对曾经的旧友也不断试探与监视，对夫人甄宓与弟弟曹植莫须有的情感过往更是耿耿于怀，直接造成了甄宓的含冤而逝。人物前后性格的变化，体现了权力斗争对于人性的扭曲和挤压。

《万物理论》

此外，一些传记题材影片，如《万物理论》《模仿游戏》等，对于人物角色的塑造显然也更加注重对角色内心复杂世界的把握和细腻刻画。如《万物理论》讲述20世纪60年代剑桥大学学生霍金与艺术系女生简·王尔德相遇相爱的故事，当霍金被查出患上卢伽雷氏症时，简没有离开他，而是毅然与他举行了婚礼。爱情的力量带给霍金生活的勇气和继续科学研究的动力，在简的精心照顾下，他们拥有了健康活泼的孩子，霍金取得了一个又一个学术成就，而简却逐渐淹没在繁重的家务生活中，逐渐失去了自我，照料孩子与丈夫的时候她既像妻子又像母亲，料理了整个家庭，被杂事纷扰得不能学习，只能独自在树林里哭泣。面对生活的多重压力开车崩溃之后又感到歉疚，生活的复杂性逐渐掩盖了爱情的光芒，显现出其下残酷的底色。当霍金望着逐渐长大的孩子自己却无法拥抱，露出意味复杂的眼神时，当他看到简、孩子与英俊的唱诗班教师在阳光下自由地欢笑和嬉闹时，当简哭泣着拥抱霍金说“我爱过你，我尽力了”时，观众触摸到了人物性格中的复杂面和真实感。

随着故事模式的越来越多，人物角色的塑造类型也越来越趋丰富，如何从传统的手法中挖掘出新鲜的元素，已成为影视创作的世界性难题。正是在这个背景下，大胆创新，以一种对传统的颠覆性方式来重新打造人物的性格，就成为当前创作的一种重要手法。如《三块广告牌》中的母亲米尔德里德，和传统理念中温柔包容的母亲有着很大的不同，从外形上，这个一头乱发，不修边幅，性格粗鲁，总是穿着一身蓝色工装的妈妈就颠覆了我们所习惯的女性化外表的母亲形象。在性格上，她脾气火爆，不近人情，把自己失去女儿的愤怒宣泄到整个小镇，面对毫无进展的警方，花重金包下路边三块广告牌对警长严厉质问，受人爱戴的警长身患绝症，也已经尽力搜查，但米尔德

《三块广告牌》

里德对此毫不客气，她就是要把广告在这个时候登出来，“你死了之后广告牌上说的就没用了”。这个暴躁易怒、偏执强势、毫不讲理的人物看似浑身都是缺点，但是影片中几个潜藏的情节设计，又展示了她的温柔和善意。剧中最开始，在与广告公司谈包下广告牌的时候，她站在窗前，轻轻地把一只翻不了身的虫子翻了过来。在刷广告牌的时候，她对着突然出现的小鹿说话，温柔而悲切。她不能放过所有人，走出女儿去世的阴霾，因为她不能面对和女儿吵架间接导致悲剧发生的事实，实质上是无法放过自己。值得注意的是，片中没有传统逻辑上的反派，警长重病被抬上担架还叮嘱手下不要为难米尔德里德，暴躁的迪克森冒着被烧死的风险也要把受害人的卷宗抢救出来，虽然影片围绕一桩强奸致死案展开，但片中没有善与恶的矛盾，只有每个人站在自身立场上与他人不可避免的冲突。

正是由于角色性格塑造手段日趋丰富，所以在当今影视创作中，角色塑造的手法开始从传统的情节带动人物，转变为人物推动情节的发展。长期以来，影视剧创作更多地依赖具有想象力的故事和情节的推动，尤其是大量的神话故事和童话题材故事将它们本身具备的想象力和夸张性发挥得淋漓尽致，各部影片中的人物充其量也就是其中的活道具。如《诸神之战》《灰姑娘》《美女与野兽》等影片，公主、野兽、敌人等都在情节展开的过程中“扮演”着自己恰如其分的角色。但是，如今该类型的创作如《沉睡森林》《爱丽丝梦游仙境》《胡桃夹子》等，都着重于反传统的关键人物形象的塑造，更加注重影片中人物性格对于情节的推动性。影片的戏剧冲突和情节重心都紧紧扣在人物性格的演变、发展上，进而达到深化角色性格塑造的艺术目的。

当然，强调影视剧角色圆形人物的重要性，并不意味着所有的影视剧都需要表现圆形人物，也不是影片中所有的角色都必须是圆形人物。在进入真正的剧本创作之时，我们心中必须有一个明确的概念，哪些人物是你想主要表现的对象，即故事的主角；哪些人物是作为配角出现；哪些人物仅仅是作为群像一笔带过？这些角色由于在故事中承担的戏份与地位不同，自然而然的，我们也将给予不同的笔墨。即使在一部情节复杂、人物复杂的影片中，圆形人物的数量也不宜太多。如果我们一味地追求所有角色刻画的深度，那么很可能原本定位为配角的角色，就抢了主角的戏，从而造成一种喧宾夺主的结果。因此，单纯而集中的人物设置与塑造更能使你的故事叙述从容不迫，游刃有余。如后宫题材电视剧《甄嬛传》，大量的人物在性格和行为设计时必须有所取舍，无论是看似柔弱实则阴狠的安陵容，还是一辈子飞扬跋扈却最终痴心错付的华妃，以及始终不露声色却将后宫所有女性的命运握于掌中、自私多疑的皇帝，在剧作中都被创作者浓墨重彩并多方位地挖掘与表现。而诸如善良清高的沈眉庄、温润儒雅的温太医、忠心耿耿的宫女槿汐等相对次要的角色，作者则将其个性中某一点放大和保持，在全剧中成为一个典型的扁形人物。至于太监、宫女、大臣等一系列辅助性角色，则基本不做人物设计，在影像上也仅作为群像一笔带过。

必须注意的是，不论是圆形人物还是扁形人物，在塑造刻画时都必须注意采用细节，例如角色的惯用动作和口头禅，等等。这些标签般的细节通过不断的重复来表现人物的性格，也强化了观众对角色的印象。如《我不是药神》中吕受益与人初次照面的惯常性口头禅“吃个橘子吧”，就展现了他渴望与人交好，性格中圆滑和讨好的一面，但吕受益死后，程勇看到独自坐在楼道，一个人默默吃着橘子的黄毛时，也与观众一样，一下子就能理解这是黄毛对吕受益独特的悼念与缅怀。

此外，运用这些重复细节还有一个好处在于容易引起观众特别是青少年观众的喜欢和模仿。一般来说，青少年总是喜欢学自己着迷的偶像的举止言谈，而这些偶像的言行一再重复，也可以激起青少年更大的兴趣。如《名侦探柯南》中经典的开场语“真相只有一个”，再如《美少女战士》中少女们变装出场的“代表月亮消灭你”，已经成了我们在日常生活中耳熟能详的流行用语。

总之，在一个故事中，人物角色的命运总是牵引着观众看完全片。只有观众真正地接受和喜欢影片中的人物角色，他们也才有可能随着剧作家编织的故事进行喜怒哀乐的体验。因此，人物是编剧中必须充分重视的环节。要塑造出一个成功的人物角色，并赋予他特有的招牌动作和语言，我们必须用心发现，悉心观察，才能在自己的作品中塑造出一个鲜活而充满长久生命力的艺术形象。

推荐阅读：

1. 黎萌. 看得见的世界：电影中的哲学问题［M］. 北京：中国传媒大学出版社，2009.

2. 刘振波. 影视后期编辑实践［M］. 南京：南京师范大学出版社，2009.

3. 高福安. 影视剧制片管理［M］. 北京：中国广播电视出版社，2011.

4. 魏君子. 香港电影演义［M］. 北京：文化艺术出版社，2010.

5. 张专. 西方电影艺术史略［M］. 北京：中国广播电视出版社，1999.

6. 程季华. 中国电影发展史［M］. 北京：中国电影出版社，1963.

7. 中国电影艺术研究中心. 中国影片大典［M］. 北京：中国电影出版社，1996.

8. 王志敏. 现代电影美学［M］. 北京：中国电影出版社，1996.

9. 菲尔德. 电影剧本写作［M］. 北京：中国电影出版社，2002.

10. 巩如梅，张铭. 制造的影像［M］. 北京：中国电影出版社，2010.

11. 迪恩. 制片人的钱包［M］. 北京: 文化发展出版社, 2018.
12. 陈焱. 好莱坞模式［M］. 北京: 北京联合出版公司 , 2016.
13. 王竞. 故事片创作六讲［M］. 成都: 四川文艺出版社, 2018.
14. 保尔. 如何做导演: 从观念到技术［M］. 北京: 北京联合出版公司, 2017.
15. 夏布罗尔. 如何拍电影［M］. 北京: 北京联合出版公司, 2017.

第六章 情 节

导 语

就电影叙事而言，情节意味着影片文本“呈现在我们面前、使我们看到和听到每一件事”。从叙事学的角度讲，情节被视为影片文本叙事策略的一个组成部分，它是叙事主体（作者——隐含作者——叙述人）为了表达某种叙事意图，围绕某一或某几个叙事主题，试图达到某个叙事目的而建构的话语。[①]在这个意义上，情节并不等同于故事，而是对故事的“讲述”。更确切地说，情节是叙事文本中“讲述故事的具体环节”。“情节是首先要考虑的，它正如悲剧的灵魂。人物则处于次要的位置”，亚里士多德在《诗学》里写道：“事件和情节是悲剧的目的……戏剧之所以吸引我们，主要不是因为对人类本性的描写，首先是情境，其次才是身处其中的人的情感。”

第一节 概念

从叙事学的观点来看，故事一般有两种含义。其一是泛指一切被文本讲述的全部事件。法国叙事学家热拉尔·热奈特就持这种观点，他在其专著《叙事话语》中曾建议把小说文本的叙述内容称作故事，即使该内容恰巧戏剧性不强或包含的事不

① 李显杰. 电影叙事学：理论和实例［M］. 北京：中国电影出版社，2000：49.

多。[1]其二则是专指虚构作品中具有完整的动作情节，即矛盾冲突激烈复杂的事件。俄国形式主义代表人物什克洛夫斯基虽然认为自己尚“没有一个界定故事的定义”，但是他在《故事和小说的构成》一文中却又明显地流露出对故事中戏剧性冲突因素的偏爱。什克洛夫斯基认为：“美满的互相倾慕的爱情的描写，并不形成故事，或者即使形成，也只是描写不顺利的爱情这一传统的背景上来理解的。故事需要的是不顺利的爱情。例如A爱B，B不爱A，而当B爱上A时，A已不爱B了。”[2]从这个观点来看，如果文本中事件发展平铺直叙，波澜不兴，它显然就不是故事。故事的要素在于事件得有悬念性；悬念性愈强，故事性自然也就愈强。在世界各地的民间故事中，事件是否有悬念性，甚至成为决定故事叙述成败的关键所在。如《一千零一夜》中山鲁佐德之所以能够拖延自己被处死的时间，并最终使自己和他人都获得拯救，就在于她成功地调动了故事的悬念性。与《一千零一夜》异曲同工的是，在《七位大臣的故事》中，大臣们也是用讲故事的方法拖住了国王，不让他处死太子；《鹦鹉的故事》则是鹦鹉讲故事阻止想要背叛丈夫的妻子，并把事情拖延到丈夫回家的时候。

因此，故事情节的魅力来自悬念，如何构思出一个令人击节叫好的故事情节，在很大程度上也就决定了影视剧本是否具有更强的艺术感染力。

一般认为，故事情节的悬念来自冲突，没有冲突就没有故事情节，故事情节的根本动力来源于冲突：一个题材是否适合创作取决于该题材是否包含着冲突；一个情节是否具有可看性取决于冲突的强弱。就影视剧而言，绝大多数的情节都是在冲突律的基础上设置戏剧化的情节，并以此构成一个光怪陆离的奇妙世界，展示出有趣的人物和具有一定启发意义的创作意图。从戏剧艺术诞生的时候开始，艺术创作者们就无师自通地发现，如果想让事件对观众形成持久的吸引力，就必须要让事件的表现方式和流于平淡的现实生活区隔开来，让其产生一种奇妙的具有紧张气氛的感染力，这种区隔方式就是制造冲突。在几乎所有的叙事性影视作品中，都存在强烈的看似不可调和的矛盾冲突，甚至不仅仅只存在一种冲突，而是多种冲突共同产生作用，推动情节的发展和前进。2017年的电影《异形：契约》讲述一艘载有星际移民的飞船

《异形·契约》

① 热奈特. 叙事话语·新叙事话语［M］. 王文融，译. 北京：中国社会科学出版社，1990：7.
② 钱善行. 小说的艺术——小说创作论述［M］. 北京：社会科学文献出版社，1995：69.

"契约号"航行遇到变故，降落在一个遥远的星球上，通过断断续续的求救信号，他们找到了"普罗米修斯"号的幸存者——仿生人大卫，同时也遭受到可怕的异形怪物的袭击，探险小分队成员一名接一名死去，剩余的成员能否从这个危机四伏的星球上逃离，回到飞船，成为影片最重要的主题。探险小分队生存的愿望，和不知名星球上存在大量他们所不了解的异形怪物的现实，构成了一组扣人心弦的矛盾，虽然人物身处广阔的空间环境，树林、草原、巍峨的神殿、幽深的山洞，但神出鬼没的大量异形怪物使这个星球变成一个实质上的杀戮密室，越是缺少遮蔽物，越是透着令人窒息的危险。在这个逃生的主要矛盾之下，编剧还根据影片立意设置了相应的次要矛盾，次要矛盾相伴主要矛盾同步在情节的发展过程中推进，加强了人物关系的复杂性和悬念性，并把紧张气氛一次一次推向极致，在影片的大高潮到来之前，形成了若干个具有强烈戏剧张力的小高潮，牢牢牵引住观众的注意力。拥有一样面孔的仿生人沃特和大卫之间既惺惺相惜又有着理念上的冲突，大卫作为仿生人具有独立思考的能力，并对世界不断产生疑问，他野心勃勃地想借异形这一宇宙怪物成为造物神一般的存在，而沃特是忠诚服务于人类的朋友，情感范围有限，面对大卫的挑唆和威胁，善良的沃特坚定地选择保护人类。两个仿生人之间从智力到武力的较量伴随着其他人类成员对抗异形怪物的努力，相互交织着将故事带向高潮。大卫是一个伏笔人物，从一开场登场时作为众人的救助者，到随着阴谋逐渐暴露成为一切矛盾冲突的源头，在情节的节节推进中，大卫与众人的矛盾也一步步激化，形成了鲜明的情节节奏。

在这个意义上，如果没有矛盾冲突，情节将会停滞不前，矛盾冲突是推动情节前进的动力之源。对于影视剧而言，制造矛盾冲突是可以通过很多技术手段达到的。最直接的方式要属蒙太奇，对电影常识熟悉的人一定清楚地知道两个不相干的画面经过剪辑师的拼接可能会制造出意想不到的冲突，我们举个简单的例子加以说明：

镜头一：平原上的一只羊的全景和特写。

镜头二：平原上的一只老虎的全景和特写。

镜头三：平原上的一辆车，车上的猎手正举着猎枪瞄准某处。

把以上三个镜头按照一、二、三的顺序组接起来就会制造出两个显而易见的冲突：老虎要向羊发起攻击；猎手要射杀老虎或者羊。

除了通过剪辑的方法来制造矛盾冲突以外，我们还可以通过音乐和色彩来制造矛盾冲突的效果，不过这些方法都不是本章所要讨论的内容，我们着重要讨论的是如何通过矛盾冲突来推进情节。一般认为，影视剧所表现的冲突首先体现为人物角色与外界的矛盾冲突。由于人物角色的主观愿望与外在世界之间总是存在着这样或那样的反差，因此人物角色要实现自己的主观愿望，客观上就必须想方设法克服困难，化解外界的矛盾。毋庸讳言，这是故事情节中最基本的矛盾冲突。可以说，在任何一部内容完整、情节连贯的影视剧作品中，我们都能够找到这样的矛盾冲突，无论是现实中的矛盾，还是存在于文学艺术或者影视艺术中的矛盾，有极大一部分都是来自作为情绪主体和故事中心的人与外部世界产生的冲突，这种冲突可以说就是生活戏剧化的最主要构成内容。艺术总是来源于生活，而高于生活的，在人类懂得用模拟生活和再现时间的手法来对生命进行记录，并找到最具有趣味性的记录方式之前，他们首先体会和感到生活中无处不在的障碍和冲突——矛盾。矛盾存在于生活的每一处，无论大小，可以说，是矛盾构成了真正的生活，如果没有矛盾，那么人生的价值和色彩就会大打折扣。影视艺术中外部矛盾必须具备两个特征：其一是矛盾的合理性，其二是矛盾的尖锐性。正是这两个特征让影视剧中的矛盾和现实生活区隔开来，有了鲜明的艺术魅力和戏剧效果。

首先，在设计影片中人物需求和外部世界的矛盾冲突时，编剧应注意，矛盾的产生必须具备相应的合理性，如果故事的主要矛盾在观众看来无法成立或者不合理，那么无论故事构思得怎样精巧、人物怎样活灵活现，剧情怎样高潮迭起，都不能使观众对于情节产生共鸣。在很多时候，观众们觉得一部影视剧看起来非常“雷”，也就是难以接受，其最大的原因就在于故事矛盾的不合理性。近年来，随着《甄嬛传》《三生三世十里桃花》的热播，古装大女主戏批量化生产，扎堆上映，成为一种独特的影视文化现象。但是一些剧集口碑与收视率高开低走，从未播先热到后劲不足，其中很大一部分原因就在于剧情主要矛盾设置得不合理。2015年的《芈月传》以《甄嬛传》原班人马打造的宣传强势登陆各大平台，引起市场期待，但开播不久，观众就指出该剧存在刻画交代人物形象与关系的方式单薄、拖沓与低效，剧情缺乏张力与应有的逻辑性，动作和台词设计不能清晰有效表达人物等问题。《芈月传》讲述楚威王之女芈月自幼生长宫廷，亲历楚威后与母亲向氏之间你死我活的权谋斗争，无心权力富贵，想在陪姐姐芈姝远嫁秦国的半路上溜走，与青梅竹马的恋人——公子黄歇私奔。不料遭遇义渠王抢劫楚国礼车，黄歇跌落山谷生死未知，芈月为找寻幕后凶手与芈姝共入秦宫。命运弄人之下，芈月成为秦王宠妃，姐妹亲情分崩离析。秦王死后，芈月与儿子被发配到遥远的燕国，不料秦武王举鼎而亡，秦国大乱，芈月借义渠军之力回国平乱，将亲子送上秦王宝座，自己也成为史上第一个太后。秦宣太后作为历史上有名的女性政治人物，主掌秦政几十年，治下有方，手段狠辣，为秦国日后一统中国奠定坚实的国力基础，而在该剧编剧做的人物陈述中，却是“芈月是我笔下曾写过的女人当中灵魂最干净的一个。她有大智慧，但没有大野心。她忠于爱情，决不用性做交换。她对权力漠然，但权力却选择了她……她的心是天下女人最苦的”，这种伦理苦情戏的人物设定和真实历史中雄才伟略的政治家之间产生了剧烈碰撞，形成了明显的人物性格逻辑和情节感动线之间的错位。《芈月传》中，主人公芈月除了第一段与黄歇的单纯之爱外，此后人物的情感动线都处于为生存环境所迫的被动无奈中，她心爱黄歇，却为救弟弟魏冉主动献身秦王，导致她与向来交好、一心爱慕秦王的姐姐芈姝的关系日渐恶化，最终完全对立。后秦王离世，芈月和儿子被发配到燕国，获得旧情人黄歇和恋慕自己的义渠王相助，为了遵守秦王遗愿，芈月婉拒黄歇情意，却又因义渠王冒死相救的行为而感动，以身相许，以致后来母子离心，义渠王与秦臣矛盾激化。作为全局线索中心的“大女主”，既无法坚守自己感情上的原则和底线，多次犹豫、动摇、放弃，又无法掌握自己的命运，所有的政治红利和斗争资本皆来自男性辅助者因“纯粹之爱”的主动给予，在一次次关乎生死的危机中，解决矛盾的关键性元素并不是主人公过人的智计和手段，而是由她超乎常人的个人魅力带来的外力辅助，使情节落入公主在关键时刻总能被王子拯救的叙事窠臼。家国天下的宏大历史格局被消解，剩下的只是一个女性与三位爱慕她的权力男性之间的情感牵连，这是《芈月传》情节设置中最大的不合理之处。历史人物的戏剧化再造受到历史文本的局限，常被比喻为在笼子里起舞，需要慎之又慎。该剧对于历史情境和政治格局的脱离，对于人物“道德完美”这一基调的固守，都导致了情节矛盾设定的失误。历史上的芈八子为稳定秦国西北边境游牧民族，联姻义渠王，并生下两个孩子，人物之间必然有感情的成分，但感情的描绘并不影响其政治家精于谋算、国事为先一面的展现，如何在复杂的人物关系中体现人性的立体和多层次，将矛盾合理地呈现在剧情中，是作品需要思考和设计的。如《孝庄秘史》中孝庄太后与多尔衮之间复杂的情感关系，一方面她为情郎的殒命而默默垂泪，另一方面她漠然地放任顺治帝去毁坏多尔衮的坟墓，这种人前人后的情绪对比，体现出一个女性政治家在复杂权力交锋中狠辣、隐忍、情感矛盾的一面。反观《芈月传》，在表现义渠王之死的情节段落中，过分强调了芈月在这场义渠与秦国领土权力斗争中的被动处境，在义渠王提剑闯入宣室殿，与秦军将士刀兵相向时，身为太后的芈月只在一旁大声疾呼、泪流满面，义渠王力竭战死之际，芈月来到他身边，二人在满殿将士的众目睽睽下回忆多年来的情感，一诉衷肠，将国家、民族之间复杂的领土争夺和权力较量一瞬间拉回到儿女情长的层次。这种戏剧化情境超越了历史性常识的虚构和创作不

《芈月传》

仅不能引起观众对于剧情的共鸣，反而造成了观众的出戏，严重削弱了影视作品的艺术感染力。在这个意义上，编剧们必须认识到，影视剧中的矛盾是需要精心的设计和编排的，在想象和创造故事的矛盾时，矛盾的每一个方面都需要编剧进行多次考量和大量论证，充分保证矛盾呈现在观众面前时，能够使观众们真正信服、理解，并在这种理解和承认的基础上做出相应的情感融入。编剧对于矛盾的塑造还要充分考虑其在现实生活中的合理性，有时候还必须根据故事发生的时代背景和社会状态考虑其在故事内容中的合理性，只有当这两个合理性能够充分融合时，才能真正创造出打动观众的情节矛盾。

在情节构思时除了注重矛盾的合理性之外，我们还必须看到，为了能够更好地推动情节、塑造人物，在矛盾的选择上还必须注重矛盾的尖锐性。也就是说，为了让矛盾尖锐程度能够坚实地支撑起一部两个小时的电影或者长达三四十集的电视连续剧，编剧所选择的必然是具有强烈冲突的、难以为主人公所解决的、需要各方面人物都付出巨大的努力的矛盾；否则，整部影视作品就失去了坚实的情节基础。比如说，当主人公急着赶飞机时，恰好遇到了交通高峰时段所造成的大堵车，这就产生了主人公内在需求和外部环境的强烈冲突，但是如果冲突仅仅持续到这里，就只能称之为一种日常生活中的冲突，而不能成为戏剧，或者说，最多只能作为一个小品的背景出现，而无法支撑起整部影视作品。而如果在这个时刻，编剧通过巧妙的剧情塑造，加强了这个矛盾的延续性，就有可能增加这个矛盾的尖锐性，从而产生持久的冲突效应。比如说，在发现必经路段大堵车之后，主人公放弃乘车，从路人手中抢下一辆自行车，在拥挤的车潮中灵活地穿行，然而，在即将穿过这一路段的时候，却因自行车不小心磕到了路上的石块而摔倒，并且弄坏了好不容易到手的自行车。这就让故事的矛盾性在主人公的行为动作过程中得到了延续，强化了矛盾的持久性，矛盾也就能够成为一个情节片段或者是小品了。当然，影视剧的矛盾不可能止步于此，在接下去的过程中，编剧必然会让主人公为了实现到达机场的愿望，再一次做出克服现实障碍的努力，比如在拥挤的路段飞速奔跑，在城市的小巷中四处穿行，在高速路的路口不断拦车，等等，随着人物动作的不断升级，矛盾持久性的不断延伸，逐渐加大了这一矛盾的戏剧性张力，最后这个矛盾才能从一个单纯的背景变成为有起有伏、节奏鲜明的影视剧片段。当然在这个过程中，编剧相应地仍然要在主人公每一次的努力过程中为他设置障碍，以免矛盾被轻松地克服，从这个意义上来讲，能够被轻易解决的矛盾，难以成为合格的影视剧主要矛盾冲突；能够作为影视剧冲突的矛盾，无论它的起因和产生是多么的微小，在日常生活中是多么的常见，都应该具备在日常生活中所少见的矛盾的尖锐性，唯其如此，才能通过矛盾有力地推动故事情节的不断发展。

Netflix推出的大热剧集《纸牌屋》，讲述民主党候选人加勒特·沃克在总统大选中获胜，而身为众议院民主党党鞭的男主人公弗兰克·安德伍德为打赢选战立下了汗马功劳，加勒特也事先许诺拿下政权就授予其国务卿之位，但新任总统及其幕僚团队掌权后背信弃义，让弗兰克继续镇守国会，推动法案通过。对于这种过河拆桥的行为，弗兰克怒不可遏，立誓要向总统复仇，让自己一步步掌握最高权力。全剧围绕国务卿人选之争、教育改革法案拉锯、宾州州长大选等几个重要叙事段落来展现错综复杂的政治操作和权力争夺。其中，宾州州长大选的剧情设计一波三折，高潮迭起。由于前宾夕法尼亚州州长吉姆·马修斯出任副总统，宾州需要补选一位州长，作为三大选情摇摆州之一，宾州的选战结果将直接影响总统是否能够连任。弗兰克说服民主党全国委员会主席，让听命于自己的彼得·罗素出任竞选新宾州州长的民主党候选人，并全程指导监督选战。彼得参选的政策核心卖点在于通过《特拉华河流域法案》，以不破坏环境的方式开发关闭费城海军造船厂后空出的一千英亩国有土地，由联邦政府出资修建公园绿地、绿色商业区、家庭住宅、垃圾清理场，等等，预计三年之内创造五千个就业岗位，目标收益约两亿美元。此举的根本目的在于重新拉拢船坞工会，以制造新的工作机会换取选票。这构成了剧情中第一个剧烈的矛盾冲突，法案主打绿色环保，对流域内的天然气开采产生诸多限制和监管，遭到以桑科工业公司为代表的石油天然气企业以及共和党的抵制，与此同时一部分民主党内部的环保人士认为该法案措施还不够严厉，也不准备予以支持。能否解决这个矛盾，是弗兰克整体计划能否顺利实施的关键。双重夹击之下，弗兰克派自己的妻子、环保专家克莱尔前去说服两位民主党内部环保主义左派议员，而克莱尔此时因自己领导的苏丹净水计划受阻，已与弗兰克的死对头桑科工业达成了私下交易，暗示两位议员可以投反对票。投票之日，《特拉华河流域法案》以两票之差没有通过，给彼得的竞选工作造成了重大挫折。随之，第二个矛盾浮出水面。失望愤怒的彼特以自己曾替弗兰克干过的一系列坏事相威胁，逼迫弗兰克解决法案失败给竞选带来的麻烦。面对妻子的背叛、手下的威胁，弗兰克果断做出决策，明面上稳住彼得，使其转而与桑科工业公司合作，暗地里派妓女引诱他通宵酗酒作乐，搞砸了第二天早上的重要采访，同时指示亲信媒体将其丑态复萌的消息散播出去，彻底将彼得的政治生涯断送。彼得的出局迫使民主党为稳定其在宾州的影响力而让副总统退位重回地方参选，也让弗兰克离副总统之位又进了一步，不料此时前途尽毁的彼得在极大的负罪感和挫败感的折磨下，彻底精神崩溃，打算把自己过去的一切恶行公之于众，弗兰克幕后所有丑闻也即将曝光，此时矛盾升级到一触即发的最紧张时刻，面临致命威胁，弗兰克只能铤而走险，将彼得杀人灭口，彻底铲除隐患。从推动法案通过到暗算彼得再到杀人灭口，矛盾从和缓到紧张，逐步走向不可回头的毁灭。在构造故事主要矛盾时，矛盾本身的强烈冲突性和戏剧性固然是一个方面，但是，合理的情节安排和戏剧化的故事构造能够在情节推进的过程中不断强化一个看似普通的矛盾的冲突性，并在这种矛盾的推进中逐渐增强作品的戏剧性效果，它同样可以造成矛盾的尖锐性，使其适应作品的需要。因此，在选择主要矛盾，发挥联想和创意时，编剧应该把注意力放在主要矛盾所能体现的意义、价值和故事主控思想之上，通过充满巧思的情节构造来完成对情节冲突性的强化和加固，而不仅仅依靠塑造吸引观众眼球的强烈的矛盾冲突来完成剧情的主旨表达。

应该承认的是，以外部冲突来推动情节的发展，可谓简单明了，不过，单纯的外部冲突，又容易使剧情显得单薄。因此，影视剧中的另一种冲突，是侧重于揭示人物角色的内部冲突，侧重于通过展现人物角色的内心危机，还有人物角色之间的关系状况，来推动情节的发展。在影片《霸王别姬》中，编剧就是将主人公程蝶衣对于自身性别定位错置的心理冲突作为影片关键的冲突点来展开整个剧情的。程蝶衣和师兄段小楼、妓女菊仙之间的情感纠葛和复杂关系构成了这部影片最主要的情节线索，它推动了整个故事的不断发展。《霸王别姬》讲述了一对梨园兄弟在军阀混战的乱世中难分难解的爱恨情仇，故事的主人公小豆子年幼时即被母亲卖到戏班，签下死契，成为专演京剧中女性角色的一名旦角。在漫长而艰苦的学艺生涯中，生性怯懦的小豆子承受了各种磨炼，在严酷的环境下，只有师兄一直陪伴在他的身边照顾他。在小豆子因紧张和固有的性别意识影响下，怎么也唱不出来“我本是女娇娥，又不是男儿郎”这一句唱词时，又是师哥的突然暴起，让他完成了这样一种戏剧中的性别转变，因此，对于小豆子来说，师兄就成了对他产生性别指引和自我指导的关键性人物。二人成年后，开始搭伙唱戏，用一出《霸王别姬》成功红遍京城，而小豆子也由此完成了一种身份的转变，他不再是那个惦记着自己“本是男儿郎”的小豆子，而是成了从内到外都透露出浓浓的“女娇娥”气息的程蝶衣。他下意识地将自己的戏剧角色带入现实，认为师兄就是重情重义、气魄盖世的西楚霸王，而自己就是永远陪伴在他身边的虞姬。然而，在师兄和其他人看来，唱戏只是一种职业，戏曲中的故事和现实生活并不能画上等号，现实中的人物身份和剧中的人物身份也有着巨大的差异。这是因为师兄在戏中一直担任着男性的角色，他并没有体会过这种剧烈的身份反差所

《霸王别姬》

带来的性别模糊，也无法体会程蝶衣在这种性别错乱中产生的对他的感情。于是，他娶了妓女菊仙，和一个真正意义上的女人组成了一个完整的家庭。这一点，正是内心和身体产生强烈冲突的程蝶衣所无法做到的。正是在这个时候，程蝶衣内心产生了极大的矛盾和恐慌，他一方面气愤于师兄对于自己感情的背叛和忽略，另一方面又迷茫于真正的自我性别行为，如果他是男的，那么这就颠覆了长久以来维持他艺术表演生命力的心灵火花，也否定了他长期以来对于师兄澎湃的爱意；如果说他是女的，但是他有一具男性的躯壳，无法和正常的女性一样拥有一个完整而幸福的家庭。这种反差巨大的认知造成了人物内心强烈的矛盾冲突，促使人物在这种难以克服的矛盾影响下做出一系列相应的行为，推动了剧情的不断发展。正是程蝶衣不疯魔不成活的矛盾性心理，造成了他和师兄、菊仙之间复杂的人物关系，对于程蝶衣来说，他内心既充满了对于师兄长期以来累积的爱意，又有着对于造成师兄的背叛行为的菊仙的强烈的恨。而对于师兄来说，他既希望能够如往常那样照顾和亲近师弟，又希望师弟和妻子菊仙和睦相处。而菊仙则以一个女人的敏锐和直觉洞察了程蝶衣的心理，和他之间形成了一种情敌般的微妙关系。正是三个人这种错综复杂的情感联系，让影片的后半部分剧情显得更加地富有张力，并充满了合理性。可以说，正是程蝶衣这一人物内心的强烈矛盾，构成了整部影片最主要的情节和人物矛盾，让一切的外部冲突有了充分的精神依托和心理内涵，极大地丰富了故事的人文意义和情感价值，让故事有了前所未有的灵魂厚度。影视剧中人物内心危机所体现出来的矛盾冲突，往往超越外部冲突体现出来的戏剧性和紧张感，让冲突本身带有了一种强烈的心理信号和性格内容，从而让故事展现出更加打动人心的人文内蕴和情感关怀，直接提升了影视作品的整体价值和艺术品质，充满了艺术形式直指人心、激发人性思考的独特魅力。

在这个意义上，一部影视剧的矛盾冲突往往不是单一的，而是由几组不同的矛盾冲突纠葛在一起。在这几组矛盾冲突中必然有一个主要的、决定性的矛盾冲突，这个主要矛盾冲突决定着作品主要情节的发展和主题，其他次要矛盾冲突都是围绕着主要矛盾冲突来展开的。所以，编写剧本的矛盾冲突，首先要抓住剧中的主要矛盾冲突是什么；其次要明确有那些次要的矛盾冲突，然后搞清楚这些矛盾冲突之间的相互关系和勾连。抓住了剧本的主要矛盾冲突就抓住了理解剧本的关键，抓住了创作人物的基点。在电影《神奇动物：格林德沃之罪》中，我们可以看到在纽特和魔法部众人追捕越狱的黑巫师格林德沃的主线矛盾之下，隐藏了多条叙事线索，它们齐头并进。每一条线索都围绕一个次要矛盾展开，主要矛盾和次要矛盾集结在一起，共同推进了剧情的发展。其中一条线索是默然者克雷斯登与追捕自己的魔法部官员之间的矛盾，默然者被一种极不稳定、难以控制的黑魔法寄生，一旦情感发生波动，就会产生巨大的破坏力，带来灾难。克雷斯登在美国实施爆炸后逃脱追捕，藏身于流动马戏团，来到巴黎，与中了血咒的纳吉尼相识。在格林德沃的有心引导之下，克雷斯登误以为知晓自己身世的家养小精灵被魔法部人士杀害，极度愤怒，一步步踏入陷阱，走到了魔法部的对立面，成为格林德沃对付正义力量的工具。另一条线索是魔法师奎妮和普通人类雅各布之间的情感矛盾，奎妮深爱雅各布，渴望拥有正常的家庭生活，而魔法世界禁止魔法师与普通人类接触，更不要提结婚生子，奎妮简单的生活愿望受到魔法社会规则的压制，连恋人也不支持她，最后她倒向格林德沃的阵营。影片第三条线索讲述了英国魔法世家莱斯特兰奇与塞内加尔卡玛家族之间的世仇，展现古老的魔法纯血家族内部道德败坏、腐朽堕落的情状。这三组次要矛盾看似毫不相关、自成一体，归根结底，它们共同体现了魔法部和格林德沃之间的理念之争。魔法部试图维持现行秩序，将魔法世界的存在隐藏起来，控制魔法师远离普通人类社会，反之也保护人类社会免受魔法力量的侵扰与干预，而格林德沃则野心勃勃，想借助魔法力量使魔法世界凌驾于普通人类社会之上，将普通人当作一种可操控、可奴役的资源，实现魔法社会对整个人类社会的统治，从而达到控制世界的目的。为了形成威慑，格林德沃不惜采取极端暴力手段，铲除异己，残杀人类，甚至企图毁灭整个巴黎。在这部作品中，主要矛盾结构全片所有线索，烘托叙事主题，次要矛盾补充剧情细节，丰富叙事内容，优化观影感受，二者相辅相成，构成完整的情节故事线。

《神奇动物：格林德沃之罪》

高尔基曾经指出：“情节，即人物之间的联系、矛盾、同情、反感和一般的相对关系，——某种性格、典型成长和构成的历史。”[①]高尔基论述的虽然是小说创作，但同样适用于影视作品。因为衡量一部影视作品是否成功，其关键的因素就在于人物和故事情节是否存在着有机的联系。我们在“人物”这一章节中曾经介绍过，人物角色本

① 高尔基. 论文学［M］. 北京：人民文学出版社，1978：335.

身就具有叙事功能，他们分别被定位为施动者与受动者、帮助者与对抗者，并孕育激发相互之间的矛盾，推动故事情节的发展；反之亦然，影视剧的故事情节，归根究底就在于演绎人物角色之间的矛盾纠葛，塑造和刻画出个性鲜明的人物角色艺术形象。2018年华裔导演温子仁执导的电影《海王》上映，故事讲述水下亚特兰蒂斯王国的女王亚特兰娜为反抗政治婚姻，逃亡到陆地，和一位灯塔看守产生爱情，生下一半海洋血统一半陆地血统的亚瑟。几年之后，亚特兰娜被海底力量找到，为保护丈夫和儿子她回到海底王国，缔结政治婚姻，生下继承人奥姆，但因曾与人类通婚生子，她被联姻对象献祭给海沟国。奥姆自幼失去母亲，对陆地人类极端憎恨，自导自演一场被陆地潜艇攻击的苦肉计，意在吞并海洋中其他国家势力，向陆地人发动战争。此举遭到奥姆未婚妻、海底泽贝尔王国公主湄拉与亚特兰蒂斯国重臣维科的反对，为了维护陆地与海洋世界之间的和平，他们找到已长成海王的亚瑟，希望他回到亚特兰蒂斯夺取王位，阻止奥姆。亚瑟无心王座，却不忍陆地生灵涂炭，在湄拉和维科的帮助指引下，亚瑟历经千难万险找到了传说中的三叉戟，打败奥姆，成为海王，也成功救回了被困在地心藏海的母亲。

看似简单的剧情，背后的人物冲突却相当复杂，这场海洋王座之争，内里隐藏了兄弟二人对母亲的离去的共同隐痛。奥姆之所以痛恨陆地，处心积虑挑起两边战争，一是为越来越严重的海洋污染，二是将从小失去母亲的原因归罪于陆地人及异父兄弟亚瑟，亚瑟多年来拒绝回到海底世界，对海洋王国的存在视而不见，也是因母亲的死亡心有芥蒂，始终难以释怀。兄弟二人的夺位之战，既是权力决斗，也隐藏了复杂的伦理逻辑在其中。而最终海王通过了上古海妖及初代国王设下的限制，拿到了传说中没人能拿起的三叉戟，这也与他混血的身份不无关系，隐含着海洋王国的子民最初来自陆地，陆地人与海洋人本就是系出同源的兄弟的深层意涵。

《海王》

但影片并没有在海洋与陆地的亲缘与矛盾上过度展开，反而着重刻画了海盗黑蝠鲼这一反派形象，黑蝠鲼与父亲接受奥姆委托，劫持了一艘人类潜艇，为后面的假遭攻击做好准备，劫持行动恰好被路过的海王发现，遭到挫败，激烈打斗中，黑蝠鲼的父亲被倒塌的船舱压住，无法逃生，他向海王求助却遭到拒绝，父亲最终死亡。从此，黑蝠鲼深恨海王，不惜一切为父亲复仇。黑蝠鲼与海王之间刻骨的仇恨，来自超级英雄微小的一念之差，面对恶徒见死不救是否符合英雄人物的道德准则，成为影片中耐人寻味的段落，也显示出主人公海王性格中冲动鲁莽的一面。不完美英雄人物的展现成为近年来超级英雄题材创作的主流方式，如患有PTSD、被恐惧影响判断的钢铁侠，被家庭阴影困扰、性格阴郁的蝙蝠侠等。正是海王如普通人一般的冲动、冒失、无知，使他在与奥姆的第一次决斗中一败涂地，但也因这一次次挫折与失败，使海王从一个拥有强大能力的陆地之子逐渐成长为海洋帝王，成为沟通海洋与陆地的桥梁。

第二节　简单情节线与复杂情节线

一般说来，影视剧本中的情节叙事有两种类型：一种是简单情节线，另一种是复杂情节线。

所谓简单情节线，是指影视作品从头到尾只有一条贯穿始终的情节线，没有副线，没有第二条、第三条乃至多条平行展开的情节线。

采用简单情节线的影视作品，其目标受众主要针对青少年儿童，因此在构思情节时，注意采用儿童视点或者符合儿童心理的角度作为情节设置的切入点，故事情节的编织常常是英雄战胜恶魔，正义战胜邪恶，整个矛盾冲突相对单纯，解决危机的方式往往采取奇迹出现等手段，力求给孩子展现一个充满活力和朝气的童话世界。《火星救援》就是一部情节线较简单、主题鲜明、线索集中、基调轻松的简单情节线科幻电影，故事讲述载人航天飞船阿瑞斯3号成功抵达火星，谁知一场破坏力极其巨大的风暴向宇航员们袭来，阿瑞斯3号被迫中断任务，紧急返航。撤离途中，宇航员马克被飞船上吹落的零件击中，由于生还希望渺茫，队友们只得匆匆返航，并向世人宣告他已牺牲的事实。出乎意料的是，马克以极低的概率活了下来。他躲进火星的航天基地自我疗伤，发现下一次火星任务要等到四年后，而基地内的补给仅够他维持31天。短暂的绝望后，马克决定利用有限的食物，在这颗空无一人的星球上种植作物，寻找一线生机。与此同时，地球方面也很快发现马克生还的事实，他们想尽办法部署

《火星救援》

营救计划。克服重重困难后，在队友的帮助下，马克成功返回地球。影片除了开头与结尾的风暴与营救场景之外，大部分内容是马克孤身一人在火星上的“鲁滨逊漂流记”，讲述他如何一步步获取食物与饮用水，如何引起地球的注意，如何与他们保持联系，全片没有自私自利、穷凶极恶的坏人，唯一的反派是火星贫瘠的地理环境和短缺的生存资源，主人公马克也始终保持着积极与乐观。这种简单的情节线的优点是主体明确、内容集中，鲜明地表现了一个主要矛盾，观众在观赏时能够轻松地理解故事内容和人物设定，但是这种简单的情节设置显然不能满足成年观众对于人物和情节的较高要求，显得较为单一和枯燥，如果在故事编剧上没有特别创造性的内容出现，就会落入窠臼，引发观影厌倦。所以，大部分的影视作品并不会采用这种非常简单的单一情节线的安排方式，而是尽可能利用各种素材和内容，加强对于故事情节线的补充和完善。

值得注意的是，为了尽可能满足不同层次受众的需求，采用单线性情节的影视作品开始从原来的单一情节类型演变为以主要情节贯穿始终的类型，情节的主线更加注重冲突的内在纠葛和内在张力。原本比较依赖外在推动力来促进情节的方式逐步演化成更为多元、更为丰富的方式。这种由外向转向内向的情节设定方式主要是为了避免情节动线过于简单，而使剧情也过于简单，失去了引发悬念的戏剧张力和冲突力度。同时，单线性情节的影视作品往往加强人物内在心理冲突和内在纠葛的刻画和设计，让推动情节发展的主要矛盾由以人物动作为主转向以人物内心变化为主，从而在简单的情节中展现出了复杂庞大的故事内涵，使故事的曲折和起伏以另一种较为细腻的方式表现出来。在一些注重内心世界挖掘、强调生活瞬间感受的文艺片中，这种用简单情节线混杂强烈内心冲突的情节设计较为常见。通常，情节线越是单一、主要矛盾越是鲜明，人物的内心世界就越复杂、人物的心理变化也就越不可捉摸，这种简单和复杂之间的对比往往能够强烈地衬托出人物挣扎矛盾的情感世界，让观众更深刻地体会主人公在重重矛盾下所感受到的压抑和痛苦。青春题材电影《蓝色大门》就是一部以简单情节线衬托复杂心理的作品，在故事中，主人公孟克柔是一个普通的女中学生，她在内心一直偷偷爱慕的同性好友林月珍一直无望地暗恋着同校男生张士豪，但是一个偶然的机会，张士豪却结识了孟克柔并且对她产生了好感，故事围

《蓝色大门》

绕着几个少年青涩的情感故事展开，连人物和对白都显得那么简单，但是在这个设置简单的情节线当中却包含了少年站在青春的门口对于自己萌动的情怀的怀疑、忐忑和不安，主人公在看似平淡如水的生活中渐渐感受到无忧无虑的青春生活的远去，体会到了生活带来的烦恼和忧愁，并在这个过程中逐渐地走向了成熟。青春题材的影视作品所体现出来的情感往往更加的细腻和微妙，当少年开始脱离单纯而透明，拥有沉默和秘密的时候，一些从前完全没有过的困惑和忧虑也随之开始发酵，他们在探索自我、探索情感的过程中逐渐体会到了成人世界不一样的面孔，体会到了这个社会在每一个人身上所加诸的责任和压力，同时也体会到了对于世界来说自身存在的微茫和渺小。这种心态和情感的转变是一种纯青春视野的转变，它难以在复杂的情节和强烈的冲突中被捕捉，因为紧张刺激的情节往往掩盖住了微妙的情感波动而使得观众的注意力被转移，这种内心的强烈冲突一般只有在更内敛和平稳的故事中才能得到更清晰的展现。与简单的情节线来比，主人公孟克柔内心的冲突显得十分繁复和激烈，她纠葛于自己对林月珍的感情和正常的社会性取向的冲突，对于自己秘密的沉重感到不安，希望能够有人理解，却又不敢将其宣之于口。她无奈于张士豪的纠缠和林月珍的误解，却又窃喜于张士豪对林月珍的无意，并对能够与张士豪交心倾诉秘密感到放松和快慰。主人公丰富的内心冲突直接成为推动情节发展最为内在和强大的动力，并在情节上完整地体现了出来。观众在欣赏这部影片时并没有因为简单的故事而感到无聊乏味，反而深刻地记住了主人公在生活中所遭遇的种种心情变化和情感流动，可以说，正是优秀的人物设置和创造赋予了情节强大的前进动力，完善了整部影片。

值得注意的是，这种单线性情节结构虽然也建立了一些辅助性的副线，但是它们只是对主线的强化和补充，而没有去影响主线。一方面，单线性情节呈现着一个明晰的情节主线和核心矛盾冲突；另一方面，在这个相对单纯的主线中又旁生横逸出相关的副线并提供足够的时间和空间来发挥主创者的想象力，丰富剧情和人物角色的性格，并最终丰富影视作品的观赏元素。

复杂情节线是指全剧除主要情节线之外，还有一条或几条平行发展的情节线，通常人们称这部分情节线为副线。在很多影视作品中，我们都可以看到这样的现象，在讲述主人公的故事之外，影视作品的剧作也会对剧中其他人物的生活经历和性格命运进行描写，在大部分情况下，主人公的生活和其他人物的生活是相互交叉进行的，构成了几条互不干扰却又相互结合的情节线，其中，围绕着故事主人公展开的情节线被称之为情节主线，而围绕着其他人物展开的情节线被称为副线，主线、副线总是同步进行、共同展开，一起构成了整部影视作品的情节线索，它们通过组织各种素材建构出完整的故事内容。如电视剧《北平无战事》，为了展现特殊历史节点国共两党在地下战场不见硝烟的斗争，细致地刻画人物多重身份下复杂的心理活动，编导在片中有意地设置了这样几条重要的情节线索：

(1) 情节线索一：国民党反贪腐行动

该条线索以潜伏在国民党军队中的中共地下党员方孟敖被任命为“国防部北平运输飞行大队兼经济稽查大队”队长开始，通过其与徐铁英、曾可达和另外几位掌管金融财政和民食调配的官员共组“五人小组”，调查北平贪腐问题，揭开了北平解放前夕国民党政府内部贪腐成风，上行下效，糜烂到无可救药的官场现实。

(2) 情节线索二：国共两党的复杂地下斗争

这是《北平无战事》中最为复杂也最为出彩的情节线索。剧本以“方孟敖”“梁经纶”两个人物之间明暗多重身份的交错，结构出一条“无间道”式的人物关系。方孟敖明面上是国民党空军运输大队大队长，调查贪腐的“五人小组”成员之一，蒋经国极力争取的人才，暗中实则为中共秘密地下党员；梁经纶表面上是燕京大学进步教授，中共地下党成员，实则为国民党“铁血救国会”核心成员。二人互不知身份，在敌方阵营中小心掩藏着自己，构成对比、互文的一组人物映照。为了试探方孟敖的真实身份，梁经纶甚至派心爱的姑娘、地下党成员何孝钰以争取方孟敖的由头加以试探，而方孟敖始终隐忍，将秘密掩盖在世家公子玩世不恭的外表之下。有趣的是，蒋经国秘密下达“孔雀东南飞”行动指令，方孟敖代号“焦仲卿”，梁经纶代号“刘兰芝”，令二人精诚合作，协助推行平津地区的币制改革，而中共中央也下达指示，针对国民党“孔雀东南飞”计划，为了五大城市的人民，凡参与币制改革调运物资者，均不得抵触，给予积极配合。由表及里，通过方孟敖与梁经纶两个人物，为了人民的利益，国共两党完成了一次悄无声息的合作。

《北平无战事》

(3) 情节线索三：方孟敖、梁经纶、何孝钰、谢木兰四角关系

在情感线索中，梁经纶因明面上是进步教授、地下党员的表象身份，获得了进步女性何孝钰与谢木兰的青睐，他虽怀抱对何孝钰的好感，却为探明方孟敖身份，利用何孝钰，让其接近、试探方孟敖，最终将何孝钰推向了方孟敖的怀抱。这种身份与情感的双重错位，再一次加深了剧情的暧昧性和丰富度。

因此，影视作品中的情节线并没有数量上的限制，而是根据故事内容的表现需要来进行设定，我们经常可以在一些影视作品中看到编剧采用数条情节线共同发展情节的创作手法。改编自同名小说的电视剧《欢乐颂》讲述了同住在欢乐颂小区22号楼的五个来自不同家庭、性格迥异的女孩，从陌生到熟悉再到互相体谅、互相帮助、共同成长的时代故事。编剧为展现五位主人公各异的人物性格、行为方式、价值取向和情感经历，采用了多条情节线同步进行的故事描述方式，细致描摹了她们在家庭、工作、情感中各自面临的苦恼与困扰，体现了当代年轻族群多元、开放、积极、进取的价值理念与人生态度。海归金领安迪工作能力出众却外表冷淡不好接触，在家族遗传精神病的高压下，她始终与人保持一定的距离。在邻居几位女孩友情的温暖下，安迪逐渐敞开了心扉，决心更积极地去生活，不被疾病的阴影打败。来自小城市的普通姑娘邱莹莹一心盼望在大城市站稳脚跟，资质平凡无甚特长的她阅历简单，思想单纯，在经历了与白主管失败的恋情以及失业之后，邱莹莹终于正视自己的能力和不足，通过咖啡馆的新工作重拾了信心。资深外企HR樊胜美囿于沉重的经济压力与强烈的虚荣心，放弃真诚爱慕自己的大学同学王柏川，希望找到一根具有雄厚经济实力的救命稻草步入婚姻，而家庭的压榨、父亲的疾病、人情的冷暖让她逐渐看清了生活的真相，认识到只有依靠自我奋斗才能过上幸福的生活。古灵精怪的富二代曲筱绡积极筹划着和不成器的哥哥争夺家产，起初不学无术的她在邻居安迪的帮助下逐渐在商海中得到试炼，与医生赵启平的情感分合也让她对自我的缺陷与不足有所觉醒，她与2202的姑娘们从矛盾激烈到彼此理解，最终结下了深厚的情谊。安静乖巧的关雎尔始终过着按部就班的生活，经历了职场风波和对赵启平的暗恋，她逐渐对自我有了新的感悟和认识。五个女性独特的人物设置以及围绕她们展开的故事线索组合成一幅生动的当代女性生活画卷，展示出多个生活层面形形色色的现实矛盾，几条线索相互结合，彼此交杂，扩大了叙事辐射的社会维度，丰富了剧情折射的生活范围，与单一人物关系和单一叙事线索的作品相比，具有复杂情节线的作品能更精准展示出剧本的意义主旨和题材价值，还原真实生活充满暧昧与复杂的粗粝质感。

《欢乐颂》

当然，我们在提出复杂情节模式的时候，并不主张影视作品都采用这种复杂的情节模式。但不可否认的是，正是这种日趋复杂的情节探索，使影视作品摆脱了过于单纯和简单的创作惯性，而能够充分利用影视话语的时空自由，展示出前所未有的广度和深度。纵观近年来的影视组品，大多数都采用了复杂的情节线设置这一模式，无论是电影还是电视剧，影视作品创造者们都更倾向于采用多条情节线并行的形式丰富故事发展，强化人物矛盾，并在这种逼真的复杂中完成对于真实生活的复制和还原。复杂的情节线往往能够使影视作品呈现出一种简单情节线所无法体现出的厚度和深度，不同的情节线交织在一起形成了一个全景式的生活描绘，让观众仿佛在观影的同时走进了一种真实的生活中，也让影视作品所能表现的主题意义和故事内涵有了更多的内容支撑和情感折射。2014年孔笙执导的电视剧《父母爱情》讲述20世纪50年代，年轻有为、干练果敢的海军军官江德福在一次舞会上结识从小养尊处优、美丽清高的资本家小姐安杰，经历一番周折终于组建了成分不相匹配的小家庭，在截然不同的阅历、学历以及人生态度的不断碰撞中，两人打打闹闹、吵架拌嘴，不离不弃地走过了人生长路。这部电视剧主要描绘了这对夫妻相伴半个世纪、起起落落、悲欢离合的人生历程，以他们的感情、生活为主要的情节线，反映出中国传统婚姻生活中所体现出来的强烈的家庭观念，剧情围绕着这一对主人公的生活变化和情感历程展开，再以他们相互扶持、相互陪伴的结局而结束。在这一条主情节线之外，编剧还设置了另外几条围绕江德福夫妻展开的故事副线，如他们的邻居兼战友老丁及其农村妻子王秀娥、安杰的姐姐、姐夫安欣和欧阳懿夫妇、海岛上与江德福夫妻毗邻而居彼此照应的王主任和妻子张桂英，这几个家庭在漫长的岁月中偶有矛盾，但大多数时间相互理解、相互扶持，这几条副线交织并行，推动着情节的进展。这几对夫妇有着和江德福夫妇相似的生活环境和人生历程，却又有着不同的人物性格和生活轨迹，通过几条情节线的相互对照，展现出不同夫妻之间各异的矛盾冲突和情感联系，每个人物的个性和特点体现得更加鲜明，人物行为和动作显得更加合乎情理和富有逻辑，让观众对于剧情的进展有了更加完整和充分的理解。同时，情节副线的出现从另一个层面来说丰富了故事的内容，加强了影视作品的辐射广度和剧情深度，使作品拥有了更加沉甸甸的人生的分量。随着剧情的展开，当江德福两口子的子女一个个长大之后，下一代的婚恋问题和情感历程也随之在剧情中展现出来，构成了其他的情节副线，这几条线的平行发展，体现了故事的时

《父母爱情》

代发展和岁月长度，也更好地将故事的情感核心烘托出来。情节主线和副线的相辅相成，让影视作品充满了强烈的生活气息和人生况味，也让故事有着不断产生的发展的矛盾，能够持续地在观众的心中制造悬念，加深矛盾。更为重要的是，多线的情节推进方式让各个情节线在相互比照中具有了独立的个体意义，编创者可以通过情节线的对比直接向观众传达一种人生理念和生活态度，甚至是对于某一人生问题和热点现象的态度和看法。并在情节的推移中不知不觉地表现出作品的主题意义和创作目的，达到潜移默化的感染效果。

值得注意的是，在影视作品中固然以紧凑且富有悬念感的情节线索居多，但是，也有一部分作品采用的是非戏剧化的松散性情节。影视艺术的门类随着影视艺术展现手法的不断进步显得越来越多种多样，一些实验性作品和散文性作品的出现，在表现手法上解构了传统的情节铺设方式和内容组合结构，创造出了相对来说更新颖、更前沿的叙述和表达方式，采用松散性情节的作品就是这种前沿的影视创作方式的一种。影片虽然基本上遵循着常规的情节原理，有着比较和谐统一的起承转合的完整故事情节，但是在具体叙事的时候却采用散文式、小说式的表现方式，呈现出一种“非情节化”的倾向。如《龙猫》，影片讲述了两个小女孩在乡村里邂逅神秘精灵龙猫的奇妙经历，犹如带着观众走入了一个孩子的梦境：龙猫有着可爱的面孔，它会在主人公孤独无助的时候，带他们去坐柔软而滑稽的龙猫巴士……影片情节构思明显带着小孩子那种特有的无拘无束、天马行空的思维特点，他们对周围的事物都带着好奇，一点儿小事，在他们的幻想中也能变得充满戏剧性，处处都有惊喜。整部影片的基调清新自然，恬淡而富有韵味。

我们来看《龙猫》的剧本：

1、乡间小路上　日　外

草壁一家乘坐拖拉机行驶在乡间小路上。

驾驶拖拉机的是司机，而他身边的是草壁先生，后座上坐着他两个女儿——桃月和小米。

桃月：爸爸，牛奶糖。

父亲：哦，谢谢。累了没有？

桃月：不。

父亲：快到了。

这时桃月发现前方有个人骑自行车驶近。

桃月：小米，快躲起来。不是警察！喂……（招手）！

2、勘太家　日　外

拖拉机在村口停下来，看见个孩子在劳作。

父亲：家里可有人在？

勘太点点在田中的人。

父亲：谢谢。我是草壁，刚搬来！请多关照！

勘太看见梽月在车上，不好意思地缩回了头。

男人：辛苦了！

父亲：非常感谢。

3、梽月家外　日　外

拖拉机一路驶过。

父亲：到了！

梽月着急地跳下了车。

小米：啊，等等！！

梽月：这里有桥。

小米：桥？

梽月：鱼！你看，又闪了一下

父亲：怎样，喜欢吗？

梽月：爸爸，好棒！树的通道。

全家人急切地朝家奔跑。

梽月：那房子？快点。啊，真烂的房子！

小米：烂！

梽月：好像鬼屋。

小米：鬼屋？

他们围着屋子转着。

梽月：快掉了！

小米：坏了！

姐妹在草地上嬉戏。

无意中发现了树丛中的一棵大树。

梽月：快看，啊，真大。爸爸，好大的树。

父亲：啊……那是楠木。

梽月：楠木。

小米：楠木。

4、家内　日　内

梽月和小米进入屋子里，发现地板上有若干栗子。

梽月：圆栗子！

小米：让我看看！

梽月：还有！还有！

小米：哇。（突然发现圆栗子掉在边上）

父亲：好啦！好啦，让爸爸怎么打开套窗？

小米：圆栗子。

梽月：屋子里，有栗子！

小米：是从上面掉下来的！

父亲：可能有松鼠哦！

梽月、小米一起：松鼠？

父亲：也可能是喜欢栗子的老鼠……

小米：我喜欢松鼠！

《龙猫》

这是《龙猫》的开头部分，叙述小米一家搬迁到农村的情形。很显然，剧作的成功在很大程度上主要依赖大量的细节描绘。编导以一种充满温情的格调，细腻地表现了小米和梽月姐妹俩随同父亲乍到乡下时的那种激动和好奇，无论是破烂的鬼屋，还是高耸入云的楠木，抑或是满屋乱跑的松鼠，都让姐妹俩体验到了一种前所未有的乡土情趣。影片正是以这种细腻而平静的镜头语言，通过“琐碎”的小事，展现了孩子们奔跑在农村新家时充满纯真的欢笑声，淡淡的情怀在清新的自然中不着痕迹地渲染于影片的每个细节中。

因此，在松散性情节的影片中，虽然有一定的情节线索，也保留着某种戏剧的张力以吸引观众持续的关注，但是，影片的重点却显然不在情节点的联系上，它不是刻意地展现情节的因果性和悬念感，而是力图以一种“散漫”、生动、“琐碎”而细腻的细节，营造出一种充满生活气息和诗意色彩的情绪氛围。在这个意义上，松散性情节影片，虽然不是影视作品创作的主流，但是却以一种对细节的诗意把握，为影视艺术拓展出一番新的天地。

总之，影视编剧在设定情节的过程中，应该主动发挥灵活性和创造力，不拘泥于现有的创作方式和理论，通过对作品主题和类型的细致研究和充分假设，制定出最适合主旨传达和内容展现的情节表达方式，创作出具有鲜明个体风格和特点的、有生命力的影视作品。

第三节　主场戏与过场戏

场面调度（mise-en-scene）原为戏剧专用名词，指编导在舞台高度、宽度和深度这三度空间中对人、景和物三者之间做出安排与调配。在影视作品中，一个场面是指同一时间和地点发生的一个统一的动作，通常由一组蒙太奇镜头或长镜头组成。路易斯·贾内梯认为，对影视作品场面的分析应包括以下15项内容：

1. 主体。首先引起我们注意的是什么？为什么？

2. 光调。高调？低调？对比是否强烈？是否混合用光？

3. 镜头与拍摄的距离模式。如何取景？摄影机距现场有多远？

4. 角度。我们（以及摄影机）对拍摄对象是仰视还是俯视，或者摄影机是平视的（即放在视平线上）？

5. 色彩的含义：画面主体的颜色是什么？是否有反差衬托？是否有色彩象征手法？

6. 透镜、滤色镜、胶片。它们如何改变和述说所摄的对象？

7. 次要对比。我们的眼睛在接受画面主体之后多半会往哪里看？

8. 密度。该影像包含多少视觉信息？其特征是十分明显，比较明显，还是细节尽现？

9. 构图。二度空间如何分割和组织？何谓潜在设计？

10. 形态是开放还是封闭？影像是否像一扇窗那样将场面中部分人物任意割断？或者，像一个舞台前部的拱形台口，其中视觉成分经细心安排并取得平衡？

11. 画框。是密还是疏？人物在里面是否能自由移动？

12. 景深。影像构于几个平面上？后景或前景是否因某种原因而影响中景？

13. 人物定位。人物占据画面空间什么部位？中央、顶部、底部还是边缘？为什么？

14. 表演位置。哪个方向使演员看上去与镜头正面相对？

15. 角色距离。角色之间留有多大空间？①

路易斯·贾内梯充满自信地认为：“运用这些原则对一幅静止画面的照片进行分析，我们的眼睛可以得到训练，从而能够精辟地评判一个电影图像。”②应该指出的是，路易斯·贾内梯以上分析实际上更偏重于影视作品场面的空间元素，在具体创作时，这些元素并非都发挥相同的作用，视剧情的不同要求而有所侧重，其中在创作中最重要的元素则是应该设计出场面的中心形象和中心动作，因为“每个画面都要有一个趣味中心。就是说，有特别吸引观众目光的一个点。不管在一个镜头里有多少人和物，总有一个主体或一个群体是趣味的中心”。③中心形象和中心动作作为场面的主体，决定着场面的组织和调度，使场面围绕着该中心形象或中心动作发生空间和时间的变化。

由于人们对场面空间的感知客观上存在着中心和边缘的区分，不同的场面空间，给观众的心理感觉是不同的。美国耶鲁大学亚历山大教授曾经把戏剧舞台分为前、后、左、中、右6个区，他认为舞台上的不同位置，能使表演在观众的感官上产生不同的强度和不同的感知适应：

区位1（前中）：由于这个区位处于前舞台中部，因而明显、有力，适于表演紧张的高潮、争吵和重大决定的作出。

区位2（前右）：这个区位显出亲切、温暖和非正式的格调，适于表演家庭之乐、友人品茶聊天、客人拜访、谈情说爱等内容。

区位3（前左）：这个区位比区位2（前右）正式一点，严肃一点，因而也缺少一点亲切感，适于表演社交拜访、突然的爱抚、公事、阴谋、独白等，无戏的演员也较适合在此停留。

区位4（后中）：这个区位显得正式、高贵，意味着权势，适于表演法庭和宫廷的宣告、领袖人物发表讲话和实施权威统治、正当的爱抚等，也可用于特别强调的上场。

区位5（后右）：这个区位显得浪漫和抒情，适于表演站在窗边凝视天际明月、浪漫的恋爱、梦想、沉思等。

---

①② 贾内梯. 认识电影［M］. 胡尧之，译. 北京：中国电影出版社，1997：48-49.

③ 利文斯顿. 电影和导演［M］. 陈梅，陈守枚，译. 北京：中国电影出版社，1983：60.

区位6（后左）：这是舞台最弱的区位，但也常常用于违逆人们的视觉习惯和心理习惯，反而表现出特殊的力度。例如，可以在这里表演杀人、自杀、发疯等。这类过于刺激和粗暴的事件，放在这个最弱的区位来演可能会雅观一点，尤其对于没有经验的演员来说更是如此。[①]

在影视创作中，编导与戏剧导演一样，需要把演员、布景和道具安排在一个特定的具有高度、宽度和深度的三维空间中，这就使得戏剧舞台不同空间的分割对影视场面创作来说具有一定的借鉴意义，但是与戏剧创作不同的是，在影视作品的场面创作中，摄影机发挥了重要的功能。当摄影机对场面进行拍摄的时候，三维的实体空间也就因此而转变为二维的影像空间。因此，影视作品的场面处理，客观上又与戏剧不同而具有其特殊性。一般而言，在影视创作中，场面空间被分为中景、前景和后景三部分，人物常常被安排于中景，前景和后景则对人物起着解释的作用。当场面中有两个或两个以上的人物时，处于中央部分的人一般来说在场面中处于支配的位置，下方底部的人则处于被支配的地位。如果场面中各部分在分量上相差无几，这时，左边形象的分量总要显得更为重要，因为人的眼睛习惯于从左往右看。此外，在场面安排上，影视导演还往往用光线、色彩等方式，来完成对支配场面元素的“引导”。如导演试图让观众注意到场面中演员的手而不是他的脸，那么，照在手上的光就要比照在脸上的光强，该演员的“手”于是就成为特定镜头中支配场面空间的主要元素。

当然，对场面空间的这种分割和确立，其最终目的仍然是为表现刻画人物性格服务。人物的性格和意图不同，其在场面中占据的空间位置也就不同。一般认为，在影视作品创作中，剧中人物在场景中一般可以采取以下五种基本位置进行拍摄：“(1) 全正面——面对摄影机镜头；(2) 3/4正面；(3) 侧面——人物面向画面左边或右边；(4) 1/4正面；(5) 背面——背对摄影机镜头。”[②]由于观众在观看过程中其视点往往认同于摄影机的镜头，因此演员越是面对镜头，就意味着他本人更愿意走进观众，而观众自然对他感到更加亲切，感情也就更加强烈。在这个意义上，演员在镜头面前采取全正面位置对观众而言可谓是最亲密的角度。3/4正面则是多数导演喜欢拍摄的角度，和全正面相比，这个角度能表达高度亲密，但不如全正面那样情感完全投入。侧面则给人一种疏远的感觉，剧中人似乎并不在意观众的目光，只是沉浸在个人的思索之中。1/4正面表现的是一种不友好或敌对的情绪，因为事实上他已把半个背对着观众，对观众的关注表示拒绝。背面则表示剧中人与世界的疏远，或者用于传达一种隐

① 转引自余秋雨. 戏剧审美心理学［M］. 成都：四川人民出版社，1985：174，175.

② 贾内梯. 认识电影［M］. 胡尧之，译. 北京：中国电影出版社，1997：39.

秘或神秘的感觉。美剧《新闻编辑室》的开场，第一个镜头便是男主人公、资深新闻节目主持人威尔的近景侧面镜头，随着画外音不断响起，人物转向镜头正面，构成特写，流畅的移动镜头在画面空间中不断游移，短暂交代环境背景与次要人物，最终回到威尔身上，通过正面、侧面、背面各个机位的特写强调，即使他没说一句台词，也在观众视觉与心理中树立起了叙事中心的地位。

在影视创作中，有人曾举了这样一个例子："当我们从近处看一个人踩香蕉皮滑倒时，并不觉得有什么可笑，我们所关心的是此人的安全。但如果我们从远处看这件事，那就多半会让我们感到滑稽可笑。"因此，当摄影机离拍摄对象越远，场面越开阔，观众的情感的投入就越趋于中立，自然也就越容易产生一种喜剧性的接受心理；相反，如果摄影机越迫近拍摄对象，观众在感情上就越可能被打动，易于达到一种悲剧性的接受效果。卓别林在谈到自己的编导经验时曾经说过："拍喜剧片用全景，拍悲剧片用特写。"在影片《城市之光》的结尾，当年轻的卖花姑娘终于意识到给自己医治眼睛的恩人不是幻想中的百万富翁，而是眼前贫穷的流浪汉查理时，查理也终于痛苦地意识到了姑娘那无法抑制的失望情绪。影片运用大量的特写镜头，来表达双方长时间的窘迫，从而给观众一种强烈的心灵震撼。

此外，由于银幕和荧屏在空间表现力上存在的差异，客观上决定了电影和电视作品对场面的表现还是有所不同。一般认为，电影更擅长于表现宏大的场面，好莱坞大片的一大特点，就是以大场面制作取胜，诸如《星球大战》《指环王》《后天》等片，场面恢宏，给人一种强烈的视听震撼；而电视则由于荧屏空间表现力的先天不足，场面往往比较简单，更注重对人物内心世界的刻画。流行于欧美的肥皂剧，其场面都安排在室内，主要通过展现人物内心世界的喜怒哀乐来达到吸引观众的目的。

在影视作品中，完整的场面既有空间的整体感，又有时间的流动感。这固然是由于影视作品中的场面空间被分成大量的镜头，"分镜头非常精确地使空间'时间化'"，[1]但更重要的是，影视作品既是一种空间的艺术，又是一种时间的艺术，这客观上要求影视作品场面空间应该充满一种动感，具有一种内在的张力和视觉变化，因此，除非特殊的美学追求，在剧作中不应该过多过长地描写那种静止的对话或景物风景，否则场面就会显得呆板而缺乏视觉冲击力。

一般认为，影视作品场面的这种动感主要依赖故事情节本身的矛盾冲突，或者说，故事情节的矛盾冲突不仅赋予了场面以戏剧的张力，而且赋予了场面以内在的流动感和方向感。在场面叙述中，喜剧场面多用一些比较夸张的人物或情境特写迅速地切入主题，产生趣味横生的效果；而生活戏、情感戏往往会寻找一个不起眼的生活细

① 马尔丹. 电影作为语言［M］. 何振淦，译. 北京：中国电影出版社，1988：164.

节入戏，入戏的进度相对较迟缓。如2009年好莱坞爱情喜剧《假结婚》的开场片段：伴着新一天的晨光，高级编辑玛格丽特一边健身一边翻阅着手中样书，同一时间她的私人助理安德鲁从床上匆匆忙忙跳起，他起晚了；玛格丽特有条不紊地洗澡、吃早餐，安德鲁气喘吁吁跑过大街小巷，幸好相熟的咖啡店店员已贴心地帮他留好两杯咖啡，安德鲁高举咖啡一路疾奔，穿过人来人往的公司大厅冲进即将关上门的电梯；玛格丽特一边穿梭在人潮中一边和作家打电话安排访谈，安德鲁一头撞在运送文件的同事身上，咖啡撒了；玛格丽特行至楼下，安德鲁紧张万分找同事交换衬衫，玛格丽特现身公司，所有人噤若寒蝉，安德鲁在玛格丽特办公室心急火燎地打领带；玛格丽特走进办公室，安德鲁小心翼翼递上文件和咖啡，报告她一整天的工作安排，顺便告知她移民局律师打来了电话，似乎有急事发生。很显然，这是一种"人物生活剪影＋平地一声惊雷"的场面叙述，快速剪接的生活片段交代了人物身份、生活状况、二者关系以及性格特征等，体现了编导善于从一大堆细节中寻找兴奋点，而不同寻常的移民局律师的紧急电话则预示了场面的演绎方向和矛盾的聚焦所在。

《假结婚》

布莱希特认为，戏剧的对象是人，每一个戏剧作品都是把单个人置于特定的情境中，给予一定的条件和刺激，使其内心生活转化为外在行动，以完成自我生命的表现。因此，影视作品中场面的艺术张力，本质上是特定人物在特定情境中所引起的一对或几对相互交织的矛盾及其碰撞。曾获奥斯卡奖的著名影片《我的左脚》，是根据爱尔兰作家克里斯蒂·布朗的自传拍摄而成的。克里斯蒂出生于1932年6月5日，先天大脑瘫痪导致的痉挛使他无法和正常人一样用肢体或语言来表达自己的情感，只能靠唯一一只能动的左脚来完成所有想做的事情。我们可以想象一下，如果没有这个致命的残疾，凭借克里斯蒂的智慧和才华，他应该是个温文尔雅、风度翩翩的青年才俊。但是与生俱来的疾病造成了他暴躁的性格和脆弱的神经，正是这些鲜明的精神特质掀起了片中的几次高潮：克里斯蒂19岁那年，妈妈请来专门治脑瘫的医生艾琳帮助克里斯蒂矫正发音、按摩大脑，在艾琳耐心的照料下，克里斯蒂的病情有了很大改观，他已经可以用语

《我的左脚》

言和别人交流了。与此同时，克里斯蒂也渐渐爱上了善良的艾琳。但是他发现，艾琳对他只有家人般的关爱，而她真正的爱人是志同道合的彼得。在艾琳为他举办的第一次画展后的宴席上，艾琳坦白地向克里斯蒂说了她将和彼得结婚的消息，克里斯蒂很快就控制不住情绪，发疯似的喝酒，并用嘴角拉下桌布砸碎餐具，最后更是大声地吼叫。这里可谓是全片情绪的最高点，甚至后来克里斯蒂因此自杀的片段也没有这一场戏震撼人心。导演用了一个长时间的反打镜头，通过旁人的反应来表现克里斯蒂的愤怒、委屈和绝望，而始终没有将镜头面对克里斯蒂，观众只能想象那是一张多么可怕的扭曲变形的脸，从而使整个场面充盈着一种艺术张力。

《东京爱情故事》

一般来说，一个故事中的每个人物都有他的对立面。如果描写一男二女的三角关系的话，这两名女子肯定有一正一反的角色定位，并通过这种正反的矛盾对抗赋予叙述场面以一种艺术张力。比如《东京爱情故事》全剧快要结束时的一个经典段落：完治约了莉香出去谈谈。莉香在家里听到完治的留言后非常高兴，很快换好了衣服，把完治以前送她的项链戴上，急急忙忙地就跑了出去。到了约定的地点，莉香看表，发现自己早到了，但她仍然兴高采烈。而另一边，正准备出门的完治被不速之客——理惠阻在了门口。被健一抛弃后，理惠想到一直对她念念不忘的完治，就带着亲自做的点心来给完治品尝。其实理惠的意图很明显，就是想投入完治的怀抱。完治不知道如何跟理惠解释，只是不停看表。理惠看出完治要出门，却两度挽留完治不要走。完治没有答应也没有拒绝，两个人就这样僵在门口。过了约定的时间，完治没有来，莉香仍然在等。完治一看过了时间，轻轻地说："已经过了约定的时间了。我不去了。就算去了，她也已经走了。"理惠听言，紧紧地搂住完治，完治说不下去了。莉香一直等到凌晨，才在寒夜的路灯下失望地踱回家去。

痴情的莉香最终没有等到她心爱的"王子"，这样的结局让许多观众伤心不已。但这场戏是完完全全按照人物的性格来写的，至于最后的种种误会和错过，都只能归结为性格决定命运。完治是这三角关系中的主角，犹豫的性格使得他对待感情也有些不清不楚。所以他一方面感动于莉香对自己的真情，有些顺水推舟地接受了莉香；另一方面，他觉得自己还是爱着理惠，所以当理惠请求他不要走的时候，他下不了狠心离开。理惠处理感情的方式比较自私，她知道完治对她的感情，也知道完治是约了莉香，但是她还是开口留住了完治，因为理惠知道自己要得到完治的话必须要让莉香对完治死心。而莉香在这场戏里一如既往地执着，这也是她一直以来的爱情态度，但可惜的是，这份真心却因完治愚蠢至极地以为“她已经走了”这一借口而错过。在这里，莉香和理惠处理感情的方式大相径庭：理惠的自私使她不敢光明正大地站出来和莉香较量，而只能利用完治的软弱在背后做做小动作。相反，莉香虽然非常地爱完治，但她对爱情的态度非常乐观透明，宁愿在寒冷的冬夜里长等完治，也不愿意跑到他家里去一探究竟，因为她不要讨来的爱情。所以，这短短的一场戏，寥寥的三个人物，却凭借各自丰富的性格层面牵出非常精彩的心理冲突：完治知道自己对不起莉香，但却抛不开理惠的苦苦哀求，所以只有用沉默来掩饰自己内心的一团乱麻；理惠为了争取自己的幸福，不顾一切地留住完治，也算是用心良苦；而莉香则显然赢得了所有观众的同情，但令她绝望的恐怕不仅仅是完治这个人，还有她所期待的爱情。

《风声》

在影视作品创作中，除了抓住人物性格上的凹凸大做文章之外，聚集一些有利益冲突的人物在同一时空下正面碰撞也是制造场面艺术张力的一条捷径。在电影《风声》中，因汪伪政府一要员被暗杀，日本特务机关怀疑中共地下党已渗透进他们内部，五个被锁定有重大嫌疑的汪伪政府人员被突然召集，软禁于封闭的裘庄，或不明就里或暗藏心事的五人为求自保纷纷相互攀咬，日本人故意将单独谈话的内容散布出去，第二天饭桌上顿时一改前日的一团和气，暗流涌动。老好人、军机处处长金生火得知自己私卖军火的黑料被白小年捅了出去，率先冷嘲热讽，众人忙于劝架时，一旁埋头喝闷酒的吴志国突然发作，话里有话指向了揭发他看过电文的顾晓梦，二人针锋相对，面对伶牙俐齿的顾晓梦，吴志国口舌上落了下风，按捺不住冲上去想动手，却被李宁玉半道拦下，僵持之时，一直在暗中观察的特务处长王田香终于出现，假意缓和气氛，吴志国不给其面子愤然离席，李宁玉厉声指责在场的人眼看着一个大男人打女人而不阻拦后，也拉着满脸不高兴的顾晓梦离开饭桌。

表面上，这是一场混乱的狗咬狗，其实却是几方势力无声的较量，日本人故意将矛盾激化，暗中窥伺，想要根据众人的表现寻找内鬼的蛛丝马迹。金生火因白小年的揭底食不下咽、万分紧张，生怕被错当内鬼；白小年自恃掌握了所有人的黑料，靠山强硬，谁也动自己不得，气焰嚣张；吴志国与顾晓梦已确认对方的同志身份，出于必须保住一个将消息传递出去的默契，借机在日本人面前演了一场相互攻讦的好戏；李宁玉一贯清高，对眼前局势的紧迫性缺乏认识，也只有她还在计较男人不能打女人的绅士风度。众人各有立场、各怀目的，一举一动皆半真半假，借力打力，构成一出紧张流畅、一气呵成的好戏。

在影视作品的叙事中，依据每场戏的主次轻重不同，可以将其划分为主场戏和过场戏两种形态。主场戏和过场戏是就“戏”在全剧中的重要程度而言的，主场戏是事件发展的高潮阶段，是矛盾冲突相对较为集中的场次。而过场戏主要为主场戏服务，或交代事件发生的原因及过程，或为主场戏中的矛盾冲突做铺垫。如果用辩证的哲学观点来看，主场戏和过场戏二者很好地体现了一个从量变到质变的过程，主场戏是各种过场戏汇聚的中心点，而过场戏通过累积到一定数量其矛盾就会在主场戏中得到集中的爆发与释放。

因此，主场戏从时间上而言，它往往体现为影视作品中矛盾冲突的高潮部分；从空间上说，它又是各种矛盾线索的交汇处与积聚点。如美国影片《后天》中的“冰冻纽约”片段：山姆和两个同伴为女友的腿伤冒险来到图书馆外面的大船上找药。他们兴奋地看到了印有红十字的一扇小舱门，使劲拽了拽把手，但被冻住了打不开。

《后天》

山姆看到走廊上的消防窗里有把斧头，他砸破玻璃拿出斧头砸开门。他们顺利地找到了盘尼西林，山姆还找到了充气救生船。他的同伴则来到里间寻找食物，耽误了离开的时间。这时，一群饿狼已经向他们袭来，一阵混战，饿狼暂时被挡在了门外，一个同伴的腿已经被狼咬伤。山姆等人被困在储物室里，门随时有被饿狼撞破的危险。山姆拿起斧子从小窗口爬出去来到船舱引开狼群，另外两个同伴则乘这个时间逃跑。山姆在船舱内一路狂奔，绿了眼睛的狼群紧追不舍。被困在储物室里的同伴乘机逃脱。最后，山姆只比狼群快了0.01秒，将它们死死地挡在了船舱里面。山姆三人正准备松口气，谁知冰期已经到来。山姆看到远处屋顶被迅速冰冻，大喊不妙，将受伤的同伴放在救生皮艇上，和另外一个同伴拖着他快速地往图书馆跑。冰期来临的速度非常快，不到一分钟，图书馆的墙壁也开始被封冻。山姆三人又赶在了它前面0.01秒把他们藏身房间的门关紧，所有人不停地往壁炉里扔书，以保持温度。四周墙上已经结出冰花。

在这个只有短短几分钟的片段中，我们看到主人公和外界已经形成了许多个大小冲突：

(1) 医务室舱门和山姆：医务室舱门被冻，山姆用斧头把门砸开。

(2) 饿狼和山姆：饿狼袭来，山姆同伴被狼群咬伤。

(3) 储物室和山姆：山姆等被困在窄小的储物室，没有取暖设备，十分寒冷。

(4) 狼群和山姆：山姆在引开狼群的奔跑中随时都有被它们撕裂的危险。

(5) 同伴和山姆：山姆同伴的腿受了伤，不能正常行走，拖延时间。

(6) 冰期和山姆：冰期来得比他们想象中要快得多，且速度惊人。山姆等人成功躲开狼群后还来不及喘息，又要逃避冰期。

《放牛班的春天》

各种矛盾纷至沓来，每一次矛盾都似乎要给人以致命一击，这种紧张的矛盾冲突使得"冰冻纽约"这场戏显得惊心动魄、扣人心弦，给人一种近乎窒息的感觉。当然，一部优秀的影视作品，其主场戏在展现外在矛盾冲突的同时，往往还注意对人物内心世界的刻画。如法国影片《放牛班的春天》叙述的是一个发生在寄宿学校的故事。学生不是问题儿童便是孤儿，学校也因此充斥着残暴管理的压抑气氛。新来的教师马修相信音乐能够挖掘出孩子们叛逆外表下的善良和潜力，并使孩子们感受到自由的空气，结果却因触犯了校长哈珊而被解职，影片这时出现了令人激动的场面：

日 外 校舍外

马修在与哈珊激烈争执一番后被扫地出门，拎着那只皮箱走出学校。

马修的画外音："我盼望着能看到孩子们涌到门口和我道别。可是没人，这些孩子们的谨慎看起来更像是冷漠。"

谁料到一转过楼角，马修看到满地的纸飞机，他顺手捡起几只，都写满了孩子们的祝福话语。马修抬头望去，一只接一只的纸飞机还在继续飘落，如诗一般。

马修的画外音："在第一张纸上我看到了彭尼法斯细腻的笔迹，而那个错误拼写应该是佩皮诺的，那张画着乐谱的则带着莫杭治的签名，一张……又一张……"楼上的窗口挤满了一只只挥别的小手，马修的眼角涌出泪花，他欣慰地笑笑，转身离开……

日 内 教室外

哈珊气急败坏地跑上楼梯砸着门板，他想制止孩子们的这种行为，一旁的马桑大叔告诉他："孩子们把门反锁了。"

日 外 校门口

马修走出校门，画外音又响起。

那一刻我感觉到自己的每一寸肌肤都充满了幸福和愉悦，我想对着全世界喊，可是又有谁能听到呢？没有人知道我的存在，伟大的艺术家对着镜子看到了真实的自己，我叫克雷芒·马修，失败的音乐家！失败的学监！

整场戏的构思采取欲扬先抑的叙述方式，哈珊封锁了马修即将离去的消息，马修由于看不到学生的告别，心情格外悒郁。但是紧接着漫天飞舞写满了孩子们祝福语的纸飞机，使马修的情感得到了宣泄，特别是楼上的窗口挤满了一只只挥别的小手，更是将情绪推向了高潮。这时，影片采用平行蒙太奇的叙述方式，一方面叙述孩子们如何不顾哈珊的威胁将门锁起来，尽情地宣泄着对马修的依依不舍之情；另一方面，被剥夺教职的马修，作为一个失败者，却由于成功地赢得了孩子的心而体验着胜利者的快乐与幸福。

与主场戏详细描述人物性格和心理的矛盾冲突不同，过场戏在影视作品中主要用来串场，连贯情节，同时为主场戏提示背景、渲染气氛、做好铺垫，好的过场戏还可以可以表现人物性格。可以说，过场戏就好比木偶背后的牵线，虽然一眼看不出来，承担的却是不可或缺的作用。如美国影片《神秘河》中的开场片段：

《神秘河》

段落一：肖恩像往常一样来叫吉米打棒球，吉米的父亲正在和邻居兴致勃勃地聊昨晚的棒球赛。吉米和肖恩来到街口的时候，大卫已经在那里了，三个人很快玩了起来。大卫狠狠地打了一下球，球顺着地面快速滚动。吉米看到立即扔下球棒去追球，因为根据他的经验，这个球又要掉进那个该死的下水口了。从这些动作可以看出，这并不是三个伙伴第一次在这里玩球。他们几乎天天在这里玩耍，那个下水道里甚至堆积着上百个他们掉落的球。

段落二：吉米显然还不过瘾，他看到街边有辆车的钥匙被粗心的主人忘在车门上了，便提议去开走那辆车。大卫犹豫地说这是偷窃行为，肖恩则更坚决地表示父亲会骂。吉米不置可否，转身看到人行道上新铺设的一块尚未凝固的水泥板，随手就捡了根棍子在上面写自己的名字，并辩解说这样父亲总不会责罚什么。

段落三：吉米很快写好自己的名字，肖恩接上，最后是大卫，他只写了“DA”两个字母，只听见画外传来一个低沉严肃的声音：“你们觉得破坏公物没什么问题吗？”看打扮，这人是一个警官，他阴沉着脸，呼喝三个孩子过来，要听他们的回答。大卫很快顺从地回答了“是的，长官”，肖恩也回答了同样一句，只有吉米半天才吐出一个“是”字。警官责令他说出“长官”一词，并反问了一句“你是最倔强的一个，是吗？”警官接着问三个人的住址，肖恩和吉米就住在附近，只有大卫住在较远的雷斯特街。警官以带大卫回家向他母亲报告这件事为由，将大卫强行推进自己肮脏的车子。副驾驶的位置突然转过一张诡异的苍老面庞，他把手搭在椅背上，观众可以清楚地看到其中指上带着一枚印有十字架花纹的大戒指。大卫在车子里被吓哭了，吉米和肖恩看着载着大卫的车子渐行渐远。

这三个段落里，第三个段落显然是有一个戏剧高潮，可以看作是浓墨重彩的主场戏。因为在这里面出现了一个扭转事件走向的关键人物，并且通过他的行为实现了情节和人物命运的转向。那么，前两个段落就是我们所要分析的过场戏，这两段戏都写得很简练。

段落一主要用来提示事件发生的时、地、人，是影片叙述的一个必不可少的铺垫，因为所有的特定事件都必须在一定的时空环境中完成。

段落二便开始提示具体情境和事发原因。如果在段落一结束后，孩子们掉了球仍像往常一样各自回家，什么事都不会发生。所以段落二必须发展出一些不同寻常的情节点来拉动情节链：大卫过早地将球击落到下水道，三个孩子都玩性未尽。尤其是吉米，所以他环顾四周，看有没有更好的点子可以玩耍。他看中了那辆没锁车门的车，这可是个千载难逢的好机会，但同伴们似乎都不太愿意加入。吉米有些气恼，借着破坏水泥板发泄情绪，由此点燃导火线。

除了通过两个段落了解事件的环境和起因外，我们还可以从三个人一系列的动作和语言中大致了解每个人的个性，截然不同的性格直接影响着他们面临突发状况时的态度和行为：吉米的点子总是有违常理，且习惯于为自己的不良行为辩解，很顽劣、视纪律为束缚，并且冲动、爱冒险，因此他后来会自以为是地杀了大卫；肖恩听到吉米的主意首先反应“父亲会骂”，说明他比较理智，做事前先考虑后果，这和他后来的警察身份非常吻合；大卫虽然是他们中间个头最大的一个，个性却是最弱的，许多事想做又不敢做，没有主见也不敢反抗，他的悲剧很大程度上就是性格的悲剧。所以，这两段过场戏尽管不长，已经足够让观众了解人物、事件和环境，帮助他们更好地理解接下来将要发生的事情。

值得注意的是，在影视作品中，过场除了用“戏”的方式来转换之外，还可以用“人”的方式来衔接。如赖声川经典电影《暗恋桃花源》主要叙述两个剧组分别彩排相隔四十余年男女主人公古典版的“暗恋”故事和发生在桃花源中的现代版的三角恋故事，但是编导又别出心裁地安排了一个不时喊着“刘子骥”、身份缺失的年轻女人来串场，每次一个剧组的登场，都是以这个女人对“刘子骥”的找寻为先声。在节奏上，这样一个角色的出现，缓和了因意趣迥异而显得大相径庭的“暗恋”故事和“桃花源”故事产生的内在矛盾。无论对于“暗恋”剧组也好，“桃花源”剧组也罢，这个女人都是作为一个不速之客而存在的。无论剧组彩排的是哭是笑，是悲剧或是喜剧，看起来都与这个女人无关。她看似执着地找寻着一个名为“刘子骥”的男人，因为这个男人与她约定于此地见面。然而，这个看似对爱情孜孜以求的执着的现代女郎，却两度错认她寻寻觅觅的刘子骥，她可以把任何撞到的男人当作刘子骥，而这个样子模糊的“刘子骥”，已然是个无所谓现实存在与否的符号。

《暗恋桃花源》

这个串起了“暗恋·桃花源”故事的女人，最后也作为全剧的收场而出现。当两个剧组各自差强人意地完成了一天的任务而撤离场地后，突然空旷起来的舞台上，只剩下这个现实社会中的女人，茫然地拾起了剧组彩排时遗落在地上的纸钱，挥手抛向空中，完成着一种形式上的祭奠。编导似乎通过这个过场人物传达了影片所要表达的主题：一旦走出这个舞台，任何所谓对爱情进行的最后的祭奠，可能都是多余的。

总之，在处理主场戏和过场戏的关系时，应该注意以下几个方面：

(1) 过场戏主要是为主场戏中的矛盾冲突作铺垫或照应，它不应该喧宾夺主，主场戏应成为叙述的重点。

(2) 过场戏也要尽量有戏，避免叙述的呆板，保持整部作品的可看性。

(3) 过场戏应该更多地发挥铺垫和照应功能，有些铺垫直接提示下个场面的前因，有些铺垫则离“谜底”比较远。比如在电影《唐人街》中，当女主人公伊芙琳·马尔雷说：“她是我的妹妹，也是我的女儿”时，观众会想起一个她父亲诺尔·克罗斯和侦探吉蒂斯在一起的场景。当时，吉蒂斯问克罗斯，马尔雷被害前一天，他和他的女婿为什么争吵。克罗斯回答说：“为我女儿。”第一次听到这话时，我们都以为他是指伊芙琳。而现在才意识到，他是指凯瑟琳，也就是他和伊芙琳所生的女儿。克罗斯的这句话显然是一个语义双关的非常精彩的铺垫。

《唐人街》

在铺垫和照应的关系中，最良好的关系应该是递进式的，即这个照应既呼应上个铺垫，同时又是下一个伏笔，这样铺垫、照应、再设伏笔、再见分晓，滚动着不断呈现出魔术般精彩的瞬间。正如上面所举《唐人街》的铺垫例子，当伊芙琳说出凯瑟琳是她和父亲乱伦生出的孩子后，她又反复提醒吉蒂斯，说她父亲是一个危险人物，一定要小心提防。于是，我们意识到，克罗斯很可能是在争夺孩子的过程中将马尔雷杀死的元凶。这个作为照应而出现的场面，又为最后的高潮结局埋下了新的铺垫。整个剧作也就由此悬念丛生，环环相扣，让观众欲罢不能。

第四节　节奏

所谓节奏，广义的解释是运动的节律。从词源学的角度来说，“节奏”(rhythm)这个词是源于希腊语rhythmo，意思是“把时间的跨度划分成可以被人感觉到的段落”。因此，节奏是一种物理的时空运动在人的心理上产生的运动的节律感，它具有规整、匀称、稳定协调的特点，一般是呈周期性出现的节律律动。节奏不仅限于声音层面，景物的运动和情感的运动也会形成节奏。[①]在人类诞生以前，自然界中的节律

① 百度词条：节奏。http://baike.baidu.com/view/3007.htm

运动就已存在。如日出月落、昼夜更替、海潮涌退、四季转换、草木枯荣、刮风下两、电闪雷鸣等无不都是自然界的节奏现象。一切事物都有自己运行的时间、空间和规则，这种在特定的时间和空间中产生的运功规则就是节奏。奥地利音乐评论家汉斯力克曾说过："自然界中并没有旋律，也没有和声，唯有负载着这两种要素的第三种要素：节奏，在有人类之前，并且不依赖人类就已存在了。"

正是由于世界万物都有它自己的节奏，节奏可以说是无处不在，节奏这个术语也因此在绘画、雕塑、建筑、诗歌、舞蹈等艺术领域被广泛地运用着。在动画艺术中，诸如镜头的剪辑、色彩的运用、音乐旋律的变化，等等，都可以产生节奏感，但是我们认为，在构成节奏的若干视听元素中起决定作用的，仍然是情节。因为在影视作品的叙述时空中运动着的核心主干，显然是故事情节。因此，　个优秀的影视编剧，客观上就必须通过每个镜头语言的兴趣点，支撑起故事内容所构成的情节线，进而使观众的感知心理始终随着情节的推进而产生弛张有序和弛张有度的节奏审美体验。简而言之，节奏就是一种时间的组合规律，使故事的叙述充满一种动感。观众看影视作品本身就是一个时间的流动过程，就物理时间而言，他们所花费的时间是一样的，但从心理时间来说，却是各不相同。比如我们观看电视剧《激情燃烧的岁月》和《橘子红了》，就会感到前者的叙事紧凑得像在敲击扬琴，轻快明朗有如小步跑；相反《橘子红了》带给观众的心理感觉是缓慢的、低沉的，犹如弹奏古琴或是拉大提琴，音符总是以延长方式呈现出来。可见，不同风格的电视剧，导演在把握叙事节奏上会有意识地区别对待。

节奏可以分为"点"和"线"两个层面。所谓"点"，可以是一幅画面中的视觉重点，也可是一个段落中的情景支点，还可以是内容变化的一个转折点。众所周知，任何一个画面，都是由光影相互融合的镜头组接起来的。光作用于物体，赋予了物体多变的色彩和形体，色彩的冷暖对比、色调的渐变、明暗的反差、线条的刚柔曲直等，均会形成不同的视觉重点，从而产生色彩影调变化的节奏韵律。当我们观看一部电影时，经常会发现，影片的色彩基调和背景音乐时常会随着故事情节的变化而产生变化，对观众心理而言，明亮的色彩环境和舒缓的背景音乐容易在心理感受上给人带来缓慢、柔和、宁静的感觉，观众会一下子觉得时间流动的频率开始慢了下来。而相对照的是，阴暗的画面色调和快节奏的音乐结合在一起能够让观众产生一种急促、迫切、紧张的欣赏心理，随着情节的推进，仿佛时间正在快速地流逝和消失，必须急切地抓住才行。　般来说，一部电影应该不仅仅只有一种基本色调和背景音乐，而是要在适当的时刻随着剧情的安排将它们进行合理的穿插，在观众的心理上造成一种独特的心理韵律感，使观众在持久的观影过程中既避免了心理厌倦，又能够享受到艺术愉悦。

如果说画面的视觉重点侧重于造型的节奏，那么段落中的情景支点和内容变化的转折点则显然属于情节的节奏。在戏剧化的情节作品中，这些情景支点和内容转折点固然表现得清晰可见，但即使在非戏剧化的松散性情节作品中，我们也不难发现其中的情景支点和内容转折点。我们在观看影视作品时，往往能够发现在故事情节进展到一个段落时，总是会出现一个关键的情节点使主人公的命运走到完全不同的一个方向。如在《复仇者联盟》中，神盾局局长尼克为从洛基手中夺回宇宙魔方，将钢铁侠、美国队长、黑寡妇与绿巨人从各地召集过来，雷神为寻找弟弟洛基的下落，也从阿斯加德返回地球，与众人不打不相识。尼克本想让超级英雄们团结起来，共御外敌，不料桀骜不驯的钢铁侠与遵守规则的美国队长之间因理念不同发生激烈冲突，无法控制自己能力、自我怀疑的绿巨人成为威胁团队安全的定时炸弹，对洛基爱恨交杂的雷神对神盾局利用宇宙魔方制造大规模杀伤性武器也十分愤怒，期待中的联盟还没有形成就已经分崩离析。就在此时，在叛变的鹰眼的协助下，洛基炸毁神盾局飞船，关闭引擎，杀害特工科尔森，越狱逃走，为挽救飞船上众人的生命，钢铁侠与美国队长不得不联起手来，将性命交托到对方手中，使引擎恢复。科尔森的死亡让英雄们从心灵上真正团结在一起，组成复仇者联盟，立志挫败洛基统治地球的阴谋。在剧情中，神盾局飞船坠毁危机和科尔森的死亡就是关键情节点，它是促成剧情从抑到扬，人物关系从分裂到团结的叙事原动力，造成人物命运由此发生重大转折。此前，虽然所有主人公汇集在一个狭小空间环境内，但其关系本质是分散的，之后，超级英雄们在物理空间与叙事平行线上各自分散，但精神主旨上是团结在一起的。仔细分析每一部影视作品，我们几乎都能在其中找到这样的情节节奏。

《复仇者联盟》

总之，影视作品节奏的“点”主要有侧重于渲染气氛的意境支点与侧重于充实内容的意义支点两种；这些若干个点的疏密排列，体现出一种起伏变化，便组成了表达节奏中的线节奏；换而言之，所谓线节奏，其实质就是无数个点节奏组合而成的视听节奏变化。

剧作家在叙述故事的时候要考虑到如何把握这个故事的叙事节奏，掌握好点和面的关系，也就是如何使你的故事充满动感，这就好像音乐一定要保持它音符节奏的动感一样，从头到尾只有一个音符在垂死挣扎是让人难以想象的。电视剧《激情燃烧的岁月》不仅仅是在题材角度的选取上显得巧妙，而且叙事节奏也充满动感。故事的起因就是36岁的团长石光荣在解放军进城的路上对年轻的褚琴一见钟情。这位在战争中错过了青春年华的军人如何一步一步如愿娶到褚琴，是编导在故事进程中所设置的最大悬念之一。下面我们将对故事中的几个情节段落做分析。

段落一：军区领导为解决老军人的婚姻问题举办了一场联欢会，给互不相识的男女制造恋爱机会。在这个段落当中我们看到石光荣的“进”和褚琴的“退”构成了一种正负起伏的节奏。

进：憨厚的石光荣由于不好意思留在了座位上，当他一瞧见褚琴姗姗来迟，忽然勇气倍增地走到她面前邀请她跳舞。

退：此时的褚琴正笑得合不拢嘴，见到石光荣气势汹汹地径直过来请她跳舞，突然间吓得花容失色。

进：石光荣不管褚琴愿意与否，拉了她的手就进了舞池跳舞。

退：褚琴由于紧张害怕一直低着头跟石光荣跳舞。

进：石光荣一边跳舞，一边跟褚琴讲自己的军衔及履历。

退：褚琴对石光荣这种求婚方式感到吃惊害怕。

进：当音乐停下来其他人都退出舞池的时候，石光荣继续拉着褚琴跳舞。

退：褚琴无法忍受，只得赶紧逃出舞厅。

事实证明，《激情燃烧的岁月》正是通过这种一“进”一“退”的情节安排，巧妙地形成了一种叙事节奏。段落一的四组进退情节的设计创造出戏剧化的动感来，石光荣这种冒进的求婚方式和褚琴的先抑后扬形成鲜明的对比。我们会发现，电视剧《激情燃烧的岁月》在以后的情节安排上也多处采用了这种正负情节组织方式。

段落二：石光荣和胡毅两个人的较劲。电视剧前面部分一直将石光荣追求褚琴作为一个主情节，把石光荣与胡毅较劲作为一个次情节，编剧通过设置一个误会把主情节和次情节的冲突交织到一起，从而使交汇处呈现出强烈的戏剧化节奏感。

交汇处一：去186团看文工团表演的时候，石光荣误认为胡毅看上褚琴，向来不把胡毅看在眼里的石光荣觉得不是滋味。

交汇处二：石光荣去文工团看望褚琴的时候发现胡毅也去得特别勤快，以为胡毅要和自己争夺褚琴，暗自要和他一决高下。

电视剧在展开主情节即石光荣进一步追求褚琴的同时，次情节即石光荣和胡毅之间的较劲也在逐步发展。由于一个误会使得主情节和次情节之间产生了冲突，这个冲突被编剧不断地强化，生出几个富有表现力的情节：

情节一：石光荣和胡毅在去文工团的途中狭路相逢，石光荣吹口哨使胡毅的马不听主人使唤，胡毅硬是不肯跳下马以免被石光荣嘲笑。

情节二：石光荣和胡毅比饭量，吃完土豆吃豆腐，谁也不服输。

《激情燃烧的岁月》

观众可以看出，在石光荣和胡毅较量的段落里，随着两人冲突的加深，节奏也愈加紧凑密集，从一开始的表情上的较劲，一直到后来比拼嘴上功夫，情节发展由轻转重，由弱转强，简直到了一发不可收拾的程度。像这样的节奏趋势并不容易控制，所以如何收尾成了一个非常关键的问题所在。《激情燃烧的岁月》中编剧对这个误会的处理显得老练得体，其衔接也相当自然。当石光荣和胡毅都光着脊梁直挺挺地站在餐桌旁的时候，他们看到各自身上弹痕的伤疤，不由地讲起饥饿，讲起经历过的战争，两人的感情渐渐发生变化，最终水到渠成地握手言和。

值得注意的是，情节线节奏并非是情节点的随意组合，在成功的影视作品中，情节线节奏对情节点的编排一般遵循着内在的逻辑顺序，从而使得情节线节奏的推进符合人们的艺术想象规律。一般而言，情节线节奏的这种想象规律也可以称为情节的逻辑节奏。在影视作品中，情节的逻辑节奏主要体现为情节点的有序化，这个有序化主要表现在周期的循环、速度的快慢、空间的排布以及内容的平衡等方面。

首先，在影视作品中所谓周期是指情节节奏点的发生、发展和结局的轮回。诸如一个镜头的起幅、落幅，一个场面的引出、定论，一个矛盾冲突的起止，等等，都表示着情节节奏周期的运动规律。因此，如果情节点的线性安排没有满足展示与理解的需要，如果镜头视听话语的煽情造型没有达到渲染衬托的意境，那么，情节逻辑节奏的周期性就会遭到破坏，从而给人以一种有头无尾、只知后果不晓前因的迷惑感。

其次，情节节奏的逻辑性体现在速度的掌控上。情节推进的速度快，往往就意味着节奏快。必须注意的是，特定镜头的长短，固然体现了情节速度的节奏感，但这只是物理节奏的快慢，编导只有把主题情感渗透到这种物理节奏中，才会形成特定的意境节奏，这种意境节奏作用于观众，才会产生特定的感知节奏。因此，镜头的长短体现着物理时间的长短，预示着物理节奏的快慢，如果感知节奏的效果相应产生了疏密弛张，则说明意境节奏达到了原有的作用。反之则亦然。

例如《速度与激情》系列，讲述飞车大盗多米尼克及其团队在世界各地以过人智慧和高超车技作案，并与各方势力斗智斗勇的故事。风驰电掣的速度感和紧张刺激的动作性是该题材影片重要的卖点，高速运动镜头、快节奏视觉剪辑、流畅的动作设计，构成影片强劲如摇滚鼓点般的整体节奏。其中，张弛有度、跌宕起伏的情节段落与精心设计的镜头节奏一起，铺排出具有韵律感的整体情境。

《速度与激情5》

《速度与激情5》一开场，就是一段热血沸腾的公路追逐，飞车党团队核心多米尼克在法庭上被判入狱19年，即将被一辆大巴转送至具有最高戒备的监狱，紧要关头，其妹妹与好友布莱恩飞车赶到，人为制造车祸，助多米尼克逃出生天。故事揭幕即是主人公即将失去自由的重大危机，不由引发观众对其命运强烈的担忧，如钢铁牢笼的庞大巴士在荒漠公路中疾驶，加强了这种命运的紧迫感。突然间，两辆汽车从后方杀出，行云流水般将大巴挤出车道，大巴翻倒在路边，囚车的脱轨与主人公从入狱的既定命运中逃脱结合在一起，形成了剧情节奏和视觉节奏的呼应，整场戏基调由抑转扬，情绪从压抑到释放，形成酣畅淋漓的整体节奏。

扣人心弦的人物命运不仅可以通过快速视觉节奏来展示，同样也可以通过具有反差性的慢速视觉节奏来呈现。该片后半段，一直追捕飞车党团队的国际刑警霍布斯终于将多米尼克及其重要伙伴捕获，在驱车从贫民窟前往机场的路上遭到当地毒贩的武装力量截杀，一番激烈交火后，国际刑警小队因毫无防备损失惨重，霍布斯眼看着队友一个个倒在炮火下，自己也陷入生命危机，此时镜头语言从这场交锋开始的激烈快速转向压抑迟缓，配合霍布斯此时绝望悲愤的情绪反应，而随着多米尼克挺身而出，冒着枪林弹雨拯救了霍布斯之后，视觉节奏又恢复到了常规动作电影的紧凑和流畅中，一张一弛、一动一静之间，展现的不仅是霍布斯命运的转变，也是他和多米尼克化敌为友、关系变化的重要转折。情节节奏、视觉节奏有机交融在一起，使整场戏情绪变化大起大落、酣畅淋漓。

最后，情节的逻辑节奏还体现在空间的排列上。情节节奏点的诸种视听元素根据主题表达的需要而进行排列，采取诸如对比、铺衬、平衡等逻辑关系，从而构成了逻辑节奏的错落、扬抑和秩序感。因此，在影视作品中，情节节奏点的空间排列涉及整部影视作品的谋篇布局、表达层次。不少影视编导常常在分镜头本撰写完毕之后，按次序把稿纸一张一张地摊在地板上，以审视的视角俯瞰整体结构是否有先声夺人的开头，是否有引人深思的结尾，情节点的容量是否恰当，位置是否合适，等等。

《盗梦空间》

在美国影片《盗梦空间》中，影片创作者对于剧情的充分策划和精彩设计成功地塑造了错落有致、张弛有道的影片节奏，并通过这种节奏的调节聪明地调动起观众的心理焦点和注意力，营造出了紧张刺激、高潮迭起的艺术效果，在诸多影评网站上均获得了观众的好评。《盗梦空间》讲述梦境制造师柯布为了能够摆脱流亡生活重新回国见到一双儿女，协助承诺帮助他洗脱杀妻冤屈的斋藤在其对手费舍尔的大脑中植入解散其公司的潜意识，以达到在商业竞争中获取胜利的目的。影片通过“发生在意识结构内的科幻动作”，带领观众游走于现实和梦境之间。影片中造梦师们的工作环境是费舍尔的梦境，而其梦境分为三层，每一层梦境的时间都是上一层时间的60倍，具有不同的形态和表象，形成了视觉上的不同空间，而影片正是通这种空间和时间的转换设计成功地营造出了故事发生和发展中一张一弛的节奏。在梦境的第一层，他们来到一片下着大雨的灰暗街区，遭到费舍尔经过培训的意识形态世界中反抗意识的围追堵截。经过一番激烈的枪战和汽车追逐，在危急关头他们进入了梦境的第二层，一个看似平静而高级的商务酒店。这时，急速运动的镜头和充满紧张气氛的暴力对峙场面一下子通过一个情节点转入了平静舒缓的酒店段落，形成了一种具有强烈感染力的节奏。在这个情节面中，为了与上一场紧张的战斗区隔开来，编剧富有创意地设计整个空间的失重模式，在这个模式下，人物的行为和动作都显现出一种缓慢的飘忽感。情节进行到这一段落，大量的人物对话替代了上一段落中无处不在的打斗场面，这也从观众心理上放缓了对于剧情节奏的感知，故事同样未在这一层中结束。在进行了费舍尔主体意识的策反活动之后，造梦师们进入了梦境世界的第三层，而在第三层的梦境世界中，影片重新以火花四射的动作场面作为主导，重新加快了影片的节奏步伐，极大地刺激了观众大脑皮层的兴奋感，也让影片旋律进入了另一个节奏面。通过《盗梦空间》的节奏安排我们可以看到，编剧在进行内容创作时通过情节的进展速度、镜头的表现方式、空间的转换等多种方式完成了对于影片节奏的塑造和排列，并通过这种节奏的调动使观众的情绪始终紧紧跟随着剧情的发展而高低起伏，编剧完全有意识地把握了观众的注意力和兴奋点，为影片的成功奠定了坚实的基础。通过对《盗梦空间》三段梦境的节奏控制分析，可以看到，在具体的编剧过程中，编剧们应该切实地采用多种节奏表现手法，综合性地安排影视作品的节奏，使其产生最为合理和突出的效果。

又如漫威电影《美国队长：内战》，其情节矛盾冲突纷繁复杂，既有历史遗留的矛盾，也有人物之间的矛盾，更有个人内心的冲突。但是，在空间设置上，全片最大的戏剧冲突在于“价值理念的冲突”，这个冲突内在地不仅规范了影片的整体布局，而且规范了冲突双方人物的出场以及相互斗争等主要情节节奏点的安排。影片一开场讲到超级英雄在世界各地执行任务的过程中不可避免地带来了重大伤亡和财产损失，没有任何机构和法律对复仇者联盟进行有效监管的现实令相当一些政府人士感到担忧，在战争中受害的平民也从热情支持转为大规模抗议，剧情不再围绕反派毁灭世界的阴谋展开，而是聚焦更现实的政治纷争与角力。

《美国队长：内战》

值得玩味的是，由政府一手打造、一直是忠诚与纪律代表的美国队长反对接受监管，他因自身经历对政治领域的肮脏复杂深有体会，拒绝再次成为政治势力和政治人物手中的战争武器，而一向桀骜不驯、我行我素的钢铁侠却愿意支持政府监管和责任制体系，多次死里逃生的经历使其患上记忆创伤，内心充满内疚、痛苦与自我怀疑，心理几乎崩溃。二者的矛盾在危机中一次次升级，最终演变成复仇者联盟的“内部战争”。双方的对峙没有对错，影片转向对人类社会基本运行准则、自由的边界、连带伤亡的责任、战争道德如何界定与恪守等更深层次的思考。

漫威世界中，钢铁侠与美国队长一直是最具张力的一组人物关系，截然不同的性格际遇使双方在复仇者联盟故事的开端便产生矛盾。对于父子关系紧绷的钢铁侠来说，身为他父亲好友的美国队长代表了旧时代不合时宜的政治正确，循规蹈矩而没有自我意志；对于美国队长来说，随心所欲、不受管束的钢铁侠缺乏正义的坚忍与担当，永远不顾大局、破坏规则。而随着二人相互合作与彼此理解的加深，他们逐渐扭转了原来的看法，建立起深厚的战斗情谊。另一方面，钢铁侠内心对父母身亡无法释怀的内疚与隐痛，使其面对美国队长时不自觉产生复杂的移情，表现出一种孩子式的叛逆、对抗与依赖。而身为复仇者联盟指挥领袖与精神领袖的美国队长，作为完美道德的化身，对自我中心过剩的钢铁侠也有着一厢情愿的指导和说教。二人同是漫威宇宙中最为关键的角色，形成势均力敌的影响力。《美国队长：内战》以监管法案与追捕冬兵一暗一明两条线索展开，按照两人冲突逐渐升级的逻辑关系来设置各种情节点：开场因协议产生意见冲突不欢而散；冬兵被被捕后钢铁侠主动递出橄榄枝，却因美国队长发现其对绯红女巫的软禁而再次破裂；美国队长获悉冬兵被冤的幕后阴谋，助其越狱，在机场与钢铁侠正面冲突，双方开战；了解背后的阴谋后，钢铁侠找到美国队长与冬兵，双方合作；钢铁侠得知父母死于被洗脑的冬兵之后，欲杀死冬兵，美国队长全力阻止，二人决裂。

尽管《美国队长：内战》叙述的是两大超级英雄阵营之间的矛盾斗争，但是影片并非一味剑拔弩张地激化这种矛盾斗争，而是有意让两人的情感关系相互穿插，巧妙地建构逻辑节奏的错落、扬抑和秩序感，有意识地构成一种"抑——扬——抑——扬"的节奏变化。

总之，影视作品通过视、听两个信道作用于人们的大脑，这就不可避免地影响着思维节奏的起伏跌宕和疏密漂移。逻辑节奏的内核是影视视听语言的有序化，它包括影视作品的整体节奏，即通过内容的虚实、强弱的变化而形成的抑与扬、动与静的结合，从而使情节线节奏弛有缓冲，张有力度，使故事叙事充满动感，从而逐步将剧情推向激动人心的高潮。

推荐阅读：

1. 杨金福. 上海电影百年图史 [M]. 上海：文汇出版社，2006.
2. 李恒基，杨远婴. 外国电影理论 [M]. 北京：生活、读书、新知三联书店，2006.
3. 塔可夫斯基. 雕刻时光 [M]. 北京：人民文学出版社，2003.
4. 波德维尔. 电影艺术 [M]. 北京：世界图书出版公司，2008.
5. 颜纯钧. 电影的读解 [M]. 北京：中国电影出版社，2006.
6. 胡美华. 英语影视鉴赏 [M]. 北京：国防工业出版社，2010.
7. 潘天强. 西方电影 [M]. 上海：复旦大学出版社，2007.
8. 潘桦. 世界经典影片分析与解读 [M]. 北京：中国广播电视出版社，2004.
9. 尹鸿. 当代电影艺术导论 [M]. 北京：高等教育出版社，2007.
10. 王丽娟. 影视鉴赏与影评写作 [M]. 南京：南京师范大学，2007.
11. 梁明，李力. 镜头在说话 [M]. 北京：北京联合出版公司，2017.

12. 贝尔顿. 美国电影 美国文化［M］. 成都: 四川人民出版社, 2018.
13. 西格. 编剧点金术［M］. 北京: 北京联合出版公司, 2015.
14. 王竞, 梁丽华. 用影像讲故事［M］. 北京: 北京联合出版公司, 2017.
15. 苏伯. 致青年电影人的信［M］. 北京: 北京联合出版公司, 2013.

第七章 结 构

导 语

"什么是影视剧作的结构?结构就是对创作素材的布局和裁剪。也就是对情节的安排。这犹如日常生活中的裁剪衣服,布料即为创作素材,裁剪即为结构。"所以情节或素材是内容,结构是形式、手段。至于"影视剧本的内容",又不外乎包括这样两个方面:一是剧作家所要反映的生活内容;二是剧作家处理这些生活材料时的创作意图和审美趣味。既然现实生活是如此的复杂多样,作家的创作构思又是如此的新颖多变,这就造成了剧本的结构必然是千姿百态的。"[①]

罗伯特·麦基在《故事》一书中说到:"结构是对人物生活故事中一系列事件的选择,这种选择将事件组合成一个具有战略意义的序列,以激发特定而具体的情感,并表达一种特定而具体的人生观。"

第一节 开端与破题

一般认为,影视剧结构主要分为戏剧式叙事结构、散文式叙事结构和时空交错式叙事结构三类。戏剧式叙事结构以冲突律为基本叙事框架,以讲故事为重点,人物

① 汪流. 电影编剧学[M]. 北京:北京广播学院出版社,2000:181.

形象从属于故事情节，以与舞台演出相似的戏剧性段落场面为基本叙事单位，按照戏剧的原则来构建叙事体。散文式叙事结构则有意采取生活流的叙事方式，往往以人物心理或情绪的变化为基本叙事线索，场景之间通常没有必然的依存或因果关系，没有戏剧式结构中必须有的高潮和结局；在表现手法上，往往较多地采用象征、隐喻的镜头语言。如果说戏剧式叙事结构和散文式叙事结构的线索较为简单，基本上是依照时间和事件发展的逻辑顺序来组织结构，那么时空交错式叙事结构则往往线索复杂，头绪纷繁，相互穿插，刻意颠覆和打破时空顺序来组成一种迥异于生活逻辑的叙事框架。

在当前的影视作品种类中，大部分采用的是具有鲜明的情节主线和人物性格、按照正常的时序发展和故事走向来安排情节和内容的戏剧式叙述结构，因其以矛盾冲突为主要剧情推动力能给观众带来悬念感和新鲜感，吸引各个阶层和群体的观众，获得最好的艺术感染效果。这种剧情安排结构的优点在于以摹写生活的形式将故事完整且卓有效率地呈现在观众的面前，让观众的注意力跟随高潮迭起的剧情同步推进，直到结局。这样人物行为和语言容易为观众理解，影片主题展现鲜明，作品的内容和意义也能够被充分地接受和感知。

散文式叙事结构和戏剧式叙事结构最大的不同在于，它没有一个明显的贯穿始终的主要矛盾冲突，而是以一种形散而神不散的艺术规律来组合影视剧的各个素材和情节，把它们松散地团结在同一个意义主题之下。大多数时候，观众观看散文式结构的影视剧所得到的感受，是影片整体所体现出来的思想意趣和情感氛围，因此散文式结构的影视剧通常需要调动和激发观者的情感因素和心理需求，以情感人，以情动人。台湾著名导演杨德昌执导的《一一》就采用了散文式叙事结构，杨德昌导演对于这部电影有着这样的描述："这个电影是以家庭为单位出发，家庭其实就是一个生命历程的抽样。在故事里，有爸爸妈妈、青少年、小朋友及奶奶这些不同族群的生命经验。家庭具有很复杂的、互相交错的、层次感很丰富的厚度。"在描述这个家庭成员各自的生活体验时，影片以一个婚礼为开始，一个葬礼为结束，采取了多条以每一个该家庭中个体成员为中心的情节线，共同描绘同一个时空结构中一个家庭共同生活的各个侧面，这些片段并没有环环紧扣的矛盾叠加和因果关联，较为松散而琐碎，但是当这些故事被放在一起时，观众却能够从中体味出蕴藏在普通故事下人生的厚重和辛酸。影片讲述了一个台湾普通家庭在家中长辈婆婆从突然生病到最后过世这一段时间内每一个家庭成员的生活经历，全片分五条线索，分别是爸爸NJ、婷婷、洋洋、阿弟、敏敏，他们的故事中既有着相互联系的部分，又有着完全没有交集的人物和情节。NJ故事中曾经爱恋却最终没有在一起的女人，婷婷故事中她的好朋友莉莉和男友胖子，洋洋故事中的老师，这些人物看起来和这个小家庭婆婆生病这一个矛盾点并没有任何的联系，但也正是由于这些人物和情节的加入，使影片中主要人物的性格特点和命运轨迹显得更加清晰，也让故事中体现出来的生活气息更加浓厚，增加了深沉的人生况味。NJ作为一家之主，承担着上有老下有小的巨大生活压力，和妻子感情生活的麻木与工作上重重负担让他的人生逐渐枯燥成一潭死水，当年深爱的初恋突然出现，在点亮了他的生活的同时又带来了更加深重的心理纠葛和道德挣扎，他在家庭责任和个人情感中间无声地进行着拉锯，最后还是回到了原来的生活轨迹上。正值青春期的婷婷成为好友莉莉和其男友胖子爱情角力的牺牲者，她怀抱着对于青涩情感的向往和萌动，懵懂地走入了一场爱恋，又毫无征兆地被动结束，成为一场青春情感悲剧的窥视者和见证者。洋洋在学校是一个不受欢迎，与人群格格不入的小男孩，然而他也开始了对同龄女孩天真的爱意。这些叙事线索各行其是，各司其职，只有到了某一特定的关键节点，它们才开始聚合。在一般的戏剧式结构影视作品中，这些零散而毫无关联的线索容易分散观众的注意力，对情节的推进没有任何助益，甚至会让观众觉得故事拖沓凌乱，然而在《一一》中这些线索却起到了扩展情节内容，凸显人物个性，展现内容主旨的作用，让整部影片在缺乏激烈冲突和主要矛盾的情况下，能够牵引观众视线、构建丰满的内容，这也形象说明了散文式结构和戏剧式结构之间的巨大差异。

《一一》

此外，“戏中戏”套层结构也是影视作品常用的特殊结构方式，如经典好莱坞音乐片《雨中曲》，是“后台歌舞片”的典型代表。影片讲述默片明星唐在整个电影工业无声转有声的大环境下，与爱人、朋友们共同制作一部全新电影的故事。2015年的电影《鸟人》则完成了电影与戏剧之间的结构与意义套层，讲述不甘寂寞的过气好莱坞明星里根转战百老汇，试图通过改编雷蒙德•卡佛的《当我们谈论爱情的时候，我们谈论什么》重新赢得观众的尊重与爱。2018年日本小成本电影《摄影机不要停》就是凭借独特的套层式结构赢得了观众青睐，成本300万日元，在上映三个月后观众数突破百万，进入全国票房前十。《摄影机不要停》剧情简单，讲述一个漏洞百出的剧组试图拍摄一部一镜到底的丧尸片的故事，全片分为立项筹备、拍摄过程、成片节目三部分内容来讲述，有趣的是该片结构颠覆了顺时性的叙事节奏，甚至也不是倒叙式的，

《摄影机不要停》

而是先放出成片节目，再交代立项筹备和人物前情，最后解密状况百出、妙趣横生的拍摄过程。影片前30多分钟讲述了一个典型的“狼来了”的恐怖类型故事，一个丧尸片剧组正在深山中紧张拍摄，因演员始终无法达到导演所需要的效果，陷入极端的导演不惜布下当地传说中的“血咒”，招来真正的丧尸，也使整个剧组陷入生死危机。第37分钟，故事中幸存的女主角手持斧子站在五星血咒印记的中间，演职员表开始出现，影片第一部分就此结束。镜头一转，时间回到一个月前，第二层叙事由此展开，讲述第一层故事——*One Cut Of the Dead*的筹备过程。原来，一位日常只拍过综艺节目情景VTR和卡拉OK的导演意外接下了一个一镜到底兼现场直播的僵尸片的项目，为了完成这个不靠谱的企划，导演费尽心思凑齐了一个不怎么靠谱的剧组，日日进行着发生各种状况的排练。接着，影片进入了第三层叙事——*One Cut Of the Dead*真正的拍摄过程。也正是在这一层叙事中，解构了第一层叙事中的虚假拍摄过程，建构了整部影片真实的制作经历。主要演员出了车祸，导演只能与演技蹩脚的妻子亲自上阵。直播过程中演员频频冷场，剧情几度走向崩坏，喝醉酒的僵尸扮演者更是屡屡给剧组制造意想不到的麻烦。第一层叙事是如何被制作、被呈现的，在第三层叙事中得到了印证和解答，这种虚与实的相互映照关系形成了剧情结构有趣的互文。三层叙事交织在一起，由假至真，从虚到实，凝聚成一个描绘剧组生活苦辣悲欢，展现复杂人生况味、笑中有泪的完整作品。

与前几种叙事结构相比较，时空交错叙事结构显得更为大胆，它将正常的时空顺序人为地打乱，通过人为地安排别有意味的时空顺序来组织内容和情节，并通过这种反常态的结构体现创作者所希望表达的创作意图和作品思想。1994年由曼彻夫斯基执导的电影《暴雨将至》可以说是一部打破了正常叙事中的时空展现手法的创意性电影，导演以实验性的手法来处理时空与叙事形式，强调反暴力和反战的主题。全片分为三个看似独立却又环环相扣的片段，words、faces和pictures。Words讲述了马其顿某东正教修道院里年轻的修士基卢和阿尔巴尼亚穆斯林女孩莎美娜因女孩躲避一项谋杀指控在修道院内邂逅，两人日久生情，却被主教发现并逐出了修道院。正在基卢打算带恋人逃走，投奔在伦敦的叔叔时，莎美娜的家人追来，他们不能容忍穆斯林和东正教徒相爱，杀了女孩。Faces则把镜头转向了伦敦，描述获得普利策奖的某新闻图片社马其顿籍摄影师亚历山大和同事、有夫之妇安妮的恋情，最后安妮的丈夫尼克被打死，亚历山大也回到了马其顿。Pictures延续了上一部分的主人公的故事，亚历山大告别恋人安妮，独自回到阔别十六年笼罩在种族冲突和内战阴影中的家乡，他竭力阻止战争和杀戮，救出困在冲突中心的女孩莎美娜后被疯狂的本族人打死。当丧夫的安妮赶到马其顿，看到的只是为亚力山大举行的葬礼。这三个部分看似彼此独立，却有着千丝万缕的联系。只有看到影片的结尾，观众才能明白这三个看似关系松散的片段是环环相扣、密不可分的一组整体。影片结尾将开头时基卢神父与主教交流的镜头一模一样地进行了再现，通过这种首尾的一致，影片情节结构似乎从终点又回到了起点。一般来说，这种叙事方式可以称之为倒叙，但影片却与常见的倒叙手法不同，它打破一般的叙述规则，不是引出剧中的某个相关人物对往事进行回忆，而是将故事作一个循环。故事虽然看来时空错乱，但是却无形中被一只手严丝合缝地组合在了一起，就像一副拼图，到了最后一块被拼上时才展现出原来的模样。与拼图相类似的是，导演通过精心策划的镜头描述，让观众有意识地参与到剧情的发展中，将影片结构拼图的最后一片交到观众的手里，充分调动了观众的理解和思考，将他们的注意力带到影片的结构塑造中来，将全篇结构整合的权力交给观众，从而完成了导演思想主题和意义内涵的传达。然而，最为奇妙的是，观众们通过细心思考就会发现，根据影片中具体的情节，这个前后呼应的时间圆圈实际上是不可能成立的。在最后一段故事中我们可以看到，当女孩莎美娜逃往修道院时，亚历山大已经死了，这就导致第一和第二部分的故事不能发生和成立了，这种叙事中的时空错乱仿佛在圆形的时间弧上凿出了一个缺口，从而让整个故事更加地耐人寻味。事实上，在整部影片中，“时间不逝、圆圈不圆”这一句有着深刻意味的台词贯穿了始终，影片这种破碎的时间圆圈的结构塑造正好暗合导演想要表现和传达的这一主题，这种没有起点和终点的循环正好隐射了在前南斯拉夫地区不知从何时开始也不知何时会结束的民族仇恨和国内矛盾，人类关于和平的渴望和情感的追求在偏激的民族仇恨下成为一种无法到达终点的渴望，爱情也好，亲情也好，友情也好都无法打破这个无限循环的斗争的怪圈，人们只能在这荒谬的轮回中一代一代挣扎于永无休止的时间和空间中。在这部影片中，感情的色彩都是灰暗的，毫无希望，充满恐惧和暴力，给观众的心理带来了完全不同于以往的观影心理体验。这种巧妙的结构编辑和暗喻成功地展现了导演所想要表达的中心思想，引起了观众对于种族矛盾和暴力争端的反思和探究，传递了马其顿地区人们渴求和平和安宁的愿望。在这部影片中，时空交错的剧情结构不仅是一种新鲜的影片结构方式，更是对影片内容的暗喻和意义折射，它在让故事结构更新颖、更具有视觉效果的同时，也对影片主旨的呈现和意义的申发起着重要的作用。从这里我们不难看出，时间交错的叙事结构往往能够超越影片单纯的结构功能，在具有新意地组织和安排镜头和情节的同时，对影片的主要内涵和价值倾向进行影射和塑造，好的影片结构对于影片艺术感染力的提升是多方面的。但同时我们也必须看到，优秀的时空交错式叙事结构对剧情的情节逻辑和故事内容有着较高的要求，对编剧的情节组织和创意能力也提出了不小的挑战，一旦在故事的创作中出现了一些不能被合理解释的内容，就会对整体的结构组成和内容质量造成极大的破坏，也会将影片的新奇结构从影片的亮点拖累成败笔。所以，当编剧在进行结构的选择和创作时，应该根据故事的具体内容和整体风格，尽量在保证逻辑通顺、内容完整的情况下，再考虑结构的出奇制胜。同时，在结构的布局中妥善安排细节，认真研究前后剧情关联，务必使故事能够清晰和流畅地呈现在观众面前。如果在结构的塑造上并没有多大的把握，编剧还是应该脚踏实地、稳扎稳打，选择更加适合自己创作能力的故事表现方式。在这个意义上，传统的戏剧式结构是每一个编剧初学者开始进行学习、创作和锻炼的较好选择，只有在具有了一定的结构组合能力的基础上，才能更好地驾驭更复杂的结构创作方式。

正是基于这个原因，本章将重点分析戏剧式叙事结构的基本元素。由于戏剧式叙事结构主要以时间线索上的顺序发展为主导，事件的因果关系为叙述动力，追求情节结构上的环环相扣和完整圆满的故事结局，因此该结构一般可以分为破题、纠葛和解决三个部分。这种结构主要有两个特点：第一，这种结构实质是以矛盾冲突为核心，通过矛盾构成具有因果关系的故事情节，强调矛盾冲突的因果链，最终凭借着矛盾冲突的推动力将影片组成一个完整的故事整体；第二，结构最重要的一个特征是强调时空的顺序性，故事整体从起因到发展，再到最终的结尾，基本上是按照事件发展的时间顺序来完成。即使局部可以用倒叙、插叙等手法，依然要保证整个故事叙事的时空顺序。

顾名思义，开端就是剧本的开头。一部标准的电影剧本如果假设长度大约是一个半小时或两小时，那么开端所占用的时间比例一般为二十到三十分钟。在剧本的开端，编导的主要目的在于破题，除了给观众交代时代、地点之外，还必须注意介绍剧中的明星人物，介绍他的对手，同时设置出剧作矛盾冲突的起点，引出主要矛盾的起因，从而为故事的主要情节打下基础。

很显然，不论从叙事角度还是从商业制作的角度来看，开端都是剧作者必须高度重视的主要环节。影片开场的这几十分钟，不仅将决定全剧的艺术基调和人物的命运走向，而且将直接影响观众做出“喜欢或者不喜欢这部电影”“花钱买票去看这部影片是否值得”的判断。因此，在写作开端时，编剧需要时时反问自己：“开端是否有效？”“它在情绪上能确立你的故事吗？”“它树立了主人公吗？”“它表现出了戏剧化的前提吗？”“它表明了环境吗？”“它提出了让你的主人公所必须克服的障碍或困难吗？”“它表明了你的主人公的动机要求吗？”这些问题是否得到合理妥当的解决，将有效地检验和确认编剧在影视创作中是否能够实现自己的创作初衷和设想。基于此，悉德•菲尔德曾说：“你的电影剧本一开始的前十页是最为重要的。在这十页之内，一个读者将要知道你的故事是否引人入胜，它是不是开始布局了。这正是读者的工作。”①

因为影视剧艺术是一种流动的画面，是一种模拟真实生活的具体可见的艺术形式，如果开端显得枯燥乏味或者是冗长拖沓，将会极大地消耗观众的耐心，并且极有可能造成观众视觉注意力的转移和精力的分散，在这个意义上，影视剧的开头必须能够吸引观众，并且为观众提供一定的信息量，比如主要人物、其生活的环境和身份，等等，如果故事的开头不能清晰地交代出这些内容，就会让观众对下面展开的情节产生概念的混淆和模糊。尽管有些影视剧在一开始会设置一些悬念，故意造成神秘感以引起观众的注意，但是无论如何它们都会在开头将一些重要的信息和矛盾展示出来，解答观众心中对于一些基本信息和基本风格的疑问，这样才能保证观众从开头中找到自己的兴趣点，对影视剧内容的发生和发展产生强烈的探究心理。

无论如何，开场戏必须能够振奋起观众的精神。新藤兼人就曾经强调：“开场戏最好要出人意料。坚持踏实的正面进攻法也是好的，但是，这也得以某种形式紧紧抓住观众情绪。一位颇有经验的电影剧本作家说，如果不能写出完全满意的开场戏就写不下去。观众是怀着要看一种新的人生的心情来看电影的，所以，电影剧本作家也应该怀着同样的心情动笔。”②

故事的开端或破题主要有以下几种方法：

T型台开场：所谓“T型台开场”是指所有主要人物在影视剧的开头或者第一集出现。众所周知，任何一个故事都是围绕主要人物的命运展开的，要是连人物出场都没有引起人们的足够注意，那么这个剧作在设计上可以说是失败的。“T型台开场”的效果就是要对观众开门见山地说话，因为当所有主角都出现在一个平台的时候，故事也就随之展开。电影《恐袭波士顿》中就采取了这样的开场方式。该片取材于2013年波士顿马拉松爆炸事件，讲述了恐袭发生之后，FBI和当地警方在勇敢市民的帮助下，102小时内全力缉捕真凶，阻止了犯罪分子下一步攻击行动的故事。影片开场是一连串不同人物的日常生活侧写，警探汤米因与同僚斗殴被停职处分，只能负责一些鸡零

① 菲尔德. 电影剧本写作基础［M］. 钟大丰，鲍玉珩，译. 北京：中国电影出版社，2012：81.
② 新藤兼人. 电影剧本的结构［M］. 钱顺义，吴代尧，译. 北京：中国电影出版社，1984：58.

狗碎的案件，破门调查时还踢伤了膝盖，局长安慰他只要执行完五个小时后的马拉松比赛安保任务，处分就结束了。年轻夫妻肯斯基和道恩斯经历了忙碌的一天，团聚在桌边晚餐，肯斯基和丈夫分享着医院工作中遇到的温情琐事，道恩斯提议第二天是难得的爱国者之日，应该去看马拉松或者红袜队的比赛。在麻省理工学院，年轻的保安以文化体验的名义邀请实验室的亚洲女学生一起去看演唱会，羞涩的交流中，女孩悄悄拉起了男孩的手。天色渐亮，中国留学生孟丹晨跑前与父母视频电话，炫耀自己新买的好车。同时，在城中一户穆斯林家庭中，年轻妻子正陪女儿玩耍，她吃着早餐的丈夫正专心致志观看一群蒙着面纱的人传授炸弹制作方法的视频。老警探杰夫吻别尚在睡觉的妻子，到常去的早餐店买了松饼和咖啡，准备开始一天日常的工作。影片以T型台式的开场，将在故事中发挥不同作用的人物生活样貌串联起来，集中展示给观众，形成一幅恬淡舒缓的波士顿生活画卷。它是暴风雨前的宁静，为之后人物的再次出现和情节推进埋下伏笔。警察、年轻夫妻、情窦初开的保安与学生、异国创业的留学生、兢兢业业的老警长、学习制作炸弹的年轻穆斯林，所有人的生活即将在几个小时之后发生翻天覆地的变化。这种恐袭发生前后人物生活状态的颠覆性对比，也进一步体现了电影谴责暴力、抵制恐怖主义思潮对平民生活造成伤害的主控思想。作为取材自真实事件，人物拥有原型的纪实风格影片，一开场生活化的细节展示更加凸显了作品的真实质感。电影在表达上强调了普通波士顿市民在恐袭案发生后的坚强、团结与勇气，不眠不休奔走寻找线索的警察、被匪徒控制却机智脱身报警的留学生、自发冲入激烈交火现场提供支援的老警探、炸毁双腿后坚强乐观的年轻夫妻，所有英雄在故事在开场都是这个城市最平凡的一分子，在故事结尾又都显现了不平凡的责任感、智慧、勇气与乐观，和影片“平民英雄”的主题相得益彰。“T型台”开场还能在剧情伊始便交代人物性格、背景、状态等关键性信息。即将从停职处分中解脱的警察汤米无疑是T型台的核心，他火爆的脾气和急躁的性格在开场抓捕人犯的过程中展露无遗，随着和局长、下属等其他人物的交谈，我们也了解到他是一个“麻烦分子”，人物的非典型性随之建立。中国留学生孟丹的出场方式是向远在地球另一端的父母介绍他买的新车，这辆车在之后的故事中是一个关键性道具，这也解释了为什么编剧需要在人物早晨慢跑的具体情境下设计视频电话的段落，并略显突兀地将其着重展示，

《恐袭波士顿》

孟丹与父母用中文交谈也明确了他的身份，为之后他蹩脚的英文难以被听懂埋下了一个伏笔。而在肯斯基夫妇的段落中，镜头多次给他们的腿以特写，也暗示了爆炸案中二人会发生与腿有关的具体事件。一个精彩的充满设计感的“T型台开场”能够在极短的时间内最大限度地将所有的关键性人物及其性格内容全景式地呈现出来，甚至能够在其中直接体现出剧情的矛盾冲突，并为剧情的未来走向和发展埋下伏笔。“T型台开场”中出现的人物往往比较多，经常出现在如漫威系列电影、DC系列电影这样角色众多，关键人物以团体方式出现的影视作品中，它能够让观众在最短的时间内获取最丰富的信息量，将开场人物介绍的时间大大地压缩，这也为影视剧迅速开展剧情争取到了足够多的时间。如果一部影视剧中主要人物较少，或者说情节线相对简单，主要矛盾都集中在一个或两个主要人物身上，那么“T型台开场”容易在一开始的时候模糊焦点，让观众分不清哪个是主要人物、哪个是次要人物，产生与预期相反的效果。

《恐袭波士顿》

“T型台开场”的最大优势，就在于以简洁明了的方式，直接向观众展示剧作的主要人物和相关矛盾冲突，从而一下子吸引观众对作品的关注和兴趣。当然，必须指出的是，创作毕竟是一种想象的创造性活动，因此，我们强调“T型台开场”的特性，并不意味着编导只能亦步亦趋地采纳这种结构形式。实质上，在具体创作中，不少作品在基本保留“T型台开场”特征的同时，大胆地根据艺术的需要进行创造性的改造。如2006年的电影《阳光小美女》，影片一开场就是几位家庭成员生活状态的逐一展示，小女孩奥莉芙目不转睛地盯着一场选美比赛，冠军获胜的那一刻，她情不自禁地发出尖叫，父亲理查德激情洋溢地宣讲着自己的成功学，鼓励大家将失败的自我抛诸脑后，然而灯光亮起，台下只有稀稀拉拉几个听众，爷爷正吸着毒品，看手势就知道是熟练工；哥哥一言不发，做着健身锻炼，在大大的倒计时白板上画下叉，等人高的白板几乎快画满了；满脸焦虑的妈妈开着车，嘴上说着没吸烟，一边麻利地把手中的烟扔到窗外。镜头一转，她来到医院，精神崩溃的舅舅面无表情，坐在轮椅上，这种主要人物角色和潜藏矛盾在开场都一一亮相的方式，应该说基本符合“T型台开场”要求。但值得注意的是，故事并没有将主要矛盾显明化表述，基本保持了意指的暧昧性，留待后文揭开，在这个意义上，《阳光小美女》虽然采用了“T型台开场”的方式，但是并没有严格遵守这种形式，而是根据剧情的艺术需要，进行大胆的艺术加工和改造。

引子的本意是乐曲和戏曲开始的第一部分，在影视创作中，与“T型台开场”着重叙述剧情中的主要人物角色的矛盾关系不同，“引子式开头”则刻意避免在开头部分直接展示剧作中的主要矛盾冲突，而是注意叙述与主要人物和矛盾相关联的内容，从而以一种向导的方式，帮助观众更好地进入剧作的主题。如好莱坞歌舞片《爱乐之城》，讲述一对年轻男女在洛杉矶这个充满艺术气息的城市相逢、相知、相爱、相伴又最终离散的故事。电影开场空间设置在一座严重堵车的大桥上，流畅的移动镜头扫过一动不动的车流，每一辆车中都飘出风格不同的音乐，突然，段落主旋律响起，一位身穿黄色连衣裙的女孩开始走下车子歌唱：“又想起那天，圣达菲西边的灰狗巴士站，我们就此分别。我们才十七岁，气氛甜蜜而美好，但我仍选择了离开，我知道这才是我应该做的。夏日周末晚上，我们瘫坐在座位，影院的灯光变暗。变幻的光影，悠扬的乐符，召唤着我，我也可以是电影的主角。”随即，她身边两名男子也加入歌舞的行列：“名下没有一分钱，跳上了公车就来这里，是勇敢还是疯狂，只有过后才知道。”越来越多的人跳下车子，想着在哪里见过这女主角。镜头旋转，所有人开始走出狭小的车舱齐声高唱：“翻越重重高山，我在向着巅峰迈进，追寻灯光与梦想。当你对失败感到失望，你仍然会从地上爬起，清晨不久就会来到，这又是阳光明媚的一天。”一个白衬衣男子打开车门：“峡谷的韵律每天在我耳畔响起，它们从不减退消散，舞厅里仍回响着前人留下的民谣。他们说你达不到我们想要的水平，所以敲开每扇门寻找机会。”活泼的黑人姑娘来到他身边：“即使受到拒绝，即使囊中羞涩，有音乐话筒和闪亮的霓虹，对我来说就足够。”“有时一个小城孩子会来听我唱歌，那就是让他坚持下去的动力。”主旋律再次响起，狂欢的人群伴着鼓点起舞，热情的弗拉明戈、自由的现代舞、律动的街舞，汇聚一起，交织出欢乐的歌舞海洋。突然，喇叭声响起，大家又都回到车中，片名出现。这一个片头看似和男女主人公米娅与塞巴斯蒂安的爱情故事毫无联系，但根据剧情发展观众得知，立志成为演员的米娅和拥有爵士梦想的塞巴斯蒂安都是怀揣美好憧憬来洛杉矶这个星光之城寻梦的，为梦想奋斗的共同信念笼罩着他们的爱情，最终也使他们分离。开场这

《爱乐之城》

段歌舞是二人身份、理想和信念的写照，也是对他们爱情故事的预言，影片从开头就切入了剧情承载的核心主题。

《红海行动》

2018年上映的电影《红海行动》，开场是2015年亚丁湾一艘中国商船广东号遭到海盗劫持，中国护航海军前去营救的场面，海军陆战队蛟龙一队队长杨锐带领队员，采取多种现代化军事作战手段，成功将被劫持的人质安全救出。但是，海盗破坏了商船的动力系统，如果不能让全速前进的船停下，五分钟之后进入索马里海域，中国军队届时必须放弃商船。为挽救国家与人民财产不受损失，海军陆战队成员与控制发动机的海盗一番激战，成功将主轴液压装置炸毁，在最后关头止住了运转的涡轮。剩余海盗随即弃船逃跑，在公海与索马里海域的交界线上，前来增援的海盗接应部队与我军不愿放弃追捕的海军陆战队队员展开激烈交锋，狙击手罗星成功击中海盗舰艇发动机，使海盗无法遁逃，自己却不幸中枪。面对焦急不已地等待着罗星消息的队员们，杨锐隐瞒了罗星脊柱神经被打穿的噩耗，将所有的心理压力承担在自己身上。影片开头清晰交代了故事主人公蛟龙一队各队员身份、性格、坚毅的军人气质和他们身上所承担的责任，以及队长杨锐大家长式的作风和队员们对杨锐真诚信赖的团队关系、中国军人保护祖国人民生命财产安全的牢固信念。通过前后剧情我们可以发现，在故事的开头中，伊维亚撤侨这一主要矛盾并没有直接出现，但商船营救一节，使后文蛟龙突击队前往非洲执行撤侨任务的剧情发展显得合理及可信，这正是非常典型的故事的“引子”。正是有了这样的引子，观众对后面所产生的一系列剧情有了基本心理期待，对蛟龙突击队队员们的职能和身份也有了基础的了解，这对之后主要矛盾的产生和情节的发展起到了重要的补充和解释作用。因此，引子式开头往往能够起到帮助观众理解剧情、设置合理悬念以吸引观众注意力的重要作用。

在这个意义上，“引子式开头”类似于中药的药引子，它虽然只是主药以外的副药，但是却起着引药归经的作用，犹如“向导”似的引导着主药的药力到达病变部位或某一经脉。一方面，“引子式开头”触及了作品中的主要人物或主要矛盾；另一方面，“引子式开头”毕竟没有正面演绎这种主要矛盾，这就与“T型台开场”那种开门见山的方式不同，客观上为后文的创作留下了广阔的想象空间。

倒叙式开场，又称为回忆式开场。与“T型台开场”“引子式开场”等按照事件发

《找到你》

展的时间顺序来叙事相比，倒叙式开场的最大特点就是打破时间的顺序，从现在时返回到过去时，使得影片一开场就充满了悬念，扣人心弦，从而极大地激发了受众的观赏欲望。如电影《找到你》，讲述正在与丈夫办理离婚的律师李捷，为了争取女儿多多的抚养权，一面每天承受着高强度的工作，一面应付着职场上层出不穷的性骚扰，只为了带给女儿“更自由”的未来生活。但繁忙的工作使她无法照顾孩子，只能将孩子托付给信任的保姆孙芳。某日当她结束一天忙碌的工作回到家时，却发现孩子和保姆都失踪了。本想报警的李捷接到匿名电话，声称交付赎金就能把孩子还回来，而当她把钱汇出，来到对方指定地点时，孩子依然不见踪影。绝望的李捷只能求助警方，随着抽丝剥茧般的调查，李捷发现一切的主谋正是保姆孙芳。原来，孙芳与李捷一家早有瓜葛，孙芳患有先天性胆道闭锁的女儿因无钱交付床位费被赶出医院，抢占床位的正是动用了医院内部关系的李捷及其丈夫。在一个滂沱的大雨夜，被赶出医院只能租住在城乡接合部一间陋室中的孙芳发现女儿病情加重，迟迟找不到正确地址的救护车压倒了最后一根稻草，女儿珠珠不幸去世。之后，孙芳伪造身份进入李捷的家庭，获取李捷的信任，最终拐走了孩子多多。李捷无望地找寻着孙芳，也追溯着孙芳的人生轨迹，终于在一艘渡轮上截住了她。值得注意的是，影片一反常规的顺序式叙述方式，采用了倒叙式开场：通过一个移动长镜头交代李捷在地下通道焦急奔跑，她刚给神秘绑匪汇去了赎金，来到这个指定地点，在通道尽头的垃圾堆一通无望的翻找之后，李捷终于意识到对方并未遵守承诺，希望破灭的她倒在垃圾中绝望大哭……

很显然，《找到你》这一倒叙式开场，打破了平铺直叙的传统叙事模式，使得影片一开场就充满了悬念，扣人心弦，从而极大地激发了受众的观赏欲望。

一般而言，影视剧的开场是指片头剧名字幕推出之后的约十分钟左右的时间，但是，不少影视剧为了在开场就抓住观众，往往采取“双开场”的叙事模式，即片头之前往往叙述剧情中充满矛盾冲突的片段，然后再推出片头，正式进入开场，从而导致了一部片子有两个开场，俗称“双开场”。由于倒叙式开场可以直接切入剧情矛盾尖锐处，因此在众多“双开场”叙事模式中，片头之前的开场，一般采取倒叙的方式，以最为简洁的叙事，迅速将剧情推向矛盾的纵深地带，然后再推出字幕，继而采用顺时空的叙事模式。如王家卫电影《一代宗师》，影片讲述清末民初咏春拳传人叶问在“新人要出头”的时机中，被南派选为代表人物与即将隐退江湖的北方八卦掌宗师宫羽田展开了一场功夫与武学境界的较量，最终胜出，并与宫羽田的女儿宫若梅展开了一段知己情缘。好景不长，战争爆发，南北武林凋零，叶问也自佛山逃往香港，在兵荒马乱、朝代更迭的混乱年代，他牢记师傅“一条腰带一口气”的告诫，将中华武术根脉传承了下去。为展现叶问过人的武技和武林中凭功夫说话的行事逻辑，强化故事悬念感，《一代宗师》采用了双开场的方式，在片名字幕前使用倒叙，直接展现叶问在佛山一场以一敌百的拳脚竞技。

1.淡入。雨夜中，一群人在围攻叶问。

切换。叶问在一家酒馆喝酒。

叶问：（放下酒杯）别跟我说你功夫有多深，师父有多厉害，门派有多深奥。功夫——两个字。

一横一竖。错的，躺下喽。站着的才有资格讲话。你说这话对吗？

切换。雨水从叶问的帽檐上滴下，一个人将铁链缠绕在手上，叶问严阵以待，一群人向他冲过去，被叶问一个个打倒。雨水在叶问的身上翻飞。一个人从二楼跳下，落地后将一台人力车向叶问踢去。人力车受力向叶问飞去，叶问一脚将人力车踢回，人力车击倒了一众小喽啰。现在只剩下叶问和唯一的一个对手，对手对着铁门踢了一脚，铁门吱呀地关上。气氛越加紧张。两人对峙，对手首先向叶问攻过来，几次凌厉的攻击都被叶问漂亮地化解。叶问占了上风，对手不服气，再次攻向叶问，这次被叶问几招推开，对手整个人飞了出去，撞到了铁门上，连人带门倒在了地上。

字幕：一代宗师

影片推出片名字幕之后，故事再按顺时空的秩序娓娓道来，构成了一种“双开场”的经典模式。

好莱坞电影《贫民窟的百万富翁》，采用的也是经典的“双开场”模式。影片讲述来自贫民窟的印度街头少年贾马尔参加了电视节目《谁想成为百万富翁》，他的目的是要找回被黑帮控制的女朋友拉媞卡，因她对这个电视节目一向热衷。在众多屏息以待的观众面前，贾马尔一路成功过关，只要再能正确回答最后一道问题，就可以赢取两千万卢布的奖金，成为百万富翁。心有不甘的节目主持人认定他作弊，趁节目暂停

《一代宗师》

《贫民窟的百万富翁》

拍摄时，通知警方以欺诈的罪名逮捕了贫民小子。警察无法理解为什么一个来自贫民窟的穷小子能够答对所有连博士专家都无法回答的问题，各种严刑拷打，善良的贾马尔将自幼颠沛流离的经历及这些经历如何帮助他成功闯关的过程娓娓道出。最终，警察将他无罪释放，他在哥哥自我牺牲的帮助下，答对了最后一道题，也找回了心爱的女孩拉媞卡。影片开头一反正常的叙事时序，直接展现了哥哥萨利姆为保护弟弟和拉媞卡，设计杀死黑帮老大的场景，以及警察对贾马尔的严刑逼供，这正是电影中矛盾冲突白热化的高潮段落。此后，故事重新拉回到现实时序，从贾马尔的童年开始讲述他如何一步步成为知道所有答案的人。这种开场方式，一方面在一开始就向观众展现了剧情最为激烈、最为集中的矛盾冲突，勾起了观众对于冲突来龙去脉的好奇和疑问，吸引了观众的注意力并引发了他们的观影兴趣，另一方面，倒叙的形式将故事的主要信息以先知先觉的形式呈现在观众的面前，帮助观众更加轻松地理解和掌握了后续的情节和内容，突出了主要人物和主要内容。这种开场方式虽然在一开始就将剧中的最大悬念点破，但却也因此让观众对剧情的发生发展有了另一种期待和揣测，观众在看到贾马尔遭遇危机时，不由对他如何解决危机产生了更为迫切的关注和好奇。

由于电视剧是在家庭中收看，观众可以选择的频道众多，因此电视剧往往在3分钟，甚至1分钟之内就必须制造出矛盾，吸引观众。电影由于在封闭的空间内观看，因此观众的耐心持续时间相对较长，但是在开场10分内也必须制造出矛盾，引起观众的观看欲望。在这个意义上，影片的倒叙式开场，实质上就意味着把观众带到了矛盾的爆发点，制造出紧张的气氛，最终达到牢牢地抓住观众这一目的。

第二节　纠葛与冲突

从影视编剧的角度上看，如果说戏剧式叙事结构的第一部分侧重于故事的破题与开端，那么第二部分则着重展示故事的矛盾纠葛与冲突。很显然，“纠葛与冲突”是剧作戏剧式叙事结构的主干部分，有着承上启下的作用：它一方面承接发展着开端部分所设置的矛盾冲突，另一方面又为故事高潮和结局做铺垫。因此，当“开端与破题”部分揭开矛盾冲突之后，“纠葛与冲突”部分则必须把主要矛盾及其他各种矛盾冲突扭结在一起，发展激化，直至最终把矛盾推向高潮。

日本学者菅本顺一认为，创作故事的主要元素分别是：主人公、对手、朋友、矛盾、决斗，而纠葛与冲突部分所着重展示的就是主人公在朋友帮助下不断地克服困难，打败对手。菅本顺指出，影视剧主人公一般分为两类：糊涂型和淘气型，这两者的性格虽然各有差异，但是都不应该是学习好的好学生；相反，反面角色则应该具有很强大的实力和很迷惑人的外表，包括诸如好学生的身份、显赫的家世、聪明的头脑以及经过良好锻炼的身体，等等。换句话说，主人公是一事无成的家伙，也许只有少数的优点，但对手却全身是优点只有一两个致命的缺点。这种巨大的反差，给叙事平添了一种艺术的张力和动力，主人公单凭自己无法战胜强大的对手，于是他只有通过自身不懈的努力，或不断求助于各种朋友，才有可能克服困难，并最终击败对手。

菅本顺一的观点固然有其偏颇之处，但也提醒人们，影视剧中“纠葛与冲突”部分的叙事，固然是一个结构问题，但关键却在于剧作中人物角色关系的设置是否具有足够的艺术张力。在这个意义上，如果说“开端与破题”侧重于确定剧中人物角色的动机，也就是找出他在剧中想要追求什么，他的目标是什么，那么“纠葛与冲突”的主要任务就是为剧中人物角色的动机需求设置各种阻碍，要着重刻画剧中角色所面对的险恶处境，即如果困难或危机没有得到圆满的解决，他们将遭到什么样的损失，从而加强剧中主人公的困难与危机，强化叙事的悬念感。

如电影《追凶者也》，讲述中国西南边陲某小镇发生一起凶案，一名摩的司机被残忍杀害，身上的钱、手机还有摩托车都被抢走，性情憨厚耿直的汽车修理店老板宋老二因为和死者猫哥有过恩怨而变成了警方和村民的重点怀疑对象，遭到猫哥家人追打，连带儿子都在村里抬不起头来。在警方破案进展缓慢的情况下，宋老二只能依靠自己的力量开始追查凶手，为自己洗刷冤屈。他顺着可疑的车轮印找到了死者被盗走的摩托车，顺藤摸瓜揪出了落魄小混混王友全，在他要将王友全扭送法办之时，又

《追凶者也》

通过王友全对捡到摩托车的描述发现凶手另有其人。与此同时，宋老二也时常觉得有人跟踪自己，感受到一种隐隐的不安全感。通过王友全的帮助，宋老二在摩托车上凶手留下来的一件白西装中发现了自己的照片，循着这一关键线索，他发现死者猫哥只是一个替死鬼，不知名的凶手真正想杀的人是自己。宋老二找到具有重大嫌疑的买凶人钱贵兴，搞清了事件背后是他家坟地不肯被征用，导致锰矿厂无法开工而引发的利益纠葛。

把矛盾真正推向高潮的是宋老二儿子宋涛被凶手董小凤绑架，宋老二只得绑了钱贵兴前去交换人质，好不容易把儿子救回来，却又看到钱贵兴在冲突中被董小凤误杀的那一幕，面对穷追不舍要行凶的董小凤，宋老二只得带着儿子拼命逃亡，慌不择路之下将车子开下了山坡。

最终，憨贼董小凤被警察抓获，宋老二和儿子也被人救起，他把从王友全家抢来的猪送还了回去，一场追凶与被追凶的闹剧自然也就迎刃而解。

由于“纠葛与冲突”作为剧作整体结构的主干部分篇幅较大，因此如何组织驾驭其中的材料，本身还存在着一个结构的问题。一般认为，影视剧本的主干结构有如下三种：

其一，递进式结构。所谓递进式结构，是指情节设置纵向开拓，步步推进，一层层地把矛盾推向高潮。递进式结构符合正常的叙述发展流程和人们的一般接受心理，能够循序渐进地让观众随着剧情的一步步发展达到故事的高潮和结局，易于观众理解和掌握剧情。虽然在故事的发展中缺少一些突如其来的逆转和颠覆，但是主要矛盾的层层激化一样能抓住观众的眼球，引起观众对于矛盾冲突结果的极大兴趣。如电影《达拉斯买家俱乐部》，讲述艾滋病患者罗恩在被医院判定只剩30天生命的情况下，绕过美国医疗体系与食药品监督管理局自行前往墨西哥寻找救治方法，成功稳定了自己的病情，在了解到美国国内只有一种天价药品被允许进行艾滋病治疗后，他建立达拉斯买家俱乐部，不断从世界各地偷渡药品提供给所有需要的病人，在与药企、医院、药品监管部门、税务部门、法律部门斗争的过程中他始终毫不退缩，为自己与广大艾滋病患者争取应有的权益。该片纠结与冲突的部分可分为几个层面：其一，罗恩私下偷渡药品的行为被药监局发现，药监局将其刚从日本带回的药品全部没收；其二，药监局突击了罗恩的俱乐部，把所有不在安全药品名单的药品全数抄走，并对

《达拉斯买家俱乐部》

罗恩处以罚款；其三，罗恩遭到国税局审计，其四，药监局出台新规，达拉斯买家俱乐部被判定为非法组织，任何药品都必须由医生开具处方才可购买；其四，罗恩遍寻不到愿意为他提供处方的医生，资金链也即将断裂；其五，一直以来与罗恩合作并为他提供帮助的合伙人雷蒙去世；其六，与罗恩达成合作的实验室被关闭，罗恩将药品管理局告上法院，然而，因为现行法律并没有对这部分内容做出有效规定，尽管法官十分同情罗恩的处境，也严厉谴责了药品管理局恐吓欺凌的行为，但依然判决罗恩败诉。《达拉斯买家俱乐部》以一种递进式的结构方式来设置了纠葛和冲突，罗恩面临的困难越来越大，越来越难以克服，这一步步将剧情推向了高潮。

又如在系列电影《哈利·波特》中，作者就采用了这样一种层层递进的矛盾激化方式，让剧情随着主人公《哈利·波特》的成长而不断增加冲突摩擦和紧张气氛，直到最后主要矛盾的全面爆发。在《哈利·波特》系列影片的第一部《哈利·波特与魔法石》中，哈利·波特和他的对手伏地魔的矛盾冲突主要在于争夺魔法石，在这部影片中，哈利·波特在校长、朋友的共同帮助下，成功了打败了没有形体，还处于灵魂阶段的伏地魔，保卫了珍贵的魔法石。故事中施动者和帮助者阵营极其庞大，受动者和对抗者的力量与之相比显得相对弱势，从而极大地削减了影片矛盾的激烈性和戏剧的张力，使剧情走向较为平稳。而到了第二部《哈利·波特与密室》时，对抗者的阵营逐渐开始扩张，伏地魔虽然仍以灵魂体的状态存在，但是他的追随者们开始在哈利波特身边出现并为他的成长道路设下了重重陷阱。在第四部《哈利·波特与火焰杯》中，伏地魔借助哈利·波特的血完成了肉体的重塑，开始以具有强大力量的完全形态在故事中出现，其追随者食死徒阵营开始集结，在正义和邪恶的较量中第一次出现了死亡，让哈利·波特故事从此脱离了节奏简单、情节轻松的儿童文学的范畴，让冲突矛盾第一次达到了你死我活的激烈程度。此后，在哈利·波特故事系列的第五、第六、第七部中，哈利·波特的帮助者们不断在战斗中倒下，伏地魔的追随者日渐增加，甚至连魔法世界中具有最大权威性和公信力的执政机构魔法部也被

《哈利·波特》

伏地魔掌握，哈利的教父小天狼星、校长邓布利多的死亡、间谍斯内普的叛变更加削弱了哈利·波特身后正义者阵营的整体力量。如果说，在第四部中，施动者阵营和受动者阵营之间的力量对比正好到达均衡的话，那么从第五部开始，力量对比的天平逐渐向受动者一方倾斜，故事的矛盾冲突日渐尖锐，主人公的生存环境日益恶化。到了第七部故事高潮来临之前，这种倾斜到达了最高峰。邪恶力量看起来掌握了整个魔法世界，哈利·波特和他的朋友们不得不逃出霍格沃茨学校，开始在英国各地逃亡并躲避追杀。在影片中，观众们跟随情节的发展一步步从矛盾的起点来到情节的高潮，对故事的前因后果有着直观而全面的了解，对主人公的性格发展和生活历程有着充分的感同身受，对于故事最后的高潮和结尾更是在不断的悬念累积中有着强烈的愿望和期待，这种递进式的结构能够让观众紧紧跟随着故事的发生和发展，产生一种强烈的代入感和共鸣感。通过这种方式，观众更能充分地领会故事中的主要思想和中心内容，感受到影视剧所展现出来的艺术感染力和人物性格魅力。

从这个实例中我们可以发现，递进式结构往往能够更详细更有层次性地为剧中人物的动机需求铺设各种各样的障碍和阻力，同时通过情节的推进和发展能将障碍和阻力更加地深化，给主人公的行动和需求带来不断增加的压力，观众通过剧情的展开一步步看着主人公陷入越来越难以摆脱的危险和困境中不能自拔，对主人公是否能够摆脱困境产生越来越大的怀疑和悬念，从而让高潮更加的戏剧化，故事的戏剧张力更加的鲜明紧绷。

《芙蓉镇》

谢晋导演的电影《芙蓉镇》在描述主人公胡玉音在人性扭曲的时代所遭遇的不公和迫害时，也采取了这种递进式的冲突结构。在影片中，胡玉音的人生在历史不断发展的进程中一步步走向了毁灭和崩坏，胡玉音及丈夫黎桂桂通过起早贪黑的米豆腐生意攒下了一笔钱，在镇上盖起了一座楼屋，然而，好景不长，“四清”运动一开始，他们生意兴隆的米豆腐摊和这座楼屋被“政治闯将”李国香和“运动根子”王秋赦作为走资本主义道路的罪证查封，胡玉音也被打成了“富农”，一家人重新住到了之前的旧房子里。随着运动风潮的愈演愈烈，为了躲避政治工作组的迫害和打压，胡玉音躲到了远房亲戚家中，然而等她再次回到家中，等待她的却是丈夫深受迫害去世的噩耗。从前一直帮助着胡玉音的谷燕山和黎满庚也在政治运动中受到了冲击，胡玉音在芙蓉镇变得孤立无援。“文化大革命”开始后，她被命令每天和“右派分子”、原地区歌舞团编导，人称“秦癫子”的秦书田一起扫大街，秦书田给了胡玉音真诚的关怀和帮助，同病相怜的两个人逐渐产生了感情，并不顾一切地相爱了。正当观众以为胡玉音的生活开始有了新的希望时，厄运又一次降临到了他们身上，他们要求结婚的申请不被批准，只能过起了黑夫妻的生活。不久之后，胡玉音怀上了孩子，但是这一切恰恰成了他们反动的罪证，镇上召开了对秦书田和胡玉音的批斗大会，秦书田被判刑10年，胡玉音也被判刑3年，因怀孕而监外执行。从此，胡玉音更是忍受屈辱，挣扎求生。寒冬腊月，大雪纷飞，她因难产而险些丧生，多亏谷燕山拦下一辆军车，将她送到部队医院，才救了母子二人的性命。在这部电影中，观众跟随着情节的发展看到胡玉音的生活随着政治运动的越来越疯狂而逐渐陷入越来越深的困境，对主人公的命运和生活产生了极大的同情和忧虑，并对主人最后能否从这种困境中走出产生了浓厚的兴趣。在这种层层推进中，政治运动对普通百姓无情和残酷的压迫也在观众的心目中留下了深刻的印象。这种递进式的结构不仅让观众产生了对女主人公胡玉音命运的深切关注和好奇，也让观众对于那段非理性的岁月对人性的摧残和迫害有了更加深刻和直观的认识，从而对故事所要表达的主题有了更多的体悟和思考。

《致命ID》

其二，逆转式结构。与递进式结构层层深入地设置矛盾不同，逆转式结构则是指剧情的后半部分有意颠覆或解构剧情前半部分的矛盾设置，从而使得情节出现了令人意想不到的发展和结局。悬疑电影《致命ID》，影片前半部分讲述在一个漆黑的夜晚，一场肆虐的暴风雨使11个此前相互完全不了解的陌生人被迫聚集在一个破汽车旅馆中，每个人似乎都隐藏了许多秘密，而离奇的凶杀很快在这个封闭环境中发生，人们一个接一个地死去，最后关头，前警官艾德与妓女帕瑞斯终于发现罗德的真实身份是伪装成警察的逃犯，艾德与罗德同归于尽，只有帕瑞斯逃出生天。而在故事结尾处，观众才发现，这11个人，包括雨夜中的汽车旅馆都不是真实存在的，他们是患有人格分裂症的罪犯麦肯的11个不同的人格，精神病医生马利克为使麦肯恢复正常，与善良人格艾德对话，请他帮助麦肯除掉所有邪恶人格。就在马利克及狱车司机以为麦肯所有邪恶人格均已被消灭、毫无防备之时，隐藏的邪恶人格提姆西出现，杀害了最后一个善良人格帕瑞斯，原来儿童外貌的提姆西才是真正的凶手，被邪恶人格占据身体的麦肯也害死了帮助他的医生与司机。

俗话说，“文似看山不喜平”，影视剧的创作自然也不例外。《致命ID》的故事现实与虚构交错，层层逆转，一波三折，给观众带来不断反转的观影体验。正是由于逆转式结构具有这种“山重水复疑无路，柳暗花明又一村”的美学魅力，因此得到了不少艺术家的青睐。大卫·芬奇执导的电影《消失的爱人》，就采用了这一结构。尼克和艾米是一对结婚五年的夫妻，从开始的甜蜜恩爱走向了婚姻破裂的边缘。在结婚五周年纪念日当天，尼克从酒吧回家，发现妻子离奇消失了，警察上门调查，逐渐发现丈夫尼克具有重大嫌弃，无论是厨房中大量被擦拭掉的血迹，还是突然提高的艾米人身保险金金额，包括尼克着力隐瞒的婚外情，都显示正是尼克杀害了自己的妻子。而尼克也一步步发现他对妻子的交友状况和日常生活并不了解，通过和妻子每年都玩的寻宝游戏，尼克找到一间小屋，发现了妻子留给他最后的礼物和信件。艾米到底是活着还是死了，是谁杀死了艾米，这是影片前半段抛出的最大疑问，看似无辜的尼克与一步步坐实他罪名的警方不断拉扯着观众的立场。而影片后半段，艾米终于出现，剧情开始发生重大转折，原来这一切都是艾米自导自演的一场戏。因为感受到尼克的冷落与不忠，艾米精心策划了一场“自我谋杀”，以图将尼克送入监狱，就在尼克通过律师和媒体为自己辩驳时，艾米就在不远处的出租屋里静静欣赏着自己的胜利果实。然而，人算不如天算，艾米被住在隔壁的嬉皮士情侣抢劫，失去了所有的钱，万般无奈下只能求助一直爱慕自己的德西。然而，在电视上看到言辞恳切悔过自新的尼克时，艾米又燃起了对丈夫的兴趣，决定牺牲德西重回过去的生活。故事结尾，艾米将所有责任推给了被她杀死的德西，伪装成绑架案的受害者回到了原本的生活，尼克无力反抗危险的艾米，只能继续和她维持着有形无实的婚姻生活。在《消失的爱人》中，故事的前半部分和后半部分艾米呈现给观众的形象发生了颠覆性的变化，令叙事在不断的进展中逐渐产生观众之前没有预料到的发展，这种情节模式往往能够让观众在情节的推进过程中产生大吃一惊的效果，从而加强了故事的跌宕和张力，产生别样的艺术效果。然而，逆转式结构需要编剧在进行剧情的安排和设计时有着严密的逻辑和完整的情节构思，进行逆转的设计必须考虑到主人公的一贯性格走向和剧情的前后承继，让整个逆转的过程合情合理、合乎逻辑，能够为观众理解和接受。最好在故事的前半部分就在一些细节和情节发展中合理进行铺垫，以防过于粗糙的逆转处理让观众对于故事的内容产生疑问或不能理解。有时候，这

《消失的爱人》

种逆转式的结构着重强调了在情节的发展中主人公的性格转变和情感变化，通过前后两部分的情节对比，可以更加鲜明地突出人物的内心转变和性格成长。

《看不见的客人》

电影《看不见的客人》讲述企业家多利亚原本事业有成，家庭美满，但某日被警方发现和已经死去的婚外情人劳拉共处于一间封闭的房间之中，多利亚是最大的嫌犯。为了洗清罪名，他聘请了业界最知名的律师古德曼来为自己辩护。古德曼深夜来访，对多利亚证词中多处疑点提出疑问，要求他向自己交代事情的一切真相，唯有这样她才能帮助多利亚打赢官司。面对律师带来的"年轻男子失踪"的报道，多利亚无奈承认某次他与劳拉外出偷情，开车撞死了一名年轻男子，死者没系安全带，开车时候还在发短信，又刚好有一只鹿穿过马路，二人决定肇事逃逸，让警方误以为死者自己开车出了意外。然而，正当他们准备离开时，汽车抛锚，一位路过的司机发现了他们，多利亚和劳拉只能假装事故双方掩盖这一切。随后，多利亚开着死者丹尼尔的车来到湖边，连人带车推进了湖里。另一边，无法发动汽车的劳拉遇到了好心人托马斯伸出援手，他正好是丹尼尔的父亲。托马斯帮劳拉将车拖回家修理，劳拉借机将不小心带在身上的丹尼尔的电话留在了沙发上，然后匆匆告别。劳拉和多利亚决定永不联系，多利亚销毁了汽车，并且伪造了汽车被偷的假象。丹尼尔的父亲托马斯回忆起劳拉的可疑之处向警方报案，警方根据托马斯回忆起的车牌找到了多利亚，被多利亚精心准备的假象所骗过。后来，多利亚收到了目击者寄来的湖泊照片，想骗他去酒店。律师并不完全相信这个说法，继续提出疑点。影片后半段，多利亚自证清白的证词多次被律师尖锐的提问推翻，在巨大的压力下，多利亚终于承认一切都是自己主使，丹尼尔被推下湖的时候他还活着。律师古德曼通过细节拼凑出了事实真相，劳拉因为承受不了巨大的精神压力，想把一切的真相告知丹尼尔的父母，最终被多利亚灭口，多利亚就是真正的凶手。古德曼律师与多利亚整理完法庭上的说辞离开房间，多利亚胸口的钢笔突然漏水，他这才发现这是一支窃听笔，而所谓的古德曼律师，正是丹尼尔的母亲假扮的。合理的结构设置和反差鲜明的人物前后状态为这部情节简单、矛盾单一、场景单调的电影带来了强烈的戏剧性和冲突性，这就说明，出彩的结构能够帮助影视作品在情节和内容上产生更为关键性的戏剧效果。在某一种意义上说，结构可以弥补故事的不足，帮助编剧将简单故事的魅力发挥到更好的水平。

如果说递进式结构和逆转式结构基本上属于单情节线索，那么平行式结构的情节线索则一般至少有两条以上。在具体叙事中，这两组线索采用平行蒙太奇的方式，相互剪辑，彼此穿插，从而构成了一种平行推进的结构方式。这种结构方式能够帮助剧情所辐射的内容和情节进一步扩大，涵盖更为丰富的故事意义和价值内涵。同时，平行推进的两条故事线索还能进行相互之间的参照和对比，让故事特点和人物个性在这种对比中被映衬得更加鲜明突出，从而带给观众更加深刻的印象。一般来说，情节较为复杂的影视剧作品常常采用这样的结构范式，通过围绕着统一矛盾点的几条情节线同时展开，展示一个主要矛盾下的各个方面，让它们从不同的角度在同一时空中展开内容的有序衔接，从而使故事的每一个层面的交代都能够具体而完整，达到在故事高潮中的统一。

《复仇者联盟》

2018年的电影《复仇者联盟：无限战争》因为人物众多、故事内容庞杂，所以采用了平行式的剧情结构。影片中第一条线索围绕被灭霸飞船带往外太空的钢铁侠、奇异博士、蜘蛛侠等超级英雄展开。为了夺取奇异博士身上的时间原石，灭霸指使手下绑架奇异博士，钢铁侠和蜘蛛侠也悄悄潜入飞船，伺机营救。第二条线索围绕着被星爵小分队救起的雷神索尔展开。阿斯加德移民飞船在撤离仙境途中被灭霸拦截，灭霸抢走空间原石，毁灭飞船，索尔流落太空。幸而遇到星爵，众人决定兵分两路，索尔前往尼达维重铸武器，星爵率众前往虚无之地阻止灭霸夺取现实原石。第三条线索聚焦地球。留在地球的美国队长、黑寡妇、猎鹰等超级英雄合力挫败了灭霸试图夺取幻视身上心灵原石的阴谋，为了在灭霸来到地球之前毁灭心灵原石，众人与瓦坎达国王黑豹联手，试图通过瓦坎达科技将原石从幻视身上安全剥离。三条线索在三个不同空间平行展开，逐步推进。随着剧情的不断发展，它们既有合并又有分离，如失去卡魔拉之后，星爵分队与奇异博士、钢铁侠等人在灭霸所在地泰坦星相遇，经历一场不打不相识之后，众人决定合作对抗灭霸，而索尔在重铸铁锤之后带着浣熊和树人回到地球，加入地球上瓦坎达大军抗击灭霸军队夺取心灵原石的战斗。我们可以发现，这几条情节线相辅相成，反映了故事中具有关联的各个侧面，并且各司其职，最后成功地组合在一起，构成了完整的故事情节链条。

在电视剧创作中，将几条平行的故事线索同时推进的结构更加普遍，因为电视剧时长较长，能够容纳更多的故事内容和情节，如果采用较为单一的情节线，则会造成主要矛盾构成单一、人物性格构筑单薄、内容枯燥的效果，而复杂的情节线则能避免这种情况，并且分化出多个次要矛盾，既能使故事内容更具有真实生活的层次感，又能吸引观众的注意力。因此，在电视剧创作中，我们一般都能找到多条情节线同时推进的平行式故事结构。2014年的电视剧《战长沙》描述1938年日军铁蹄逼近长沙之际，长沙城内一户普通胡姓人家在国破家亡之下的一幕幕悲欢离合，还原了长沙文夕大火、焦土政策等一系列历史事件，展示了湖南儿女面对日本侵略者无所畏惧，抛头颅、洒热血，一心报国的悲壮故事。电视剧中，胡家双胞胎胡湘湘、胡小满以及姐姐胡湘君在特殊历史时期不同的人生历程构成了三条时而交集时而独立的故事线，它们平行前进，互为映照。胡家大姐胡湘君温柔贤惠，曾与表哥刘明翰青梅竹马，却最终嫁给了一心喜欢自己的保安大队长薛君山。战事日紧，长沙大火之后，丈夫薛君山被编入军中，胡湘君一力撑起整个家庭，不料前线传来薛君山战场失踪的消息，顿时抑郁成疾，好在最终有惊无险。因薛君山吃醋刘明翰上门为她看病，胡湘君顺从其心意带儿子平安回老家认祖归宗，不料路上遇到日本人，为隐蔽起来湘君不慎将平安捂死怀中，不能承受打击的她彻底精神崩溃，再也无法生育。不久之后，薛君山战死，胡湘君终于从疯癫中清醒，接手儿童福利院的工作，在后方为抗战贡献力量。日本鬼子逼近长沙，湘君带着福利院的孩子在撤回长沙的路上被乱兵冲散，为不被日本人抓住，她投江而亡。胡家男丁胡小满天真顽劣，在心爱的女孩、立志抗日的金凤和一心爱慕自己的表妹刘秀秀之间左右为难，屡次想要参军却因是家里独苗儿子而被拒绝。姐夫过世后，胡家经济日渐窘迫，为了解决家中困境，小满与阴险的小黑合作烟草生意，却因战乱全数赔光。日本人占领长沙，一心抗日的金凤被杀，小满万分悲痛地埋葬了心爱的女孩，安顿好家人和妹妹，加入了抗日游击队的行列，最终壮烈牺牲。胡家小女儿胡湘湘活泼任性，在战乱之际与留洋归来的青年军人顾清明从彼此看不惯到倾心相爱，展开了一段欢喜冤家式的感情。战火蔓延，她在亲人的离去中逐渐成长，从一开始天真烂漫的少女成长为一名战地医院出色的护士。经历与丈夫的离散与团圆，故乡的沦丧与收复，她成为胡家在战争中唯一的幸存者。这三条平行的故事线不像《复仇者联盟：无限战争》那样，是围绕同一主要矛盾展开的故事的不同侧面，而在一定程度上具有独立性和个体性。平行式结构的作用更多

《战长沙》

地集中在人物命运的相互映衬和性格的对比烘托上，观众通过对这胡家三姐弟时代浪潮下不同人生道路的对比，感受到中华儿女用血肉之躯保家卫国、无惧牺牲、众志成城的精神力量。

第三节 高潮与结局

所谓高潮，在戏剧式结构中是指矛盾双方经过斗争而到达最紧张、最激烈的程度，它是彼此决定胜负、成败的转折点。在戏剧式结构中，高潮虽然在全剧中只是短暂的一瞬，但却是剧作中最为重要的部分，它是矛盾发展的必然结果和顶点，是主要人物性格塑造完成的关键时刻，也是剧作中主要悬念得以解决的重要时刻。

与纠葛和冲突部分相比，高潮虽然显得规整和“单纯”得多，但是，高潮处理的成败，却往往决定着整个剧作的成败。因此，如何写作高潮，自然引起了影视剧创作者的高度重视。一般而言，在戏剧式结构中，高潮首先体现为矛盾的冲突达到了最为紧张和震撼人心的境界。如《复仇者联盟：奥创纪元》这样的超级英雄题材电影，高潮中创作者刻意通过突如其来的爆炸、打斗，将正邪较量、人性觉醒以及亲情、友情等元素推向令人窒息的极致。故事的结尾，奥创试图将人类集体灭绝，达到净化地球使其重生的目的，一场超级英雄与奥创率领的机器人军队的战争一触即发。为了挫败奥创的阴谋，幻视将其意识从网络世界中清除，然而，奥创利用早就埋藏在地底的能量源，将半个索柯维亚城升入空中，一旦升到足够高度坠落，造成的巨大冲击力就会毁灭整个地球。英雄们一面与机器人军队开战，一面将仍留在城中的无辜民众送上救生艇。为救人闪银不幸牺牲，鹰眼也负伤倒下，催动空中之城坠落的核心机也被奥创启动，千钧一发之际，英雄们只能摧毁整个空中之城来保护地球……

很显然，在这个“一波三折”“环环相扣”的高潮段落中，一切积累的矛盾都在这种空前紧张刺激的状态下交汇、冲撞、爆发，可谓一气呵成、酣畅淋漓，给予了观众极为强烈的满足与体验。

当然，写作高潮时，除了必须让原来的戏剧冲突迸发出前所未有的爆发力之外，还必须注意通过人物命运的矛盾极致刻画出其灵魂深处的性格与情感。如《刺客聂隐娘》讲述唐末藩镇割据年间，武艺已成的聂隐娘受师傅命令，回到离别已久的家乡魏博，刺杀表哥及曾经的未婚夫田季安，而此时魏博多方势力激烈角逐，田季安夫人元氏与叔父田兴，代表着背离和亲近中央朝廷的两大势力，在朝堂上明争暗斗，暴戾虚弱的田季安左右摇摆，维持两方的平衡。聂隐娘逐渐发现，杀死田季安必然使得

《刺客聂隐娘》

《悲惨世界》

其妻元氏一族乘虚而入，使魏博大乱，届时将会影响整个天下格局。为了大义，她救下遭元氏武装追杀的父亲和田兴，击败元氏高手精精儿，帮助差点被元氏所摆弄的巫术害死的瑚姬，彻底放弃了刺杀田季安的计划。为了这一选择，她不惜与授业的师傅决战……了结一切后，她放下一切，与磨镜少年飘然而去。聂隐娘放弃刺杀的选择，代表她放下了幼时被退婚导致人生巨变的怨恨，也放下了对师父唯命是从的愚忠，成长为具有独立意识、心怀天下的侠义之士。同时，从一个被裹挟进政治争斗无法掌控自主命运的女性，成为具有能动性、判断力和大智慧的命运斗士，人物弧光再一次从看似平静却暗流汹涌的交锋中体现出来。

由于高潮不仅展现了剧作最激烈的矛盾冲突，而且也刻画出剧作最复杂的性格冲突，因此高潮的叙述，往往就是深刻地展现剧作主控思想的关键所在。著名音乐片《悲惨世界》，影片高潮段落在于马利尤斯及一群支持共和制的青年学生一起，依靠底层巴黎人民的支持，发动了一场共和党人起义。他们与前来镇压的政府军勇敢对抗，最终因弹尽粮绝、寡不敌众而失败。这场为了改变黑暗社会，创造一个自由、平等、公义的新世界的抗争，与整个故事中善良而穷苦的人民在艰难的世道下被逼得没有活路、高高在上的法律执掌者和有钱人对于人民的痛苦毫不理解的主题基调完全契合。主人公冉阿让的悲剧，正是马利尤斯们发动这场起义的原因，而也是因为无数马利尤斯们努力的失败，世界上又继续出现了千千万万个冉阿让，在这个悲惨世界中，冉阿让和马利尤斯是一体的，没有什么分别。影片的主控思想由此也得到鲜明的表达：这个悲惨的世界必须被打破，才能迎来美丽的新世界。

高潮作为故事情节的最高峰、矛盾冲突最激烈之处，一般而言，要经过精心的设计和铺垫。在电影中，应该考虑将全片分为若干段落，设置几个小高潮点，并在最后总结成一个大高潮，从而将故事有节奏地层层推进，有主次、有重点地对内容进行描绘和组织，持续地保持影片对于观众的吸引力。在韩国电影《老男孩》中，讲述了一生浑浑噩噩、嗜酒如命的吴大修在一次醉酒回家的路上，突遭绑架，15年后被人放出，意欲复仇的故事。在影片中，吴大修被关在一个不见天日的私人监牢中，他从电视上获悉在自己失踪的这段时间里妻子已被人杀害，女儿下落不明，而警方将其列为了嫌疑人进行追捕。为了洗清冤案，找出遭到绑架的原因，本想自杀的吴大修燃起一股报仇之火，在“狱中”不断锻炼身体。15年后，他开始探寻这一切的原因，意欲向造成这一切的仇人李有真复仇。影片中，吴大修到底能不能找到李有真将他关押15年，逼得他家破人亡的真相，能否顺利复仇成为故事最大的悬念，而吴大修对于真相如拼图一般一点一点的搜索让观众抽丝剥茧般看到了故事的零星面具，在最后的对决到来之前逐渐掀起几个小高潮，抓住了观众的注意力。吴大修在重见天日之后做的第一件事情，就是为了能够获得仇人的线索，找到那个曾经关押了他整整15年的“监狱”。在其同窗好友和新结识的寿司店女店员的协助之下，吴大修成功地找到了那个关押地点，并且用暴力方式惩戒了监狱看守。吴大修在复仇道路上迈出的这个第一步成了故事第一个矛盾集中展示的小高潮，观众通过吴大修复仇的初步成功看到了他获得最后胜利的希望，从而提起了对于主人公进行下一步行动的兴趣，他们对于主人公复仇历程的结局的好奇心也进一步膨胀起来。而吴大修和女店员美桃终于没有控制住彼此内心澎湃的爱情，在小旅馆红色房间里紧紧拥抱在一起时，影片相应地进入了第二个小高潮。观众对即将走向和李有真进行最后对决的吴大修新产生的爱情感到好奇，他到底能不能在最后的对决中生还，他和美桃的爱情到底又会怎样发展，这加剧了观众对最后的决斗结果的期待和好奇，让故事结尾的戏剧张力有了更多一层的情感意义。然而在故事的最后，当秘密完全被揭开，李有真和姐姐在高中时代乱伦的恋情被展现在观众的面前时，风暴开始在主人公的头上酝酿，命运的阴影开始慢慢成形，这个小小的高潮成为影片最后的伏笔，再一次调动了观众的情绪和好奇，甚至有观众会以为这就是让影片完结的故事的最大秘密。然后在这样的三重铺垫下，导演姗姗来迟地抛出了整个故事中真正的最大的伏笔和秘密，原来美桃正是吴大修在15年前失踪的女儿。在杀死吴大修的妻子后，李有真将其女儿带到国内让人养大，并在15年中分别对父女二人进行催眠，通过种种刻意安排的暗示让吴大修在走出“监狱”的第一时间就找到了美桃，并且在日渐相处的过程中通过一系列的暗示信号开始让他们的大脑执行催眠指令，产生了爱情，最后吴大修和美桃像当年的李有真和姐姐一样，产生了不为正常的社会规则所容的背德的爱情，而这才是李有真最后的、最有力的复仇。在最后的大高潮中，李有真和吴大修的位置开始完成了一次戏剧性的逆转，立志复仇的吴大修变成了被报复的那个人，而之前等待着吴大修的李有真却用生命完成了一次长达15年的报复。之前影片中的每一个小高潮似乎都成了最后高潮和结局的伏笔和铺垫，它们结合在一起有力地掀起了情节上的狂风暴雨，将最后的冲突推向了最高点。观众在这

《老男孩》

种高潮迭起、转折不断的情节过程中完全被导演精心安排的故事内容所牵引，注意力高度集中，产生出一种酣畅淋漓、目不转睛的欣赏体验，可以说，这完全得益于导演对故事节奏和高潮推动的巧妙设计，正是一个一个高潮，铸就了电影《老男孩》的成功。

与电影相比，电视剧高潮的设置要考虑到集高潮和剧高潮。集高潮指的是每一集电视剧情节的高潮，而剧高潮指的是整部剧的高潮。通常剧高潮就是众多集高潮的某一个，它所体现出来的意义剧变是最为明显强烈的。下面以连续剧《大宅门》为例展开说明。

《大宅门》第一集说的是光绪六年的春天，北京城最有名的药铺百草厅“白家老号”的大宅门里，二奶奶白文氏生下一个男孩，奇怪的是这孩子生下来不会哭，越打越笑，祖父白萌堂为其取名白景琦。其父白颖轩去詹王府为大格格看病，由于他号出了喜脉，结果马被杀、车被砸。原来大格格未婚先孕，白萌堂不服，又亲自去詹王府，明为赔礼，暗中为大格格下了安胎药，要报砸车、杀马之仇。第一集的集高潮很明显就是白颖轩给詹王府格格号出了喜脉，导致马被杀、车被砸。因为它暗示着白草厅和詹王府两家关系破裂，从此结怨。集高潮要展现的就是一集当中最为突出的矛盾冲突，它的重要之处也就是能在一集的长度之内塑造一个矛盾冲突的最高点，倘若我们把它放置于整部电视剧中，它也许是众多高潮里最不起眼的一个高潮，可能它的作用仅仅起着一个引子或者导火线的功能。虽然我们认为像上面所引用的集高潮并不能成为剧高潮，但是集高潮同样是不可或缺的。试想一下，假如没有这样的集高潮，也就不会有白詹两家的恩怨，也不会有白景琦和黄春以后的故事。从另外一个角度来说，集高潮也是一集中的一大看点，矛盾的激化以及悬念结尾留给观众更多的期待。

《大宅门》的剧高潮同大部分连续剧一样也是一个压轴戏，也就是本剧的结尾：景琦不顾全家人的反对与香秀成婚，王喜光立即找上门来逼景琦出任伪会长。危难关头，三爷白颖宇挺身而出愿当会长，在就职典礼上，白颖宇怒斥日本鬼子和汉奸，当场吞食大烟膏，壮烈殉国。景琦召集全族的人开会，立下遗嘱，誓死抗日。这个把家族矛盾转化成民族矛盾的剧高潮并不出彩，有牵强造势之感，而且对白景琦的刻画出现了败笔。按照白景琦的性格发展脉络，青年的他或许会不顾别人的眼光坚定地去娶黄春、杨九红，但母亲的多次干涉使他的个性变得屈从，特别是表现在婚姻大事上，变得世故了的白景琦难道仅仅因为白文氏已死就返老还童似的像年轻时候一样去娶香

《大宅门》

秀？非但如此，而且要立她为太太？导演试图重新塑造一个有胆有识的白七爷，但是给人的感觉还是韶光已去，假戏难真。通过对电视剧和电影的高潮分析，我们可以发现，高潮在影视作品中并不只有一个，根据剧情的发展和故事内容的安排可以由编剧进行自由安排，但是在多次高潮中必须保证主次分明、分工明确。小高潮的作用主要是在一段情节内造成一个强烈的矛盾冲突点以吸引观众注意力，形成剧情在行进过程中错落有致的节奏，并一再提升观众对与故事主要矛盾相关的最终最高潮的好奇心和探究欲。小高潮在进行设计和打造时必须加强其和大高潮、主要矛盾的关联度，否则就容易产生故事内部的结构分散和情节脱节。而在大高潮的设计中必须将故事的矛盾冲突激化程度带到最高点，从根本上突出故事最主要、最重要的情节支点并将其内容分歧白热化展示，为最后的结局出现做好合适、合理的铺垫。大高潮在紧张度、悬疑度和激烈程度上必然远远超过之前任何一个小高潮，其冲突所代表的价值倾向、主题意义也必须比之前的小高潮具备更深层和多元的内容，只有这样，才能保证故事高潮成为全部内容的中心点，成为故事的核心。

在戏剧式叙事结构中，开端和破题部分发生的冲突，应通过发展和纠葛来紧张化，使其在高潮中达到对抗点，并最终通过随之而来的危机的解决或结局完成叙事，从而为故事提供一种结束感。对于任何一部叙事性的艺术作品而言，好的结局不仅可以让人久久难忘，回味无穷，而且可以传达出剧作家的思想感情，并将其升华到哲理的高度，引起观众的思考。日本电影理论家新藤兼人说过："电影的成败取决于终场戏。电影不像读书那样能够翻来覆去地看下去，是在被画面随时激起的思想感情起伏中一气看完的。如果决定成败的终场戏失败，那么就成为印象非常淡薄的电影。假如终场戏是鲜明出色的，那就能够使观众回味终场以前的人物性格、感情、影片结构，从而成为一部明快的影片。"①

一般来说，剧本的结局常常表现出三种不同的功能：

首先，由于结局总是衔接于高潮之后，因此结局的一个重要使命就是展示高潮对事件的影响及其最终结局。《瞒天过海：美人计》的结尾，紧张刺激的团伙作案后，八

① 新藤兼人. 电影剧本的结构［M］. 钱端义，吴代尧，译. 北京：中国电影出版社，1984.

《瞒天过海》

位女性终于聚集一堂，团队领导黛比在众人将所有注意力放在那条天价项链上的时候把其余所有展品项链收入囊中，使每一个合伙的成员都分到了3000多万美元，直接改变了她们原本处于危机边缘的人生。同时她也狠狠报复了背叛自己的前夫，用计将其送入了监狱。最终，才华横溢但即将破产的设计师开了自己的品牌店，被母亲质疑人生的珠宝设计师找到了爱情，独来独往的黑客终于拥有了自己的台球店，而一路被舆论批评的女明星成了导演……而黛比独自来到哥哥的灵前。电影中多处细节都表达了哥哥对黛比的影响，哥哥不希望她走上与其一样的道路，她却用这种方式来怀念逝去的哥哥，获得心灵上的平静。

在叙事作品中，由于高潮总是主要情节矛盾的集中爆发，因此，顺承着高潮的结局，其实就是主要情节矛盾的结局。应该说，这样的结局方式符合大众的审美期待，这也正是绝大多数影视作品都采取这种结局的主要原因。当然，影视艺术是一种想象的艺术，为了尽可能在最大限度上体现出一种创造的活力，避免循规守矩，不少影视作品的结局都试图另辟蹊径，有意避免将结局安排在主要的故事情节上，而将其落实在对次要情节的呼应上。如宫崎骏的《千与千寻》讲述十岁女孩千寻和父母进入一个神秘小镇，父母因贪吃变成了猪，无助的千寻只能留下来为恐怖的汤婆婆工作，并结识一位不断帮助她的白龙少年。经历了无数奇幻冒险之后，千寻偶然间帮助白龙找回了自己的名字，汤婆婆也终于把千寻的父母变回了人类。一家三口离开小镇，将这段经历永远封存在了心中。宫崎骏在谈到《千与千寻》的创作动机时曾经指出："这是一个没有武器和超能力打斗的冒险故事，它描述的不是正义和邪恶的斗争，而是在善恶交错的社会里如何生存。学习人类的友爱，发挥人本身的智慧，最终千寻回到了人类社会，但这并非因为她彻底打败了恶势力，而是由于她挖掘出了自身蕴含的生命力的缘故。现在的日本社会越来越暧昧，好恶难辨，用动画世界里的人物来讲述生活的理由和力量，这就是我制作电影时所

《千与千寻》

考虑的。”[①]因此，10岁的小女孩千寻在神灵世界中经历了友爱、成长、修行的冒险过程后，终于拯救了双亲，重新回到了人间，这无疑是《千与千寻》叙事的主干动作线。影片开端部分叙述千寻一家搬家的情节，则是为引出主干动作线而设置的一个辅助情节。在这个意义上，结局时历经冒险之后的千寻和父母一起重新回到了搬家之路，这一镜头自然也就与开端部分的辅助情节构成了巧妙的呼应关系。

电影《鸟人》讲述曾经以饰演超级英雄“鸟人”一角成功蹿红的好莱坞明星里根一直笼罩在过去这段演艺经历的阴影下，年岁渐长、失去大众关注的他为了重拾事业辉煌，押上全部身家精心编排了一出现代戏剧，不料即将开演前经历了剧场事故、演员受伤退出、资金不足、媒体反响平淡等一系列挫败，刚从戒疗所出来的女儿作为助理，也与他关系紧张。虚幻的鸟人一直在身边蛊惑及嘲笑他，戏剧开演后，合伙的男演员在舞台上的丑行被拍下，引起网络疯狂点击；他在演出中场出去抽烟，却被意外关在门外，不得不半裸跑过好几条街，穿过一个广场回到剧院内，过程也被路人发现用手机拍下，费尽全力证明自己艺术价值的舞台剧成了笑话，绝望的里根用真枪替换了道具枪，试图在舞台上结束自己的生命。故事结尾，大难不死的里根因这一极端行为，重新引起了大众关注，影评人正面评价了他的作品，舞台剧一炮而红，前妻和女儿也回到了他的身边，重新拥有一切的里根从窗口跃下，飞上了蓝天。影片以一种反讽的形式对好莱坞、百老汇及大众媒体环境和观众趣味进行了讥嘲，里根渴望公众关注而始终不得其法，最终阴差阳错实现了自己目的的过程展现了社会艺术评价和成功法则的荒诞性。超现实的“鸟人”的存在一直是揭示里根心理和情绪状态的一条副线情节，而最终开放式的结局则呼应到了“鸟人”与里根互为一体的副情节上，再一次将电影所期待表述的荒诞和反讽的主题进行了强调。

《鸟人》

乔治·艾略特认为，结尾是大多数作者的弱项，但是部分过失应归咎于结尾的本质，因为结尾总是受到来自受众的压力，受众希望作者给作品一个圆满的结局。因此，无论是展示高潮结局的故事，还是交代辅助情节线索结果的故事，其结尾都是采取闭合式的结构方式，即除了完整地交代主要矛盾事件的最终结局之外，还尽可能完整地交代剧作中每个人物命运的最终结果，从而彻底地封闭了叙述的其他可能。小说

① 魏楚豫. 一生要看的50部经典电影［M］. 北京：北京工业大学出版社，2003：56.

家亨利·詹姆士曾讥讽地把这种闭合式的结局描述为“对奖金、抚恤金、丈夫、妻子、婴儿、芸芸众生、附加段落和令人愉快的话语的最后分配”。出于对这种闭合式结尾的反动，詹姆斯在自己的小说创作中率先采用了具有现代小说典型特征的“开放式”的结尾。他常常在对话的中间让小说戛然而止，抛出一句悬而未决、能够引起共鸣，但又可以做多种解释的话，从而使结局具有了多种可能性。

与小说创作相比，剧作家在处理开放式结局时无疑更有优势。正如简·奥斯丁在《诺桑觉寺》旁白里所指出的：“剧作家或电影制作人能够做到让观众无从知道故事何时结束，但小说家却无法做到，因为小说的篇幅足以说明一切。”菲尔丁也曾在《汤姆·琼斯》中感慨：“小说马上就要结尾，而小说家对此却毫无办法，不是吗？……他无法掩盖书页逐渐变薄这个明白无误的事实……阅读的时候，你很清楚书只剩下一两页，你准备读完它。但是看电影时，你却无法知道它何时结束，尤其是当今的电影比过去结构更松散，更模棱两可。我们无法知晓哪一个画面将是结尾。电影在继续放映，就像人生在继续一样。人们在做事、喝酒、交谈，我们在观看他们，导演可以选择在任何一个时刻、事先不给我们任何提示，任何事情都还没解决，或没解释清楚，或没料理妥当，电影就……就结束了。”影片这种开放式结局的一个很重要的功能，就是留下悬念，为拍摄续集提供一种可能。著名剧作理论家悉德·菲尔德就曾经将结局作为一种“情节点Ⅲ”，他认为结局应该充满“惊奇”和“满足”，并暗示出一个新的开始。如《星际穿越》结尾处，库珀困于时间的尽头，眼看着过去的事件在面前上演却无能为力，只能通过影响空气、光、尘埃等微小的自然元素给过去的自己和女儿以暗示，在地球即将彻底被沙尘暴毁灭，这个唯一的沟通窗口也即将被废弃时，女儿终于将所有不合理串联起来，意识到冥冥中是父亲要告诉自己什么，库珀借机通过影响手表秒针的震动，用摩斯密码的形式将量子数据传达给女儿。在父亲的帮助下，女儿墨菲破解了一直困扰自己的物理难题。库珀身处的五维空间被关闭，他穿过时间隧道，最终被人类飞船发现。此时的人类已经在物理学的突破下建立起了太空定居点，时间过去，库珀依然如昨，女儿已经是白发苍苍，父女俩在女儿生命走到尽头时终于相见。然而，库珀并未止步，在与地球一样的房子里安然度日，而是带着忠诚的机器人塔斯再次出发，踏上危险的太空

《星际穿越》

旅途……很显然，这个悬念感十足的结尾使观众充满了对续集的期待。在好莱坞电影中，这种期待着续集的开放式结尾可谓比比皆是。如《侏罗纪世界》中邪恶的基因变异龙终于倒下了，可是恐龙已经突破了人类设下的限制，向着更广阔的世界逃散开去……

当然，作为续集出现的开放式结局，并不是严格意义上的开放式结局，因为在续集里，这些未决的人物命运完全有可能被一一界定。在这个意义上，所谓开放式结局，依然期待着续集里的大结局，因而在整体上依然可能是一种封闭的结构。因此，真正的开放式结局，是指剧作中叙述的主要矛盾事件虽然有了较为明确的结局，但是剧作中的人物角色命运却还存在着多种的可能。

总之，从严格意义上说，影视剧故事矛盾的设置，都有破题、纠葛和解决三个环节，但是故事矛盾的最终“解决”，则应该发生在故事的结局中。在日常生活中，我们毫不掩饰自己喜欢追根究底的好奇心，而这种好奇心在故事矛盾解决的时候会被完全地释放出来。因此，无论是编导还是观众，对影视剧结局的评价总是比其他任何部分都要多，结尾应集中交代主要事件的结果，不允许节外生枝，画蛇添足。好的结尾应做到既使观众满足，又使其有回味的余地，充分显示作者的思想深度。因此，无论是开放式结局还是闭合式结局，它都应该让观众对作品所叙述的故事产生一种新的见解，发现一种新的价值和新的意义。

如2001年获奥斯卡金像奖的最佳动画短片《父亲和女儿》，画面中，父亲骑车带着女儿由远而近。在湖边，父亲放下怀中的女儿，一步一回头地走向湖中的小船。在女儿的视线中，小船载着父亲慢慢远去。紧接下去导演就把重点放在了女儿骑车往返于湖边，去等候父亲这一情节过程的描写。画面通过自然环境四季的变化，通过女儿从小到老的成长变化，不断重复、强调着这一简单的情节。在短片的结尾，导演采用了超现实主义的表现手法：当这位已老态龙钟的女儿再次来到湖边时，湖水已干涸了，她看到的是一只半埋在泥沙中的破船。在这只也许是父亲曾经坐过的船中，她恍惚看到了父亲的身影，于是她起身向前走去。在奔走中，她奇迹般地变得越来越年轻，回到了少女时代的女儿终于和父亲拥抱在了一起。整部影片没有对话和解说，背景音乐也只是一架手风琴拉出的简单音符。导演在这部全长只有8分半钟的影片里，利用黑白和光影的设计理念，吸取欧洲插图艺术的经验，以淡雅素净的色彩，抒写细腻感人的父女情怀。特别是结尾的镜头，时光逆转，以一种新的意境隐喻父女一生不变的情怀，令人潸然泪下。

威尔斯·茹特曾经指出，在戏剧式结构中，故事情节设计包括开端与破题、纠葛与冲突、高潮与结束这三部曲，虽然它“从来不是一个严谨的结构”，但不可否认的是，“它是一个一般化的框架，折中而灵活”。这种折中和灵活性，不仅表现在每个剧作家的个人创造性上，同时也体现在不同篇幅的要求上。一般认为，影视剧的篇幅不同，对故事的结构要求也不一样。如在动画的短篇脚本中，由于篇幅大约只有10分钟左右，不可能详尽刻画人物的性格，也不可能叙述复杂的事件，因此在动画短篇中，人物和事件处于从属的地位，故事主题和立意成为重点中的重点。在动画短篇中一般只能容纳一个情节，围绕一个中心展开，甚至可以没有情节，这时主题就显得非常重要。如果在创作脚本时把情节当作重点，为了讲一个故事、塑造一个人物、描述一个世界，那么，就需要至少一个篇幅约为45分钟的中篇来容纳。在中篇创作中，故事主题仍旧很重要，但已可以承载较为复杂的故事情节。因此中篇脚本的创作就应该首先完成故事的大纲，从而有依据地设定人物和环境，并依照这些考虑得很周详的人物来设计情节。与短篇和中篇不同，在长篇脚本的创作中，人物角色和故事是长时间伴随读者的密友，是创作的最主要部分，当然，在所有故事的纠葛中，其实质都是聚焦于人物的矛盾冲突。如果没有冲突，故事将会停滞不前。所以说，冲突是推动故事前进的动力之源。从叙事学的角度来看，不同层面的冲突不仅推进了故事情节的发展，更重要的是，冲突还营造了悬念。在长篇脚本创作中，编剧不仅应该设计出一个大悬念，而且应该设计出众多起伏跌宕的小悬念。所谓大悬念是观众从开头到结尾一直关心的剧情环节，而小悬念则是为有助于推动情节的进一步发展而设置的。这种矛盾冲突的最激烈之处和悬念的最终解决，则往往是脚本的高潮所在。高潮之后，自然就是结局。由于动画片中的人物角色性格在影片中往往只有有限的变化和发展，他们代表着各种社会类型，而他们所推动的事件发展的结局最终也是有限的，正如托马斯·沙兹所说的：“西部片导致不可避免的枪战，音乐片导致高潮性的演出，爱情喜剧导致最后的拥抱，战争电影是全面出击的战斗，强盗片导致主人公必然的在阴沟里的死亡。”①

日本剧作家新藤兼人曾这样说道：“戏剧的紧凑感，压缩和弹性，这些东西的动力，我以为就在于突然的描写。我觉得如今的剧本已到达了这种境地，把这些东西组装起来的，在很大程度上是靠结构，靠场面的设计，靠一个镜头一个镜头的环环相扣。”②值得注意的是，戏剧式结构虽然一直占据着影视剧创作的主导地位，但是仍有不少编导试图超越这一局限，从不同的方面探讨影视剧叙事结构多样化的可能性。

---

① 沙兹. 旧好莱坞/新好莱坞：仪式、艺术与工业［M］. 周传基，周欢，译. 北京：中国广播电视出版社，1992：66.

② 新藤兼人. 电影剧本的结构［M］. 钱顺义，吴代尧，译. 北京：中国电影出版社，1984：5.

因此，我们强调影视剧尽可能地采取戏剧式结构的同时，并不意味着排斥进行其他结构探索的可能。恰恰相反，正是由于影视艺术家的不断努力，影视艺术才有可能呈现出前所未有的生机勃勃的景象。

推荐阅读：

1. 王迪. 通向电影圣殿 [M]. 北京：中国电影出版社，1993.
2. 王志敏. 电影美学分析原理 [M]. 北京：中国电影出版社，1993.
3. 陈晓云. 电影理论基础 [M]. 北京：中国电影出版社，2009.
4. 李停战，周炜. 数字影视剪辑艺术与实践 [M]. 北京：中国广播电视出版社，2005.
5. 刘书亮. 影视摄影的艺术境界 [M]. 北京：中国广播电视出版社，2003.
6. 沈芸编. 中外电影 [M]. 上海：上海画报出版社，2001.
7. 丁朗朗. 百年好莱坞 [M]. 北京：金城出版社，2004.
8. 卡. 库布里克的电影 [M]. 上海：上海人民出版社，2009.
9. 梅内盖蒂. 电影本体心理学 [M]. 北京：中国广播电视出版社，2007.
10. 安杰伊·瓦伊达. 我们一起拍片！[M]. 北京：文化发展出版社，2018.
11. 迈克尔·豪格. 编剧有章法 [M]. 北京：中国华侨出版社，2017.
12. 乔恩·布尔斯廷. 好莱坞之眼 [M]. 北京：北京联合出版公司，2018.
13. 莫琳·A·瑞安. 创意制片完全手册 [M]. 北京：北京联合出版公司，2015.
14. 何清. 光色留影 [M]. 北京：北京联合出版公司，2017.
15. 山田洋次. 我是怎样拍电影的 [M]. 北京：北京联合出版公司，2015.

第八章 语 言

导 语

作为叙事文本，影视剧的语言可以分为两个部分：其一是叙述语言，它是编剧借以揭示剧作的时代背景、人物角色的形象特征、故事情节和矛盾冲突，从而为将其转换为视觉画面提供必要的指示，它是导演、后期制作人进行二度创作的基础。对叙述性语言最主要的要求，是它必须具备造型性，也就是它必须是能够“看得见的”。①其二是人物角色的台词，它是剧本中人物角色所说的话语，是编剧借以刻画人物角色、展现剧情、体现主题的主要手段。布莱克·施耐德在《救猫咪》一书中直言不讳道：“沉闷的台词在好片里也会出现，但如果剧本中都是没有生气的‘快速移动’的话，是不会被拍成电影的。当你发现自己读了一页又一页这种‘没用’的台词，你就麻烦了。……人物的台词是你揭示人物的机会，人物说话方式透露的信息跟人物说的内容一样多。人物的说话方式是个性，能够凸显各色人物的前史、内心阴暗面及其前程。”

第一节 叙事语言

众所周知，文学是语言的艺术，在文学创作中，作者既是创作的第一个环节，也

① 汪流. 电影编剧学［M］. 北京：北京广播学院出版社，2000：228.

是创作的最后一个环节，文学语言一旦定稿，文学的美学价值也就宣告完成，作者对文学的创作拥有最后的话语权。作为一种文学体裁，今天影视文学的归属仍然受到来自多方的质询。语言的特点在于其抽象性，影像的特点在于其具象性，读与看的基本矛盾先在性地构成了影视文学审美创造的一切悖论性因素。影视文学的具象式写作导致审美想象的一维性，从而与语言的想象性、语言的自发性构成了一种悖反。影视文学的两难写作从根本上制约着剧作家对人生内涵的深度表达，因此，这是一种极富挑战意义的写作。①

剧本的创作，是一种未完成的写作，它是一度创作。它的最终目的，就在于为将来影视的二度创作提供一个框架和蓝图。在这个意义上，剧本的叙事语言的创作，客观上就必须具备以下两个特点：其一是具象性；其二是综合性。

所谓具象性，即剧本中的语言必须是外在的、动作化的，以便为将来的影像制作提供最大的空间。因此，虽然艺术语言本身都应该是形象可感的，但是在文学作品中，它还可以包括大量充满内心体验和感受的词汇，如我们想要表述环境中的天气寒冷，文学语言可以这样写道："刺骨的寒风吹打着脸庞，像刀割般的疼……"在这里，诸如"刺骨""像刀割般的疼"等语言，均是描摹个体内心的感受，显然无法转换为视觉影像，因此这类语言自然也就不适合剧本的写作。剧本如果要叙述类似的场景，则必须采用外在的、动作化的具象语言，如："寥寥几人的冬天街道，行人裹紧着大衣匆匆赶路，大风折断了树枝，卷起了路边的落叶……"这些直观的、具体的语言描述，才有可能为导演将来的二度影像创作提供合理的想象空间。"电影剧作者在写电影剧本时所运用的，不应是文学思维，而应是电影思维。"②

在剧本创作中，叙事语言除了进行必要的场景描写之外，还必须进行人物角色的形象和性格特征的刻画。而要展示人物角色的性格特征，客观上就必须表现人物角色的内心世界。如电影《8英里》剧本里的这段开场描述：

《8英里》

1.内景，浴室，夜晚

在刺目的绿色荧光灯下。

特写：一个愤怒的白人，他的头晃动着，时而入画，时而出画。他使劲贴着一个女孩的脸。拳头压在肮脏的镜子上。流

① 何平华. 论影视文学审美创造特征［J］. 当代电影，2005（3）.

② 汪流. 电影编剧学［M］. 北京：北京广播学院出版社，2000：6.

汗。呻吟。

女孩：吉姆，吉姆，哦，上帝啊，就这样，兔子，是的，哦，是的，吉姆，兔子，用力。

在一个肮脏的水池边缘，他正在和她做爱。快速地。激烈地。她的短裙被掀到腰际。

一顶羊毛帽子从头上拉下来，把他的脸遮得严严实实。他是吉姆、詹姆斯、B、小兔子、罗比、B-罗比和吉姆·史密斯。对我们来说，他只是一个平平常常的吉姆。

女孩：哦，兔子。就这样，很好，很好。

他们在一个空荡荡的浴室里。潮湿并充满了噪音。

音乐节奏穿透了墙壁。拳头砸在门上。女孩正在呻吟。一切都吵闹无比。

特写：吉姆。他看见镜子中的自己在上下动作。他撇下女孩走开了。

渐隐。移动中。我们听到她走近他。吉姆停下。凝视。强光笼罩在他的头上，像一团燃烧的光晕。他看上去很不好，冒着冷汗。

吉姆：我要走了。

她跳下水池，猛拉裙子。

女孩：为什么？你还紧张吗？你真幸运。我遇见你，我想帮你平静下来。但是你却不喜欢在这里做爱。

吉姆（提上裤子，目光涣散）：什么？这样不好吗？

女孩：是的。你知道我喜欢你干我的方式，胆小鬼。为什么你总要问我？

吉姆没有回答，脸上闪过一丝奇怪的表情。

他快速走到一个肮脏的售货机前，我们听到他正在呕吐。

2.内景，门口

吉姆离开浴室。有点兴奋。身边已没有女孩。一群人在外等着。他们尖叫，大喊。吉姆只是笑笑，向他们伸出中指。一个人径直向黑暗的走廊深处走去。

这个开场描绘了嘻哈歌手吉姆第一次上台比赛前的窘迫，一场“快餐式”的性爱匆匆结束在嘈杂混乱的环境中，剧本通过穿透墙壁的音乐节奏、拳头砸在门上的声音、女孩的呻吟声，形象构建出一个令人不适的地下酒吧洗手间的空间感受。通过对话，我们知道女孩和吉姆做爱的原因是缓解他的紧张情绪，让他平静下来。而吉姆却并没有从这种奇特的安慰方式中得到缓解，在一个他看向镜子中的自己的特写之后，下一步动作是撇下女孩走开。最后，吉姆甚至连话都说不出来，走到一个售货机前呕吐。通过剧本所展示的人物表情、肢体动作、对话，我们能看到吉姆正处于一种极度的紧张和焦虑中，虽然他极力掩饰，也想了极端办法来应对，但紧张带来的强烈不适还是吞噬了他。剧本中人物的内心世界大多数时候并不能依赖单纯的文学叙事，而是需要通过动作和台词设计来展现。

在这个意义上来说，影视剧本的语言的具象性需要具备两个重要的创作要素，一是动作具体，二是指代明确。动作具体表示编剧在进行剧本创作时，必须为剧本的主体人物和重要对象设计出具体可视、能够通过演员的肢体语言造型表达出来的动作，编剧在考虑推动故事情节的行为动作时，也必须对该动作能否完美而具体地通过演员的表情动作来实现做出预设。比如在描述文学作品中人物的复杂情绪时作者通常着重于人物纠葛而充满剧烈冲突的心理，通过大量的篇幅对人物心理变化的前后思想斗争进行细致的描写，充满了各种比喻、拟人、对比等修辞。然而，在具体的影视作品中，这种隐形的变化就无法采取这样的形式传达给观众，而是需要根据心理变化的前后内容进行人物动作的对应设计来表现在观众的面前。同时，编剧在进行主要动作设计时，不能显得含糊其词、模棱两可，而是必须使其具体可感。如在著名影片《卡萨布兰卡》的开头，为了表现卡萨布兰卡人口混杂、社会秩序混乱的场景，影片特地安排了一场描述一对英国夫妇在街头偶然看到警察逮捕大量难民并把他们押解回警察局的场景：

《卡萨布兰卡》

街心广场边的一个露天咖啡馆。一对中年英国夫妇站在桌边，想看清警察局前骚乱的场面。一个黑不溜秋的欧洲人叼着香烟，斜靠在不远处的灯杆上。他不怎么理会街上的情景，却密切窥视着这对英国夫妇。

英国女人：那边到底出了什么事？

黝黑的欧洲人（朝这对夫妇走来）：什么，太太……难道您还没听说？

英国女人：我们消息闭塞——知道的更少。

黝黑的欧洲人：两个德国信使在沙漠里被人干掉了。（讥讽地笑着）是在……没被占领的沙漠。

法院门前：难民们被带下警车。

黝黑的欧洲人的声音（继续说着）：这是对难民和自由主义者的例行围捕和……

这时，他们看到一个金发碧眼的姑娘……她最后一个被带下车……与其他被捕的人一起被赶往警察局。

黝黑的欧洲人的声音：当然啰，漂亮的年轻姑娘是提供给警察局长雷诺特先生个人受用的。

露天咖啡馆。

英国女人（迷惑不解地）：我不明白。

黝黑的欧洲人：通常，难民们几小时后就会被释放，（略带微笑地）而那个姑娘，却得等到第二天早晨！

英国女人（已过中年，长着一副马脸）：女人在这鬼地方可不安全！

黝黑的欧洲人（耸耸肩）：人们说，要想离开卡萨布兰卡，你在出境签证上，得花二元钱，可是，在警察局长身上，你还得花二百元。当然啰，除非你是个美丽的姑娘。有钱的和漂亮的可以前往里斯本，穷光蛋总是留下来与我们为伍。

英国女人：可怕……

黝黑的欧洲人：不幸的是，欧洲的社会渣滓也混杂在倒霉的难民之中流窜到卡萨布兰卡来了。他们中有些人为签证一等就是几年。（热情地用膀子搭住英国人）先生，我求您：千万小心，处处留神，保持警惕——这地方是个盗贼窝，到处都是盗贼！到处！

英国男人（这突如其来的关心叫他吃了一惊）：哦……哦……谢谢您。非常感谢。

黝黑的欧洲人：别客气。（他彬彬有礼地抬了抬帽子）再见，太太。再见，先生。

黝黑的欧洲人从画面消失。那个被他的举动搞得心神不安的英国男人看着他的背影，用手帕擦着额头。

英国男人（把手帕放回口袋）：一个善良的人，不是吗？（他摸了摸胸前的口袋，觉得少了什么。他解开衣扣，把手伸进衣服里摸索）

英国男人：我真蠢……

英国女人：怎么啦，亲爱的？

英国男人：把皮夹子丢在旅馆房间里了。[①]

在这段场景中，为了形象地说明影片主要故事内容发生的环境，编剧用一段长对话来展现卡萨布兰卡难民众多、人口混杂，人人都想获得一张能够前往里斯本的出境证明却受阻于警察局的严格控制的现状。这段对话主要在一对来自英国的中年夫妇和一个黝黑的欧洲人之间发生，为了更好地表现故事环境，展现人物特征，编剧在长时间的对话中加入了不少行为动作，这些具体的行为动作配合着人物对白，使整个剧本的视觉造型功能大大加强，并且从中展现了对话双方各自的心理状态和个性特征。当黝黑的欧洲人向这对英国夫妇解释难民们被抓的原因时，编剧在对话中注明了他的表情——讥讽地笑着，在陈述在卡萨布兰卡要获得一张出境证明必须具备相当雄厚的财力或者美貌时，这个欧洲人的动作是耸了耸肩。通过这些动作我们可以看出，作为一个普通的民众，他对听命于德国政府行事的卡萨布兰卡当局有着强烈的不满和愤怒，然而，在警察局严酷的暴力统治之下，这种不满只能微妙地掩盖在各种讽刺和无奈中。接下来，这个欧洲人突然间热情地用膀子搭住了英国人，并且热心地警告他们在这个治安混乱、鱼龙混杂的城市要注意安全，因为这里“到处都是盗贼！到处！”，随后离开了画面。英国人不明就里，当他掏出手帕时却发现他的皮夹子忘在宾馆里了，然而，通过前后剧情的联系，观众可以一眼就看出这个英国男人的皮夹子并不是忘在宾馆里了，而是被刚才那个黝黑的欧洲人偷走了，这也正好能够合理地解释这个欧洲人从一开始就密切地关注着这对来自英国的夫妇并主动热情地接近他们的原因。同时这个欧洲人的这种熟练老道、不露痕迹的偷窃行为进一步对他向这对夫妇提出的“这里是个盗贼窝”的警告做出了最好的注解，构成一种绝妙的反讽，充满了戏剧的张力。综观这段情节我们可以发现，虽然对白向观众传达了十分重要的信息，但是真正起到画龙点睛作用的正是编剧为这个黝黑的欧洲人所设计的具体动作行为。这种行为是具体的、明确的，比如讥讽地笑，热情地用膀子搭住英国人，彬彬有礼地抬了抬帽子，等等，这些动作都不仅仅是简单的动作描写，更充满了丰富的情绪和心理，在动作中包含了编剧希望观众能够看到的行为人在具体动作中暗藏的信息和情绪。这种对于动作的具体定义和心理行为赋加不仅能够让演员更加清晰地了解编剧通过人物动作所要表达的情绪内涵，并且能够更符合要求地对人物进行相应的演绎。如果这些动作前缀的形容消失，那么人物动作就会变得意义模糊，虽然有台词能够支撑其主要剧情的发展，但艺术感染力和气氛营造就会相应地大打折扣。

---

① 译林编辑部. 奥斯卡获奖电影剧本选［M］. 南京：江苏人民出版社，1983：115.

从这个实例中我们可以看到，在剧本创作语言的具象性中需要将主要动作具体化描述的问题。因为观众在接受一部影视剧作品时，更多的是以人物的行为动作来揣测故事的内容和含义，而并不是像编剧那样从故事主题和含义出发来设计人物的动作，因此，观众在对于动作的理解中难免会因为信息的不对称造成理解的误差，这种误差有时候甚至会导致他们对于整个人物和剧情的理解走上和编剧意旨完全不同的方向。如在前文所述的《卡萨布兰卡》中，在讲述有两个德国信使在没有被占领的沙漠被人干掉了这句话时，两种不同的笑就代表了说话人两种截然不同的情感倾向，如果说这个说话人在讲述这句话中间苦笑了一下，我们就会从中得出这个人是站在德国立场上这个结论，因为在针对这起对德国造成损害的事件时，他对没有被占领的沙漠充满了不安全感和忧虑，而故事中的说话者在说这句话的时候讥讽地笑了一下，这就让我们知道他正是站在了和德国相对的立场上，他对于德国并没有完全能够占领沙漠这个事实感到幸灾乐祸，并对这个德国控制下地区严峻的治安环境感到不满。所以说，编剧在进行人物动作行为设计时，在尽可能的情况下，应具体地将动作所要承担的含义、功能表达出来，以便导演进行二度创作时能够有一个清晰明确的参照标准。

在人物动作描写必须具体清晰的同时，故事中具体的形容和指代也必须明确清楚。不仅在编剧进行剧本创作时，有时候在作家进行文学艺术创作时，也会存在这样一个指代不甚清晰的问题，但是在文学作品中人们可以通过充分的自我想象进行画面补充，虽然有些时候这种补充和原作者想要表达的内容有些出入，但是这并不妨碍读者对其的自我理解。然而，在剧本创作中，这种意义模糊的形容和指代则会造成导演在进行二度创作时无法更好地领会原创者的意图和想象，并在最后的具体形象塑造中体现出这种差距和误读。如在《卡萨布兰卡》剧本中有这样一段人物较多的情节描写：

> 飞机场。那架飞机正俯冲下降，呼啸着掠过飞机场边一所房子上的霓虹灯招牌，那上面写着“李克夜总会”。接着出现了一群官员，为首的是路易·雷诺特上尉——维希政府指派担任卡萨布兰卡警察局局长的法国官员——正同其他人在交谈。他是个外貌英俊的中年法国男子，殷勤，快活，但又不失为一个精明强悍的警官。他身边有德国领事汉斯先生、年轻的意大利军官托纳利上尉和雷诺特的副官凯希尔中尉。他们身后是一队法国士兵。官员们注视着越来越近、正向他们滑行而来的飞机。德国人和意大利人走出人群，朝飞机即将停落的地方走去。德国人疾步超过了意大利人，后者竭力跟上前者。
>
> 门上印有卐字的飞机。机门打开，第一个走出飞机的是一个戴玳瑁边眼

镜的大个子德国人。这是斯特拉瑟少校，他相貌平凡，冷冰冰的脸上老是似笑非笑的。与其说这笑是愉快心境的表露，还不如说是僵硬的脸部肌肉造成的结果。一旦他遇到不高兴的事，那冷笑便会消失，铁板面孔上冷冰冰的。汉斯先生高举右臂向他迎去。

汉斯：希特勒万岁！

斯特拉瑟（做了个较松弛的姿势）：希特勒万岁！（他们握手）

汉斯（用德语）：再次见到您，不胜荣幸，斯特拉瑟少校。

斯特拉瑟（用德语）：谢谢你，谢谢。

意大利人巴结地走上前去。

托纳利：托纳利上尉向您报到，听候吩咐。

斯特拉瑟：谢谢你的好意。

托纳利：我部下全体官员均愿听候吩咐……

斯特拉瑟对他的殷勤并无兴趣，转身向着走上前来的雷诺特和凯希尔。汉斯为他们做了介绍。

汉斯（用英语）：请允许我向您介绍。这位是雷诺特上尉，卡萨布兰卡的警察局长……这位是斯特拉瑟少校。

两人握手。

雷诺特（客气——但不无讥讽地）：未被占领的法国欢迎您光临卡萨布兰卡。

斯特拉瑟（一口地道的英语）：谢谢你，上尉。到这儿来，感到很高兴。

雷诺特：少校，请让我介绍我的副官，凯希尔中尉。

凯希尔未曾伸手，仅仅行了个礼。双方躬身作礼。雷诺特引斯特拉瑟朝机场边缘走去，他们的车等在那儿。汉斯和凯希尔跟在后面，意大利上尉在最后尾随。[①]

通过上述剧本内容我们可以看到，在人物较多的一次集体出场中，编剧在进行人物口语编排时基本上都通过彼此介绍的方式将对话者的名字、身份和具体的性格鲜明而清楚地表达出来了，这种方式正是为了在人物出场的一开始便能将各种人物指代明确下来，让观众对之后故事发展中可能出现的人物和情节做好充分的信息和心理准备。在观看影片的时候，观众在情节一开始最急于了解的问题便是这个人物是谁，他是干什么的？这对观众理解和分析剧情有着十分重要的作用，只有人物形象与其具

① 译林编辑部. 奥斯卡获奖电影剧本选［M］. 南京：江苏人民出版社，1983: 118.

体信息在观众心目中对上了号，在后文中出现和该人物相关场景的时候观众才能很快就对人物之间的剧情故事展开联想，从而成功地将编剧需要表达的故事内涵进行合理串联。因此，在一开始就明确人物或事件的指代具有相当重要的意义。我们可以发现，在这个场景中，德国少校斯特拉瑟的介绍是由汉斯完成的，在汉斯的话语中，我们明确地发现这一关键性信息，而意大利上尉托纳利的信息则来自于其向斯特拉瑟的自我介绍，之后雷诺特和凯希尔的信息也分别通过身边第三人之口揭晓。看起来这只是一次寻常而简单的会面，人物对话简洁凝练，但它却是影片中最重要的开场之一，循环的人物介绍方式能够将人物的指代信息明确展现，不容易造成混淆，便于观众加深理解和记忆。这种看似不露痕迹、实际上却包含了大量信息的人物出场方式让故事中参与剧情前进的重要人物指代在第一时间完成，既节省了影片有限的叙事时间，又为下文的发展打下了良好的基础。在这段情节中，我们还惊讶地发现作者采用小说的人物描写方式对情节中两个主要人物雷诺特局长和斯特拉瑟少校做了外形和性格上的描写，这种从表及里的描写内涵十分丰富，甚至可以说相当一部分的描写其实并不能被视觉形象充分展现出来，如“他是个外貌英俊的中年法国男子，殷勤，快活，但又不失为一个精明强悍的警官”以及“与其说这笑是愉快心境的表露，还不如说是僵硬的脸部肌肉造成的结果”，这些描述人物形象以及性格的文字较难以人物外形和动作表现出来，只能让观众随着一系列情节的发展从内容中逐渐体会。那么，作者为什么还是要在这里加上这些不能展现的内容呢？需要注意的是，剧本是为导演和演员提供故事情节具体细节信息和表演依据的文本性内容，除了要考虑到在剧本中展现能够反映人物心理和情感的视觉性内容之外，为了能够更好地让导演和演员把握人物的形象和性格塑造，编剧还可以增加一些视觉性并不强烈却能加深演职人员理解的文字信息，在影片拍摄过程中帮助导演和演员进行人物演绎方向的设定和掌控。从上述几个实例中我们可以发现，编剧在撰写影视剧本时，需要考虑的因素是多方面的，只有将这些因素整体归纳进剧本中，才能产生良好的综合效果。

在影视剧本创作中，剧本不可能像小说那样去深入人物角色的内心世界，传达与描摹复杂微妙的心理与情感。虽然影视剧本不能深入地去展现人物角色的内心世界，但这并不意味着影视剧本不用去刻画人物的内心世界；恰恰相反，优秀的影视剧本总是以淋漓尽致地展现人物角色的情感世界来打动观众的。当然，要做到这一点，影视剧本就必须遵循剧本创作的特殊规律，即绝对避免文学作品式用叙述语言直接展示人物角色的内心情感，而必须注意设计出相应的外在动作线：一方面，使人物角色原本不可见不可感的思想情感，尽可能地外化为动作而变得“可见”“可感”；另一方面，可以通过诸如回忆、幻觉、想象、梦境等具体直观的动作和场面描写，将人物内心活动转化为具体的视象。如电影《消失的爱人》中，随着艾米的失踪，丈夫尼克和警探都开始回忆、追溯艾米的人生历程。电影以艾米的日记和自述为线索，将她与丈夫相识相爱的过程、独特的成长环境、经济萧条带来的婚姻裂痕交织在追寻艾米踪迹的情节中，既展示出主人公艾米和丈夫尼克如何一步步从体面、恩爱的夫妻走向彼此冷淡、仇恨的关系变化，也在观众心中留下深刻的疑问：艾米是否还活着，到底谁杀了艾米。再如电视剧《军事联盟之虎啸龙吟》，也是依靠一种类似于梦境或者幻觉的心灵沟通，让处于敌对双方的司马懿和诸葛亮就彼此身处的政治险境、抱负理想和家国理想进行了深入的交流，将二人虽立场不同但心意互通、惺惺相惜的关系鲜明地表达出来。《黄金时代》《了不起的盖茨比》等电影也大量通过旁观视角叙述及回忆来细腻传神地刻画人物内心和性格特征，别具风格。

电影《理智与情感》讲述了一对姐妹在择偶的过程中所体现出来的两种不同的人生取向和性格特点，沉稳理智的大姐埃莉诺注重理性，在情感的道路上也由理智的思维做主导，而妹妹玛丽安却是一个热情似火、浪漫感性的少女，在一个雨夜邂逅了英俊的青年威洛比，便从此坠入情网，尽管身家优厚、品行端正的布兰登上校一直爱慕着她，她却始终不为所动。在一次偶然的伦敦之行后，威洛比薄情寡义、风流自私的形象暴露了，他不仅不承认和玛丽安有过一段感情，甚至将她当作一个来自乡下的陌生人。天真的玛丽安遭遇了重大的挫折，在姐姐和布兰登上校的陪伴下回到了家乡。为了凸显感情丰富、爱憎分明的玛丽安在遭遇爱人背叛后既悲痛万分又难以忘怀的矛盾心理，影片设计了这样一个情节：在回家的路途中，玛丽安偶然听闻威洛比的房子就在翻过山坡的另一边，不顾姐姐埃莉诺的阻挠，坚持在风雨欲来的傍晚出门散步。她一个人孤独地走在阴霾的天色下，不多时大雨便倾盆而下，但是玛丽安仍然倔强地爬上山坡，在瓢泼大雨中遥遥注视着威洛比的房子，她被大雨淋得睁不开眼睛的脸上无法分辨到底是雨水还是泪水，然而她却始终站立在山坡上。在看到威洛比的所作所为之后，骄傲而又情感浓烈的玛丽安一直将这沉重的伤痛掩藏在心底，虽然郁郁寡欢却仍然竭力维持着她在朋友和家人眼中正常的形象，展现在镜头上的玛丽安虽然脸色苍白并且沉默不语，却并没有夸张和失态的行为。然而，直到这一场大雨的出现，观众才能从她的行为中真正理解到这个年轻的女性在这一场情感的背

《理智与情感》

叛中遭遇到了怎样的伤害和挫折。这种类似于自虐的行为既体现了玛丽安对于威洛比还抱有一丝侥幸，又展现了她对自己身上残留的对于威洛比情感的羞愧和愤怒。她心中理智的一面告诉自己威洛比已经不会再回来了，自己在这次情感中遭遇了彻底的失败，然而一直主导她行为的感性的一面却让她不能自控地走进了这场大雨中，试图以这种方式祭奠自己已经死亡的爱情。这个简短的一分多钟的镜头既展现了人物矛盾而悲伤的情感，又从一个侧面生动刻画了人物心理，让观众对于女主人公的性格和情感有了更加深刻的了解。除了利用行为动作来体现人物的思想情感之外，利用外部环境映射人物心理也是影视剧常用的手法。在影视剧中，背景环境的设计不仅为故事的发生和发展提供了相应的时空坐标，还营造着影视剧的氛围，烘托出人物的情感和心理。我们经常可以在影视剧中看到这样的镜头，当主人公接到亲人去世或者一些突如其来的噩耗时，下一个镜头经常是天空中一道闪电突然划过，然后随着沉闷的一声响雷大雨哗哗落下，这种典型环境就是凸显人物典型心理的常用画面。这种雷雨表明主人公所得到的消息对于他或她来说就如晴天霹雳一般难以预料，并且它让人物的心情从原来的晴天一下子转为瓢泼大雨，展示了人物悲痛哀伤、难以释怀的情绪和思想，这种有着暗喻意义的蒙太奇思想极易理解，它有着相当鲜明的指代意义，能够带来良好的艺术效果。

除了用形象的环境来隐喻人物的内心世界之外，影视剧的色彩基调、画面风格也能对人物的情绪和心理起着一种烘托作用。在电影《银翼杀手2049》中，电影用鲜明的画面色彩来烘托人物处境，用影像色彩基调的变换来展现剧情发展中人物命运的一再变化。影片开头，K是一个完全听命于上级、沉默接受命运的复制人警察，日复一日单调地接受着追杀旧型号复制人的任务，生活如一潭死水。他的居住环境整体色调灰暗而压抑，浓重的大雾与尘埃包裹住整个城市，半空中的霓虹影影绰绰，就连房间客厅的灯光都是冷色调的灰白。而当他得知世界上存在一个自然分娩的复制人，并受命调查这件事时，办公室外下起了瓢泼大雨，暗示人物麻木的内心产生一丝波动。随着事件发展，他的平静麻木被打破，越来越多呈现出人类般的情感震荡，在借助妓女与虚拟女友乔伊发生关系后，阳光第一次从窗外照进来，柔和明亮的色彩充满了他的卧室。在故事后半段，当他确认自己就是那个特殊的复制人，并前往已成为废弃之地的朝鲜半岛寻父时，整个画面色调转换为橙黄，既显示这是缅怀逝去时代的怀旧之地，又一洗之前暗色调带来的浓重冷意，显现出几分温暖情绪，与K渴望亲人温情的情感不谋而合。可以说，这种鲜明地暗合着主人公命运和情感发展的环境变化既形象地给予观众主人公情感和心理的内容提示，又在另一方面直接作用于观众心理，让观众受到整体氛围和环境的影响，不知不觉中产生与主人公性格和情感相类似的情绪，从而使其更加贴近地理解人物与剧情，这对于观众理解故事内容、了解剧情主旨有着相当重要的帮助作用。

在叙事艺术作品的创作中，时空的转换主要依靠叙事语言来完成。文学作品可以通过“他幸福快乐地成长着……”或者“几年后，他终于历经沧桑来到了……”等高度概括的语言来展示这种时空的更替。在剧本创作中，固然也有不少剧作家采用诸如“20年后”“几年过去了”等字幕来体现时空的流逝，但是更富有艺术性的时空转换，则往往是通过不同场景的画面叠化来喻示时间的流逝。冬去春来、冰融花开等自然现象体现了自然界中正常的时间交替，因此，影视剧编导可以利用这种代表了自然时间特征的镜头进行相应的蒙太奇组接，通过一组组时间象征物的交替，形象地把故事的时间进程加快步伐。在姜文导演的电影《阳光灿烂的日子》中，童年马小军与他的小伙伴们在阳光肆虐的大院子里纵情奔跑，炎夏的炽热被他们的小身子甩在身后，蓝天下，四个小男孩决定比赛谁能将书包扔到最高，马小军拿起书包，用尽力气向天空抛去，绿书包在高高的天空中飞扬，划出一道弧线，书本从里头掉了出来，越飞越远，终于，镜头中书包落下，一个少年接住了它，这是长大了的马小军，一抛一接之间，一个男孩从童年到少年的岁月就这样被浓缩其中。又如《爱乐之城》结尾，塞巴斯蒂安和米娅在天文台下分手，镜头一转，是填充整个画面的蓝紫色天空和棕榈树，以及字幕“冬天”，随即画面转化，原来这是一个大型宣传海报的特写，随着工作人员将海报推走，忙碌的好莱坞街景出现，五年时光已经匆匆过去了。此外，如《指环王》中通

《毕业生》

过护戒小分队在不同的空间地理环境的辛苦跋涉来表现时间的流逝；《城市之光》通过日历的不断翻叠来体现时间的流逝；《三国》则以军队在战前的排兵与操练来表达着时间的流逝……这些充满影视特征的画面表达比文学作品中干巴巴的“若干年”后更形象地传递了时间的具体概念，产生出具体而鲜活的时间流动感，给观众带来别样的观影感受，体现出影视艺术在内容表达上的独特优势。

值得注意的是，影视固然是影像的艺术，但它更是一门综合性的视听艺术。因此，作为一剧之本的创作，就必须尽可能地采取电影化的思维，其叙事语言不仅应该注意凸显其具象性，而且应该尽可能强化其综合性，即注意开掘具有视听元素的叙事语言，从而为将来的影视创作奠定良好的基础。如影片《毕业生》一片中的叙事语言：

外景，露天礼堂，白天，直升机的视点

摄影机在云层中穿行。云层闪开处，我们远远看见下方的一座巨形露天礼堂。万籁俱寂，唯有飒飒的风声。摄影机向礼堂接近，我们隐约听到好像是从扩音器中传出的只言片语。

外景，露天礼堂，主席台，白天

身穿毕业礼服的本恩站在麦克风前，风还在刮，他必须紧紧抓住手中的讲稿。

外景，露天礼堂，观众席，白天

数以千计面无表情的学生端坐在那里。

外景，露天礼堂，主席台，白天

本恩：今天，我们应该问自己一个最重要的问题：这几年学校生活的目的是什么？所有那些一丝不苟的学业目的是什么？那些爱我们的人所做出的牺牲又是为了什么！如果没有一个目标，那么过去几年的奋斗、激烈的竞争和雄心壮志将毫无意义。是的，我们有一个目标，我必须把它告诉你们。我请你们永远记住这个目标，我保证，我将毕生为之奋斗。

露天礼堂，观众席，白天

学生们无动于衷地看着他。

交切镜头：木讷端坐的学生；孤独伫立在巨大主席台上的本恩；本恩发言的近景；扬声器；主席台上被风扬起的稿纸。

外景，露天礼堂的主席台，白天

本恩（继续发言）：这个目标，我的毕业生同学们，这个目标是——

他稍停，思索一个适当的措辞。特写镜头——本恩开始冒汗。

观众席镜头。众人在观看。

主席台的镜头

本恩的手在发言稿中摸索，讲稿开始一页页被风吹跑。

观众席，白天

大家目不转睛地注视着。

主席台，白天

本恩：事出有因，朋友们，原因就是——

本恩的特写，他慌作一团，抬起头看观众席。

露天礼堂，白天。观众散尽。

主席台，白天

本恩：原因是——目标是——

风声变成了一架飞机临近的呼啸声。

露天礼堂，白天。空旷的大礼堂。飞机在轰鸣

机长的画外音：女士们、先生们，我们就要在洛杉矶降落——

发动机的轰鸣声。

（切换）

内景，机舱内，本恩的特写，夜

他突然睁开双眼。

机长的画外音：诸位刚才听到的是减速器的声音。洛杉矶天气晴朗，气温宜人，华氏72度。预计机场不会有任何堵塞，这架飞行了四小时十八分钟的飞机将平稳着陆。欢迎您乘坐本次航班，并希望不久将再次见到您。

镜头从一台雪花飘扬的电视机屏幕上慢慢拉起，我们看到安装在飞机天花板上的一大溜电视，屏幕上全是雪花。

反打镜头。镜头从本恩的近景拉开，展现出一大排乘客，他们头上戴着耳机，直瞪瞪地注视着前方。本恩转头，向窗外看去。

在这段情节中，“直升机的视点”“一座巨型露天礼堂”点名了剧情发生的具体地点，“身穿毕业礼服的本恩”和“数以千计面无表情的学生”交代了人物，这是一场毕业典礼，本恩作为毕业生代表正在发言。这场戏中，“万籁俱寂，唯有飒飒风声”“直升机的轰鸣”体现了独特的声音环境，安静的会场与剧烈的风声烘托了现场又静又动的奇妙氛围，也展示本恩的发言是这个安静现场大家关注的焦点。大风的元素设计不仅构建了故事的环境音效，也带来了这场戏中最主要的戏剧性矛盾，“主席台上被风扬起的稿纸”说明本恩的发言稿被风吹走，“本恩开始冒汗”“讲稿开始一页页随风吹掉”“大家目不转睛地注视着”都强调了其所处的尴尬处境，他忘了讲稿上的内容，关于这个所谓的将毕生为之奋斗的目标，他根本想不起来。接着，“观众散尽”“风声变成了一架飞机临近的呼啸声”体现了时间的流逝，原来这场失败的毕业发言已经是过去的事情了，“空旷的大礼堂”“飞机在轰鸣”逐渐变成了机长的画外音，飞机即将降落，白天直升机的轰鸣声变成了客机发动机的轰鸣声，本恩睁开双眼，从烦扰的回忆回到了现实，他回到了洛杉矶。很显然，《毕业生》的剧本正是通过这种对叙事语言视听综合能力的全方位开拓，才使得该剧本真正地成为一部可以拍摄的剧本。

总之，影视剧本中的叙事语言本身虽然在影视作品中并没有独立的美学价值，但是它却给影视拍摄提供了一个框架。因此，叙述性语言是否具有具象性和综合性，实质上意味着该剧本是否具有可拍性，也意味着该剧本能否为影视拍摄提供一个更为合理与坚实的创作空间。

第二节 对白

一般认为，剧本的台词类型主要可以分为对白、独白、旁白三种。所谓对白，是剧本中角色间相互的对话，是指剧作中两个或两个以上角色之间用于交流的话语。电影从无声阶段进入到有声阶段之后，对白就一直是剧作者塑造人物的基本手段之一。特别是电视剧，由于制作经费的限制，不可能像电影那样追求视觉的“奇观”，因此它更多地依靠对话来塑造人物角色，推进剧情向前发展。在剧本中运用对白的基本要求包括：符合人物的身份和性格逻辑、符合人物关系和规定情境、具有动作性、与画面及其他表现元素（音乐音响）等密切配合，语言做到生活化、口语化。

然而，“默片时期除银幕上的少数字幕外，是没有语言的。这种局限性恰恰变成一种策动力，给电影起到了良好的作用。银幕上的人物不能开口说话这点，使得许多电影艺术大师们，如卓别林、爱森斯坦等，寻找到了最生动、最细致的造型表现手段。默片有着它自己的语言体系，即建立在默片蒙太奇上的语言体系，默片用这套‘语言’承担表情达意、叙述故事的任务。正因为电影有自己强大的造型表现手段，没有必要像话剧那样完全去仰仗对白，因此，中外许多电影理论家都主张不要把电影剧本写成通篇都是对话，而应发挥电影之所长，让画面为观众提供更多的东西。有些时候的对话应起到画龙点睛的作用”。①

对白的功能，首先体现在刻画和塑造人物角色性格上面。在剧本创作中，人物角色的性格刻画和塑造，只能在有限的时空里依靠人物角色的台词和行动来完成，这客观上对人物角色的对白提出了很高的要求，人物的对白必须体现出各自的性格差异。如美国电影《穿普拉达的恶魔》中初出茅庐的安迪在面试时与时尚女魔头米兰达的一段对白：

《穿普拉达的恶魔》

米兰达：你是谁呀？

安迪：我叫安迪·巴恩斯。不久前毕业于……

安迪把自己的简历递给米兰达，她连接都不接。

---

① 汪流. 电影编剧学［M］.北京广播学院出版社，2000：228.

米兰达终于抬起头来，以她特有的方式迅速地把安迪从头到脚打量了一遍，彻底地剖析了一番。

电话响了，米兰达拿起话筒。

米兰达：对，今天3 点之前搞到所有的泳衣。(挂机)

你大学主修什么?

安迪：英语，重点是新闻。

米兰达：为什么来这儿?

安迪：因为我觉得我能做好你的助理，而且……

米兰达（不耐烦）：你为什么来这儿?

安迪被她的单刀直入给弄懵了，随口说出了真情。

安迪：人力资源部见到我的求职简历，约我见面，他们说要么来这里，要么去《汽车大世界》。

米兰达听明白了，很喜欢她的诚实。

米兰达：你没看过《T 型台》，是吧?

安迪：没有。

米兰达：在今天之前，你从未听说过我，是吧?

安迪：没有。

米兰达：你既不时尚，也没有时尚感。

安迪：那得要看……

米兰达：我不是问你问题。

她终于拿起安迪的求职简历，粗略看了看。

米兰达（继续）：西北大学日报的主编，不错嘛。

安迪：我关于看门人工会的系列报道还得过全国高校新闻大赛奖……

米兰达举起一只手。

米兰达：好了。

安迪被这种唐突的结束弄得莫名其妙，继续说着。

安迪：（继续）……报道揭露了……

米兰达盯了她一眼，安迪马上不说了。她朝门口走去，可是又停住脚步，转过身来。

安迪：好吧，你听我说，我也许不太懂得时尚，可是我很聪明能干，而且我会很努力地工作——

米兰达呢，什么也没说。

安迪(继续):就这样吧。我要说的就是这些。现在我就……再见。

在这段对白中，久经世故的米兰达对安迪精心准备的自我介绍词根本不感兴趣，以单刀直入的几个问题主导了整段对话，“你是谁”“主修什么”“为什么来这儿”三个问题就将白纸一张的安迪摸得清清楚楚。得知安迪完全不知道自己是谁，也完全没有时尚领域的经验后，米兰达才对这个误打误撞闯进来的菜鸟产生了兴趣，粗略看了看她的简历。“我不是问你问题”“好了”，展现了米兰达强势、专制、独断、不易交流的性格和作风。另一面，初出茅庐的安迪求职心切，一直在努力表述自己，却屡屡被米兰达打断，面对米兰达“你为什么来这儿”这一问题的不耐烦重复，她毫无防备地将人力资源部只给自己两个选择的真相诚实地吐露，让观众看到了她的稚嫩、直率和天真。最后，面对只说了几句话就想将她赶出办公室的米兰达，安迪虽然感到泄气，依然结结巴巴地表达自己会努力工作的意愿，为得到这份工作做了最后的努力，展示出人物单纯且具有坚持与勇气的性格特征。

因此，剧本的对白设计，只有写出人物角色的个性差异，才有可能具体地体现出人物的性格特征。反之亦然，人物角色的性格差异，客观上也决定了他们对白的不同。所谓言为心声，剧作家在设计人物角色的对白时，必须根据人物的出身、年龄、职业、教养、经历、社会地位以及所处时代等条件，掌握人物的语言特征。力戒千部一腔、千人一面。即人物角色所说的话，要符合并体现出人物角色的个性特征。如《死亡诗社》的一个片段：

《死亡诗社》

9. 外景 韦尔顿校园 白天

学生们走向宿舍。尼尔·佩里走近踽踽独行的安德森。尼尔主动同他握手。

尼尔：听说咱俩将成为同寝室的朋友。我叫尼尔·佩里。

托德(低声)：托德·安德森(没有停下脚步)。

一段令人尴尬的沉默。

尼尔：你为什么离开巴林克莱斯特?

托德(抢着说)：我哥哥是从这里毕业的。

尼尔：啊，原来你就是那个安德森啊。

10. 内景 低年级学生宿舍门厅

尼尔和托德走进宿舍门厅。

托德：我父母一直想让我在这儿上学，但我的成绩不够好。我只好去了巴林克莱斯特补习。

尼尔：好，你已赢得了末名奖。别指望你会喜欢这儿。

托德：我没指望。

11. 内景 韦尔顿低年级宿舍 白天

每间寝室都有两张单人床、两个壁橱、两张书桌。学生的皮箱已放在地板上。尼尔走进来。理查德·卡梅伦把头探进来。

卡梅伦：听说你跟那个新来的男孩住在一起。他特能说话，是吗？哎哟。

托德·安德森走进房间。卡梅伦缩回了脑袋。托德听到了卡梅伦的评论，但不去理睬。他把箱子放在自己的床上，动手打开。

尼尔：别把卡梅伦的话放在心上。他是个臭嘴。

有敲门声。诺克斯·奥弗斯特里特、查利·道尔顿和斯蒂文·米克斯进来。

查利（对尼尔）：听说你去上暑期班了。

尼尔：是的，补化学。我爸想让我拿高分。

查利：噢，米克斯拉丁文拔尖，我的英文也不算差，所以如果你愿意的话，我们可以成立一个学习小组。

尼尔：当然好，可是卡梅伦也想和我一起学习，大家同意要他吗？

查利：他的特长是什么？拍马屁（众笑）？

尼尔：嘿，他还和你同寝室呢。

查利：那又不是我的错。

没人欢迎卡梅伦来，可也没有人反对。

米克斯（对托德）：我们还没见过吧？我是史蒂文·米克斯。

托德（害羞地伸出手）：托德·安德森（诺克斯和查利也过来握手）。

查利：查利·道尔顿。

诺克斯：诺克斯·奥弗斯特里特（托德同他们一一握手）。

尼尔：托德的哥哥是杰弗里·安德森。

查利：啊哈，没错儿。毕业生代表发言人，国家荣誉奖学金获得者（托德点头认可）。

米克斯：好，欢迎来“地狱”城。

查利：除非你是米克斯那样的天才，否则你会觉得拉丁文难得要命。

米克斯：他总是恭维我，所以我才帮他补拉丁文。

查利：还有英语、三角。

米克斯笑了。有人敲门。

尼尔：门开着呢。

尼尔的父亲走进来。尼尔吃了一惊。

尼尔（继续）：爸爸。我以为你，已经走了。

孩子们全站起来。

米克斯、查利、诺克斯：佩里先生。

佩里先生：坐下吧，孩子们。情况怎么样？

孩子们：很好，先生。谢谢。

佩里先生：我觉得你的课外活动太多了。我对诺兰先生谈了这一点，你明年再去学校年鉴工作。

尼尔：可是，爸爸，我只是编辑助理。

佩里先生：我只好抱歉了，尼尔。

尼尔：可是，爸爸，那不公平。

佩里先生：小伙子们，能否给我们一分钟？（他走进宿舍走廊，尼尔随后而至）。

在这个段落中，新转学来的托德显得沉默、害羞，不敢主动与人交流，所有的交谈都是被动开始的，根据后文台词，可以发现托德始终生活在哥哥的阴影下，他的哥哥曾是韦尔顿毕业生代表发言人、国家荣誉奖学金获得者，人人皆知的安德森，然而他却连哥哥曾经就读的学校都进不去，在其他学校补习了之后才以末名的成绩侥幸踏进韦尔顿。“我父母一直想让我在这儿上学”说明他背负了双亲巨大的期待，也不断承受着父母对于自己和哥哥的比较，养成了自卑和不敢表达的性格。与托德相比，室友尼尔热情真诚，人缘极佳，从他主动和托德打招呼，一群朋友围绕着他、邀请他一起组成学习小组就可以看出来。但尼尔同样承受着来自家庭的压力，他提及暑期参加补习班的理由是“我爸想让我拿高分”，父亲佩里先生感觉尼尔课外活动太多了，主动帮尼尔辞掉了学校年鉴编辑助理的工作，尼尔和父亲就此产生了矛盾。但是联系上下剧情我们可以得知，尼尔最终还是在父亲的权威前低头，为自己不专心学习的行为感到内疚。该段落另一个被重要表现的人物是不受欢迎的卡梅伦，无论是他对新来的托德“听说他很会说话”的嘲讽，还是查理对他“他的特长是什么？拍马屁？”的评价，都说明他在校园中是一个令人反感的存在。

剧本对白的写作除了语言要性格化之外，另一重要特征是语言要动作化。由于对白是两个或两个以上人物角色之间的对话，因此它要揭示出人物的内心活动，首先就必须展现对白者之间特定的人物关系。对于编剧来说，设计对话必须要考虑的一个方面是它的展开对象是谁？两者或者三者之间的人物关系又是什么？是恋人？还是即将分手的恋人？是同事？还是长期竞争即将爆发的同事？是战友？还是同仇敌忾关键时刻倒戈的战友……不同的人物关系决定了对白无论在气氛上还是内容上，其整体设计都存在着不同的侧重。因此，好的对白设计，必须能够展现人物角色的特定关系，并通过这种关系的演绎而主导整个对白过程。

《红楼梦》

在《红楼梦》第二十九回中，曹雪芹就通过林黛玉和贾宝玉的一段对话展示了彼此的性格和心理，二者相互促进，引发矛盾产生，进而推进剧情发展，这种手法值得影视编剧借鉴：

且说宝玉因见林黛玉又病了，心里放不下，饭也懒去吃，不时来问。林黛玉又怕他有个好歹，因说道："你只管看你的戏去，在家里做什么？"宝玉因昨日张道士提亲，心中大不受用，今听见林黛玉如此说，心里因想道："别人不知道我的心还可恕，连他也奚落起我来"，因此心中更比往日的烦恼加了百倍。若是别人跟前，断不能动这肝火，只是林黛玉说了这话，倒比往日别人说这话不同，由不得立刻沉下脸来，说道："我白认得了你。罢了，罢了！"林黛玉听说，便冷笑了两声，"我也知道白认得了我，哪里像人家有什么配得上呢。"宝玉听了，便向前来直问到脸上："你这么说，是安心咒我天诛地灭？"林黛玉一时解不过这个话来。宝玉又道："昨儿还为这个赌了几回咒，今儿你到底又准我一句。我便天诛地灭，你又有什么益处？"林黛玉一闻此言，方想起上日的话来。今日原是自己说错了，又是着急，又是羞愧，便颤颤兢兢地说道："我要安心咒你，我也天诛地灭。何苦来！我知道，昨日张道士说亲，你怕阻了你的好姻缘，你心里生气，来拿我煞性子。"

……

如今只述他们外面的形容。那宝玉又听见他说"好姻缘"三个字，越发逆了己意，心里干噎，口里说不出话来，便赌气向颈上抓下通灵宝玉，咬牙恨命往地下一摔，道："什么劳什子，我砸了你完事！"偏生那玉坚硬非常，摔了一下，竟纹封没动。宝玉见没摔碎，便回身找东西来砸。林黛玉见他如此，早已哭起来，说道："何苦来，你摔砸那哑巴物件。有砸他的，不如来砸我。"二人闹着，紫鹃雪雁等忙来解劝。后来见宝玉下死力砸玉，忙上来夺，又夺不下来，见比往日闹得大了，少不得去叫袭人。袭人忙赶了来，才夺了下来。宝玉冷笑道："我砸我的东西，与你们什么相干！"[①]

从这一个情节片段中我们可以体会到，对话的内容主要在两个主要人物之间展开，既展示了两个对话主体之间微妙的人物关系，又通过前后对话不断加深了矛盾冲突，推进了故事情节。在对话中，作者还针对对话双方的人物心理和前因后果进行了一段详细的描写和阐述，从而让读者能够更好地领会在这段对话中所表现出来的主人公的性格特征和复杂心理关系，但是如果我们把这中间的描写和阐述内容省略，仍然可以从充满个体色彩的语言中感受到双方微妙的情绪波动和冲突心理。根据剧情的前后联系我们可以得知，在故事的前半部分，贾府人等前往清虚观打醮，遇到了清虚观主持张道士来向宝玉提亲，触动彼此有意的宝黛二人心事，引起了宝玉对于前往清虚观看戏的反感，因此在对话的一开始，林黛玉劝说贾宝玉去清虚观看戏，引起了贾宝玉对于林黛玉对自己心意不理解和不接受产生的委屈，从而引发两人之间的矛盾。宝玉一开始的"白认识你了"可以看作是他对于一片心意被误解和浪费而对林黛玉产生的质疑和反击，贾宝玉有些"痴愚"的性格让他从心底深处将从小青梅竹马的林黛玉当作知心人，并且相信她能够了解自己的心意，然而林黛玉的这一说法将他平日来的信任给推翻了，于是引起了宝玉的不满和质疑。而对于情窦初开、敏感多疑的林黛玉来说，飘零的身世和怯弱的身体、敏感小心眼的个性，让她对于一直厮混在姐妹堆中的宝玉的感情具有一种不安全和不确定感，然而清高自许、孤标傲世的她又是典型的封建士族少女，她所成长的环境、身份和性格都注定了她不可能对贾宝玉直接大胆地倾吐心意，于是造成了她故意说反话试图激出宝玉真心的固有性格。因此她才会说"昨日张道士说亲，你怕阻了你的好姻缘，你心里生气，来拿我煞性子"，借此作为对宝玉心意的进一步试探，然而，正是她的这种行为进一步加深了宝玉对于知心人黛玉不能理解和回应他感情的失望。从小在富裕环境中成长的天真单纯的宝玉并不能体会父母双亡、心思敏感的黛玉内心深处的纠葛和不安，而是习惯性地用相对直接的思维来回应黛玉的行为和言谈，这加深了两个人之间的误解和矛盾。在这段剧情中，曹雪芹以小见大，四两拨千斤，用几句对白就将主人公之间的矛盾层层推进，直至

① 曹雪芹，高鹗. 红楼梦：第二十九回［M］. 人民文学出版社，2008.

激化，并在这个激化的过程中生动地展现了双方各自的性格和心理，以及他们之间难以言说的既亲近又疏远，相互爱慕又不能吐露的微妙而矛盾的关系。

在影视剧创作中，台词的创作还必须考虑到表演艺术创造的需要，要使人物角色行动起来，把角色的内心世界形象地再现在观众面前。因此，剧本对白之所以交待人物角色的身份、地位、性格和彼此之间的复杂关系，其最主要的目的就在于制造人物角色之间的矛盾冲突，从而积极地推动叙事情节的发展，实现对白的动作化。由于对白是依据每个角色的性格写的，剧本中每个角色的台词都应当产生于人物的性格冲突之中，成为人物对冲突的态度与反应的一种表露，并且能够有力地冲击冲突对手的心灵，促使对方采取新的行动，更积极地投入冲突中，从而把人物关系、情节矛盾不断推向前进。因此，对白的动作性意味着人物角色的语言应该具备两个方面的作用：其一，它既能表达人物角色自身的心理活动，又能引起强烈的外部动作；其二，它也能刺激对方，促使对方产生相应的语言和动作。这样，对白双方就互相作用，互相促进，从而推动剧情不断发展。如电影《老炮儿》中六爷找小飞要儿子的一场戏：

《老炮儿》

修理厂，日，内

一个被小飞称为龚叔的人往保险箱里放了一份文件，来到楼下。

楼下的小飞正在看《小李飞刀》。

龚叔：小飞，东西收拾好了吗？老爷子让赶紧订机票，加拿大那边都安排好了，别再拖了。

小飞：龚叔，我这儿确实还有事呢，您再帮我应付一下。

龚叔：别再有事了，飞啊，你还小，听你爸的没错。

小飞：我听，我听他的都快成了废人了。

龚叔抢过书：听话，再这么下去就真废了。

有人让小飞去看车，小飞起身，龚叔出门。

六爷将自行车停在门口，和出来的龚叔对视了一眼，然后慢慢走进修理厂。

小飞女友对修车的小飞：你这样扣着他有什么用啊？赶紧把他放了吧，不然早晚会出事儿。(小飞不理会)我跟你说话呢,(攥住小飞的胳膊)我他妈跟你说话呢你听见没有啊!(小飞看了她一眼又继续看车。大怒,拉住他的胳膊)我他妈跟你说话呢,你是个男人嘛?你聋还是哑啊!

阿彪把小飞女友拉开:嘛呢?

小飞女友:放开,你他妈给我放开,信不信我抽你丫的啊!

阿彪:没完了你。

阿彪把小飞女友推开,正好撞在了六爷身上。

六爷把她扶起来,对阿彪:孩子,万事不能打女人。

小飞拿着手电走到六爷身边:谁说的?

六爷:祖宗说的。你把那个手电关上,咱俩昨天晚上见过。

小飞把手电光对准了六爷的眼镜,六爷闭上了眼。

小飞大喊:让他下来。

晓波被几个人推搡着从二楼下来,来到了六爷面前。

晓波:谁让你来的?这事儿跟你没关系。

六爷一脚踹倒了晓波:车是你划的?

晓波:是他们先打的我。

六爷弯下腰:那你跟你爹说说,他们为什么打你?

晓波起身大骂:你少他妈在别人面前逞英雄,有本事你打他们去,我告诉你,我没碰她,你爱信不信。

六爷:我再问你一遍,车是不是你划的?

晓波瞪着眼睛:是。

六爷:故意的?

晓波:是。

六爷要给他擦衣服,晓波推开他的手。

六爷走到小飞面前:他惹的事他圆,他圆不了的他爹圆。(掏出两千块钱)这两千块钱赔你,不够再补。多出来的就当是补偿了。

其他人大笑。

小飞:老头,你他妈是猴子请来的逗比吗?

六爷:直说。

小飞:你拿我当要饭的了啊!

六爷:我朋友在修理厂干过,补个漆的事,我门清。

小飞把法拉利车上的布拉开,上面有一道口子。

小飞：你不是门清吗？你看看这道子，值多少钱？

六爷：你说个数吧！

小飞拿出对讲机，修理厂里传来清脆的声音：十万。

六爷很淡定：行，十万，我赔你。

阿彪凑近六爷：嘿！你丫那么大岁数怎么他妈张嘴就来啊，你要赔不了，我们可剁他手。

六爷：我三天就赔给你。

阿彪指着他的鼻子：老东西，我告诉你，你他妈报警我们也不怕，我们哥几个出来他妈接着弄你，三天之内拿不出钱来，也他妈别来找你儿子了，我们来陪他玩。

六爷推开阿彪：三天以后赎人。

六爷走了几步又回过头走回去：小子，我这岁数的人我得劝你一句，别张嘴闭嘴他妈的他妈的，到头来伤你自己。

阿彪：我就他妈的，他妈的怎么着，你他妈伤我一个给我看看。

六爷眼睛盯着阿彪：看我（对视了一会儿）再看，（继续对视）还他妈看。（给了他一个嘴巴）我他妈让你看。

小飞制止：阿彪。

六爷慢慢扭回头，小飞走了过来。

六爷：成，这事儿算成了。

小飞：怎么着，大爷，就这么定了，还是你去报警。

六爷很淡定：三天后还在这儿，十万给你，不报警。（走了几步回过头）你是叫阿彪吧。三天以后你得在这儿。

其他人笑着

这场戏中，六爷几经周折终于找到儿子晓波，发现晓波被富二代小飞一伙人扣下，于是和对方就如何赔偿被晓波划伤的法拉利进行谈判，六爷一进门就扶住和阿彪发生冲突的小飞女友，一句“孩子，万事不可打女人”，一方面是路见不平，另一方面也是在心理上将对方视作小孩，而自己是长辈，在姿态和心理上站在较高的位置。但是新一代的小飞完全不按照六爷那个年代的规则行事，小飞故意拿手电筒晃六爷眼睛，就是一种轻蔑和反叛心理的外在表现。六爷面对多日不见的晓波，首先问清楚事情的来龙去脉，显示他就事论事、江湖气的处事风格，再明确晓波的确划了对方车的事实之后，六爷拿出两千块钱赔偿给小飞，并说“不够再补，多出来的就当是补偿了”，体现六爷是非分明，绝不给儿子推卸责任或找借口的硬气性格，“他惹的事他圆，他圆不了的他爹圆”也显示六爷对儿子的感情，无论如何都要做儿子的后盾，把事给平了。但是这句话也显示了六爷的过时和窘迫，他对豪华跑车的缺乏了解让他自以为的磊落和洒脱反倒变成了笑话。面对十万的巨额数字，“行，十万，我赔你”又表现了他遇事不慌、不卑不亢、再难也不低头的倔强个性。反观晓波，对于父亲的到来充满抵触，“谁让你来的，这事儿跟你没关系”夹杂着对父亲一直以来的怨恨，也有不希望父亲看到自己落魄一面的恼羞成怒，而六爷不由分说上来就给自己一脚，挑起划车责任的行为，晓波也有父亲不和自己站一块儿的委屈：“你少他妈在别人面前逞英雄，有本事你打他们去。”站在父子俩对立面的小飞和阿彪是两个完全不一样的人物形象，小飞台词不多，但看《小李飞刀》，制止六爷与阿彪冲突，让修理厂报价的行为，说明小飞内心也对江湖规则和道义有着一定的向往和认同，想得到应得的赔偿，出一口气，但并不想故意折辱六爷父子，从一开始的“老头”到结束时的“大爷”，说明通过短暂交锋，小飞对硬汉六爷有了隐隐的情感上的认同。满口脏话的阿彪则与小飞形成对比，一口一个“他妈的”，不断地威胁和叫嚣显示人物色厉内荏、暴躁凶狠的性格特质。

值得注意的是，正是因为对白具有推动剧情发展的功能，因此，不少剧作家有时为了便于叙事，常常会采用对话来交代剧情。通过人物角色具体的对话，把剧作故事情节的来龙去脉做一个陈述，便于观众理解。由于动画所针对的主要是儿童受众，为了便于小观众理解，动画剧本常常采用对白来交待剧情。但是，编剧必须看到这种语言形式所具备的两面性，此类对话在剧本中要慎重使用。在影视剧本里不宜有太多这样的对话，除非是剧情的需要！否则，整个故事会变得不连贯，缺乏动作性，观众看起来就似“听”读剧本。选择用动作和行为来展现情节会更符合动画影片的特性，而尽量避免画面的呆板和单调。

第三节 独白与旁白

所谓独白,是角色独自说出的台词。独白源于古典悲剧，于文艺复兴时期在戏剧中得到广泛应用。由于独白是把人物的内心感情和思想直接倾诉给观众的一种艺术手段，因而往往运用于人物内心活动最剧烈最复杂的场面。

与戏剧独白主要是由演员独自向观众讲述不同，在影视剧创作中，独白采用的是画外音形式，以第一人称方式呈现。

在影视剧中，独白的运用往往通过人物内心表白来揭示人物隐秘的内心世界，独白所呈现的内容往往能充分地展示人物的思想、性格，使读者更深刻地理解人物的思想感情和精神面貌。“独白在形式上往往是完整的内心语言，有时并被诗化，有强烈的抒情性。因而它并不起与他人交流的作用，而成为人物自己心灵的对话。”[①]有时候，影视剧主人公的独白往往能够给影视剧带来意想不到的揭示故事主题、展现人物性格精髓，凸显影片整体氛围及艺术效果的作用，让故事以第一人称的视角讲述，而使影片充满了更多个体性和私密感，并让这种个人体验完整地展现在观众面前，使观众无形中得到了窥视和探私的观影感受和审美体验。正是这种展现人物隐秘心理和真实情绪的重要表现能力，使观众们通常可以通过独白体会到故事主人公与众不同的个体体验和生命经历，并从中真切感受到主人公在生活的种种矛盾和压力中体现出来的关于人生、情感、价值的选择和追求，对于作者创造这个故事的意图和内涵产生更深层次的思索。在某些影视剧中，独白甚至可以成为重要的影片表现手段，启发剧情，点明主题，并推动情节发展。

《猜火车》

在1996年由英国导演丹尼·博伊尔执导，改编自欧文·威尔士同名小说的电影《猜火车》中，主人公的独白在影片中就起到了统领故事主旨和精魂、展现主要人物思想内核的重要作用。这部作品围绕一群生活在爱丁堡的海洛因瘾君子而展开，以写实主义的基调展示了现代青年自我放逐的生活状态。影片主人公马克在故事的一开始就喃喃自语，发表了长长的一段独白：

选择生活，选择工作，选择职业，选择家庭。选择一个他妈的大电视。选择洗衣机，汽车，镭射唱机，电动开罐机。选择健康，低卡路里，低糖。选择固定利率房贷。选择起点，选择朋友，选择运动服和皮箱。选择一套他妈的三件套西装……选择DIY，在星期天早上，他妈的搞不清自己是谁。选择在沙发上看无聊透顶的节目，往口里塞垃圾食物。选择腐朽至死，只剩下由你精子造出取代你的自私小鬼。选择你的未来，你的生活。但我干吗要这么做？我选择不要生活，我选择其他。理由？没有理由。只要有海洛因，还要什么理由？

① 汪流. 电影编剧学［M］. 北京广播学院出版社，2000.

这段独白可以说是主人公马克对自己做出的一系列自甘堕落和荒诞不经行为的解释，也是他人生观和世界观的坦率表达，这种对于正常生活表示不屑和叛逆的态度让马克和他的几个同类人朋友一起，开始了对于人生和青春一次不可复制的冒险。他们在一个阴暗的公寓里过着一种完全无政府状态的生活，吸毒、滥交、拥护暴力、合伙打劫，所有成人世界的道德和规则在他们小小的世界中被完全地推翻和颠覆，他们在不断叛逆中最终发现真实而安定的生活才是人生的真谛，却因为已经沉迷在完全偏离轨道的世界中太久而无法自拔。影片中的马克从一种拒绝一切、不愿选择的态度开始了他的青春记忆，这种对于正常成长过程的抗拒和不合作体现了人物充满迷茫、叛逆、空虚的精神状态，毒品给青少年带来的关于生活的幻觉直接侵蚀了他们对于现实人生的感觉，并引诱他们在这条虚幻的快乐之路上越走越远，直至覆灭。在这个过程中，不断的死亡和背叛开始向主人公敲响了一次又一次的警钟，一个生活健康、心地善良的男孩汤米因为女友的离开而开始了堕落的生活，最终走向了死亡；未婚妈妈艾莉森的小女儿暴毙在床，而和马克一起实施抢劫的同伴丹尼尔被警察逮捕，最终入狱，生活用一种残酷的方式提醒了主人公，这个世界有其规则，如果有谁想要从这个固有的框架中脱离开去，就要付出相应的代价。于是马克开始洗心革面，在父母的帮助下戒毒，并来到伦敦，在一家房地产公司找到了工作，试图重新开始学习和适应这个社会的固有形态，过上正常的生活。然而，他之前的朋友们又再一次找到了他，将他好不容易建构起来的平静和正常生活打破。最后，他忍无可忍，以一种背叛的方式彻底和过去的朋友、生活划清了界限，独立开始了全新的生活。这部影片还原了一个心理阴暗而扭曲的青年在成长过程中从叛逆常规到叛逆“叛逆”的一系列转变，而这种前后转变的过程是由影片首尾两段经典的独白来完成的。在影片的结尾，镜头集中在意气风发、对未来充满了希望的马克的脸上，他将自己的几个狐朋狗友通过贩卖俄国海员赚来的巨款席卷一空，迎着阳光大踏步走向远方。主人公头也不回地离开了那些不堪回首、离经叛道的过去，离开了那些他曾经积极追求和不断沉溺的叛逆，走向了另一种生活。他这样说道：

我为什么要这么做？千百条理由其实都是狗屁借口。事实就是：我是个坏蛋。但我能改，我要改过自新。这是最后一次，从现在起我要洗心革面，重新做人。我要大步向前，选择生活。我的前途一片光明，我会像你一样。有工作、家庭、一整个大电视、洗衣机、小车、激光唱机、电动开罐器，健康，低胆固醇和牙医保险，按揭，买楼，休闲装，皮箱。三件头西装，DIY，看电视，吃零食，生孩子。逛公园，朝九晚五，打高尔夫，洗车子，穿运动衫，过圣诞节，领养老金，有免税额，通下水道。改邪归正，安居乐业，等待归天的日子。

这段结尾独白和马克在影片一开始的那一段独白形成对比，并前后呼应，这种颠覆式态度的转变体现了影片想要表达的关于迷乱的青春和在剧变中的成长这一主题。前后两段内心独白都列举了一串长长的物品清单，这些看似毫无章法、内容冗长的物品罗列实际上是主人公马克对于正常的成人世界和社会生活的一种描述和概念。在影片最开始，他在讲述这段长长的内容时，充满了不安和躁动，表达出强烈的不耐烦和难以忍受的心理状态，然而到了故事的最后，他再次说起这些曾经让他反感的东西时，却充满了一种希冀和向往，他一样一样仔细地罗列着和生活相关的物品，表达了自己对于它们和它们所代表的正常生活的强烈渴望。这种鲜明的前后变化，让观众对于主人公的情绪和情感转变有了直观的感受，让故事情感主题得到了艺术性的清晰展现。

独白除了展现人物内心情节和凸显故事主体之外，还能通过对人物心情和情感的解说，产生一种串联和衔接剧情的作用，使整部作品中的人物情感线索一气呵成，成为继戏剧冲突后第二条潜藏的人物情节线。电视连续剧《大明宫词》就贯穿了女主人公太平公主对于自己每一个人生片段和相关人物进行描绘和评析的独白，这种独白一方面体现了主人公隐秘的内心情感，另一方面起到了介绍剧中人物、引出后续剧情的作用。如在太平公主的表姐魏国夫人贺兰这一人物出场时，剧本安排了如下一段人物独白：

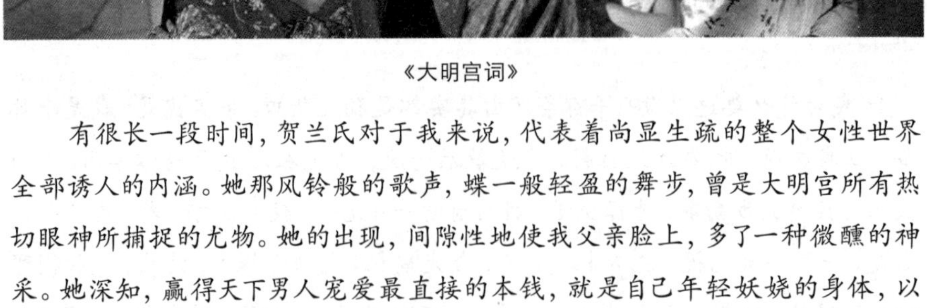

《大明宫词》

有很长一段时间，贺兰氏对于我来说，代表着尚显生疏的整个女性世界全部诱人的内涵。她那风铃般的歌声，蝶一般轻盈的舞步，曾是大明宫所有热切眼神所捕捉的尤物。她的出现，间隙性地使我父亲脸上，多了一种微醺的神采。她深知，赢得天下男人宠爱最直接的本钱，就是自己年轻妖娆的身体，以及鲜活大胆的欲望。弥漫于宫中的男女私情，催育了她与生俱来的对于风情韵事的敏感，从而，提早使她对于性感有了成熟的领悟。自然，爱情等于权力这一横亘帝国后宫秘史的经久顽固的定式，令她同时具有了一颗与年龄不堪相符的危险和隐秘的野心。她运用处于青春期的乖巧而轻浮的智慧缔造了这一场景，指望自己声势浩大的爱情能像镜中折射的那样，从四面八方打击这个气弱体虚的中年男人疲惫的心灵。她期望自己的花容月貌，能够永远就这样，塞满他模糊的视觉，以至最终占据他，同样模糊的头脑。

伴随着这段独白，观众可以非常清楚地了解到贺兰氏的人物特点和具体性格，并且为随后产生的唐高宗和贺兰氏之间的情感纠葛做出了提前注解。这种先声夺人的出场方式，让观众一下子对于独白中所描述的人物产生了强烈的好奇心和情节期待，更加快了故事情节的推进速度，避免了电视剧再通过长篇视觉镜头对唐高宗和贺兰氏的情感故事进行前因后果的叙事和铺垫，让之后直接展开的唐高宗和贺兰氏之间关于爱情和权力的对话显得顺理成章，丝毫没有突兀感。这种方式往往能够起到突出重点人物和片段、有侧重地安排详略，节省既定篇幅的作用，一些影视作品，由于故事时长的限定，经常通过独白的形式，将一些难以通过视觉形象表达的人物描述和情感心理用人物语言来进行阐述，一来能够加快故事进度，避免对于不重要的角色进行大量的剧情刻画，模糊故事焦点；二来也能详略突出，让观众一眼能够通过镜头的注意力看出谁是故事的主体，加强对于主要人物和主要矛盾的关注。通过这些事例，我们可以发现，影视剧本独白在影视剧本创作中发挥着多重的艺术作用，它既是编剧进行剧情铺垫和人物塑造的重要手段，也是剧本语言重要的组成部分之一。

所谓旁白，在影视剧中是指以画外音形式出现的解说性语言。旁白原本是角色在舞台上直接说给观众听，而假设不为同台其他人物听见的台词，内容主要为对对方的评价和本人内心活动的披露。中国戏曲中的“打背供”就是旁白的一种。在影视剧本创作中，旁白基本上采取叙述人的第三人称全知视角，对故事发生的时间、地点以及社会和时代的背景做简要的说明。如电影《我不是潘金莲》里的开场旁白：

《我不是潘金莲》

1.油画旁白

淡入。

旁白：宋朝有个女子叫潘金莲，长得颇有几分姿色。潘金莲的丈夫叫武大，武大有个弟弟叫武松，在景阳冈打过虎。县城有个开生药铺的叫西门庆，与潘金莲勾搭成奸，把武大给毒死了。武松知道后，把潘金莲和西门庆给杀了。从宋朝到如今，人们都把不正经的女人叫潘金莲。今天故事的主人公，叫李雪莲。李雪莲的丈夫说李雪莲是潘金莲。李雪莲对所有人说：我不是潘金莲。

出片名：《我不是潘金莲》

旁白：故事得从十几年前说起——

2.湖面 日 外

雷声。一只竹排慢慢滑入视野，身穿雨衣、头戴斗笠的李雪莲坐在竹排的前头。

竹排靠岸，李雪莲站起来跟着人流走上岸。

在这场戏中，旁白从宋朝潘金莲的故事说起，引出了故事的主人公，并且点名故事的主要矛盾是李雪莲的丈夫说她是潘金莲，李雪莲不服，要为自己讨个公道，洗刷冤屈。同时，旁白将故事开场十几年前的时间点明，在影片的一开场清晰地理顺了时间、人物和主要矛盾，从而帮助观众迅速了解了人物角色之间的关系，使其更好地入戏和理解相关剧情。

旁白的另一功能是对剧情发表点评，它与剧情发展同步，从而帮助观众更好地理解剧情。电影《大佛普拉斯》讲述一名小人物肚财因偷看佛像工厂老板的行车记录仪，意外发现了政商勾结的秘密，引发了一连串连锁反应，连工厂里准备参加护国法会的“大佛”，都被迫卷入这场世间纷扰。因剧情采用黑白色调，人物关系复杂，线索多元，影片在叙事中加入了大量旁白解说，并且在开头，导演就以一段幽默的画外音宣告了这种独特的视听表达方式：“我是始终如一的导演阿尧，在电影的放映过程中，我会时不时出来讲几句话，宣传一下个人的理念，顺便解释剧情，请大家慢慢看，就先不打扰了，需要的时候，我才会再出来。”

工厂车间，日，内

工厂车间中间有一座佛像，佛下半身已经做好，头部也做好了，但是还没有连在一起。

佛像周围，有的工人在忙碌，有的在休息。

工人甲对佛像里面的人：欧巴马，好了没有啊！

《大佛普拉斯》

佛像里传来工人乙的声音：马上就好了，你以为我在里面玩啊，热到被人干，内裤都湿了。

工人乙从佛身探出头来，看到菜埔正在往车间里走来：你朋友来了。

坐在椅子上休息的工人丙看到菜埔后：干你娘，你是赶来吃饭的吗？

菜埔：没有啦，带我妈去卫生所了。

工人丙：快要下班了，东西赶快收一收。

菜埔开始收拾东西，打扫工厂；

导演画外音：这个工厂大家都很关心对方的老母，那是一种人与人之间的关怀，菜埔白天的工作都是兼差的，正式的工作是在这里当夜班警卫，他会顺便在大家下班前把工厂打扫一下。

突然，车间里传来一阵响声，菜埔抬头看，那个佛头和佛身已经连接在了一起。

工人乙大骂：水蛙，你在做什么？小心一点。

工人甲也大骂：水蛙，做事认真点儿，耳朵都聋了。

工厂老板启文走了进来大喊：现在是怎么样？（工人们听到后，休息的都站了起来）做得不开心嘛？佛头怎么会这样？

启文身后，一个男人正摸着一个女人的屁股走进来。

被老板骂后，工人们全都忙碌起来，老板盯着他们看，身后的那个男人继续摸着那个女人的屁股，虽然女人在闪躲，但明显很享受。

导演画外音：在外面大小声的，是工厂的老板启文，在后面摸屁股的是高委员和他的助理瓦乐莉，虽然高委员的戏份不多，但是他奋斗的过程值得我们来介绍，他十几年前从一个街头运动者一路爬上国会议员，在他五连霸时，副议长送他一个高级的红木桌。但是自从瓦乐莉来了之后，高委员的红木桌突然多了一块木板，主要是方便瓦乐莉办公，当别人在桌上用滑鼠办公时，瓦乐莉都是躲在桌下操作着高委员的欢乐棍。

《大佛普拉斯》运用幽默平实的旁白将剧中出场人物的来龙去脉与基本情绪心理做了详细的介绍，如“平时畏畏缩缩的肚财只有来到菜埔的警卫室讲话才能嚣张，他这辈子可能只有在这二平半的货柜屋里才能找到一点点自信”“说来真奇怪，就在阿弥陀佛之后，整个工厂气氛和士气都不一样，大家都突然动起来，本来坐着的都站起来，本来站着的也都爬上去，大家拼命的程度就和启明一样，明天的气力今天就把它花光光”“启文就是抓住了这一点，敢做别人不敢做的，敢赌别人不敢赌的，他的人生就是这样赌出来的”等，正是在旁白的辅助下，观众对于剧情有了更直观的认识，对肚财这个小人物在错综复杂的政治倾轧下被牵连身亡的悲剧有了更深切的体会。

《潜伏》

在电视连续剧《潜伏》中，编导也经常在情节发展的过程中采用旁白来讲述镜头所不能完全展现的人物心理和潜在内涵，帮助观众理解主人公的情绪和行动，从而更加快速、流畅地推动情节的发展。在影视剧中，这种旁白形式往往能够起到补充说明故事内容，阐释人物复杂心理，并推进情节快速发展的作用，如在电视剧《潜伏》中，当余则成接到组织要求，试图找到对党的地下组织造成巨大破坏的叛徒袁佩林时，就采用了大量的旁白来对余则成的秘密调查行为进行说明和注解。在这一段情节中，为了谨慎查明袁佩林的具体窝藏地点，余则成分别给天津站车队和李涯的办公室打电话，通过调查站内的用车情况和李涯的日常活动来确认叛徒是否已经转移到了天津。在进行这两个看起来似乎毫无关联的动作时，为了更好地让观众理解余则成这么做的动机和得出的结论，故事采用旁白的形式将余则成的心理活动随着镜头和动作的开展一一进行解说，从而直观地传达给了观众。这种旁白形式的采用是和主人公特殊的身份与职业相关联的，作为一个资深的地下工作者、优秀的谍报人员，主人公余则成无论在生活中还是在工作中，都具备谨慎小心、守口如瓶的性格特征，这种性格特别体现在了他对行为和情绪的控制上。因此，编剧在进行人物性格描写和情绪处理时，较难通过动作和环境描写来将主人公的思想情感视觉化展示出来。同时，这部情节曲折、内容丰满的谍战剧，在每一个看似不经意的镜头中都包含了许多关键性的信息，如果观众在流动的画面中一时间忽略了这些信息，就会对故事内容的理解产生相应的障碍。因此，为了较好地帮助观众理解故事内容、展现人物性格，《潜伏》这部电视剧采用了大量的旁白，在推动情节进展的同时，也让作品增添了一丝文学气息，产生了独特的艺术感染力。

“潜台词”是来自戏剧的一个术语，意思就是深藏在台词之中的真正含义，也就是我们经常说的“话中有话”，其真实的含义没有直接说出来，而是通过台词暗示出来。如在电影《一代宗师》中，北方武林宗师宫羽田和师兄丁连山有这样一段对话：

此时宫羽田正在隐姓埋名的师兄丁连山家里。

宫：师哥。

丁连山回头，认出是宫羽田，连忙站起身，显然是没有预料到他的到来。

宫：宝森来看你来了。（跪下）

丁：东北那么大，都装不下你了，偏要来佛山，起来。（拉宫羽田起来）

宫：我是来接你回去的。

丁：回去？能回去么？现在的东北是日本人的天下，在太阳旗下，能容得下我这只鬼？

丁连山掀开锅盖，里面的蛇羹，正冒着泡。丁连山尝了一口。

丁：还不是时候。

宫：这么炖汤是很费神的。

丁：这不是炖汤，是蛇羹。

宫：蛇羹不是冬天的菜么？

丁：是几十年的菜了。

丁连山放下勺子，盖上锅盖，坐了下来。

宫：是几十年了，1905年已巳年，是蛇年。你是在那年离开东北的。

丁：（往火里添柴）做羹，要讲究火候，火候不到，就众口难调，火候过了，事情就焦。回去吧。

宫：（靠近丁连山坐下）等这炉子里容得下这根柴（特写丁连山手中的柴），我就回去。

丁：暗事好做，明事难成，我们都老了，你一辈子的名声不容易，和后辈挥胳膊抡拳头就别干了。勉强了，味道就坏了。

宫：不是想当英雄，是想造时势。这炉子里需要这根新柴。

丁连山将手中的柴扔进炉子里，火烧得更旺了。

《一代宗师》这场戏的对白，隐含了极为丰富的潜台词。丁连山尝菜，说“还不是火候”，明面上指蛇羹火候未到，实质上指宫羽田寻人搭手接班使南拳北传这件事尚未到时候，于是劝他回去。而“几十年的菜了”则契合丁连山正是几十年前蛇年冬天为日本人所不容而逃出东北的，暗指中华武林与外敌之间几十年的争斗与仇恨。“做羹，要讲究火候，火候不到，就众口难调，火候过了，事情就焦”意在劝宫羽田，南拳北传牵动各方势力，极难平衡，一个不慎，难免引起武林动荡，而宫羽田却回应“等炉子里容得下这根柴，我就回去”，表明自己一定要通过比武择定一个合适的接班人选，帮助他稳固地位，才能安心回去。丁连山害怕“勉强了，味道就坏了”，疑心无论是北派人士还是叶问本人，都不愿意接手宫羽田经营已久的南北合流的大业，宫羽田说出了自己这么做的原因是为了“造时势”，今日的中华武林需要开放和团结，才能长久地生存与繁荣下去，这必须有年轻力量加入才能促成，“炉子里需要这根新柴”。师兄弟一番交谈，宫羽田摒弃地域、门户之见，努力促成中华武林精诚团结、共抗外敌的苦心在这说汤论柴的过程中淋漓尽致地展现了出来。

《一代宗师》

众所周知，语境即言语环境，亦即使用语言的环境。自1923年著名的人类学家马林诺夫斯基首次提出语境（context）这一命题之后，语境现已成为语言学、语用学、社会学、哲学等学科共同关心的问题。语境是基于上下文所产生的特定情景，任何语言的语义编码和解码，都是在这一特定的语境下产生和运用的。因此，在剧本写作中，剧作家有时有意通过制造语义和语境之间的矛盾，促使语义偏离正常语境中本来具有的含义，从而获得一种语言之外的潜台词意义。如《一代宗师》中有这样一段对话：

戏院

叶问：听得懂这戏吗？

宫二：像是在佛山听过，叫什么梦？

叶问：风流梦。

宫二：风流本就是个梦。有人说，丝不如竹，竹不如肉。唱的，远比说的好听。

叶问：宫先生学过戏啊。

宫二：皮毛而已。当年，要真拧着性子把戏学下去，我定会是台上的角儿。千回百转，一悲一喜。唱腻了《杨门女将》，就换《游园惊梦》唱唱。那时候，你在台下，我唱你看，想想那样的相遇，也怪有意思的。

叶问：我怕到时候一票难求啊。

宫二：您真捧场，您看戏，我送票。

叶问：其实人生如戏，这几年宫先生唱作念打，文戏武唱。可是唱得有板有眼，功架十足，可惜只差一点，就差一个转身。

从字面意义上看，《风流梦》《杨门女将》《游园惊梦》都是戏名，但结合前后剧情，它们都是意有所指。叶问和宫二在佛山相遇，不打不相识，暗生情愫，也曾经相约再见，然而战争爆发，宫二经历了父亲去世、退亲、复仇种种坎坷，流落香港，叶问也在经历了家道中落、亲人离世的苦难后到香港定居，在佛山听过的“风流梦”暗示二人年轻时的真情过往，就如同梦一场。“杨门女将”代表了宫二为撑起宫家武学的一路付出，而“游园惊梦”则是宫二为了复仇放弃情爱的交缠，唱腻了杨门女将，想换成游园惊梦，表现出为报父仇而终身不嫁的宫二，在一切过往尘埃落定之后，对失去情感的喟叹与惋惜。

必须指出的是，虽然剧中台词不一定每句话都有潜台词，但是具有丰富的潜台词是台词写作的一个重要特点，它可以给观众留下意会和回味的余地。此外，为了让观众清楚明了地看懂剧情、理解人物角色，台词写作还必须富于生活气息、亲切自然，具有口语化的特点。民间语言如成语、谚语、歇后语，乃至俚语的适当运用，都有助于台词的口语化。当然，在注意台词口语化的同时，也需要注意语言的规范化和纯洁性，要注意对生活语言的提炼、加工，使之成为一种生动活泼的艺术语言。

推荐阅读：

1. 文德斯. 文德斯论电影 [M]. 人民文学出版社，2005.
2. 沙莜. 好莱坞类型电影 [M]. 上海人民出版社，2009.
3. 黄会林. 中国电影艺术发展史 [M]. 北京师范大学出版社，2005.
4. 特吕弗. 我生命中的电影 [M]. 上海译文出版社，2008.
5. 周星. 中国电影艺术史 [M]. 北京大学出版社，2005.
6. 尹利强. 影视作品分析 [M]. 中国广播电视出版社，2008.

7. 陈晓云. 电影学导论［M］. 浙江大学出版社, 2003.
8. 蓝凡. 电视艺术通论［M］. 学林出版社, 2005.
9. 麦茨. 想象的能指——精神分析与电影［M］. 中国广播电视出版社, 2006.
10. 莱斯特. 视觉传播: 形象载动信息［M］. 中国传媒大学出版社, 2003.
11. 金. 21天搞定电影剧本［M］. 北京联合出版公司, 2015-03.
12. 霍普. 希望为电影［M］. 文化发展出版社, 2018-03.
13. 汉森. 编剧: 步步为营［M］. 北京联合出版公司, 2016-01.
14. 丹西格, 拉什. 超越套路的剧作法［M］. 北京联合出版公司, 2016-12.
15. 西格. 创造难忘的人物［M］. 文化发展出版社, 2017-08.

图书在版编目(CIP)数据

影视编剧/范志忠,许涵之著. -- 北京:中国传媒大学出版社,2021.5 (2024.11重印)
戏剧影视文学专业基础教材
ISBN 978-7-5657-2936-2

Ⅰ.①影… Ⅱ.①范… ②许… Ⅲ.①电影编剧—教材 ②电视剧—编剧—教材 Ⅳ.①I053.5

中国版本图书馆CIP数据核字（2021）第084606号

影视编剧
YINGSHI BIANJU

著　　者	范志忠　许涵之			
责任编辑	黄松毅			
责任印制	李志鹏			
封面设计	风得信设计·阿东			
出版发行	中国传媒大学出版社			
社　　址	北京市朝阳区定福庄东街1号	邮　　编	100024
电　　话	86-10-65450528　65450532	传　　真	65779405
网　　址	http://cucp.cuc.edu.cn		
经　　销	全国新华书店		
印　　刷	艺堂印刷(天津)有限公司		
开　　本	787mm×1092mm　1/16		
印　　张	15.25		
字　　数	281千字		
版　　次	2021年5月第1版		
印　　次	2024年11月第4次印刷		
书　　号	ISBN 978-7-5657-2936-2/I·2936	定　　价	58.00元

本社法律顾问:北京嘉润律师事务所　郭建平